조 선 제 일 침

2

허임

조 선 제 일 침

2

성인규
이상곤
장편소설

황금가지

차 례

악연(惡緣)

송하연은 반사적으로 고개를 돌려서 허임의 시선을 피했다. 겉모습은 어릴 때와 많이 달라져 있었다. 언젠가는 정면으로 마주치다시피 한 정철조차 그녀를 알아보지 못한 적이 있었다.

그래도 허임이라면 알아볼지 모르는 일. 허임에게 의녀가 된 모습을 보이고 싶지 않은 그녀는 고개를 돌린 채 허임을 지나쳤다.

"어머, 의관님이 우리를 보신다."

"혹시 나를 보는 것 아닐까?"

"웃기지 마. 왜 너를 보니? 나를 보면 몰라도."

"이년아, 의관님이 네 쫙 찢어진 눈을 보면 기겁할 걸?"

호호호호, 크크크크.

의녀들이 소곤거리며 나직이 웃자 앞장서 가던 수의녀가 눈을 치켜뜨고 소리쳤다.

"왜들 소란이냐? 조용히 하고 빨리 따라오지 못할까?"

의녀들은 입을 꾹 닫고 수의녀를 따라갔다. 그 와중에도 두엇은 뒤를 힐끔 돌아다보았다.

허임은 의녀들이 모두 지나가자 고개를 갸웃거렸다. 왜 그런지 몰라도 이상하리만치 마음이 찜찜했다. 마치 중요한 뭔가를 방에 빠뜨리고 나온 것처럼.

가슴이 아릿한 느낌. 가슴 속 저 깊은 곳이 왠지 모르게 허전해진 느낌. 자신이 미처 알지 못하는 뭔가가 분명히 있는데, 아무리 생각해도 그 느낌의 정체를 알 수가 없었다.

고개를 돌려서 내의녀들의 뒷모습을 다시 한 번 바라본 허임은 고개를 설레설레 저으며 다시 걸음을 옮겼다.

'알 수가 없군. 내가 왜 이러지?'

* * *

치종교수가 된 허임은 환자를 치료하는 일에만 전념했다. 추운 날씨가 계속되면서 환자가 많이 늘어난 상태였다. 조정의 시끄러움에 신경 쓸 틈도 없었고, 신경을 쓴들 의관이 할 수 있는 일은 아무것도 없었다.

그렇게 12월이 되었을 때였다. 내의원에서 허임에 대한 논의가 벌어졌다.

"허임의 실력은 이미 정평이 났소. 그를 혜민서에 계속 있게 하는 것은 부적절하다 생각하는 바, 그를 내의원으로 불러들였으면 하오. 어찌 생각하시오?"

수의인 양예수의 말에 어의와 내의들이 웅성거렸다.

"허임은 이제 겨우 스물두 살밖에 안 된 청년입니다. 의관이 된 지도 겨우 일 년이지요. 경험이 미천한 그를 치종교수 자리에 앉힌 것만 해도 지나친데 내의원으로 불러들인다는 것은 옳은 결정이 아닌 것 같습니다."

"저 역시 같은 생각입니다. 허임의 침구 솜씨가 뛰어나다 하나 그 정도의 실력을 지닌 사람이 내의원에 없는 것도 아닙니다. 재고 하시지요."

"그게 무슨 말씀입니까? 실력이 뛰어나면 당연히 받아들여서 주상 전하의 용태를 살피게 하는 것이 옳지 않겠습니까? 더구나 치종 교수의 주 임무가 주상 전하의 종기를 살피는 일인데 왜 마다한단 말입니까? 저는 찬성입니다."

김영국이 강하게 찬성의 뜻을 밝혔다. 그러자 가만히 듣고만 있던 유후익이 말했다.

"설령 그의 실력이 남보다 뛰어나다 해도 주상의 치료를 맡기는 일은 실력만 있다고 되는 일이 아닐 것입니다. 품성과 행실이 뒤따르지 않으면 자칫 큰 화를 초래할 것입니다. 그런데 허임이 지금은 중인이라 하나 얼마 전만 해도 천민이었습니다. 천출에게 주상의 안전을 맡기는 일은 불가하다 생각됩니다. 더구나 몇 달 전에는 병조판서 이 대감을 모욕하는 일까지 서슴지 않은 자입니다. 그런 자에게 어찌 주상의 안전을 맡긴단 말입니까? 종기치료에 대해선 일단 정희생을 치종의로 받아들여서 살피게 하고, 허임에 대해서는 두고 보는 것이 좋겠습니다."

"흐으음. 이 대감에 대한 이야기는 나도 들었소. 몹시 분해하더구려. 그래, 구암은 어찌 생각하시오?"

양예수가 허준을 보며 물었다. 허준은 허임의 실력이 뛰어남을 이곳의 누구보다 잘 알았다. 그러나 유진하에게 들은 말도 있고, 내의원 의관들의 말도 어느 정도 일리가 있기에 시기상조라는 생각이 들었다.

"당장 서두를 일은 아닌 것처럼 보입니다. 유 어의의 말대로 조금 더 두고 보는 게 어떻겠습니까?"

양예수는 허준이 허임을 받아들이지 않자 묘한 마음이 들었다. 의과시험 때만 해도 허준이 챙겨주는 것 같아서 허임을 탐탁지 않게 생각했다. 그런데 최근 보니 두 사람 사이에 알 수 없는 거리가 있는 듯했다. 나이를 떠나서 허준과 그는 경쟁적인 관계. 허준이 싫어하는 사람이라면 자신에게는 득이 되는 사람 아니겠는가?

'흠, 잘 지켜봐야겠군.'

* * *

유진하는 허임을 내의원에 받아들이지 않기로 했다는 소식을 듣고 쾌재를 불렀다.

'그럼 그렇지! 그딴 놈이 내의가 되다니. 말도 안 되는 소리지.'

오랜만에 기분이 좋아진 그는 자신이 관리하는 탕약을 점검했다. 최근 들어 몸이 허약해진 덕빈의 몸을 보하기 위한 탕약이었다.

덕빈(德嬪)은 열 살 때 세자빈에 간택 된 후, 다음 해 명종의 장자인 순회세자가 숨을 거두자 인순왕후의 유명(遺命)으로 궁궐에서 혼자 살아왔다. 선조는 덕빈을 정성을 다해 대했으며 비빈들도 그녀를 따르며 수학했다. 정결한 성품인 덕빈은 친척들의 궁궐 출입도 허용하지 않고 오직 세자의 영혼을 기원하는 불공만 드리며 살아왔는데, 최근 들어서 몸이 급격히 안 좋아지고 있었다.

덕빈의 몸이 좋아지면 자신에게도 공이 돌아올 터, 유진하는 전심전력을 다해 탕약을 관리했다.

'응? 의녀들이 바뀌었나?'

탕약을 달이는 곳으로 간 유진하의 눈빛이 반짝였다. 의녀 둘이 탕약을 달이고 있었는데 처음 보는 의녀들이었다. 아마도 교체가 된 듯했다.

"의녀가 언제 바뀌었느냐?"

유진하의 질문에 의녀 둘이 황급히 일어났다.

"오늘부터 저희들이 덕빈 마마의 탕약을 달이게 되었습니다."

"그래?"

두 의녀를 둘러보던 유진하의 눈이 한 의녀에게 고정되었다. 마르지도 살이 찌지지도 않은 적당한 체구. 분을 바르지 않았는데도 피부가 빛을 발했다. 잡티 하나 없는 얼굴은 피부뿐만이 아니라 반달 같은 눈, 마늘쪽 같은 코, 적당한 크기의 연붉은 입술이 조화를 이루어서 참으로 아름다웠다. 더구나 행동이 조심스럽고 표정이 담담해서 지적으로 보였다.

"너는 이름이 어떻게 되느냐?"

"하연이라 합니다."

송씨 집안에서 쫓겨난 신세. 송하연은 이제는 송씨라는 성조차 붙일 수 없었다.

"흠, 그래? 나는 내의원의 내의인 유진하라 한다. 덕빈 마마의 탕약을 책임지고 있지. 앞으로 정성을 다해서 내 일을 돕도록 해라. 그러면 내 섭섭지 않게 대해 줄 것이니라."

"예, 의관님."

"저는 정월이라 하옵니다."

송하연 옆에 있던 나이 어린 의녀가 재빨리 자신의 이름을 말했다. 송하연의 이름만 물어본 것이 섭섭하다는 듯.

유진하는 그녀를 건성으로 보고 고개를 끄덕였다.

"그래? 알았다. 너도 열심히 해라."

"네에, 의관니이임."

정월은 상냥하게 웃으며 허리를 숙였다. 제 딴에는 잘 보이기 위함이었지만 유진하는 관심도 두지 않고 송하연만 바라보았다.

'어디서 이런 기가 막힌 계집이 굴러들어왔지? 후후후, 이제야 내 운이 피려나보군.'

그 사이 송하연은 다시 앉아서 탕약의 불을 조절했다. 유진하는 지그시 송하연을 내려다보았다.

'늙은이들만 상대하려니 답답했는데, 이제 심심하지 않겠어.'

부인을 담양에 두고 온 터라 여자를 보면 이런저런 생각이 간절했다. 부친이 머무는 집으로 돌아가면서 가끔씩 기생들과 회포를 풀긴 했지만, 그것만으로는 허전함을 달랠 수 없었다. 그런데 마침

12

내 자신의 마음을 끌어당기는 여인을 발견했다.

　의녀는 의관들의 종이나 마찬가지. 송하연을 얻는 것이 어렵지 않을 거라 생각한 유진하는 즐거운 마음으로 돌아섰다.

　'첩으로만 들여 줘도 고마워할 일이지.'

＊ ＊ ＊

　"들으셨습니까요?"

　오동돈이 나직이 말했다. 치료를 마치고 겨우 한숨 돌린 허임은 의아한 표정을 지었다.

　"뭘 말입니까?"

　"내의원에서 허 의관님을 내의로 들이려다가 몇 명이 반대하는 바람에 틀어졌다고 합니다요."

　허임의 눈빛이 찰나 간 흔들렸다. 그러나 곧 담담한 표정을 지었다.

　"그럴 만도 하죠. 내의원에서 나이가 어린 저를 받아주겠습니까?"

　"유후익 어의가 이번에도 강력히 반대했다고 합니다요. 이 대감의 치료를 거부한 걸 핑계 삼아서 의관님의 행동이 좋지 못하다고 하면서 말입죠. 제길, 그 양반은 의관님하고 무슨 원수를 졌다고 사사건건 반대하는지 모르겠습니다요. 의관님의 스승님과 사이가 안 좋았다고 하지만, 그게 언제 적 일인데……."

　오동돈은 마치 자신의 일인 양 유후익에게 불만을 터트렸다. 하지만 허임은 유후익보다 다른 사람의 반응이 더 궁금했다.

'허준 어른은 뭐라고 했는지 모르겠군.'

그런데 오동돈이 슬쩍 눈치를 보더니 그의 궁금증을 풀어주었다.

"허준 어의께서도 이번에는 반대의견을 무시하지 못한 모양입니다요. 급한 일이 아니니 나중으로 미루자고 했다지 뭡니까요."

충분히 그럴 수 있는 일이었다. 그런데 허임은 그 말을 듣고 묘한 느낌이 들었다.

허준은 결정을 내릴 때 단호한 사람이다. 자신이 복시에서 떨어졌을 때 보인 행동만 봐도 익히 짐작이 가는 일이다. 그런데 그런 사람이 급한 일이 아니라며 임명을 뒤로 미루었다?

그 말인 즉 반대의견을 표한 것이나 다름없었다.

왜?

허임이 내릴 수 있는 결론은 하나였다. 자신이 알 수 없는 어떤 일이 허준의 마음을 흔들었다는 것.

문득 그 생각을 하자 유진하가 떠올랐다. 유진하는 곧장 내의로 들어가서 허준을 스승이나 다름없이 모시고 있는 상태다. 그의 입김이 작용했다면 허준의 마음이 흔들린 것도 이해 못 할 바는 아니었다.

'그분도 완벽하지는 않군.'

한편으로는 병조판서의 치료를 거부했던 일을 생각하고 쓸쓸한 웃음을 지었다. 사정이야 어쨌든 그의 말대로 되지 않았는가 말이다.

하지만 그는 오동돈에게 자신의 마음을 모두 내비치지는 않았다. 오동돈을 못 믿어서가 아니다. 다른 사람들의 귀와 입을 믿을 수 없기 때문이다.

"저도 급할 것은 없습니다. 언젠가는 되겠죠. 걱정 마시고 가서 볼일 보십시오."

"알았습니다요. 그럼 쉬십쇼."

오동돈이 나가자 허임의 표정이 굳어졌다. 고개를 들어 천장을 바라보는 그의 눈에서 차디찬 한기가 뻗쳤다.

'유진하, 네가 아무리 설쳐도 내 꿈을 막지는 못할 거다.'

* * *

광해군이 내의원의 일에 대해서 들은 것은 그날 저녁이었다.

"천출이어서 안 된다? 그 말을 들으면 허임이 꽤 화나겠는데?"

"이 대감의 말도 크게 작용한 것 같사옵니다."

"그 양반도 속이 좁군. 혜민서까지 가서 목에 힘을 준 게 잘못이지, 허임이 순서를 논한 게 잘못인가?"

"어쨌든 허준까지 미루자고 해서 결국은 흐지부지되고 말았사옵니다."

"실력이 뛰어난 사람을 중용해야 함에도 사사로운 불만 때문에 고개를 돌리다니. 서로를 배척하는 걸 보면 의관들도 중신들이나 다를 것이 없군."

유은산이 흠칫하며 넌지시 광해군을 불렀다.

"왕자 마마……."

"왜? 내가 말을 심하게 한 것 같으냐?"

"어찌 소인이 그런 판단을 내릴 수 있겠사옵니까? 다만 아직은 때가 아니니, 마음을 겉으로 드러내지 마시고 속에 담아두셨으면 하는 생각이옵니다."

"흥! 나는 두렵지 않다."

"왕자 마마께서 남의 귀를 두려워하지 않다는 걸 소인이 어찌 모르겠사옵니까? 소인은 다만 큰일을 위해서 작은 분노를 참으셨으면 하는 마음일 뿐이옵니다. 어의 허준도 무지몽매한 분이 아니니 뭔가 생각이 있으실 것이옵니다. 이번 일은 일단 내의원의 판단에 맡겨두시는 게 어떠하신지요?"

"나 역시 당장 허임을 두둔하기 위해서 나서고 싶은 마음은 없다. 어려움이 있으면 그 어려움을 헤치고 올라가야 더 심한 반발에도 버틸 수 있을 테니까. 단, 정당함은 최대한 보장되어야 한다. 그래야 뛰어난 사람을 잃지 않는 법이야."

* * *

유진하는 탕약을 덕빈에게 가져가면서 송하연을 대동했다. 처음에는 별 말 없이 오가기만 했다. 말을 해도 공적인 일 외에는 거의 하지 않았고, 항상 웃음을 지었다. 같은 일이 며칠 동안 반복되자 송하연도 그와 함께 가는 것에 별 부담을 느끼지 않았다.

그러나 유진하의 그러한 행동은 처음부터 철저하게 계산된 것이었다. 그는 송하연의 경계심을 무너뜨리기 위해서 조급한 마음을 며칠 간 눌렀다. 그러고는 송하연의 경계심이 무뎌지는 것을 남몰래 즐겼다.

그렇게 닷새. 나름대로 자신이 생긴 그는 탕약을 가져가는 길에 자신의 마음을 슬쩍 드러냈다.

"하연아. 내 보기에 너는 일반 아이와는 다른 것 같구나. 의녀가 되기에는 너무 아까워."

"별 말씀을 다하십니다. 저나 다른 사람이나 다를 바가 뭐 있겠습니까?"

"아니야. 내 비록 사람을 다 안다고는 할 수 없지만 함부로 평하지도 않느니라. 그런데 너는 겉모습만 아름다운 게 아니라 속이 차 있어. 다른 아이들에게서는 결코 볼 수 없는 모습이야."

칭찬하는데 싫어할 사람이 누가 있을까. 송하연 역시 유진하의 칭찬에 담담히 미소 지었다.

유진하는 그 모습을 보고 눈이 부셨다. 자신도 모르게 '내 여자가 되어다오'라는 말이 목구멍까지 나왔다.

하지만 감정을 가까스로 억누르고 꾹 참았다. 아직은 아니었다. 정월 같은 의녀라면 손만 뻗어도 달려와서 안길 테지만, 그가 본 송하연은 그런 여자와 달랐다. 서둘러서는 역효과만 나올 뿐.

'정말 괜찮은 계집이야. 내 반드시 내 것으로 만들고 말겠다.'

송하연도 유진하에 대해서는 어느 정도 알고 있었다. 며칠 동안 의녀들 사이에서 숱하게 말이 나왔으니까. 누구는 유진하가 자신에게 흑심을 품고 있는 것 같다고 말하기도 했다. 그때만 해도 피식 웃으며 무시했다. 유진하는 며칠이 지나도록 자신에게 말도 걸지 않았고 공적으로만 대해서 그러한 흑심은 조금도 엿볼 수 없었다.

그런데 유진하의 말을 듣고 나서 왠지 모르게 거리감이 느껴졌다. 나쁘게 말한 것도 아니고 칭찬만 하니 마음이 열려야 하는데 더 닫혔다. 꼭 의녀들이 한 말 때문만은 아니었다.

당연하다는 듯이 하는 반말 속에는 의녀를 깔보는 마음이 그대로 드러나 있었다. 칭찬하는 말 속에서도 그러한 마음이 느껴졌다. 결국 자신 역시 깔보는 대상 중 하나일 뿐.

'내가 너무 예민하게 받아들이는 것 아닐까?'

지체 높은 내의가 의녀를 함부로 대하는 것은 일상사다. 유진하만 그런 것이 아니다. 그러한 말투에 기분이 좋을 일은 없지만, 그렇다고 해서 상대를 평가할 만한 기준이라 할 수도 없었다.

"하연아. 혹시 좋아하는 남자가 있느냐?"

유진하가 물었다. 송하연은 없다고 대답하려다가 멈칫했다. 그러고는 나직이 대답했다.

"있었습니다."

"있었다? 그럼 지금은 없단 말이냐?"

조금은 노골적인 유진하의 질문에 송하연은 바로 대답을 못했다. 유진하도 한발 물러섰다.

"대답하기 어렵다면 하지 않아도 된다. 그저 봄꽃보다 화사한 네가 어떤 사람을 좋아했는지 궁금했을 뿐이니까. 하하하하."

유진하가 나직이 웃음을 터트렸다. 그런데 그 웃음이 왠지 어색했다.

'어떤 놈인지 몰라도 멍청한 놈이군. 이런 계집을 궁중에 들어가게 하다니. 하지만 앞으로는 그런 놈 따위 잊어라.'

유진하는 정체도 알 수 없는 상대를 질투했다. 그 자신도 미처 생각지 못했던 감정이었다. 하지만 본인은 자신이 그런 감정을 품었다는 걸 인식하지 못했다.

* * *

유은산이 내의원의 수의인 양예수를 찾아온 것은 12월 찬바람이 뼛속까지 파고들 때였다.

"영감, 광해군 마마께서 어깨가 결리시다며 침을 맞고 싶다 하십니다. 전에 말을 타다가 약간 삐끗한 적이 있는데, 찬바람이 이니 안 좋으신 모양입니다."

유은산의 말에 양예수는 별 생각 없이 말했다.

"그래요? 알겠소이다. 그럼 김영국을 보내도록 하지요."

"저, 그게 좀……."

"왜 그러시오? 김영국은 침의 중에서도 실력이 매우 뛰어난 의관이오만."

"광해군 마마께서 직접 의관을 지명하셨습니다."

"누굴……?"

"혜민서의 치종교수인 허임을 불러 달라 하셨습니다. 침놓는 실력이 좋다 하니 한번 그에게 맡겨보고 싶은가 봅니다."

양예수는 의아한 표정을 지었지만 깊게 생각하지 않았다. 그저 허임의 이름이 퍼지다 보니 광해군도 아는가보다 했을 뿐. 한편으로는 허임에게 기회를 주는 것도 괜찮을 것 같다는 생각이 들었다.

"알겠소이다. 그럼 사람을 보내서 허임을 불러들이겠소이다."

유은산은 만족한 표정으로 내의원을 물러나왔다. 그가 들어오고 나갈 때까지 유후익 등은 덕빈을 치료하기 위해 자리를 비웠는데, 그도 그때를 맞춰서 온 터였다. 모두가 광해군의 지시였다.

"저를 부르셨단 말입니까?"

허임이 어리둥절한 표정으로 묻자 권학인이 재촉했다.

"그렇다. 속히 필요한 물품을 꾸려서 내의원으로 가도록 해라. 그곳에 가면 안내해 줄 사람이 있을 것이다."

허임은 잠시 망설였다. 왕자인 광해군이 지명해서 부른 것은 영광이 아닐 수 없었다. 그러나 그를 믿고 기다리는 환자가 수십 명이나 되었다. 백성과 왕을 똑같이 대하라는 스승의 말씀이 머릿속에서 맴돌았다.

숨을 크게 들이쉰 허임은 권학인을 직시했다.

"당장은 힘들 것 같습니다. 일단 급한 환자를 치료하고……."

권학인은 어이가 없었다. 병조판서가 찾아왔을 때의 일을 알고 있기에 허임이 무슨 뜻으로 그런 말을 하는지 모르지 않았다. 머리가 지끈거렸다. 상대는 병조판서가 아니라 왕자인 것이다. 감동 이전에 자신의 목을 생각해야 했다.

"광해군 마마를 치료하는 일이야. 그분은 만백성의 주인이신 주상 전하의 아드님이시다. 무슨 말인지 알겠느냐? 네가 가지 않으면 이곳 혜민서의 모든 의관들이 벌을 받게 될 것이다. 그걸 바라느냐?"

대감은 치료하지 않아도 벌을 받지 않는다. 미움만 살뿐. 그러나 왕자는 다르다.

허임인들 어찌 의관들이 벌 받는 걸 원할까? 권학인의 말을 듣고서야 상황이 자신의 생각과 다름을 안 허임은 할 수 없이 고개를 끄덕여야 했다.

"전들 어찌 그리 되는 걸 바라겠습니까? 알겠습니다."

할 수 없이 대답하고 일어나려던 허임이 멈칫했다.

이제야 알 것 같았다. 스승님과 한 약속이 얼마나 지키기 어려운 일인지.

'죄송합니다, 스승님. 저 때문에 다른 사람이 피해를 입을 수는 없는 일이니 이번만은 봐주십시오.'

허임이 멈칫하자 권학인만 애가 탔다. 그는 허임이 또 거부하려고 하는 줄 알고 사정했다. 처음 있는 일이었다.

"허임, 모두가 나서서 네가 올 때까지 이곳의 환자들을 돌 볼 것이니 아무 걱정 말고 다녀와라."

허임은 권학인이 왜 그런 말을 하는지 눈치 채고 하마터면 웃음을 터트릴 뻔했다. 겨우 웃음을 참은 그는 고개만 꾸벅 숙이고 권학인의 방을 나섰다.

'순진하시기는.'

* * *

허임은 오동돈을 대동하고 창경궁으로 들어갔다. 내의원에 도착해서 사정을 말하자 참봉으로 보이는 삼십대 의관이 묘한 표정으로 허임을 살펴보았다.

그도 허임에 대해서 들은 터였다. 최근에는 내의로 임명하느냐 마냐 하는 논의마저 오간 마당이라 더욱 더 관심을 두었다.

'이 자가 허임이군.'

그때 오동돈이 목에 힘을 주고 말했다.

"어허, 뭐하시는가? 허 의관께서 광해군 마마를 치료하러 왔는데, 속히 안내를 하지 않고!"

상대는 참봉 종9품이고. 오동돈은 훈도로 정9품이다. 오동돈이 한 품계 높았다. 물론 품계를 떠나 내의원 참봉이 혜민서 직장(종7품)도 우습게 본다지만, 오동돈은 끄떡도 하지 않았다.

삼십대 참봉은 오동돈의 기세에 눌려서 고개를 숙였다.

"안으로 드시지요."

그제야 오동돈이 웃으며 허임을 향해 허리를 숙였다.

"허 의관님, 들어가시죠."

양예수가 허임과 직접 마주한 것은 처음이었다. 그는 곧은 대나무처럼 보이는 허임을 보고 의견이 갈리는 이유를 알 것 같았다.

'젊긴 젊구나. 그러니 쉽게 휘어지지 않는 것이겠지.'

허임을 나쁘지 않게 본 그는 잔잔한 어조로 말했다.

"네 말은 많이 들었다. 혜민서의 일은 할 만하더냐?"

"아직 경험이 미천해서 모르는 것이 많습니다만 최선을 다하고 있습니다."

"그래, 열심히 하도록 해라. 네 실력이 뛰어나니 열심히 하면 그만한 대가가 주어질 것이니라. 내 지켜보마."

양예수는 허임을 적당히 띄워 주었다. 언제든 자신의 사람으로 끌어올 수 있도록.

"감사합니다, 수의 어른."

"오늘만 해도 광해군 마마께서 너를 지목하셨다. 실수가 있어서는 안 될 것이니 최선을 다해야 할 것이야."

"예, 어르신."

"김덕은 허임을 광해군 마마께 안내해 주도록 해라!"

양예수가 밖을 향해 소리치자 조금 전의 삼십대 참봉이 모습을 드러냈다.

"예."

김덕을 따라 방을 나간 허임이 막 마당으로 나갔을 때 유후익이 돌아왔다. 허임은 유후익을 알아보고 슬쩍 고개를 숙인 후 곁을 지나쳤다. 유후익은 고개를 숙인 사람이 허임임을 알고 의아한 표정을 지었다.

'저놈이 왜 여길?'

그는 급히 양예수의 방으로 갔다.

"영감, 좀 전에 나간 자는 허임이 아닙니까?"

"그렇다네."

"이곳에는 무슨 일로 온 겁니까?"

양예수는 간단하게 사정을 설명했다. 그의 말을 들은 유후익의 얼굴이 일그러졌다.

"아니, 아무리 그렇다고 해서 허임을 불러들였단 말씀입니까?"

마치 책망하는 것 같은 어조에 양예수가 눈살을 찌푸렸다.

"내가 잘못했다는 겐가?"

"그런 말씀이 아니라……."

유후익이 아차 하며 급히 고개를 숙였다. 평소에도 허준의 친구인 자신을 못마땅하게 생각하는 사람에게 탓하듯 말했으니 좋지 않은 반응을 보이는 것도 당연했다.

그가 급히 말을 돌렸지만 양예수의 얼굴은 펴질 줄을 몰랐다.

"나는 광해군 마마께서 친히 명한 것을 뒤집을 만한 힘이 없네. 자네에게 그럴 힘이 있다면 자네가 가서 설득해 보게. 아니면 허준에게 말해 보든가."

"죄송합니다. 제 말에 기분이 상하셨다면 푸십시오. 저는 다만 내의원에도 뛰어난 침의들이 있는데, 굳이 허임을 부를 필요가 있나 싶어서 드린 말씀이었습니다."

"난들 그리 말하지 않은 줄 아나? 하지만 광해군 마마께서 허임을 고집하는데 어쩌겠나? 커험, 그만 가서 자네 일이나 보게."

유후익은 고개를 숙이고 양예수의 방을 나왔다. 속이 무척이나 썼다.

'빌어먹을! 끝까지 말썽이군.'

* * *

김덕이라는 참봉을 따라나선 허임은 유후익을 떠올리며 이를 지그시 악물었다. 복시에서 자신의 합격을 방해한 것은 물론 내의원 행마저 막은 사람이었다. 게다가 유진하의 부친이고.

'오늘 일도 무척 못마땅하겠지.'

그가 자신의 앞을 막을수록 전의가 더욱 강하게 불타올랐다. 그들 부자에게만큼은 절대 지고 싶지 않았다.

그런데 셋이 내의원의 정문을 나설 때였다. 동시에 의녀 둘이 안으로 들어왔다. 유후익 생각에 골몰해 있던 허임이 뒤늦게 그녀들을 인지하고 몸을 틀었다. 그러나 조금 늦기도 했고, 상대 역시 멈칫하는 바람에 어깨가 부딪쳤다.

의녀가 비틀거리며 손에 들고 있던 보따리를 떨어뜨렸다. 바닥에 떨어진 보따리에서 흘러나온 약재가 땅바닥에 흩어졌다.

"어머!"

옆에 있던 다른 의녀가 깜짝 놀라서 급히 쪼그리고 앉더니 떨어진 약재를 주웠다. 허임과 부딪친 의녀 역시 당황한 표정으로 앉아서 바닥에 흩어진 약재를 주워 모았다. 그녀가 떨어뜨린 약재는 다행히 약나무를 굵게 썰어놓은 것이어서 줍기만 하면 별 문제가 되지 않을 듯했다.

"어허! 조심하지 않고!"

김덕이라는 참봉이 의녀들을 다그쳤다.

"내가 잠시 다른 생각을 하다 부딪쳤소. 내 잘못으로 벌어진 일이니 의녀들을 뭐라 하지 마시오."

허임이 급히 의녀들을 변호하고는 바닥에 떨어진 약재를 주웠다. 의녀가 황급한 어조로 그의 도움을 사양했다.

"괜찮습니다. 저희가 하면 되니 의관님은 가던 길을 가십시오."

"미안하게 됐소. 본의가 아니었으니 이해해 주시오."

"아무 걱정 마시고 어서 가보십시오."

그때 옆에 어정쩡하게 서 있던 오동돈이 허임을 향해 말했다.

"저, 의관님. 광해군 마마께서 기다리실지 모르니 그만 갑시다요."

허임은 할 수 없이 몸을 일으키면서 그제야 의녀의 얼굴을 바라보았다. 의녀는 얼굴을 반쯤 돌리고 있었다. 그런데 왠지 눈에 익은 듯 느껴졌다. 비록 옆모습뿐이지만 어디선가 많이 본 것 같은 느낌.

'저번 내의원에 왔을 때 본 의녀인가?'

그런 것 같기도 하고, 그게 아닌 다른 곳에서 본 것 같기도 했다.

"어서 가시죠, 허 의관님."

그가 멈칫하자 김덕이 약간 짜증이 묻은 목소리로 길을 재촉했다. 허임은 상념을 털고 김덕을 따라갔다.

세 사람의 발걸음이 멀어지자, 약재를 줍던 송하연의 눈꺼풀이 잘게 떨렸다. 하마터면 정면으로 마주칠 뻔했다. 가까이서 봤으면 자신을 알아봤을지도 몰랐다. 알아본다 해도 마음에 걸릴 것은 없지만, 그녀는 아직 마주할 준비가 되지 않은 상태였다.

"언니. 저 사람이 허임이야. 저번에 봤던 사람. 근데 사람이 정말 괜찮다. 대부분 도와주지도 않고 그냥 가버리는데. 욕이나 안 하면 다행이고. 그치?"

옆에 있던 정월이 힐끔 뒤를 돌아보고 말했다.

"그래."

나직이 대답한 송하연은 가슴이 먹먹했다. 피할 이유가 없는데도 무의식적으로 피하고 있는 자신의 행동이 가엾고 슬펐다.

왜 이리 그의 앞에 설 자신이 없는 걸까? 그는 자신을 잊었을지
도 모르는데.

잠시 후.

광해군의 방으로 들어간 허임은 우뚝 멈춰 섰다. 인사를 드리는
것조차 잊은 그는 앞에 앉아 있는 사람을 뚫어지게 쳐다보았다.

"어허! 어느 안전이라고 그리 멀뚱멀뚱하게 서 있느냐?"

유은산이 짐짓 노성을 질렀다. 그가 허임이 굳은 이유를 왜 모
를까?

허임은 그제야 급히 허리를 숙였다.

"허임이 왕자 마마를 뵈옵니다."

"오랜만이구나. 가까이 와라. 거기서는 내 어깨를 치료할 수 없
지 않느냐?"

허임은 씁쓸한 표정을 지은 채 광해군의 앞까지 다가갔다. 광해
군이 그를 보며 웃고 있었다. 마치 놀림을 당한 기분. 허임은 광해
군을 빤히 바라보며 무뚝뚝한 어조로 물었다.

"어디가 아프셔서 부르셨는지요?"

"어깨가 아프다. 전에 말을 타다 잘못 내리면서 어깨를 삐끗한
적이 있는데, 그때부터 겨울만 되면 결리고 아프구나."

"허리를 다치지 않은 게 다행이옵니다."

"그야 그렇지. 그런데 어째 다치지 않아서 아쉽다는 말투처럼 들
리는구나."

"소인이 어찌 감히 왕자 마마께 그러한 마음을 품을 수 있단 말이옵니까?"

광해군은 묘한 미소를 지으며 허임을 바라보았다. 그는 허임이 왜 내의원 내의들에게 미움을 샀는지 조금은 알 것 같았다. 성격이 저렇게 센데다 실력까지 뛰어나니 그럴 수밖에.

"정말 그런 뜻이 아니란 말이지?"

"당연한 일이옵니다. 빨리 돌아가서 환자들을 치료해야 하니 치료를 서둘렀으면 하옵니다."

옆에서 엷은 미소를 지은 채 지켜보던 유은산이 눈을 부라렸다.

"어허, 왕자 마마의 몸을 치료하는데 어찌 다른 환자를 생각한단 말이냐?"

"저를 믿고 치료를 받기 위해 온 환자들이 줄을 서 있습니다. 빨리 돌아가야 그들을 하나라도 더 치료할 수 있지 않겠습니까? 왕자 마마께선 제가 잘못했다고 보시는지요?"

광해군의 웃음이 짙어졌다.

"네가 옳다. 그럼 어서 내 어깨를 치료하도록 해라."

한발 뒤에 서서 떨리는 몸을 가까스로 추스르고 있던 오동돈은 그제야 겨우 숨을 제대로 쉬었다.

'아이고, 내가 허 의관님 곁에 있다가는 제 명에 못 죽겠구나.'

허임은 광해군의 어깨 결림을 치료하면서 괴이한 생각이 들었다. 어깨 결리는 것을 치료하는 일은 조금도 어렵지 않았다. 내의원에서 이 정도 병을 치료할 사람은 부지기수였다. 그런데 왜 자신을 부른 걸까?

전날 만났던 사람이 자신이라는 걸 알리기 위해서? 그걸로 놀리기 위해서? 그럴 가능성이 가장 컸다.

하지만 그런 목적이었다면 진즉 자신을 불렀을 것이다. 게다가 소문이 잘못된 게 아니라면 광해군은 그럴 사람도 아니었다. 나이가 어리긴 해도 백성의 신망을 가장 크게 얻은 사람이 바로 광해군이다. 사소한 장난을 하기 위해서 눈코 뜰 새 없이 바쁜 혜민서의 의관을 부를 사람이 아닌 것이다.

허임의 치료를 받은 광해군은 어깨의 결림이 씻은 듯이 사라지자 무척 흡족해했다.

"과연 소문대로 뛰어난 솜씨구나. 지금까지 두어 번 침을 맞아봤지만, 오늘처럼 시원한 적이 없었는데 말이다."

"과분한 칭찬이옵니다."

"바쁠 텐데, 그만 가보아라."

"예. 그럼 편히 쉬시옵소서."

허임은 조금도 미련이 없다는 듯 인사를 하고 일어났다. 오동돈도 들고 왔던 보따리를 재빨리 정리하고 일어났다.

그때 광해군이 불쑥 물었다.

"혜민서에 있다 보면 많은 백성들과 이런저런 이야기를 나누겠지?"

"그렇사옵니다."

"나중에 백성들이 하는 이야기를 듣고 싶다. 다음에 침을 놓으러 오거든 네가 들은 말들을 정리해서 이야기해 주도록 해라."

"조금 늦은 시간에 불러주시면 고맙겠사옵니다."

"낮에는 환자 때문에 바쁘단 말이지?"

"백성의 아픔을 헤아려주시는 걸 보니 과연 왕자 마마라는 생각이 절로 드옵니다."

"흐음, 나에 대한 평이 나쁘진 않은 모양이군."

"예로부터 뿌린 대로 거둔다 하지 않사옵니까?"

"그거 기분 좋은 말이군. 아부하기 위해서 한 말이 아니라 믿겠다. 뭐, 아부할 너도 아니겠지만."

"그리 생각해 주시니 감읍하옵니다."

"이제 그만 나가보아라."

옆에서 듣던 유은산과 오동돈은 눈앞에서 화살이 날아다니는 게 보이는 듯했다. 특히 오동돈은 오금이 저렸다. 나가보라는 말이 떨어지자 겨우 안도한 그는 후다닥 뒷걸음으로 물러나서 문을 열었다.

광해군은 허임이 방을 나갈 때까지 지그시 쳐다보았다. 그리고 허임이 방을 나가자 콧등을 만지며 고개를 끄덕거렸다. 그 모습을 본 유은산이 넌지시 물었다.

"내의원에 대해서 의향을 한번 물어보시지 그러셨사옵니까?"

광해군은 고개를 저었다.

"그럴 필요까지는 없을 것 같아."

"도움을 주시려고 부르신 것 아니었사옵니까?"

"이곳에 왔다 간 것만으로도 도움이 될 거다. 그 정도면 충분해. 나머지는 본인이 알아서 해야지."

＊ ＊ ＊

유진하는 유후익의 말을 듣고 눈을 홉떴다.

"그게 사실입니까, 아버님?"

"그래. 하필이면 없을 때 사람을 보내서 어떻게 손 쓸 겨를도 없었다."

"광해군 마마께서 그 따위 놈을 부르다니. 정말 운이 좋은 놈이군요."

유진하는 허임에게 운이 따른다는 것이 이가 갈릴 만큼 싫었다. 그런 천민 따위가 자신도 아직 못해 본 왕자의 치료를 직접 하다니.

"너는 그런 놈에게 신경 쓰지 말고 구암의 의술을 이어받는 일에나 전력을 쏟아라."

"열심히 하고 있습니다. 그런데 스승님의 의술은 지금껏 배운 바와 다른 점이 있어서 의문이 많이 듭니다."

"바로 그것이 구암의 진짜 의술이니라. 중화의 의술에만 의존하는 우리와 달리 그는 중화의 것에 우리 고유의 것을 적절하게 섞어서 그만의 의술을 시행하고 있다. 네가 배울 것은 바로 그것이야."

유후익이 허준의 의술에 대해서 제대로 짚어 말했지만, 유진하는 그래도 이해되지 않았다.

"저 거대한 대륙에서 탄생한 의술보다 스승님의 의술이 더 뛰어날 수는 없는 일 아닙니까?"

"나는 물론 모두가 그렇게 생각했다. 그런데 그는 직접 의술을 행해서 우리가 못 고친 병을 고치고 있다. 그것이 무엇을 뜻하는 것이겠느냐?"

"몇몇 병증에 대해서는 그럴 수도 있는 일이 아닐까요?"

"그는 우리가 익힌 의술 역시도 모르지 않아. 그리고 거기다가
새로운 치료법을 접목시키고 있다. 좌우간 너는 부단히 노력해서
구암의 의술을 반드시 네 것으로 만들도록 해라."

"알겠습니다."

유진하는 대답하면서도 조금은 못마땅한 표정이었다. 그는 조부
인 유지번의 의술이 허준에게 뒤질 게 없다고 생각했다. 유지번은
허준보다 수십 년 앞서 이름을 날린 어의가 아니었던가.

'아버지는 조부님의 의술을 제대로 이어받지 못해서 그런 생각
을 하시는 겁니다. 하지만 저는 아버지와 다릅니다.'

기분이 상한 유진하는 약을 달이는 곳으로 갔다. 하연이라는 의
녀를 만나서 상한 기분을 달래볼 생각이었다. 아직 그녀는 자신에
게 마음을 열어주지 않고 있지만, 제 까짓 게 버티면 얼마나 더 버
틸 수 있으랴.

그런데 그가 도착했을 때는 송하연이 없었다.

"어머, 의관님. 또 나오셨네요?"

정월이 상기된 표정으로 유진하를 맞이했다.

"너 혼자 있느냐?"

"네, 하연 언니는 잠깐 심부름 가셨어요."

"그래?"

"그런데 왜 의관님은 하연 언니만 찾으셔요? 혹시 언니를 좋아

하시는 것 아니에요?"

"허어, 네가 못하는 말이 없구나."

유진하는 짐짓 눈을 부라렸지만 누가 봐도 거짓이라는 걸 알 수 있을 정도였다.

"저도 그 정도는 안답니다. 그런데 우리 의녀 중에는 언니 못지 않게 예쁜 여자들이 많은데 왜 유독 언니만 좋아하시는 거예요?"

'너 같이 천한 것이 뭘 알겠느냐? 하연에게는 너희들에게 없는 기품이란 게 있느니라.'

유진하는 정월을 쳐다보면 내심 혀를 찼다. 그러다 뭘 느꼈는지 멈칫했다.

하연 때문에 그 동안 관심을 두지 않았다. 그런데 정월의 미모나 몸매도 어느 누구에게 뒤지지 않을 정도였다. 더구나 조금 큰 듯 보이는 정월의 가슴은 탄력이 있어 보였고, 붉고 두터운 입술과 촉촉한 눈은 색기가 흘렀다.

'호오, 내가 하연에게만 관심을 두느라 미처 몰랐군.'

정월은 유진하의 눈길을 느끼고 얼굴이 상기되었다. 그녀는 어릴 때 기방에서 자랐다. 열서너 살 때부터 많은 남자들의 눈길을 받은 경험이 있는 그녀는 유진하가 어딜 보는지, 무슨 마음을 먹고 있는지 대충은 알 수 있었다.

"의관님은 댁은 담양이라면서요?"

"응? 그래, 어떻게 알았느냐?"

"의녀들 중 모르는 사람이 없답니다. 호호호호."

정월이 입을 가리며 웃었다. 그리고 손을 내리면서 자신의 가슴을 살짝 쓸어내렸다. 두꺼운 옷에 가려졌던 가슴의 굴곡이 드러났다가 사라졌다. 그 동안에도 그녀는 유진하를 빤히 바라보았고, 유진하의 눈빛이 번들거린 것을 놓치지 않았다.

"부인께서 임신하셨다고 하던데, 사실인가요?"

"그래. 두 달 후면 출산이지."

"부인께서 고향에 계시면 의관님도 적적하시겠네요."

"좀 그런 편이지."

"아이, 정말 안됐네요. 출산을 해도 한양으로 바로 올라오실 수는 없을 것 아니에요?"

"아마 그럴 거다."

"혹시…… 그래서 언니를 생각하신 것 아니에요?"

정월이 직설적으로 묻자 대범한 유진하도 당황하지 않을 수 없었다.

"험! 뭐, 꼭 그래서 그런 것은 아니니라."

정월은 그런 유진하를 보며 진득한 눈웃음을 지었다. 속마음 다 안다는 듯.

그때 송하연이 들어왔다.

"오셨습니까, 의관님."

"어딜 다녀오는 길이냐?"

"약재를 가져오라는 명이 있어서 전의감에 다녀왔습니다. 탕약을 달이는 것은 정월이 혼자도 할 수 있을 것 같아서요."

"알았다. 그런데 잠시 시간이 있느냐?"

"약 달이는 게 끝나면 제조께 가봐야 합니다. 오늘 진맥에 대한 시험이 있는 날입니다."

내의원의 의녀들은 매월 두 번씩 진맥과 혈을 짚는 법에 대해서 시험을 봤다. 그렇게 해서 의녀의 임무를 행하는 데 실수가 없도록 했다.

유진하는 송하연이 고의로 자신을 피하는 것처럼 느껴졌지만 시험 날이라는 걸 알고 더 강요하지 않았다.

"알았다. 몇 가지 물어볼 게 있어서 잠깐 이야기 좀 나눌까 했는데, 바쁘다면 어쩔 수 없지. 그럼 내일 물어보마."

"예, 의관님."

유진하는 아쉬움을 떨치고 돌아섰다.

'흥, 네가 왜 나를 피하려는지 몰라도 그냥 놔주지는 않을 것이다.'

그때 언뜻 정월이 보였다. 정월이 촉촉한 눈빛으로 바라보고 있는데, 살짝 벌어진 입술과 상기된 얼굴이 기이하게 욕망을 자극했다.

'가끔 만나기에는 괜찮은 계집 같군.'

* * *

그날 밤. 허임은 이상하게 잠이 오지 않았다. 뒤척거리던 그는 한숨을 쉬며 몸을 일으켰다.

'이상하군. 피곤한데 왜 이리 잠이 안 오지?'

광해군 때문인가?

왕자를 자신의 손으로 치료한 것이 가슴 떨릴 일이긴 하지만, 꼭 그런 것만은 아닌 것 같았다.

허임은 이불을 걷어내고 밖으로 나갔다. 밖으로 나간 그의 눈이 휘둥그레졌다.

"언제 이렇게 쌓였지?"

눈이 와서 온 세상이 하얗게 변해 있었다. 잠자리에 들 때만 해도 눈이 오지 않았다. 그런데 누워서 뒤척거리는 동안 눈이 내린 듯했다. 그리고 지금도 함박눈이 내리고 있었다.

허임은 마당으로 나가서 눈 위를 걸어보았다. 아무런 자국도 없는 하얀 눈 위에 자신의 발자국만 찍혔다. 원을 그리며 한 바퀴 빙돌은 그는 자신의 발자국이 찍힌 마당을 바라보았다.

발자국은 하나도 만나지 못하고 엇갈린 채로 찍혀 있었다. 둘이 딱 붙어 있으면 얼마나 좋을까?

'너도 꼭 내 신세 같구나.'

눈 내리는 밤. 곁에 아무도 없다는 것이 오늘처럼 외롭게 느껴지기는 처음이다. 누군가 자신 옆에서 나란히 걸었다면 저 발자국들도 짝을 만났을 텐데.

그때 문득, 뇌리 저편에서 아련한 상이 떠올랐다. 갑자기 떠오른 모습은 전혀 예상치 못했던 어떤 여인의 얼굴이었다. 오늘 내의원에서 부딪쳤던 의녀의 옆얼굴.

허임은 이마를 좁히고 고개를 갸웃거렸다.

'내가 왜 그 의녀를……?'

그때였다. 허임의 어깨가 후드득 떨렸다. 어깨에 쌓였던 눈이 와스스 떨어졌다.

"서, 설마…… 송 아가씨?"

나직이 송하연을 부르는 그의 눈빛이 거센 풍랑을 만난 돛단배처럼 출렁거렸다.

그저 옆모습이 닮은 것일 수도 있었다. 자신이 잘못 본 것일 수도 있고. 그런데 왜 이렇게 가슴이 떨린단 말인가!

허임은 조금 전보다 더욱 굵어진 함박눈을 바라보며 송하연의 옛 모습을 떠올려보았다. 머리카락 한 올, 눈빛 한 점, 그리고 귀 밑의 점까지.

눈이 어깨와 머리 위에 쌓였다. 검은머리가 흰머리가 되더니 점점 눈사람을 닮아갔다.

그렇게 얼마나 지났을까. 눈사람의 입술이 좌우로 늘어지더니 귀에 걸렸다. 백 번, 천 번을 생각해 봐도 송하연이었다. 이 세상에 얼굴 닮은 사람이 어디 한둘일까. 그녀의 분위기까지 닮은 사람을 꼽는다면 극히 소수겠지만.

그래도 몇은 있겠지?

그렇다면 귀밑의 점까지 똑같은 사람은 과연 몇이나 될까?

'송 아가씨가 분명해!'

송하연이 의녀가 된 이유가 궁금했지만 그것은 고민한다고 해서 바뀔 문제가 아니다. 그녀가 궁중에 있다는 것. 자신이 갈 수 있는 곳에 있다는 것. 지금 중요한 것은 그것이었다.

'으아아아아아아!'

두 주먹을 불끈 쥔 허임은 입만 벌린 채 가슴으로 환호성을 내질렀다. 머리와 어깨에 쌓였던 눈이 우수수 떨어지면서 눈사람이 무너져 내렸다. 단단한 껍질처럼 온몸을 두르고 있던 외로움도.

* * *

광해군이 허임을 지명해서 불러들였으며, 허임의 치료에 대해서 매우 흡족해했다는 소문은 빠르게 내의원과 전의감에 퍼졌다.

내의원의 내의 중 허임의 내의 임명을 반대했던 사람들은 슬슬 눈치를 봤다. 광해군은 둘째 왕자지만 세자 책봉에 가장 근접해 있었다. 줄을 잘못 서면 출세에 막대한 지장이 있을 터, 될 수 있으면 허임에 대한 말을 아꼈다.

허임은 내의원으로 달려가고 싶은 마음을 꾹 참고 자신의 본분에 충실했다. 나무는 가지가 클수록 바람을 더 받는 법. 명성이 올라갈수록 자신을 싫어하는 자들의 목소리가 커질 것이다. 자칫하면 송하연이 피해를 입을지도 모르는 일. 묵묵히 일하면서 그녀 곁으로 다가갈 날을 기다리는 게 그로선 최선이었다.

한편, 유진하는 자신의 마음대로 움직이지 않는 송하연을 보고 애가 달았다. 처음에는 쉽게 손에 쥐어질 것 같았다. 그런데 가까워지던 그녀가 언제부턴가 점점 멀어지는 듯 느껴졌다.

제까짓 게 도도하다 해도 얼마나 버티랴!

엊그제만 해도 자신과 거리를 두는 그녀를 보고 그렇게 생각하며 코웃음 쳤다. 그런데 지금은 정말 자신을 싫어하는 것이 아닐까 걱정이 되었다.

'정말 쉽지 않은 계집이군.'

자신이 왜 그런 계집 하나 때문에 마음고생을 하는 것이지?

유진하는 그럴 이유가 없다고 생각하면서도 송하연만 보이면 언제 그랬냐는 듯 마음이 달아올랐다.

'안 되겠어. 차근차근 마음부터 얻고 몸을 취하려 했는데, 네가 정 그렇게 나온다면 나도 별수 없지.'

결국 유진하는 처음 세웠던 계획을 수정하기로 작정했다. 그리고 자신의 새로운 계획을 위해서 정월을 이용하기로 했다.

유진하는 약 달이는 곳에 정월만 있는 걸 보고 다가가서 나직이 말했다.

"정월아."

"예, 의관님."

"내 너에게 부탁할 것이 하나 있다. 할 수 있으면 하고, 못하겠으면 못하겠다고 해라. 너에게 아무런 해도 안 될 테니까. 대신 네가 내 부탁을 들어주면 큰 상을 내리마."

"무슨 일인데 그러십니까?"

유진하는 주위를 슬쩍 둘러본 후 정월의 귀 가까이 대고 속삭였다.

"……그러니 네가 하연을 그곳으로 데리고 와라. 할 수 있겠느냐?"

"예, 의관님."

정월은 눈빛을 반짝이며 자신 있는 목소리로 대답했다. 유진하는 그녀의 말을 철썩 같이 믿었다. 설령 정월이 그녀를 데려오지 못한다 해도 손해 볼 것은 없었다. 다음 기회를 노리면 되니까.

"그럼 너만 믿고 가마."

그날 밤은 유진하가 당직을 서는 날이었다. 그는 약속 시간이 되자 내의원 뒤쪽 서고로 갔다. 서고에는 유등불 하나만 켜져 있어서 구석진 곳은 어둑어둑했다. 그는 어둑한 곳에 앉아서 초조함과 흥분이 범벅된 마음으로 송하연과 정월이 오기만 기다렸다.

정월은 약속시간이 조금 넘었을 때 유진하를 찾아왔다. 그런데 그녀만 왔을 뿐 송하연은 오지 않았다.

"왜 너만 왔느냐?"

유진하가 의아한 표정으로 묻자, 정월이 그에게 바짝 접근해서 속삭였다.

"언니를 데려오려고 했사온데 하필 수의녀님이 몇 가지 일을 맡기는 바람에 나오지 못했습니다."

"이런, 이런……."

유진하는 아쉬워하며 고개를 흔들었다. 그때 바로 앞에 있던 정월이 뭔가에 발이 걸린 듯 앞으로 넘어졌다.

"어머."

유진하는 넘어지는 정월을 엉겁결에 붙잡았다. 정월의 나이답지 않게 풍만한 가슴이 유진하의 얼굴을 덮치고, 몸은 유진하의 가슴에 안겼다.

"죄, 죄송합니다, 의관님."

정월이 바로 떨어지지 않고 몸이 찰싹 달라붙은 상태로 미끄러져 내리며 말했다. 유진하는 정월을 밀치지도 않고, 허리를 잡은 손을 놓지도 않았다.

"괜찮으냐?"

"저는 괜찮습니다."

어둑한 상태에서 두 사람의 얼굴은 한 치 간격밖에 되지 않았다. 숨을 쉴 때마다 정월의 입김이 그대로 유진하에게 전해졌다. 그 동안 참을 만큼 참았던 유진하의 몸이 후끈 달았다. 정월을 안고 있는 그의 손에 절로 힘이 들어갔다. 정월도 그가 당기는 대로 품안에 안겼다.

"으으음."

정월의 입에서 달뜬 신음이 흘러나오자 유진하의 인내가 무너졌다.

"정월아."

"의관님이 원하신다면…… 저는 괜찮습니다."

정월이 입술을 귀에 대고 속삭이자, 유진하의 손이 정월의 저고리 사이로 파고들었다.

약속(約束)

선달을 사흘 남겨 놓고 광해군이 허임을 불렀다. 이번에는 봄에 다친 무릎이 아프다고 했다. 전에 허임이 한 말을 의식했는지 잠들기 전에 침을 맞고 싶다며 어두워지면 오라고 했다.

허임은 저녁식사를 하고 오동돈과 함께 혜민서를 나섰다. 굳이 내의원을 거치지 않아도 되지만 위계를 무시할 수 없다는 핑계를 대고 내의원에 들렀다. 혹시나 송하연을 만날 수 있을까 하는 마음에.

그날따라 늦게까지 내의원에 남아 있던 양예수는 허임의 속마음도 모르고 그러한 태도를 마음에 들어 했다. 허임으로서는 생각지도 못한 점수를 딴 셈이었다.

양예수에게 인사를 하고 방을 나선 허임은 내의원 안쪽을 자연스럽게 둘러보았다. 밤이 되어서인지 의녀들은 보이지 않았다. 많이 아쉬웠지만 늦은 시간을 원한 것은 자신이니 누구를 탓할 수도 없었다.

그때 우측에 있는 의관의 집무실 문이 열렸다. 반사적으로 고개를 돌린 허임의 눈에 허준이 보였다. 허준도 뜻밖이라 생각했는지 멈칫했다. 멈칫한 것도 잠깐, 문을 닫고 걸음을 옮긴 허준이 허임의 앞으로 다가왔다.

허임이 고개를 숙이며 인사말을 건넸다.

"이 시간까지 어인 일이십니까?"

오동돈은 부러지지 않을까 걱정될 정도로 허리를 깊숙이 숙였고.

"그, 그간 강녕하셨습니까, 어의 어른?"

허준은 가볍게 고개를 끄덕여서 오동돈의 인사에 답하고 허임을 바라보았다.

"일을 마저 처리하려다 보니 늦었다. 그래, 광해군 마마의 치료 때문에 들어왔느냐?"

"예."

"광해군 마마께서 네 치료를 마음에 들어 하시니 다행이구나."

"과분한 일이어서 마음이 무겁습니다."

"실력이 없다면 그분께서 계속 부르겠느냐? 어쨌든 네가 인정을 받고 있으니, 네 스승을 봐서도 참으로 기쁜 일이다."

"감사합니다."

"기왕이면 행동도 네 실력에 맞게 했으면 싶다. 말과 행동과 실력이 일치된다면 닫혔던 길도 열리겠지."

풍부한 경험을 쌓은 선생이 아직 어린 제자에게 내리는 따끔한 가르침 같은 말이었다. 너무도 당연한 말에 불만이 생길 이유가 없었다.

그런데 허임은 허준의 말에서 묘한 이질감을 느꼈다.

'내 행동에 문제가 있다는 건가?'

허준으로서는 그렇게 생각할 수도 있을 것이다. 성격이 너무 날카롭다며 몇 번이나 날을 무디게 하라는 충고를 했었으니까. 하지만 오늘 말은 그때와 조금 다르게 받아들여졌다. 그래도 일단은 순순히 대답했다.

"아직 어리고 부족한 것이 많아서 그러나 봅니다. 지나면 나아지겠지요."

"나도 그러길 바란다. 너를 위해서도 그렇고 네 스승을 위해서도 그렇고, 이제는 전과 달라져야지. 그럼 가봐라. 마마께서 기다리시겠다."

"예, 어의 어른."

허임은 고개를 숙여 인사하고 돌아섰다. 그는 몇 걸음 옮기는 중에 조금 전 느꼈던 이질감의 정체를 깨달았다.

말투와 달리 차갑게 느껴지던 허준의 눈빛!

전에는 잘못을 지적하더라도 그렇게 차가운 눈빛을 보이지 않았다. 그런데 오늘은 달랐다. 결코 달빛이 반사되어서 그리 보인 것이 아니다. 왜?

'그만한 이유가 있겠지.'

자신의 행동을 문제 삼으면서 차가운 눈빛으로 바라볼 만한 이유가. 더구나 허준은 예전과 달리 스승님까지 들먹이며 자신을 훈계했다. 전과 달라져야 한다는 말로 봐서는 지금이 아니라 과거 때문인 것 같았다.

과거에 특별히 허준의 마음을 흔들만한 일이 있었던가? 처음 만
난 날의 행동 때문에 한 말은 아닌 것 같은데?

문득 허준 옆에 자신과 좋지 않은 은원으로 엮인 자가 있다는 사
실이 떠올랐다.

'유진하. 너냐? 네가 허준 어른께 나에 대해 말했더냐?'

무슨 말을 했는지는 모른다. 다만 그가 자신에 대해 말했다면, 좋
은 말을 하지는 않았을 거라는 것은 분명했다.

'만약 그랬다면…… 너는 큰 실수를 한 거다, 유진하.'

허임의 눈빛이 한겨울 별빛보다 차가워졌다.

* * *

광해군은 왠지 모르게 굳은 표정으로 허임을 맞이했다.

"네가 원해서 이 시간에 불렀다. 설마 쉬는 시간을 뺏었다고 기
분 나쁜 것은 아니겠지?"

"소인의 마음을 헤아려 주셔서 감읍할 뿐이옵니다."

"괜찮다니 다행이군."

광해군은 무뚝뚝한 말투로 말하고 바지를 걷었다.

"낮에 치료하려다가 그대를 기다리겠다며 참으셨다. 그러니 책
임이 막중함을 알고 치료하도록 해라."

옆에 있던 유은산이 한숨을 쉴 것 같은 표정으로 나직이 말했다.
허임은 그의 말이 거짓이 아니라는 걸 무릎을 보고 알 수 있었다.

무릎이 부어 있는 걸 보니 최소 몇 시간 전에 이상이 있었던 것처럼 보였다.

'후우, 정말 알 수 없는 분이군. 아프면 내의를 부르시지.'

그 와중에도 허임은 낮에 자신을 부르지 않은 걸 다행으로 여겼다. 그나 광해군이나 고집은 비슷했다.

"침과 뜸을 병행해야 할 것 같습니다."

"아프지만 않게 해."

허임은 광해군의 표정이 굳은 이유도 알 수 있었다. 아프니 웃음이 나올 리가 있나?

허임이 먼저 침으로 통증을 완화시키자 광해군의 표정이 조금 펴졌다. 또한 통증이 약해지니 입이 살아났다.

"내가 전에 말한 것은 알아왔겠지?"

"예."

"어디 말해봐라. 백성들의 마음은 요즘 어떠하냐?"

"먹고 사는 어려움이야 전과 크게 다르지 않사옵니다만, 최근에 와서 동요가 심하옵니다."

"왜국 때문이냐?"

"백성도 귀가 있는데 어찌 듣지 못 하겠사옵니까?"

"중신들과 장수들은 왜에 대해 큰 걱정을 하지 않아도 된다고 했다. 그렇다면 백성들이 그들을 믿지 못한다는 말이구나."

허임은 그에 대해서 아무 말도 하지 않고 치료에만 전념했다. 아버지가 왜 한양을 떠나 나주까지 도망가야 했던가. 말 한마디 잘못했기 때문이 아니던가?

그런데 광해군이 허임을 똑바로 쳐다보며 물었다.

"네 생각은 어떠하냐?"

허임은 무릎 안쪽 음릉천(陰陵泉)에 꽂힌 침을 뽑으며 무심한 어조로 말했다.

"소인 같은 의관이 뭘 알겠습니까?"

"너 역시 백성이 아니더냐? 또한 내가 좀 전에 말할 때 너는 아무 말도 하지 않았다. 이는 그에 대해서 반론할 말이 있다는 뜻이 아니겠느냐?"

나이 어린 광해군의 눈치는 늙은 염소만큼이나 예리했다. 하긴 그러니 임해군을 제치고 세자의 물망에 올랐겠지. 왕의 견제 속에서도 꿋꿋이 버티면서.

"아비에게 말의 중함이 만근 철추와 같아야 한다고 배웠습니다. 명을 거두어주소서."

"네 아비가 누군지 잘 가르쳤구나. 그러나 말해야 할 때 말하지 못하는 자는 소인이니라. 아무 책임도 묻지 않을 것이니 어디 말해봐라."

"소인의 아비 역시 그런 말을 듣고 어떤 말을 하는 바람에 천 리 떨어진 곳으로 도망가서 평생 한을 품고 사시다 저세상으로 가셨사옵니다. 왕자 마마의 말씀은 믿으나, 낮말은 새가 듣고 밤말은 쥐가 들으니 소인은 말씀드리기가 어렵사옵니다. 거두어주소서."

"네 아비가 누구인데 그런 일을 당했단 말이냐?"

"소인의 아비는 십여 년에 장악원의 전악이었사온데 대금을 부셨습니다."

허임의 말을 들은 광해군은 오랜 과거를 회상하듯이 눈을 가늘게 떴다. 그러더니 천천히 고개를 끄덕거렸다.

"그래, 맞아. 네 말을 들으니 어렴풋이 생각나는구나. 그 동안 까맣게 잊었는데, 내가 아주 어릴 때 가끔 참 듣기 좋은 대금소리를 들었던 것 같아."

십삼 년 전의 일이다. 기억조차 희미한 네 살 때의 일. 그때를 떠올린 광해군의 입가에 미소가 떠올랐다. 기억이라 할 것도 없을 정도로 극히 짧은 순간들의 파편만 떠올랐는데도 그 시절이 그리워졌다. 아무 걱정 없이 뛰놀던 그 시절이.

"그 대금을 네 아비가 불었단 말이지?"

"아마 그랬을 것이옵니다."

"그런데 어째서 도망을 갔단 말이냐? 누구를 두려워해서?"

"세상에는 자신들에게 불리한 말을 하는 사람을 원치 않는 자들이 많사옵니다. 소인의 아비가 천한 악공의 신분으로 주제넘은 말을 해서 그들의 심기를 건드렸나 보옵니다."

"그자들이 누군지 물어도 대답해 주지 않을 것 같구나."

"소인의 마음을 헤아려주소서."

광해군도 옛일을 더 이상 끄집어내고 싶지 않았다. 어차피 오래전의 일이다. 지금에 와서는 해결할 수도 없었다.

"좋다. 그 일은 그쯤에서 접어두지. 대신 내가 한 말에 대해서 대답해 봐라. 만약 오늘 밤의 이야기가 밖으로 새어나간다면, 내 모든것을 걸고 입을 연 자를 찾아내 삼족을 멸할 것이다."

전혀 예상치 못했던 강한 어조의 명령. 거기에는 허임을 압박하고자 하는 뜻도 담겨 있었다. 허임도 그걸 알기에 천천히 고개를 들었다.

"정말 듣고 싶사옵니까?"

"말해 봐라."

"왜국은…… 반드시 쳐들어 올 것이옵니다."

광해군 역시 허임이 그렇게 단정적으로 말할 줄은 생각도 못한 듯 눈이 커졌다.

"왜 그렇게 단정하지?"

"소인은 제주도에서 일 년 이상 마의로 지냈사옵니다. 그때 왜의 움직임에 대해서 들은 게 있사옵니다."

허임은 진실 반, 거짓 반을 섞어서 말했다. 모두가 전하성의 일지를 기반으로 한 추측이었다.

"저들은 이미 수 년 전부터 첩자를 보내 조선의 많은 것을 자세히 수집했사옵니다. 침략할 뜻을 품고 있지 않았다면 그토록 자세한 정보를 수집하지 않았을 것이옵니다. 그리고 올해 들어서 방약무인함을 드러내며 조선을 거쳐 명을 치겠다는 말을 했다 들었사옵니다. 이는 모든 준비를 마쳤다는 뜻이 아니겠사옵니까?"

광해군의 표정이 딱딱하게 굳어졌다. 자신 역시 왜가 쳐들어올 거라 생각하고 있었으나 자신이 내린 결론은 그저 심증에 의한 것일 뿐. 그런데 허임의 말을 들으니 왜적의 침입이 눈앞에 펼쳐지는 것 같아서 가슴이 떨렸다.

"으으으음."

나직하게 침음을 흘린 그는 착잡한 표정으로 허임을 바라보았다.

왜가 침략할 거라 생각하면서도 적극적으로 나서지 못하는 자신의 처지가 한심하고 화가 났다. 지금 나서면 세자는커녕 그나마 버티던 왕자의 자리조차 위험해진다. 대세를 바꿀 수도 없고. 지금으로선 대신들이 하루빨리 사실을 직시하고 일치단결하는 걸 바라는 수밖에.

"허 의관. 목숨을 부지하고 싶거든, 어디 가서 함부로 말하지 마라. 네가 한 이야기에 대해서는 내가 몇몇 대신들과 이야기 해보마. 물론 네 이름을 말하지는 않을 것이야."

"소인도 목숨 귀한 줄은 알고 있사옵니다."

"다행이군. 그런데 치료는 언제 마칠 거냐?"

뜸 뜨는 것마저 마치고 광해군의 거처를 나선 허임의 등은 식은 땀으로 젖어 있었다. 아버지에 대해서 말한 것은 아버지의 명예를 위해서였다. 소기의 목적은 달성한 셈.

더구나 전하성의 첩자일지에 대한 사실을 가슴에 담고 있어야만 했던 그였다. 때로는 죄의식마저 느껴져서 가슴이 답답했었다. 그런데 이렇게라도 털어내고 나니 가슴 속에 뭉쳤던 응어리가 조금은 풀어진 듯했다.

'이제 남은 일은 하늘에 맡기는 수밖에……'

"정말 재미있는 사람이야. 안 그런가, 은산?"

"위험하지 않겠사옵니까?"

"나라를 걱정하는 게 위험한 일인가?"

"그런 뜻이 아니오라……."

"그냥 놔둬라. 지금처럼 혼란한 세상에는 저런 사람도 있어야 하지 않겠나?"

광해군은 담담히 웃으며 다리를 주물렀다.

"좌우간 침구 솜씨 하나는 대단해. 지금 같으면 뛰어다녀도 되겠어."

아픔에서 벗어나 웃을 때만큼은 그도 영락없는 열일곱 소년이었다.

* * *

찬바람이 기승을 부리며 온 세상을 동토로 만들었다. 땅과 물이 꽁꽁 얼다보니 혜민서에도 골절상과 동상이 걸린 환자가 밀려들었다.

평소보다 많은 환자가 밀려들면서 준비했던 약재가 부족해지자, 허임은 오동돈을 비롯한 세 명의 의관을 데리고 전의감에 갔다.

다행히 전의감에는 동상에 특별한 치료 효험이 있는 약이 있었다. 다만 그 양이 많지 않아서 서민을 치료하는 혜민서에는 내주지 않았다.

그런데 안쪽으로 들어갔던 오동돈이 얼마 되지도 않아서 작은 통을 가지고 나왔다.

"교수님, 좋은 걸 구했습니다요."

"뭡니까?"

"물개기름으로 만든 고약입죠. 귀한 거라 전의감에서 안 주려는 걸 제가 특별히 조금 얻었습니다요."

"그래요? 잘하셨습니다."

물개는 원래 양기의 상징이다. 뜨거운 힘을 가진 물개기름을 녹여서 자초(紫草)와 섞어 고약을 만들면 동상의 얼어붙은 부위가 풀리면서 살이 살아난다.

"물개를 어떻게 잡는지 아십니까?"

"글쎄요. 창이나 화살 같은 걸로 잡지 않을까요?"

"그게 말입니다. 평해에 물개가 많은데, 봄에 졸고 있는 놈을 몰래 다가가서 때려잡는다고 합니다요."

오동돈이 물개 잡는 법을 말하고는 은근한 어조로 몇 마디 덧붙였다.

"그리고 이거……."

주위를 슬쩍 돌아본 그가 품속에서 시커멓고 기다란 뭔가를 조금 빼서 보여주고는 재빨리 집어넣었다. 허임이 본 것은 시커멓게 마른 끝 부분뿐이어서 뭔지 알 수가 없었다.

"그건 뭡니까?"

"쉿. 조용히 하십쇼. 이게 바로…… 그겁니다."

"그거라니요?"

오동돈이 뭘 모르는 척하냐는 듯 묘하게 웃고는 속삭이듯이 말했다.

"거, 있잖습니까? 물개 거시기."

"설마 해구신(海狗腎)?"

깜짝 놀란 허임도 목소리를 낮췄다. 지금까지 말만 들었을 뿐, 그가 해구신을 직접 본 것은 오늘이 처음이었다.

오동돈이 허임의 반응에 씩 웃고는 배부른 표정을 지었다. 해구신은 정신쇠약이나 기운이 부족한 곳에도 쓰지만, 무엇보다 남자의 양기를 북돋는 데 최고였다.

"반입된 지 얼마 안 돼서 아직 손질도 안 한 상태로 있지 뭡니까요."

"그걸 어디다 쓰려고 가져왔습니까? 아직 혼인도 안 하셨는데. 혹시 기방에……."

"에이, 그런데다 쓰긴 아깝죠. 나중에 혼인하면 쓸 생각이죠. 흐흐흐. 좀 나눠드릴까요?"

"저는 됐습니다."

"우리 조선에서 잡히는 것이 양기가 강해서 명나라에서도 최고의 상등품으로 쳐줍죠. 필요하면 언제든 말씀하십쇼."

피식 웃은 허임이 약재창고를 둘러보았다.

"그런데 약은 다 구했습니까?"

그제야 오동돈이 바빠졌다.

"바로 챙기겠습니다요."

그는 해구신이 품속에 있는 것만으로도 기운이 펄펄 난 듯 활기찬 모습으로 다른 약재를 구하러 다녔다.

얼마나 지났을까, 허임이 약재가 나오기를 기다리고 있는데 뒤에서 귀에 익은 목소리가 들렸다.

"이게 누구시오? 허 교수께서 직접 약재를 가지러 오시다니, 어쩐 일이오?"

'장득강?'

허임은 약간 굳어진 표정으로 고개를 돌렸다. 아니나 다를까 장득강이 안으로 들어서고 있었다. 담담한 표정에 전과 다름없이 강렬한 눈빛이었다.

"오랜만이오."

허임도 담담히 장득강을 대했다. 복시 항의사건 때 생각지도 않았는데 나서준 사람이 장득강이었다. 천출을 무시하는 성격은 여전했지만 공사를 가려서 끊고 맺는 것 하나만큼은 확실했다. 그렇다고 해서 미운 마음이 완전히 사라진 것은 아니지만.

"요즘 혜민서가 무척 바쁘다는 이야기를 들었소. 해서 신 형과 내가 혜민서에 가서 도와줄까 하는데, 어떻게 생각하시오?"

밉다고 해서 도움을 거절할 이유는 없었다.

"우리야 고맙지만, 주부께서 허락하실지 모르겠소."

"신 형은 사람 사귀기를 잘해서 그 정도쯤은 어렵지 않게 허락을 받아낼 수 있을 거요. 나야 혜민서에 간다고 하면 얼씨구나 하고 보낼 것이고 말이오. 하하하하."

그의 유별난 성격은 전의감에서도 반발에 부딪치는 듯했다. 하긴 어떤 상관이 불만 가득한 그의 성격을 좋아할까? 가슴에 불을 담고 있는 청년의원들이라면 몰라도.

"주부께 말씀드려보겠소."

"듣자니까 저번 가을에 들어온 의녀들 중에 아름다운 처자들이 많다는데, 사실이오?"

장득강이 귓속말을 하듯 나직이 물었다. 평소 그답지 않은 말에 허임이 빤히 그를 바라보았다.

"정말 관심 있소?"

"내 나이 스물여섯이오. 장가를 갔으면 아이 두셋은 나왔을 거요. 신 형은 벌써 아이가 둘이라지 않소? 그런데 나는 아직도 총각이니 원……."

"좋은 곳에서 중매가 들어왔을 텐데, 어찌 아직도 혼자요?"

"마음에 드는 여자가 없어서 어쩌다 보니 이렇게 됐소."

"그게 아니라 장 의관이 차인 것 아니오?"

"쩝. 어떻게 양반집 규수 하나 건져볼까 했더니, 서출은 본 척도 않지 뭐요. 더 늦으면 총각귀신이 될 것 같아서 씨라도 뿌려놓을 생각이오."

"아직 나이가 창창한데 왜 총각귀신 타령을 하는 거요? 그런 마음이라면 혜민서 의녀들도 좋아하지 않을 거요."

허임은 장득강이 의녀들을 우습게 보는 것 같아서 은근히 화가 났다. 그런데 장난스럽게 말하던 장득강이 정색하고 허임의 두 눈을 똑바로 쳐다보았다.

"몰라서 묻소? 허 의관은 왜놈들이 어떻게 나올 거라고 보시오?"

허임은 장득강의 말뜻을 짐작했지만 모른 척하고 되물었다.

"그들이 쳐들어오기라도 한단 말이오?"

"내 생각이 잘못 된 게 아니라면 가까운 시일 내에 움직일 거요. 그런 상황이 벌어지면 나는 고향으로 달려갈 수밖에 없소. 그럼 죽을 확률이 높아지니 그 전에 자식 하나는 봐야 할 것 아니오?"

장득강의 고향은 밀양이었다. 왜적이 침입하면 부산이나 남해 쪽으로 들어올 것이 분명하니 밀양은 매우 위험한 지역이었다.

"대신들은 왜가 쳐들어오지 않을 거라 생각하고 있소. 그런데 장의관의 생각은 다른 모양이군요."

"그들의 말은 믿을 수가 없소. 허 의관도 내 생각과 같을 거라 생각하는데. 솔직히 말해보시오."

허임의 깊은 눈과 장득강의 강렬한 눈이 마주쳤다. 그때 오동돈이 고개를 쳐들고 다가왔다.

"어허, 이게 무슨 짓인가? 허 교수님이 아직도 자네와 같은 신분인 줄 아나?"

배로 툭 장득강을 밀쳐낸 오동돈이 허임을 향해 씩 웃음을 지으며 허리를 숙였다.

"허 교수님, 약재를 다 챙겼습니다. 가시지요."

허임은 오동돈의 넉살에 자신도 모르게 훗, 하며 실소를 흘렸다. 그러고는 장득강을 담담한 표정으로 바라보았다.

"기다리고 있겠소."

장득강은 무표정한 얼굴로 가볍게 고개를 한번 끄덕였다. 그가 혜민서 지원을 자청한 것은 자신이 말한 것 외에도 목적이 하나 더 있었다.

'도대체 얼마나 대단해서 그 야단인지 내 눈으로 직접 확인해 보겠어.'

혜민서 의관들과 함께 전의감을 나서던 허임은 우뚝 멈춰 섰다.

"왜 그러십니까, 허 의관님?"

두어 걸음 앞서가던 오동돈이 고개를 돌리고 의아한 표정으로 물었다.

허임은 아무 대답도 하지 않았다. 아니 할 수가 없었다. 저 앞에서 의녀 셋이 종종걸음으로 다가오고 있었다. 그 중 한 의녀가 송하연이었다.

송하연도 허임을 보고 움찔하더니 급히 고개를 숙였다.

자신을 알아본 걸까?

가만히 서서 바라보는 걸 보면 그럴 가능성이 높았다. 그렇다고 해서 자신도 아는 척 할 수는 없었다. 함께 가는 의녀도 의녀지만, 마음이 아직 준비되지 않은 상태였다.

한편으로는 자신의 소심한 성격이 야속하기만 했다. 무슨 준비가 필요하단 말인가? 그냥 인사하면 되는 거지. 그런 마음이면서도 몸이 따르지 않았다.

다른 의녀들은 서 있는 허임을 알아봤는지 나름대로 교태를 부리며 고개를 숙였다. 허임도 가만히 고개를 숙여서 인사를 받았다. 하지만 송하연은 숙인 고개를 들지 않고 그대로 지나쳤다. 심장이 터질 것처럼 뛰어서 가슴이 답답할 지경이었다.

의녀들이 지나가자 오동돈이 고개를 쑥 내밀고 귓속말로 속삭였다.

"교수님, 혹시 마음에 드시는 의녀라도 있으십니까요? 말씀하시면 제가 한번 알아보죠. 흐흐흐."

"먼저 돌아가세요. 곧 뒤따라갈 테니까요."

오동돈이 괴이한 웃음을 지으며 한쪽 눈을 찡긋하고는 돌아섰다.

"험! 이보게들, 교수님께서는 아직 남은 일이 있으시다는구먼. 우리 먼저 가세. 어험! 아, 날씨 참 시원허다."

허임은 오동돈의 너스레에 쓴웃음을 짓고는 몸을 돌렸다. 전의감 안으로 들어가는 의녀들의 등이 보였다. 그는 천천히 걸음을 옮겨서 안으로 들어갔다.

송하연의 태도를 봐서는 전부터 자신을 알아봤던 것 같다.

아는 척하는 게 창피했던 걸까? 그래서 시간을 두고 그녀 곁으로 다가가는 게 낫지 않을까 하는 생각도 해봤다. 그런데 아무래도 돌아가는 상황이 심상치 않았다. 머뭇거리다 때를 놓치면 평생 후회할지 모르는 일. 결례가 되더라도 만나보는 게 나을 듯했다.

송하연은 허임이 따라오고 있다는 것을 본능적으로 느꼈다. 터질 것처럼 뛰던 심장이 멈춰버린 것 같았다.

"언니, 왜 그래요? 어디 아파요? 안색이 안 좋은 것 같은데……."

정월이 송하연을 보고 걱정스러운 목소리로 말했다. 송하연은 가슴을 누르며 두어 번 고개를 저었다.

"아무것도 아냐. 가슴이 좀 답답해서. 정월아, 이연이하고 먼저 가서 챙기고 있어. 잠깐 숨 좀 고르고 들어갈게."

"예, 언니."

정월이 상냥하게 대답하고는 돌아섰다. 돌아선 그녀는 입술 끝을 비틀고는 동료 의녀를 재촉했다.

"우리 먼저 들어가자. 언니는 몸이 좀 안 좋으신가 봐."

송하연은 정월과 이연이 약방 안으로 들어가자 몸을 틀어서 건물 뒤로 돌아갔다. 허임은 그녀의 의도를 눈치 채고 뒤만 따라갔다.

건물 뒤쪽은 특별한 일이 없으면 사람이 오갈 일이 없어서 무척이나 한적했다. 송하연은 그곳에 서서 고개를 숙인 채 허임을 기다리고 있었다. 그러다 허임이 그녀 앞에 서자 고개를 들었다. 눈빛이 파르르 떨리고 있었다.

"오랜만에 뵙습니다, 송 아가씨."

허임이 공손히 고개를 숙였다. 송하연의 얼굴에 처연한 표정이 떠올랐다.

"역시 저를 알아보셨군요."

"저보다 송 아가씨가 먼저 저를 알아보신 같습니다. 미련한 저는 그것도 모르고 있었지요."

"이제는 송 아가씨라고 부르지 마세요. 저는 그냥 내의원의 의녀일 뿐이에요."

"사정이야 어쨌든 제 가슴 속에는 여전히 송 아가씨로 남아 있습니다."

"어머니가 쫓겨날 때 송씨 성도 쓰지 못하게 했어요. 그러니 그냥, 그냥 하연이라고 부르세요."

허임은 송하연을 가만히 쳐다보았다. 송하연의 맑은 눈에 습기가 가득 차 있었다. 그 눈을 보고 있으니 자신의 가슴이 다 아팠다.

그 동안 얼마나 고생했을까?

하지만 허임은 억지로라도 웃음을 지으며 말했다.

"그래도 세상이 팍팍한 것만은 아닌 모양입니다. 이곳에서 송 아가씨를 만날 수 있을 거라고는 생각도 못했습니다."

"저도 그래요."

송하연의 입가에도 가느다란 웃음이 걸렸다.

"요즘은 길가다 뱀을 밟지 않습니까?"

허임의 말에 송하연이 풋 하며 웃음을 터트렸다.

"안 밟아요. 조심하거든요."

"그래도 혹시 모르니 뱀을 밟아서 물리면 언제든 저를 불러주십시오."

"제가 물리기만 기다리겠다는 말씀 같네요?"

"어? 그게 그렇게 되나요? 그럼 안 되죠. 정정하겠습니다. 절대 물리지 마십시오."

송하연인들 허임이 자신의 마음을 풀어주기 위해 너스레를 떤다는 걸 어찌 모를까? 그 마음이 그저 고맙기만 했다.

"저 같은 의녀를 가까이하는 게 알려지면 남들이 흉봐요. 그러니 억지로 저를 찾지는 마세요."

그 말에 허임이 정색했다.

"안 됩니다. 그것만큼은 약속할 수 없습니다. 그럼 제가 머리를 싸매고 누울지 모르거든요. 그랬다간 혜민서의 환자들이 전부 송 아가씨를 원망할 겁니다. 그러니 그런 말씀은 하지 마십시오."

"예? 풋!"

실소를 터트리고 고개를 숙인 송하연은 가슴이 찡했다. 허임의 말이 농담처럼 들리지만, 그 말에는 그의 진심이 들어 있었다. 그걸 알기에 가슴이 먹먹했다.

'고마워요, 정말 고마워요. 하지만 의관님은 더 높은 곳으로 올라가실 분이에요. 저는 의관님과 맞지 않아요.'

자신이라 해서 어찌 허임과 만나는 걸 싫어할까. 외로울 때는 의지하고 싶고, 가슴이 아플 때는 하소연하고도 싶었다.

그러나 자신은 이제 송 대감댁의 아가씨가 아니라 천한 의녀다. 의관으로 순탄 대로를 달리는 허임과 나란히 서 있기에는 어울리지 않는 신분. 가슴이 아프지만 그것이 현실이다.

재빨리 소매로 눈물을 찍어낸 그녀는 고개를 들었다.

"그만 가봐야겠어요. 동생들이 기다릴 거예요."

"한 가지 약속만 해 주십시오. 억지로 저를 피하지 않겠다는 것만 약속해 주시면 보내드리겠습니다."

허임이 송하연의 눈을 뚫어지게 바라보며 말했다. 송하연의 눈꺼풀이 잘게 떨렸다.

"왜 저 같은 것을……."

"약속해 주십시오."

"의관님은 얼마든지 좋은 여인을 만나실 수 있어요. 저는 잊고……."

"약속해 주십시오."

천 번 만 번 말해도 변하지 않을 것 같은 눈빛이다. 결국 송하연은 미미하게 고개를 두어 번 끄덕이고는 몸을 돌려서 빠른 걸음으로 멀어졌다.

허임은 그 자리에서 서서 그녀가 사라질 때까지 바라보았다. 그러고는 그녀가 사라지자 두 손을 불끈 쥐고 허공을 올려다보았다.

뒤늦게 두 다리가 후들후들 떨렸다. 숨 쉴 수 없을 만큼 심장이 쿵쾅거렸다.

도대체 어디서 이런 용기가 난 걸까? '내가 정말 허임 맞나?' 오죽하면 그런 생각마저 들었다.

'허임아! 정말 잘했다, 정말 잘했어!'

* * *

허임이 송하연과 만난 지 이틀째 되던 날. 정월이 탕약을 알아보기 위해 나온 유진하에게 넌지시 말을 붙였다.

"저, 이런 말해도 될지 모르겠는데……."

"뭔데 그러냐? 말해봐라."

정월은 고개를 돌려 주위를 둘러본 후 나직이 속삭였다.

"아무래도 언니에게 좋아하는 사람이 생긴 것 같아요."

정월의 말에 유진하의 눈빛이 칼날처럼 번뜩였다.

"무슨 말이냐?"

"요즘 보면 가끔 허공을 쳐다보다가 실없이 웃곤 해요. 일하다 말고 딴 생각을 하는 바람에 지적당하는 경우도 있고요. 전에는 없던 일인데 갑자기 변했어요."

"그게 정말이냐?"

"제가 왜 유 내의님께 거짓말을 아뢰겠어요? 사실 말하지 않을까 했는데, 내의님은 아셔야 할 것 같아서 말씀드린 거예요."

"혹시 상대가 누군지 아느냐?"

"정확하진 않은데, 전에 혜민서의 허 의관님과 만난 적이 있어요. 그때부터 이상해진 걸 보면, 아무래도 그분 같아요."

"허임?"

"예."

유진하의 얼굴이 눈에 띌 정도로 일그러졌다.

'그 개자식이 감히 누구 여자를……!'

정월은 유진하의 모습을 슬쩍 바라보고는 입술을 깨물었다.

'하연 언니에게 당신을 뺏기지 않을 거야. 첩이라도 상관없어. 나도 번듯한 집에 들어가 살 거야.'

정월은 유진하가 자신을 정실로 삼지 않을 거라는 걸 모르지 않았다. 그래도 상관없었다. 유진하의 여자만 되면 그를 자신의 치마폭에 감쌀 자신이 있었다.

"정월아. 네가 잘 살펴보다가 하연이 허임이란 놈과 만나거든 즉시 나에게 알려라. 알았지?"

"예, 내의님."

"그리고 오늘 내가 당직을 설 것이다. 삼경쯤 서고에 잠깐 들러라."

* * *

장득강과 신여탁이 혜민서를 돕기 위해 파견 나온 것은 허임이 전의감에 다녀온 지 나흘째 되던 날이었다. 전의감에서는 장득강의 말을 들었을 때만 해도 시큰둥했다. 그런데 신여탁까지 합세하자 허락해 주었다. 비록 품계는 떨어지지만 신여탁은 유의*여서 말의 무게가 달랐다.

주부인 권학인도 마다하지 않고 두 사람의 도움을 흔쾌히 받아들였다. 그때부터 두 사람은 허임과 함께 환자를 치료했다. 허임은 중하고 위급한 환자를 위주로 치료했고, 장득강과 신여탁은 일반 환자를 맡았다.

두 사람이 합류하자 환자들의 대기시간이 확연히 줄어들었다. 게다가 두 사람의 실력도 뛰어나서 환자들 역시 그들의 치료에 만족해했다. 그럼에도 장득강과 신여탁은 자신들에게 일반 환자만 맡기는 것이 조금은 불만이었다.

그렇게 사흘쯤 지났을 때였다.

"의관님, 제 아버님 좀 살려주십시오!"

다급한 목소리와 함께 한 청년이 누군가를 업고 혜민서로 들어왔다.

"어허! 법석 피우지 말고 일단 이쪽에 눕히게."

환자를 분류하는 권지가 먼저 환자의 상태를 살펴보았다. 진맥을 하고 가슴 부위를 살펴본 그는 그 환자를 장득강에게 보냈다. 병이 심하긴 하지만 당장 위중하지는 않다고 판단한 것이다.

"저쪽으로 가서 기다리게. 두 사람만 치료하면 되니 곧 차례가 돌아올 거야."

....

* 儒醫:양반의 자제로 의원이 된 자

64

장득강은 천식으로 고생하는 노인과 관절통 때문에 온 환자를 치료하고는 청년의 아비를 살펴보았다. 기침을 하고 얼굴이 창백한데다 눈의 흰자위가 약간 충혈되어 있긴 하지만 그 이상 별다른 병증은 보이지 않았다.

진맥을 한 그는 고개를 갸웃거리더니 청년에게 몇 가지 질문을 했다.

"가슴과 옆구리의 통증은 언제부터 느끼셨는가?"

"두어 달 됩니다요. 숨이 가쁘고 불에 덴 것처럼 몸이 화끈거린다고 하셨는데, 기침도 많이 하시고 뭘 잘 먹지도 못하십니다요."

"숨을 쉬기 어려워진 때는?"

"한 달 전부터 가슴이 답답하다며 숨을 못 쉬었습죠."

"가족 중 비슷한 증세를 지닌 분이 계셨는가?"

"없습니다요."

질문을 몇 가지 더 해본 장득강은 손으로 환자의 가슴과 목, 배 등을 만져보았다. 촉진을 마친 그는 폐부가 부었다 생각하고 처방을 했다.

"저쪽에 가서 이걸 보이면 탕약을 달여 줄 거네."

"알겠습니다요, 의관님."

청년은 아비가 여전히 숨 쉬는 걸 힘들어하고 고통스러운 신음을 흘리지만, 곧 나아질 거라 생각하고 방을 나섰다. 장득강은 청년이 환자를 업고 나가자 잠시 휴식을 취했다.

"일 다경만 쉬었다 하세."

병실을 돌보던 권지가 장득강의 방으로 뛰어온 것은 두 시간쯤 지났을 때였다.

"박 의관님, 아무래도 우가라는 노인이 이상합니다."

우가라면 청년이 업고 왔던 노인이었다.

"무슨 소린가?"

"탕약을 마시고 토하는데, 사혈(死血)이 보입니다. 게다가 숨을 거의 못 쉬고 있습니다."

"뭐?"

장득강은 급히 일어나서 병실로 달려갔다. 자신이 아는 한 그 병은 사혈을 토할 순 있어도 눈에 띌 정도는 아니었다. 그때 마침 뒷간을 다녀오던 신여탁이 그 모습을 보고 장득강을 따라갔다.

'무슨 일인데 저리 다급한 표정이지?'

병실로 들어간 장득강은 급히 우씨 노인의 상태를 살펴보았다. 컥컥거리며 숨을 쉬는지 기침을 하는지 모르는 상태였는데 얼굴이 시뻘게진 채 몸을 떨고 있었다.

항상 침착하던 장득강도 예상치 못한 상황에 당황했다.

'어떻게 된 일이지?'

문제는 아무리 살펴봐도 원인을 알 수 없다는 것이었다.

"무슨 일인가?"

신여탁이 조심스럽게 나섰다. 자칫하면 장득강의 자존심을 상하게 할 수도 있는 문제였다.

장득강은 잠시 입을 닫고 대답을 미루었다. 하지만 이대로 놔두면 정말 죽을지도 모를 일. 침중한 어조로 사정을 말했다.

"……그런데 갑자기 이러지 뭔가?"

"내가 좀 봐도 되겠나?"

신여탁이 눈치를 보며 묻자 장득강이 고개를 끄덕였다. 신여탁은 우씨 노인의 앞에 앉아서 병세를 자세히 살펴보았다. 맥진과 촉진을 해보니 폐부에 이상이 있는 듯했다. 하지만 그 이상 뚜렷한 병명은 알아낼 수가 없었다.

"일단 숨을 쉴 수 있게 하는 것이 먼저인 것 같군."

그는 침통을 꺼내서 우씨 노인의 천돌혈과 두어 군데 혈에 침을 놓았다. 그러고는 우씨 노인을 옆으로 뉘었다. 우씨 노인의 숨 쉬는 소리가 조금 전보다는 나아졌다. 하지만 그뿐, 병의 원인은 여전히 오리무중이었다.

그렇게 일 다경쯤 지났을 때였다. 우씨 노인이 느닷없이 피를 토하고는 몸을 더욱 세게 떨었다.

"뭐, 뭐야? 갑자기 왜 이래?"

"그쪽을 잡게. 일단 진정시켜야겠네."

당황한 장득강과 신여탁은 자신들이 아는 의학지식을 총동원해서 우씨 노인을 안정시키려 했다. 그러나 우씨 노인의 몸 떨림은 더욱 심해져서 금방이라도 숨이 넘어갈 것처럼 보였다.

보다 못한 권지 하나가 밖으로 달려나갔다.

잠시 후, 허임과 권학인이 안으로 들어왔다. 먼저 권학인이 진맥을 하면서 장득강과 신여탁에게 상황을 물었다. 장득강이 소태 씹은 표정으로 상황을 설명했다.

설명을 다 들은 권학인이 우씨 노인의 몸을 나름대로 살펴보더니 허임을 바라보았다. 우씨 노인의 병에 대해서 짐작 가는 바가 없는 것은 아니었다. 문제는 치료할 수 있다는 확신이 서지 않는다는 것이다. 그는 자존심을 따지지 않고 옆으로 비켜 앉아서 허임에게 자리를 양보했다.

"허 교수가 한번 보겠나? 아무래도 폐에 심각한 이상이 있는 것 같은데……."

허임이 맥을 짚고 눈을 감았다. 우씨 노인이 당장 죽을 것처럼 보였지만 흔들리지 않았다. 잠시 후 맥을 놓은 그는 우씨 노인을 반듯이 눕히고 눈을 살펴보았다. 눈의 흰자위가 약간 검은 것처럼 보이는데 가느다란 핏발이 어지러이 그물처럼 나타나 있었다.

허임은 가슴 옷자락을 전부 펼쳤다. 그리고 아랫배부터 목까지 철저히 살펴보며 손으로 만져보았다.

어느 순간, 젖가슴 옆쪽 겨드랑이 아래에서 손을 멈춘 그의 눈빛이 깊게 가라앉았다. 권학인이 뭔가를 눈치 채고 허임에게 물었다.

"어떤가?"

"폐에 농양이 생긴 것 같습니다."

허임은 짧게 대답하고는 고개를 빼꼼히 내밀고 있는 오동돈에게 말했다.

"뜸을 뜰 재료를 준비해 주시고, 반듯한 나뭇가지와 대나무, 지푸라기를 하나 가져오십시오."

"알겠습니다요. 자넨 나를 따라오게!"

오동돈이 권지를 데리고 후다닥 뛰어나가더니 뜸을 뜰 재료를 가져왔다. 그리고 곧 권지도 한발 길이의 대나무와 기다란 싸리나무를 가져왔다.

허임은 먼저 천돌혈과 단중혈, 고황수혈, 폐수혈에 뜸을 떴다. 그가 뜸을 뜨자 우씨 노인의 숨결이 서서히 안정되었다. 사람들은 그제야 안도했다.

하지만 그것으로 끝난 것이 아니었다. 본격적인 치료는 이제부터였다. 게다가 가장 중요한 일은 아직 시작도 하지 않았다.

허임은 나뭇가지로 팔꿈치 안쪽의 척택혈에서 가운뎃손가락까지 재고, 지푸라기로는 가운뎃손가락의 가운데 마디 금이 있는 부분 폭을 잰 다음 그 두 배의 길이로 해서 반을 접었다.

일단 길이를 잰 허임은 청년을 시켜서 노인의 몸을 세워 대나무 위에 앉혔다. 그러고는 길이를 재 놓은 나뭇가지로 높이를 가늠하고 점을 찍었다. 그리고 그곳에다 미리 재놓은 지푸라기를 가로로 놓아 좌우에 점을 찍었다. 그곳이 바로 기죽마혈(騎竹馬穴)로 종양에 가장 좋은 효과를 보는 혈이었다.

허임은 노인을 눕힌 후 기죽마혈에 뜸을 7장씩 떴다. 다른 의원들은 그가 치료하는 것을 눈 하나 깜박이지 않고 지켜보았다.

그렇게 뜸을 다 뜨자 우씨 노인의 숨소리가 전과 달라졌다. 허임은 우씨 노인을 다시 바르게 눕혀놓고 갑자기 우씨 청년에게 물었다.

“이제부터가 중요하오. 잘못하면 죽을지도 모르오. 그래도 치료하길 바란다면 하겠소.”

의원들 모두가 눈을 크게 떴다. 이제 다 치료했나 싶었는데 그런 말을 하자 놀라지 않을 수 없었다.

"무슨 말인가? 그럼 또 다른 치료를 해야 한단 말인가?"

권학인이 참지 못하고 물었다.

"고름을 빼내지 못하면 소용없습니다. 그런데 잘못될 경우 죽을 수도 있어서 미리 허락을 받고자 하는 것입니다."

허임의 말에 청년이 부들부들 떨며 망설였다. 하지만 결정의 시간은 길지 않았다. 떨고 있던 노인이 간신이 한마디 내뱉었다.

"알아서… 하시라고……."

청년은 황급히 고개를 끄덕였다.

"예, 아버지. 의원님, 제발 치료만 해 주십시오!"

청년의 허락이 떨어지자, 허임은 침통을 꺼내서 가장자리에 날이 선 대침을 꺼냈다. 그는 침을 불에 달궈서 식힌 다음 자신이 짚었던 갈비뼈 사이에 꽂았다.

대침이 뼈 사이를 뚫고 깊숙이 박히자, 옆에서 바라보던 우씨 청년은 물론 다른 모두가 '헉!'소리를 내며 숨을 들이켰다.

우씨 노인도 충격 때문인지 잘게 몸을 떨더니 서서히 멈췄다. 사람들이 그걸 보고 안도의 한숨을 내쉬었다.

그러나 허임의 표정은 여전히 굳어 있었다. 노인은 몸의 떨림만 멈춘 것이 아니었다. 숨 쉬는 소리마저 들리지 않았다.

"주, 죽었나?"

한쪽에 서서 바라보던 의원 하나가 떨리는 목소리로 말했다.

우씨 청년이 놀라서 눈을 부릅뜨고는 달려들 것처럼 몸을 들썩거렸다.

"아이고, 아버지!"

의원들은 눈을 크게 뜨고 허임만 바라보았다.

"조용히 하고 가만히 있어!"

냉랭하게 소리친 허임이 꽂았던 침을 살짝 비튼 후 침착하게 뽑았다. 이마에 땀이 맺혀 있었다. 눈빛이 철판이라도 뚫을 것처럼 번뜩였다. 바라보던 사람들은 숨도 제대로 쉴 수가 없었다.

그때 침이 뽑힌 곳에서 누런 고름이 뿜어지듯이 흘러나왔다.

"흐으으, 흐으으, 흐으으……."

우씨 노인이 다시 숨을 쉬기 시작했다.

허임은 차가운 눈으로 그 광경을 바라보고는 종이를 비벼서 심지처럼 만들었다. 그 동안에도 고름은 샘물이 솟듯 계속 흘러나왔다.

한참이 지나자 줄줄 흘러나오던 고름이 서서히 멈추었다. 허임은 만들어 놓은 심지를 침구멍에 꽂아놓고 이마의 땀을 닦았다. 침을 침통에 회수한 그가 고개를 돌려서 권학인을 바라보았다.

"당장 위급한 지경은 넘겼습니다, 주부 어른. 하지만 아직도 안심할 상황은 아닙니다."

"고름을 보니 폐에 농양이 많이 찬 것 같은데, 조금 전 숨을 제대로 못 쉬고 피를 토한 것도 그 때문인가?"

"폐농양이 심해지면서 폐기가 치밀어 오른 것 같습니다. 급한 대로 조치를 취하긴 했습니다만, 당분간은 조심하면서 두고 봐야 합니다."

나름대로 자부심을 가지고 있던 권학인은 물론이고, 장득강과 신여탁은 입이 달라붙었다.

착잡한 표정, 자괴감으로 굳은 얼굴. 특히 장득강과 신여탁은 어깨가 축 처졌다. 병명을 알아내고 치료법을 아는 것이 문제가 아니다. 허임처럼 단호하게 손을 쓸 수 있는 사람이 몇이나 될 것인가?

"침구멍이 막히지 않아야 고름을 끝까지 빼낼 수 있으니 자주 심지를 꼽았다 뽑았다 하시오. 잘못해서 구멍이 막히고 재차 곪으면 정말로 위험해지니 항상 신경을 써야 할 거요."

허임이 별 표정변화 없이 권지와 의녀들에게 말하고는 우씨 청년에게도 일을 맡겼다.

"돌옷을 진하게 달여서 계속 먹여야 하오. 바위에 난 이끼인데 푸르면서도 흰색을 띠고 있소. 나을 때까지 먹여야 하니 될 수 있는 대로 많이 떼어오시오. 잘 모르겠으면 미리 어떤 것인지 알아보고 가서 뜯으시오."

"예, 의원님. 정말 고맙습니다요!"

우씨 청년이 대답하면서 눈물을 훔쳤다.

"뭘 보고만 있어? 속히 피와 고름을 깨끗이 닦아내고 정리를 해야지!"

오동돈이 권지와 의녀들을 닦달했다. 그제야 정신을 차린 사람들이 하나 둘 자리에서 일어났다.

* * *

우씨 노인은 느리지만 조금씩 몸이 회복되기 시작했다. 눈에 띌 정도는 아니었지만, 의원이라면 진맥으로 그가 회복되고 있나는 것을 느낄 수 있었다.

장득강 역시 그러한 차이를 느꼈기에 씁쓸한 웃음을 지을 수밖에 없었다.

"나는 허임의 실력을 인정하기로 했네."

앞에 앉아 있던 신여탁은 가타부타 말없이 차를 마셨다.

"자넨 아직도 인정할 수 없나 보군."

장득강이 다시 말하자 신여탁이 그제야 눈을 들었다.

"나 역시 침구에 대한 것만큼은 허임을 인정하네. 하지만 의술이란 게 침구가 전부는 아니지 않은가?"

"그가 약을 씀에 있어서 우리보다 아래라 보는가?"

"아래라는 것이 아니네. 위가 아니라는 거지."

"자네, 보기보다 고집이 세군."

"글쎄. 고집이 세다기보다는 이대로 패배를 인정하고 싶지 않을 뿐이야. 한 번의 승부로 승패를 결정지을 수는 없는 일 아닌가?"

"물론 그렇지. 하지만 때로는 한 번만으로도 결정이 날 때가 있는 법이네. 더구나 그는 위급한 환자들만 도맡아 오지 않았나? 애초부터 상황이 달랐어. 사실 며칠 전까지만 해도 허임의 일을 나도 충분히 할 수 있을 거라 생각했지. 하지만 이제는 나에게 허임과 똑같은 일을 하라고 하면 도망가 버릴지도 몰라."

장득강의 말이 뜻밖이었는지 신여탁이 빤히 바라보았다.

"의외군. 자네가 그런 말을 하다니."

장득강이 쓴웃음을 지었다.

"이상하게 보이나? 솔직히 이번 일을 겪으면서 자신이 없어졌어.

넘기 힘든 벽에 부딪친 기분이랄까?"

신여탁은 묵묵히 장득강을 응시했다. 억지로 버티고는 있지만, 그 역시 자괴감에서 벗어나려고 몸부림치고 있었다.

'그래도 자네는 나보다 낫군. 솔직히 말할 용기라도 있으니.'

허임이 오동돈의 새로운 점을 알게 된 것은 송하연 때문이었다.

"제가 기회를 만들어보겠습니다요. 용기를 내서 부딪쳐 보십쇼."

오동돈이 은근한 어조로 말했다. 허임이 송하연 때문에 고민하는
것을 귀신 같이 눈치 챈 것이다.

"오 훈도님이요?"

"흐흐흐, 내의원 수의녀 봉연이 제 말이라면 꼼짝 못합니다요.
저를 좋아하거든요. 봉연에게 말하면 잠깐 시간 내는 것은 어렵지
않을 겁니다요."

허임은 오동돈의 말을 믿을 수 없었다. 아마 그가 아닌 누구라도
그랬을 것이다. 내의원 의녀를 뽑을 때는 행실과 실력은 물론 외모
까지 종합적으로 살펴본다. 그렇게 뽑힌 내의원 의녀가 오동돈을
사모한다는 게 왠지 믿어지지 않았다.

"그런데 왜 혼자 살고 있는 겁니까?"

그랬다. 서른셋 오동돈은 아직 총각이었다. 노총각 오동돈이 머리를 긁적이며 시무룩한 표정으로 말했다.

"그게 저, 사연이 있습죠. 제가 직장이 된 후에 혼인을 하겠다고 어머니께 맹세를 했걸랑요. 그 바람에 봉연도 여태 기다린 거죠."

"그럼 어머니께 말씀드리고 일단 혼인부터 하면 되지 않겠습니까?"

"어머니는 오 년 전에 돌아가셨습니다요. 그 바람에 맹세를 어길 수도, 바꿀 수도 없게 돼버렸죠."

순진하다고 해야 할지, 대단하다고 해야 할지. 허임은 어이없는 표정으로 오동돈을 바라보았다. 하지만 오동돈은 허임의 눈길을 조금도 의식하지 않았다.

"오늘 밤 찾아가서 내일 시간을 만들어보라고 할 테니까 그리 아십쇼."

오동돈의 말은 사실이었다. 그날 밤, 봉연을 만나고 온 오동돈이 허임에게 말했다.

"내일 미시* 말(末)에 전의감으로 가는 길목의 버드나무 옆 골목 안에서 만나기로 했습니다요. 마침 약재 떨어진 것이 몇 가지 있으니 의관님과 제가 직접 약재를 가지러 가도록 합시다요."

다음 날. 허임은 오동돈과 세 명의 권지를 데리고 약재를 가지러 갔다. 오동돈은 전의감이 저만치 보일 때 허임에게 눈짓을 하고 말

---

* 未時:오후1시~3시

했다.

"허 의관님, 볼 일이 있다고 하셨죠? 제가 약재를 챙길 동안 다녀오십쇼."

허임은 머쓱한 표정으로 고개를 끄덕였다.

"알겠습니다."

오동돈은 한쪽 눈을 찡긋하고는, 어깨를 펴고 근엄한 표정으로 권지들에게 말했다.

"자, 우리는 약재를 가지러 가세."

허임은 오동돈이 권지들을 데리고 전의감 쪽으로 걸어가자 몸을 돌렸다. 저만치 버드나무가 보이는데 그 옆에 골목이 있었다.

뛰는 가슴을 억누르고 버드나무 있는 곳까지 간 허임은 골목 안으로 들어갔다. 저만치 안쪽 굴곡진 곳에서 의녀의 의복으로 보이는 치마가 보였다.

허임이 그곳으로 가자 송하연이 손가락을 만지작거리며 모습을 드러냈다. 입에서는 하얀 김을 뿜어내고 얼굴은 찬바람 때문에 발그레했다.

"그간 잘 지내셨습니까?"

"예. 허 의관님도 잘 지내셨나요?"

"만날 날만 기다리다 보니 시간이 언제 가는지도 모르게 흐르더군요."

그러잖아도 발그레하던 송하연의 얼굴이 복사꽃처럼 벌게졌다.

"자꾸 놀리시면 그만 갈 거예요."

"앞으로는 안 놀리겠습니다. 이곳은 바람이 세니 저쪽으로 가시죠."

허임은 이각 가량 송하연과 이야기를 나누고 전의감으로 갔다. 오동돈이 왜 벌써 왔냐는 투로 말하며 자신이 더 아쉬워했다.

"조금 더 계시다 오셔도 되는데……."

"약재는 다 챙겼습니까?"

"제가 좀 골치 아프게 해서 시간을 더 끌었습죠. 흐흐흐."

오동돈은 의학적인 머리보다 잔머리가 더 잘 돌아갔다. 허임은 피식 웃음을 짓고는 약고 안으로 들어갔다.

* * *

송하연과 허임의 만남은 정월의 입을 통해서 유진하에게 알려졌다.

"하연이 혼자서 어딜 갔다 왔다고?"

"예. 수의녀님이 보내셨대요. 그런데 아무래도 허 의관님을 만나고 오신 것 같아요."

"그걸 네가 어떻게 확신하느냐?"

"언니에게 살짝 떠봤는데, 얼굴만 붉히고 말을 얼버무렸어요. 제가 아는 언니라면 아닐 경우 아니라고 확실히 말하거든요."

유진하는 소리가 들릴 정도로 이를 갈았다.

'죽일 놈! 이제는 네가 내 여자까지 뺏어가려고 작정했구나.'

그는 송하연을 자신의 소유로 여겼다. 그 혼자만의 생각이지만 시간이 가면서 그러한 착각이 진실처럼 굳어졌다. 허임만 아니면 하연은 자신의 것이 될 텐데, 허임 때문에 하연이 자신을 받아들이지 않는다고 생각하는 것이다.

"다음에는 하연이의 움직임을 놓치지 마라. 네가 내 말만 잘 따라주면 절대 섭섭하지 않게 보답주마."

"알았습니다, 내의님."

정월은 걱정 말라는 투로 대답하면서 속으로는 자신의 각오를 더욱 다졌다.

'제가 원하는 것은 당신의 옆자리랍니다.'

* * *

선조는 2월이 되자 신립과 이일을 보내 병비*를 순시하도록 했다. 그러나 이미 썩을 대로 썩은 지방군이 제대로 된 병비를 갖추고 있을 리 없었다. 더구나 그들이 둘러본 것도 기껏해야 궁시(弓矢)와 창도(槍刀)와 같은 병장기뿐이었다. 군에서는 형식적인 형태만 갖춰서 눈을 피하고, 고을의 수령들은 주민들을 닦달해서 그들을 대접했다.

신립은 병비 순시를 크게 신경 쓰지 않았다. 그는 무용(武勇)이 대단했지만 왜를 가볍게 여겼다. 이일은 오로지 자신의 잘못을 가리기 위해서, 변방 오랑캐를 척살하고 돌아온 이순신을 죽이려 했

....
* 兵備:군사시설과 장비

던 자였다. 그런 사람들이 나섰으니 제대로 된 순시가 되겠는가.

그런데도 조정은 왜노 따위 근심할 것 없다는 신립의 말을 믿었으니…….

세상이 그러한 때에 유진하는 송하연의 마음을 돌리는 데에만 정신이 팔려 있었다.

"내 말을 믿어라, 하연. 허임이 비록 의술 솜씨는 좋을지 몰라도 본래 천민의 피를 타고난 놈이다. 그런 놈 곁에 있으면 너도 천민처럼 취급받을 것이야. 내 마음을 받아주지 않아도 좋으니 그 놈은 멀리해라."

송하연이 봉산 송 대감의 손녀라는 것을 모르고 있던 그는 그녀를 한쪽으로 불러내서 허임이 천출임을 강조하며 마음을 돌리려 했다.

하지만 그보다 더 허임을 잘 아는 사람이 송하연이었다. 당연히 그의 말을 믿을 리 없었다. 그렇다고 반발하면 유진하의 감정만 건드릴 터, 그녀는 조심스럽게 말했다.

"저도 허 의관님이 천출인 것을 알고 있습니다. 하지만 그리 따지면 저 역시 천한 의녀에 불과합니다. 오히려 저는 내의님과 어울리지 않아요. 게다가 아직은 그런 말을 들을 정도의 사이도 아닙니다."

"잘 생각해 봐라. 네가 내 마음을 받아준다면 나는 어떤 대가라도 치를 준비가 되어 있다. 너를 비록 정실로 맞이할 수는 없다만, 그에 못지않게 대접해 주마."

유진하는 온갖 감언이설로 송하연을 흔들었다. 그러나 송하연의 마음은 그의 말에 미동도 하지 않았다.

"내의님의 마음은 잘 알겠습니다만, 당장은 뭐라 말씀드릴 수 없습니다. 죄송합니다. 그럼 바빠서 이만 가보겠습니다."

송하연은 최대한 유진하의 비위를 건드리지 않으려고 노력하며 그 자리를 벗어나려 했다. 그런데 유진하가 몸을 돌리는 그녀의 팔을 잡았다.

"하연아, 내 마음을 그렇게 모르겠느냐?"

그의 말투가 거칠어진 것을 눈치 챈 송하연의 눈빛이 흔들렸다.

"팔을 놓으십시오. 남이 볼까 두렵습니다."

그녀가 팔을 빼려하자 움켜쥔 유진하의 손에 힘이 들어갔다.

"네가 내 마음을 받아주겠다고 하면 놓아주마."

"내의님……."

당황한 송하연은 본능적으로 몸을 움츠렸다. 그때였다.

"하연이 어디 있느냐?"

약간 까칠한 목소리가 들리는가 싶더니 서른 살가량의 의녀가 나타났다. 그녀는 유진하가 송하연의 팔을 잡고 있는 걸 보더니 표정이 굳어졌다.

"무슨 일입니까, 내의님? 하연이가 무슨 잘못이라도 했습니까?"

유진하는 흠칫하며 재빨리 송하연의 팔을 놓았다.

"아, 아니네. 뭐 좀 물어볼 게 있어서……."

"그럼 그냥 물어보시지 왜 팔을 잡고 물어보시려 하십니까?"

나타난 의녀는 수의녀 봉연이었다. 신분은 의녀지만 어지간한 내의들도 그녀를 함부로 하지 못했다. 대비전과 중궁전, 빈전을 매일 오가는 그녀다. 여차하면 그녀의 말 한마디에 내의들의 목이 왔다 갔다 할 수도 있었다.

"돌아서기에 무심코 잡은 것뿐이네."

"그렇습니까? 그럼 하연이를 데려가도 되겠습니까? 심부름 시킬 일이 있어서요."

"그렇게 하시게나."

"감사합니다, 의관님. 하연아, 네가 해 주어야 할 일이 있다. 따라오너라."

송하연은 말없이 봉연을 따라나섰다. 그녀가 사라지자 유진하의 인상이 소태 씹은 것처럼 구겨졌다.

'건방진 계집! 네가 정 그렇게 나온다면 나도 더 이상 참지 않겠다. 흥! 허임이 없으면 너도 별 수 없겠지.'

봉연이 송하연을 데리고 나오는 걸 멀리서 지켜본 정월은 미소를 지었다.

봉연이 송하연의 사정을 알게 된 것은 그녀 때문이었다. 유진하가 하연 언니를 불러서 데려갔는데 아무래도 분위기가 이상하다고 보고한 것이다. 봉연이 하연을 허임과 만나게 해 주었다면 가만 있지 않을 거라 생각했는데 역시나 생각대로였다.

'당신을 절대 뺏기지 않을 거야.'

* * *

2월이 지나갈 무렵. 덕빈의 몸이 급격히 나빠지고 있다는 소식이 궁중의 분위기를 급격히 가라앉혔다. 내의원의 어의들은 덕빈의 처소를 뻔질나게 드나들며 담당의녀로부터 증세를 듣고 약을 처방했다.

덕빈의 몸이 약해질수록 선조 역시 심한 소화불량에 시달렸다. 신경을 많이 쓰다 보니 체기가 자주 생기면서 속이 거북한 증상이 수시로 나타난 것이다. 선조는 오래 전부터 그러한 증상을 자주 겪었는데, 젊을 적에는 미암(眉巖) 유희춘이 그런 선조를 위해서 식료단자(食料單子)를 써서 올렸을 정도였다. 그러나 식료단자도 선조의 병을 낫게 하지는 못했다.

그런데 2월의 마지막 날, 선조는 그 몸을 이끌고 덕빈의 병문을 위해 동궁으로 향했다. 내시 셋, 유성룡과 김응남을 비롯한 중신 다섯, 의관으로는 양예수와 이공기가 대동했다.

동궁 앞에 도착한 선조는 침중한 표정으로 가마에서 내렸다. 그때였다. 두 번째 발을 내딛던 선조가 비틀거렸다.

바로 곁에 있던 김 내시가 고개를 돌렸다. 거의 동시에 선조의 몸이 꼬꾸라지듯이 앞으로 숙여졌다.

김 내시가 급히 선조의 몸을 붙잡았다.

"전하! 괜찮으시옵니까?"

그러나 선조는 아무런 말도 없이 얼굴만 일그러뜨렸다. 그제야 선조의 몸에 이상이 생긴 걸 안 김 내시가 급히 소리쳤다.

"의관, 전하께서 옥체가 몹시 불편하신 것 같네!"

"어서 방으로 모시지요."

양예수는 일단 선조를 방으로 이동시켰다. 내시 셋이 선조를 양쪽에서 부축하고 방으로 향했다.

방문 앞에서 머리가 땅에 닿도록 허리를 숙이고 있던 유진하가 그 광경을 보고는 급히 달려갔다. 잘하면 임금이나 중신들에게 자신의 존재를 알릴 수 있는 절호의 기회가 될 수도 있었다.

"저는 내의인 유진하라 합니다. 제가 도와드리겠습니다."

마침 한쪽이 한 사람인지라 내시들도 마다하지 않았다. 유진하는 내시와 함께 선조를 부축하고 덕빈의 거처 옆방으로 들어갔다.

선조를 방에 눕히자 양예수와 이공기가 급히 선조의 몸을 살펴보았다. 맥을 짚어본 양예수가 말했다.

"체기가 있으신 데다 슬픔이 격해지셔서 기가 막히신 것 같습니다. 더구나 최근 찬 약을 많이 써서 기가 더욱 약해지지 않았나 생각됩니다. 즉시 막힌 기를 열고 몸을 보하도록 약을 쓰겠습니다."

찬 약을 주로 쓰는 사람은 허준이다. 양예수는 자연스럽게 허준의 처방을 탓하고 깎아내렸다. 최근 들어서 허준에게 밀리고 있던 터였다. 오늘 일만 잘 처리하면 역전의 발판을 마련할 수 있을 듯했다.

한쪽에 서 있던 유진하는 그의 말뜻을 알고도 모른 척했다. 그는 스승인 허준을 위해 변명 한마디 하지 않았다. 자칫하면 자신의 처지만 곤란해질지 몰랐다.

더구나 그는 최근 들어서 양예수의 의술에 관심이 많았다. 굳이 나서서 양예수에게 밉보일 이유가 없었다.

"제가 달려가서 약을 달여 오겠습니다, 태의 어른."

"그렇게 하도록 해라. 아, 내가 알려주는 처방대로 달여야 할 것이니라."

"예, 태의. 저 역시 오늘은 찬 약재보다 따뜻한 약재가 나을 거라 생각하고 있습니다."

처방을 말해주고 유진하를 내보낸 양예수의 눈빛이 묘하게 반짝였다. 그도 유진하가 허준을 스승으로 삼았음을 모르지 않았다. 그런데 유진하가 스승에 대해 아무런 변명도 하지 않고 자신의 뜻을 따르지 않는가.

유진하의 속마음을 어렴풋이 간파한 그는 묘한 기분이 들었다.

'구암이 제자를 잘못 들였군. 허임이란 아이에 비하면 어림도 없어.'

엉뚱한 일로 마음이 편해진 양예수는 선조의 맥을 다시 짚어보았다.

유진하는 그의 곁에서 떠나지 않고 열심히 심부름했다. 지금이 아니면 언제 임금 곁에 머물 수 있겠는가? 힘들더라도 참고 자신의 존재를 알려야 했다.

그날 밤, 겨우 몸을 추스른 선조는 유진하를 치하했다.

"수고가 많구나."

"황공하옵니다. 소신은 그저 주상전하의 몸이 쾌유되기만을 바랄 뿐이옵니다."

유진하는 전율이 일 정도로 벅찬 기쁨을 가까스로 억눌렀다. 비록 치료에 직접 나선 것은 아니나 임금을 가까이에서 지키지 않았는가? 게다가 치하하는 말까지 들었으니, 그 동안 허임으로 인해 겪어야 했던 마음고생이 일시에 풀어졌다.

'허임, 네놈에게는 절대 지지 않을 거다.'

결국 선조는 덕빈의 얼굴만 살짝 보고 돌아와야 했다. 그게 마지막 문안이었으니, 어쩌면 그로 인해서 덕빈에 대해 더욱 더 안타까운 마음이 들었을지도 몰랐다.

3월 3일. 어의들의 노력에도 불구하고 덕빈이 숨을 거두었다.

슬픔에 잠긴 선조는 덕빈을 부장하기 위해 세자원(世子園)을 지으라는 명을 내렸다.

당시 조선의 백성들은 지난해의 흉년으로 인해서 굶어 죽지 않으려고 필사적이었다. 그럼에도, 대신들은 선조가 덕빈을 어찌 대했는지 잘 알기에 반대하지를 못했다.

한편, 내의원의 의관과 의녀들은 행여나 자신들에게 책임추궁이 떨어질까 봐 숨을 죽이며 기다렸다. 유진하 역시 함부로 움직이지 못했다. 허임을 제거할 기회만 엿보던 그에게 덕빈의 죽음은 족쇄나 다름없었다. 탕약과는 큰 상관이 없는 죽음이지만 코에 붙이면 코걸이, 귀에 붙이면 귀걸이가 되는 세상이었다. 모두들 신경이 곤두선 상태. 자칫하면 한순간에 나락으로 떨어질 수 있었다.

허임도 궁중의 분위기가 워낙 침통해서 송하연을 만날 수가 없었다. 아쉬움이 컸지만 상황이 상황인 만큼 개인적인 행동은 자제해야 했다. 그저 의녀들에게, 송하연에게 벌이 떨어지지 않기만 바랄 뿐.

  궁중은 물론 한양 전체가 덕빈의 장례를 기다리며 시간을 보내
는 사이 3월이 지나가고 4월이 왔다. 세자원이 완성되려면 아직도
많은 시간이 필요했다.

  선조는 한 달이 지나도록 슬픔에서 벗어나지 못했다. 그 바람에
세자원의 진행 상황은 세세히 보고받으면서도 왜의 움직임에 대해
서는 신경도 쓰지 않았다. 그 동안 취한 조치는 기껏해야 김성일을
경상우병사로 삼은 것 정도뿐.

  김성일이 선비로서 뛰어난 자인 것은 분명했다. 기개도 대단했
다. 왜에 사신으로 갔을 때도 고개를 뻣뻣이 들고 풍신수길의 잘못
을 질타할 정도였으니까.

  그러나 그 정도가 그의 한계였다. 그는 사람들과 왜에 대해 논할
때마다 '왜노는 틀림없이 침략해 오지 않을 것이며, 온다 해도 걱
정할 것이 못 된다.'고 말했다. 영남에 성을 쌓고 군사를 훈련시키
는 것에 대해서조차 폐단이 있다며 반대했다.

  그런 자가 경상도의 군을 총괄하게 되었으니 왜의 침입에 대해
어떤 대처를 기대할 수 있을 것인가.

  선조25년* 4월 13일 새벽.

  부산진 망루에서 망을 보던 장수는 눈을 가늘게 뜨고 바다를 응

....

* 1592년: 임진년(壬辰年)

시했다. 안개가 자욱한 바다 저 너머에서 검은 무리가 구름처럼 몰려오고 있었다. 배였다.

"엇? 어디서 오는 배지?"

"왜, 왜놈들의 배 같습니다!"

한쪽에서 바다를 바라보던 군졸이 소리쳤다. 그제야 기겁한 장수는 눈을 부릅뜨고 바다를 주시했다. 대충 세어 봐도 수백 척이었다. 그나마 다행인 점은 배가 그리 크지 않다는 것이었다. 기껏해야 수십 명이 탈 수 있는 배였다. 탄 인원을 모두 합하면 만여 명 정도라는 말.

나름대로 계산을 끝낸 장수가 군졸을 향해 소리쳤다.

"가서 주진(主鎭)의 변장(邊將)께 왜놈들이 쳐들어오고 있다고 알려라! 왜놈들의 배는 사백 척이 조금 못 된다! 척당 삼사십 명가량 탈 수 있는 배이니 인원은 최대 만 오천 명 정도일 것 같다!"

군졸은 주진을 향해 달려가서 장수의 말을 그대로 전했다. 병마절도사 이각은 그 말을 그대로 적어서 조정에 장계를 올렸다.

절영도로 사냥을 나갔던 부산 첨사 정발은 소식을 듣고 급급히 돌아왔다. 그는 전선(戰船)에 구멍을 뚫어 가라앉히라 명하고는 군사와 백성들을 모아 성 위에서 적에 대항했다.

다음 날 새벽, 왜적이 수십 겹으로 성을 에워쌌다. 그런데 부산으로 몰려온 왜적의 배는 사백 척이 전부가 아니었다. 그 뒤를 따라온 배는 만 척이 넘었고, 적의 숫자는 수십만이나 되었다.

왜적은 높은 곳에서 포탄을 소나기처럼 성 안에 퍼부었다.

정발은 군사와 백성을 독려하며 서문을 지켰다. 하지만 적을 막기에는 병사와 무기가 터무니없이 부족했다. 악착같이 버티던 그가 끝내 적의 탄환에 맞아 전사하자, 성은 더 이상 버티지 못하고 함락되었다.

동래부사 송상현도 적이 침공했다는 소식을 듣고 군사와 이웃주민들을 모두 성 안으로 피신시키고 적에 대항했다. 그때 병마절도사 이각도 병영에서 달려왔다. 하지만 그는 부산이 함락되었다는 소식을 듣고는 겁에 질려서 소산현을 지키겠다는 핑계를 대고 성을 빠져나가려 했다.

송상현은 그에게 함께 싸울 것을 간청했다. 하지만 겁이 난 이각은 그의 말을 듣지 않고 도망쳐버렸다.

결국 송상현이 성의 남문에 올라가서 군사를 독려하며 적과 싸웠지만 반일 만에 성이 함락되고 말았다. 그는 성이 함락되기 전 부채에 시를 써서 가노에게 주어 부친에게 전하게 했는데, 다음과 같은 글귀가 적혀 있었다.

'달무리처럼 포위된 외로운 성, 커다란 압박에도 구원은 없는데, 군신의 의리는 중하고, 부자의 은혜는 가벼워라.(孤城月暈 大鎭不救 君臣義重 父子恩輕)'

그는 성이 함락되자 갑옷 위에 상복을 입고 앉아서 적을 맞이했다. 왜의 무리 중 송상현을 잘 아는 자가 그 모습을 보고 찾아와서 몰래 길을 터주고 피신할 것을 종용했다. 하지만 그는 따르지 않고 죽음을 택했다.

송상현이 죽자 왜적조차 그의 충정을 높이 사서 특별히 시신을 관에 넣어서 매장했다. 또한 그를 따르던 첩도 절개를 지키며 죽음을 택하자 함께 묻어주었다.

그렇게 부산과 동래는 이틀 만에 왜의 손에 들어가고 말았는데, 경상좌수사 박홍은 적이 부산과 동래를 함락시켰다는 소식을 듣자마자 성을 버리고 달아나버렸다.

다대포 첨사 윤흥신은 적과 대항하여 싸우다가 죽은 반면, 바닷가의 군현(郡縣) 수령과 진보*들은 모두 도망쳐 버렸다.

적과 싸워야 할 관리와 장수들이 모두 도망쳐버리니, 의지할 곳이 없어진 백성은 속수무책으로 당하는 수밖에 없었다.

* * *

비둘기처럼 생긴 회색빛 새 한마리가 밤부터 대궐 안 숲에서 울었다. 그 소리가 마치 '각각화도(各各禍逃)' 또는 '각각궁통개(各各弓筒介)'라고 우는 듯했으며 소리가 몹시 슬프고도 다급했다. 새는 수일 동안 분주하게 오가며 온 성안을 두루 날아다니면서 울어댔다. 어떤 사람은 그것이 바다에서 왔다고 했고, 어떤 사람은 깊은 산중에 그런 새가 있다고 했다. 그런데 그 새가 울기 시작한 날이 바로 왜구가 상륙한 날이었다.

지난해에는 죽은 자라들이 상류로부터 강을 뒤덮고 떠내려 왔다. 강물은 피처럼 붉게 변해서 사람들은 불길한 징조라며 걱정을 했는데, 그 역시 왜구의 침입에 대한 징조였나 보다.

* 鎭堡:진영의 책임자

또한 왜구가 상륙한 후, 선조가 침전(寢殿)에 앉아 있는데 침전 서쪽 작은 못에서 푸른색 무지개가 나타났다. 그런데 무지개의 기운이 동쪽을 향하다가 북쪽으로 향하여 중문(中門)을 뚫고 전상(殿上)에 올라 어좌(御座)에까지 접근했다. 선조가 그 기운을 피하여 서쪽으로 앉으면 서쪽을 향하고, 동쪽으로 피하면 동쪽으로 향했다.

—『조선왕조실록(朝鮮王)』중

마치 무지개의 기운이 선조의 앞날을 예고하는 듯했다.

박진이 사력을 다해서 막던 밀양이 사흘 만에 무너졌다. 이각은 그 와중에도 성을 지킬 생각은 않고 첩을 시켜서 무명 일천 필을 마차에 실어서 먼저 도망치게 하고 자신 역시 도망쳤다.

김해부사 서예원도 왜적이 보릿단을 높게 쌓고 공격해 오자 성을 버리고 도망쳤다. 그러니 군사와 백성이 무슨 수로 버틸 수 있으랴. 적이 몰려들었을 때는 항거할 수 있는 자가 없었다.

이각의 장계만 믿고 있던 조정대신들은 왜적이 물밀듯이 밀려온다는 보고에 얼굴이 창백해졌다. 무너지려는 둑을 막기 위해 이런저런 방책을 구해보지만, 이미 커다란 구멍이 뚫린 둑은 걷잡을 수 없이 무너지고 있었다.

혜민서도 환자를 받을 정신이 없었다. 의관은 물론이고 의녀와 종들도 여기저기 모여서 수군거렸다.

"경상도 아래쪽이 왜놈들 손에 넘어갔다고 하네."

"죽은 사람이 수만이라는군."

"장수와 관리라는 놈들이 백성을 내팽개치고 도망쳤다는데. 그게 정말일까?"

싸우다가 어쩔 수 없이 패했다면 결의라도 다질 수 있을 것이다. 적어도 적의 발걸음은 늦출 수 있을 것이고. 그런데 군사를 이끌어야 할 자들이 싸워보지도 않고 백성들보다 자기들이 먼저 도망쳤으니 어느 누가 싸울 의욕이 생길 것인가.

"물러나서 전열을 가다듬은 다음에 싸우려고 그랬을 수도 있지 않나? 작전상 후퇴했다고 하는 거 같던데."

"그럼 적 앞에 남은 백성들은? 최소한 싸우는 시늉이라도 해서 백성들이 후퇴할 시간은 벌어줘야 할 것 아냐? 자기들만 살겠다고 겁나서 도망쳐 놓고 작전상 후퇴? 개만도 못한 놈들……."

"쉿, 말조심하게. 잘못하면 애먼 목숨 가는 수 있으니까."

간혹 욕설도 튀어나오고, 설전이 벌어지기도 했다.

그렇게 모두들 손을 놓고 조정을 향해 귀만 열어두고 있을 즈음, 장득강이 허임을 찾아왔다.

"전에 말한 대로 고향에 가볼 생각이오. 잘 있으시오."

"왜적이 밀양을 무너뜨리고 대구로 올라오고 있다는 소식이오. 아니 어쩌면 지금쯤 대구도 무너졌을지 모르오. 그래도 갈 생각이오?"

"허 의관의 부모가 적진에 있다면 허 의관은 어떻게 하겠소?"

허임이 쓸쓸한 표정으로 장득강의 마음을 이해한다는 늣 고개를 끄덕였다.

"나 역시 장 의관처럼 달려갈 거요."

그런데 장득강은 단순히 부모를 위해서만 가려는 것이 아니었다.

"놈들은 한양으로 빨리 올라오기 위해서 외길로 전진하고 있을 거요. 그렇다면 아직 희망이 있소. 흩어져 있는 사람들을 모으면 놈들과 대항할 수 있을 거요."

"옳은 생각이오. 건투를 빌겠소."

장득강은 결의에 찬 눈빛으로 허임을 바라보고는 힘차게 고개를 끄덕였다.

"살아서 다시 봤으면 좋겠군."

"나 역시 마찬가지 마음이오."

장득강은 그 길로 한양을 떠나서 밀양으로 향했다. 허임도 나주에 있는 어머니가 걱정되었다. 다행히 전라도 쪽은 아직 왜적의 침입이 보고된 바가 없고, 그들은 경상도를 통해서 곧장 충청도로 올라온다는 소문이었다. 그러나 언제 왜놈들이 전라도로 방향을 틀지 모르는 일이어서 마음이 한없이 불안했다.

달려가야 하나, 아니면 조금 더 기다려봐야 하나?

그 무렵, 신립이 대군을 이끌고 충주로 내려갔다. 그러나 김여물의 말을 듣지 않고 벌판에서 적을 상대하려다가 참담한 패배를 당했다.

당시 김여물은 조령의 험한 산세를 이용해서 적을 막아야 한다고 강력히 주장했고, 다른 장수들도 그의 주장에 찬성했다. 하지만 신립은 넓은 평원에서 적을 공격하기로 결정했다. 비로 인해서 땅이 질척거리니 기마병의 움직임이 둔해질 거라는 생각이었다. 결국 그는 자기 고집대로 뒤에 강물을 놓고 배수진(背水陣)을 쳤다.

왜군은 조령의 험한 산세를 보고 진격을 멈췄다. 하지만 그토록 험한 산세에 매복한 군사가 한 명도 없는 걸 알고는 쾌재를 부르며 고개를 넘어 충주로 진격했다.

장수 하나가 그 사실을 알고 신립에게 달려가서 보고했다.

"장군! 왜놈들이 이미 조령을 넘어왔습니다!"

그러나 신립은 그 말을 믿지 않았다. 믿기는커녕 오히려 장수의 헛소리가 병사들을 동요시킬지 모른다며 그 장수의 목을 쳤다. 그러고는 탄금대(彈琴臺)에 나가 주둔하고 적을 기다렸다.

왜군은 철저히 조선군의 동태를 살피면서 전진했다. 그들은 신립이 탄금대에서 자신들을 기다린다는 것을 알고는, 정면으로 공격하지 않고 좌우로 산개해서 신립의 대군을 몰아붙였다.

왜적이 정정당당하게 정면대결을 벌일 거라 생각한 신립의 생각 자체가 우매한 짓이었다. 전쟁에 정도가 어디 있단 말인가!

적의 좌우협공에 당황한 조선병사들은 산산이 흩어져서 왜적들의 총알받이가 되었다. 겁에 질린 병사 수천 명은 도망치기 위해 낭떠러지에서 강물로 뛰어들었다.

사람 위로 사람이 떨어지고, 그 위로 또 사람이 떨어졌다. 병사들은 높은 곳에서 떨어진 충격과 사람끼리 부딪친 충격으로 헤엄도 치지 못하고 죽어갔다.

악착같이 적과 싸우던 신립도 결국은 강물로 뛰어들어서 목숨을 끊었다. 강물이 온통 시신으로 뒤덮여서 흐르니 참으로 원통하고 분한 일이 아닐 수 없었다.

문제는 그 이후였다.

신립의 어이없는 패배는 충주의 백성들뿐만이 아니라 조선 전체를 지옥 속으로 몰아넣었다. 그가 김여물과 여러 장수들의 말을 듣고 조령에서 적의 전진만 차단했어도 상황은 확연히 달라졌을 것이거늘!

충주의 소식이 전해지자, 도성의 백성들은 적이 아직 충청도에 있는데도 공포에 질려서 도주하기 시작했다. 그 바람에 도성문이 닫히고 출입이 철저히 통제되었다.

* * *

신립의 패배 소식을 들은 선조는 대신을 불러서 파천에 대해 논했다.

"아무래도 평양으로 옮겨야 할 것 같소."

수많은 대신들이 눈물을 흘리며 파천의 부당함을 극언하였다.

"종묘와 원릉(園陵)이 모두 이곳에 계시는데 어디로 가시겠다는 말씀이옵니까? 한양을 지키면서 외부의 원군을 기다리는 것이 마땅하옵니다."

영중추부사(領中樞府事) 김귀영이 입을 열자, 우승지(右承旨) 신잡도 아뢰었다.

"신의 집엔 팔순 노모가 계십니다. 전하께서 만일 신의 말을 따르지 않으시고 끝내 파천하신다면, 신은 종묘의 대문 밖에서 스스로 자결할지언정 감히 전하의 뒤를 따르지 못하겠사옵니다."

"전하께서 일단 도성을 나가시면 인심은 보장할 수 없사옵니다. 전하의 연(輦)을 멘 인부도 길모퉁이에 연을 버려둔 채 달아날지 모르옵니다. 통촉하소서!"

수찬(修撰) 박동현이 아뢰면서 목 놓아 통곡하니 선조는 낯빛이 변한 채 내전으로 들어가 버렸다.

그러나 아무리 중신들이 반대한들 대세는 이미 기울어져 있었다. 더구나 말은 그렇게 해도 이미 도망갈 준비를 하고 있는 중신들이 부지기수였다. 적이 아직 멀리 있는데 임금과 중신들이 도성을 버리고 도망갈 생각부터 하고 있는 것이다.

* * *

궁궐이 술렁이는 사이, 허임은 가까스로 기회를 만들어서 송하연을 만났다. 당연하게도 오동돈의 힘이 컸다.

"송 아가씨, 아무래도 상황이 심상치 않습니다."

"내의원도 뒤숭숭해요. 임금님이 한양을 떠나시려나 봐요."

"예, 이미 마음을 굳히신 것 같습니다. 조정대신들도 지금은 반대하지만 대부분은 도망치고 말 겁니다."

"예? 왜적들이 충청도에 있는데 왜 벌써……."

허임은 씁쓸한 표정으로 고개를 저었다. 송하연은 너무 순수했다. 관리들의 탐욕과 이기심에 대해서 너무 모르는 것이 많았다.

"들으셨을지 모르지만, 경상도의 장수와 관리들이 백성을 내팽 개치고 대부분 도망쳤습니다. 물론 나라를 지키기 위해 목숨을 내 놓고 싸운 분들도 계시긴 합니다만. 도망친 그들이나 조정대신들 이나 크게 다를 바가 없습니다. 그들 중 상당수는 조정에 있다가 임명을 받은 분들 아닙니까?"

송하연이 허임의 말뜻을 알아듣고 힘없이 고개를 주억거렸다.

"그것도 그러네요."

"만약 임금께서 파천을 하신다면 저는 따라가게 될 겁니다. 송 아가씨는 어떻게 하실 겁니까?"

송하연의 눈빛이 흔들렸다. 그러나 곧 잔잔하게 가라앉더니 허임 을 똑바로 바라보며 말했다.

"제가 가면 어디로 가겠어요? 저도 따라갈 겁니다."

허임이 손을 뻗어서 송하연의 두 손을 잡았다. 송하연은 순간적 으로 멈칫했지만 그대로 놔둔 채 얼굴만 살짝 상기되었다.

"어렵고 힘들지 모릅니다. 그래도 참고 견디다 보면 좋은 날이 오겠지요. 저는 그날이 올 때까지 기다릴 겁니다. 송 아가씨와 함께 지낼 날이 올 때까지……."

허임의 담담한 말에 송하연이 눈을 내리깔고 고개를 숙였다. 그 녀가 어찌 허임의 말뜻을 모를까? 가슴이 두근거리고 얼굴이 화끈 거렸다.

그때 허임이 한 걸음 앞으로 나서며 그녀를 잡아당겼다. 송하연 은 아무 생각도 나지 않았다. 자신의 손을 놓은 허임의 손이 어깨 를 감싸는데도 움직일 수가 없었다. 허임의 손이 자신의 등을 덮고,

몸이 허임의 가슴에 안길 동안 손가락 하나 까딱하지 못했다.

고개를 살짝 돌린 그녀의 귀가 허임의 가슴에 닿았다. 파르르 떨리는 눈꺼풀을 내리 깐 그녀는 가만히 허임의 옷자락을 움켜쥐었다.

심장 뛰는 소리가 귓청을 울렸다. 허임의 심장도 자신만큼이나 빠르게 뛰고 있었다.

'고마워요.'

* * *

선조는 대신과 백성들의 마음을 안정시키려고 궁여지책으로 광해군을 세자에 책봉했다.

대신과 도성의 백성들은 그나마 마음을 가라앉힐 수 있었다. 세자를 책봉했다는 것은 임금이 나라를 지킬 의지가 있다는 뜻을 강력하게 내보인 것이라 할 수 있었다.

그런데 선조는 세자를 책봉하자마자 다시 파천할 뜻을 밝혔다. 대신들도 왜적이 가까워지고 있음을 알고 강하게 반대하지 못했다. 그리고 결국 그들은 평양까지 물러날 것을 의결하였다. 몇몇은 여전히 반대했지만 그들의 힘만으로는 결정을 바꿀 수 없었다.

임진년 4월 30일. 온종일 비가 쏟아지던 날 새벽. 궁궐의 문이 열리고, 선조가 백관과 종친을 데리고 궁을 빠져나왔다. 출발 전에 수많은 사람이 대궐 뜰을 가득 메웠건만, 도성을 나설 즈음에는 백 명도 채 되지 않았다.

도망치듯이 도성을 빠져나온 왕과 대신들은 벽제관(碧蹄館)에 도착해서야 점심을 먹었다. 말이 점심이지 왕과 왕비의 반찬만 겨우 준비가 되었을 뿐, 왕세자조차 반찬이 없었다. 참으로 참담한 피난길이 아닐 수 없었다.

그런데 선조가 문무백관과 함께 도성을 빠져나갈 즈음, 임금이 한양을 버린다는 사실을 안 백성들이 도성 여기저기서 들고 일어나 불을 질렀다. 장례원과 예조가 제일 먼저 불에 탔는데, 그곳에 노비문서가 있기 때문이었다.

뒤이어 경복궁, 창경궁, 창덕궁이 불타고, 임해군과 병조판서 홍여순 등 재물을 많이 착복한 자들의 집도 불에 탔다. 백성들 중에서는 그 틈을 이용해서 보물을 약탈하는 자, 강도짓을 일삼는 자가 허다해서 그야말로 무법지대가 따로 없었다.

허임은 연기가 치솟는 궁성을 뒤돌아보고는 착잡한 표정으로 거가*의 뒤를 따라갔다. 거가를 따라가는 의관은 허준을 비롯한 어의 대여섯 명과 혜민서와 전의감의 몇몇 의관, 의녀 몇 명뿐이었다. 나머지 의관과 의녀들은 몰래 도망쳐서 뿔뿔이 흩어진 상태였다.

허임 역시 어머니가 걱정되어서 도주하고 싶은 마음이 간절한 판이니 도망친 사람을 욕할 수도 없었다.

사람들이 도망칠 때 허임이 그나마 버티고 있는 것은 전라도는 아직 피해가 없다는 소식을 들었기 때문이었다. 왜적들은 빠르게

---

* 車駕:왕의 수레

북상해서 임금을 잡으면 전쟁을 끝낼 수 있다고 보는 듯했다. 게다가 임금을 수행하는 의녀들 속에 송하연이 포함되어 있어서 마음에 위안이 되었다.

'어머니, 달려가지 못해서 죄송합니다. 하지만 지금은 임금님의 곁을 떠날 수 없을 것 같습니다. 상황이 되는 대로 달려갈 것이니 조금만 참고 기다려 주세요.'

저녁 무렵, 거가가 임진강 나루에 도착해서 배에 올랐다.

이제 강을 건너면 언제 또 돌아올 수 있을 것인가?

참담한 마음이 북받친 선조는 엎드려서 통곡했다. 그 모습을 본 신하들은 눈물을 흘리면서 감히 고개를 들어 선조를 쳐다보지 못했다.

칠흑같이 어두운 밤. 등촉 하나 없이 강을 가로지른 배는 어렵사리 동파(東坡)의 나루터에 닿았다. 허임은 오동돈을 비롯한 혜민서의 의관, 의녀 일곱 명과 함께 작은 배를 타고 건넜다.

그런데 강을 건넌 선조가 뜻밖의 명령을 내렸다.

"건너가거든 배를 가라앉히고 나루를 끊어라. 또한 가까운 곳에 있는 인가도 철거시키도록 해라."

많은 사람들이 의문을 품었다. 내시 중 하나가 의아한 목소리로 물었다.

"전하, 무엇 때문에 그러시는 것이옵니까?"

"왜적이 배를 이용해 강을 건너지 못하도록 해야 한다. 나무로 된 집 또한 뗏목처럼 이용할지 모르니 철거해서 모두 부수도록 해라."

적은 아직 수백 리 떨어진 곳에 있는 상황이다 그런 적을 겁내어 도강(渡江)할 수 있는 수단을 모조리 없애다니.

몇몇 사람은 아연실색했지만 왕을 말릴 수 있는 사람은 아무도 없었다. 그런데 그 바람에 도성을 함께 나선 사람 중 절반 정도가 강을 건너지 못했다.

허임은 선조가 내린 명령을 뒤늦게 듣고 급히 송하연을 찾아보았다. 아무리 찾아봐도 그녀는 보이지 않았다.

'송 아가씨! 안 돼!'

그는 단짝처럼 움직이는 오동돈에게 급히 다가갔다.

"오 훈도님, 의녀 하연이 안 보이는 것 같습니다."

오동돈은 허임의 당황한 목소리를 듣고나서야 송하연이 보이지 않는 걸 알았다.

"이런! 잠깐만 기다리십시오. 제가 한 번 알아보겠습니다."

오동돈은 슬금슬금 내의들이 있는 곳으로 다가가서 봉연을 찾았다. 워낙 어두워서 사람들은 그가 누군지도 알지 못했다. 그저 의관 복장을 하고 있으니 그러려니 할 뿐.

오동돈은 재빨리 봉연에게 몇 마디 묻고 돌아왔다.

"허 의관님, 하연이는 임진강을 건너지 못했다고 합니다. 너무 걱정 마십쇼. 다른 길을 통해서 피하지 않겠습니까?"

허임은 가슴이 무너지는 충격에 망연자실했다. 오동돈이 나름대로 위로하는 말을 했지만 귀에 들어오지도 않았다.

배가 모두 가라앉았으니 강을 건널 수도 없고, 이제와서 그녀를 찾아 도망칠 수도 없는 일이다. 어찌어찌 강을 건넌다 해도 그녀를 어디서 찾을 수 있을 것인가.

'송 아가씨…….'

자신의 속마음을 털어놓자마자 헤어지다니.

마치 하늘이 억지로 갈라놓은 것만 같아서 더 불안했다. 자신이 송하연을 찾기 위해서 할 수 있는 일이 아무 것도 없다는 것에 무력감마저 들었다.

하늘은 자신에게 뭘 바라고 있는 걸까?

거가가 동파역(東坡驛)에 도착하자 파주목사(坡州牧使)와 장단부사(長湍府使)가 어주*를 미리 설치하여 수라를 준비했다.

바로 그때 참으로 황당한 일이 벌어졌다. 하인들이 달려들어서 임금의 음식을 모조리 뺏어먹고 도망친 것이다.

하지만 누구 하나 나서서 막지 못했다. 여차하면 하인들이 낫과 괭이를 들고 달려들지 모르는 판국이었다. 임금의 한 끼 식사를 지키는 것보다는 자신들의 목숨이 더 중요했다.

식사조차 제대로 못한 선조는 처연한 심정으로 다시 길을 재촉했다. 허임도 어깨가 축 처진 모습으로 터벅터벅 광해군을 따라서 움직였다. 머릿속에서는 송하연의 얼굴이 떠나지 않았다. 자신이 할 수 있는 일은 하늘을 향한 기도뿐.

'부디 무사하시길…….'

....

* 御廚:수라간

개성에 도착한 선조는 기축년과 신묘년에 처벌받은 사람들을 모두 사면했다. 그때 정철도 사면되었다. 선조는 즉시 그를 행재소*로 불러들였다.

이틀 후, 개성을 출발한 선조는 사흘 후 평양에 도착했다. 고생이 어찌 심했는지 의관이나 의녀 등 신분이 낮은 자는 굶기를 밥 먹듯이 했고, 문무백관조차 세 끼를 제대로 찾아 먹을 수 없었다.

그 즈음, 왜적이 들어선 도성은 극한의 상태로 치닫고 있었다. 왜적에게 나라를 빼앗길 상황에 처했거늘, 일부 불량한 청년과 무뢰배들이 적에게 붙어서 향도(嚮導) 노릇을 했다.

그들에게는 나라와 백성이 안중에도 없었다. 심지어 거동이 수상하게 보이는 백성들을 왜적에게 고자질하고 잡아들여서 모두 태워 죽였는데, 동대문 밖에 해골이 산더미처럼 쌓였다.

* * *

평양에 도착한 선조는 광해군을 세자로 책봉하는 교문을 팔도에 반포했다. 또한 명나라로 성절사를 보내고, 이항복의 의견을 받아들여서 명나라에 구원을 청했다. 말해봐야 구원병을 보내주지 않을 거라는 반론이 강했지만, 선조는 이항복의 손을 들어주었다.

그렇게 선조가 평양에서 시일을 보내는 동안 전라수군절도사 이

---

* 行在所: 임금이 멀리 거동 할 때 머무는 곳

순신이 왜적의 전선을 격파하며 첫 번째 승전을 기록했다.

그 당시 경상우수사 원균은 적과 싸워보지도 않고 스스로 전함을 침몰시킨 후 일만 병사를 해산시켰다. 그러고서는 몇몇 장수만 데리고 피신하던 중이었다. 그때 이순신이 거북선을 앞세운 채 옥포로 달려가서 적선 30여 척을 격파한 것이다.

이순신은 또한 노량진에서도 적선을 침몰시켰는데, 당시 위용을 드러낸 거북선은 가히 일당백이어서 가는 곳마다 적선을 가랑잎처럼 쓸어버렸다.

이순신의 승전보를 들은 선조는 기쁨을 금치 못하며 상으로 가선대부(嘉善大夫)를 가자(加資)하였다.

그러나 승리의 기쁨도 잠시, 전라도 관찰사 이광이 이끄는 삼도의 연합군 10만이 이광의 어리석은 판단 때문에 용인에서 왜적에게 대패했다.

그때에도 이순신은 육전(陸戰)에서의 패배를 만회하려는 듯 연이어 적을 물리쳤다. 육지에서의 연이은 패배로 노심초사하던 선조는 그에 대한 상으로 이순신의 품계를 자헌대부(資憲大夫)로 올렸다.

허임은 이순신의 승전보와 전라도에 왜적의 침입이 없다는 말을 듣고 가슴을 쓸어내렸다. 그러나 바다와 달리 육지의 왜적은 빠르게 평양을 향해 북진했다.

결국 겁이 난 선조는 평양을 떠나기로 결정했다. 처음에는 중전과 왕자 등이 피신한 함경도 쪽으로 가려 했다.

그러나 이항복과 몇몇 대신들의 의견을 받아들여서 의주로 방향을 틀었다. 그리고 평양은 윤두수 등으로 하여금 지역 지주들과 함께 지키도록 했다.

평양의 백성들은 왕이 떠나려 하자 거침없이 분노를 터트렸다.

"임금께서는 진정 백성을 버리시겠다는 것이옵니까!"

"어찌 저희를 버리려 하시는 것이옵니까!"

분노의 목소리가 점점 커지자 유성룡이 나섰다.

"걱정 마시오. 주상께서는 평양을 버리지 않을 거요."

그가 나서서 설득시킨 후에야 평양의 백성들은 겨우 분노를 가라앉혔다. 그런데 그날 밤, 선조는 결국 야반도주하듯이 평양을 빠져나가 버렸다.

평양을 떠난 선조는 박천(博川)에서 헤어졌던 중전을 만났다. 함경도에 왜적이 침입했다는 말을 들은 중전이 길을 되돌아왔다가 선조와 만난 것이다.

선조는 그곳에서 세자인 광해군에게 분조*를 지휘하도록 명했다. 그 후 선조는 의주로 가기 위해서 정주로 향하고, 세자인 광해군은 분조를 이끌고 영변부(寧邊府)에 머물렀다.

그렇게 선조가 북으로, 북으로 몸을 피할 때 남쪽에서는 여기저기서 의병들이 들고 일어났다.

호남(湖南)의 고경명(高敬命), 김천일(金千鎰). 영남(嶺南)의 곽재우(郭再祐), 정인홍(鄭仁弘). 호서(湖西)의 조헌(趙憲)이 먼저 의병을 일으키고, 또 다른 수많은 의병장들이 백성들을 모아서 왜적을 막

---

* 分朝:임금을 대신하여 나라를 다스리는 임시 조정

왔다.

　선조가 의주에 도착한 것은 의병들이 불길처럼 일어서던 6월 22일이었다.

의관 중에서 어의인 허준과 이연록, 이공기, 그리고 내의인 신여탁 등이 선조를 따라 의주로 갔다. 허임은 내의 두 명, 오동돈과 함께 광해군이 이끄는 분조를 따라 움직였다.

허임으로서는 의주로 가는 것보다 광해군과 함께 남하하는 것이 훨씬 나았다. 운이 좋으면 송하연이 자신을 찾아올지도 모르고, 만약 광해군이 더 남쪽으로 내려간다면 어머니를 만나러 갈 수 있을지도 몰랐다.

광해군은 영의정 최흥원과 우의정 유홍, 형조판서 이헌국, 참판 윤자신 등 십여 명의 중신과 김우옹을 비롯한 사십여 명의 문관, 박종만과 김우고, 이시언 등의 시위(侍衛)를 비롯해 오십여 명의 관원들을 데리고 남쪽으로 이동했다.

처음에 그들은 강계(江界)로 향하려 했다. 그런데 유홍이 강계는 지키기가 어렵다고 하자 생각을 바꾸었다.

허임과 오동돈은 약간 뒤로 처져서 따라갔다. 허임의 품계가 종 6품임에도 천출에 중인이라는 이유로 중신들은 물론 관원 중 양반 가의 사람들은 그를 천한 의원처럼 취급했다.

그래도 허임은 묵묵히 분조와 함께 했다. 전쟁으로 힘든 것은 권 문세가의 고관대작만이 아니었다. 그보다 몇 배 더 힘든 사람들은 힘없는 민초들이었다. 분조를 따라다니다 보면 민초를 위해 자신 의 의술을 펼칠 수 있지 않겠는가.

광해군이 이끄는 분조는 평안도 맹산을 거쳐서 양덕 쪽으로 이 동했다. 왜적이 평양에 주둔하며 일대를 점거했다 하나 그 지역은 일부일 뿐. 그들도 군병을 나누면 자칫 조선의 병사와 의병에게 당 할지 모르기에 인원을 여러 곳으로 나눌 수가 없었다.

양덕으로 이동하던 광해군은 도중에서 일부 병사들을 만났다. 이 끄는 장수도 없는 이십여 명의 병사들은 상거지나 다름없었는데, 왕세자가 백성을 위해 직접 나섰다는 걸 알고 감격해서 눈물을 흘 렸다.

그들과 함께 양덕으로 향하던 광해군 일행은 곳곳에 펼쳐진 참 혹한 광경을 보고 몸이 후들후들 떨렸다.

시신은 아무렇게나 팽개쳐져서 길거리에 쌓여 있고, 간살당한 여 인은 수를 셀 수도 없으며, 어린아이들조차 어미의 시신 곁에서 피 를 흘린 채 죽어 있었다.

한 마을에는 왜적들이 베어 갔는지 머리 없는 시신이 가득해서 그 참혹함은 눈을 뜨고 볼 수 없을 지경이었다.

지옥이 어디던가. 이곳이 바로 지옥이 아닌가!

오, 하늘이여!

그토록 의지견정 하던 광해군조차 그 광경을 보고 눈빛이 거세게 흔들렸다. 왜적의 악랄함에 대해서 말은 많이 들었지만 참상을 직접 목도한 것은 처음이었다. 손발이 후들거리고 심장이 쿵쾅거렸다.

백성들이 이렇게 죽어갈 동안 조정에서는 무얼 했단 말인가. 어쩌다 이 나라 조선이 이 지경이 되었단 말인가?

솔직히 그도 두려운 마음이 없지 않았다. 언제 어디서 왜적이 튀어나올지 모르는 상황이었다. 왜적의 총탄이 심장을 꿰뚫을 수도 있고, 날선 칼날이 자신의 머리를 잘라낼 수도 있었다.

그러나 광해군은 이를 악물고 두려운 마음을 억눌렀다. 백성들이 자신을 기다리고 있었다. 아무리 험하고 두려운 길이라도 가지 않을 수 없었다.

양덕으로 들어간 광해군 일행은 적에게 발각될 것이 두려워서 다음 날 일찍 곧바로 곡산으로 향했다.

곡산으로 가는 길은 길이 험한 것은 둘째 치고 식량이 모자라서 두 끼를 제대로 먹을 수 없었다. 그러나 광해군은 자신부터 식사를 두 끼로 줄이고 따르는 사람들을 독려했다.

"곡산이 얼마 남지 않았소! 그곳에 가면 지금보다는 나을 것이니 힘을 내시오!"

기운을 낸 광해군 일행은 고개를 넘어서 산길을 따라 내려갔다.

그때였다. 구비를 도는데 저만치 왜병이 보이는 게 아닌가.

"적입니다."

이십여 보 앞서가던 호위장이 급히 경고를 보냈다. 하지만 왜병들도 동시에 그들을 발견해서 경고는 아무 소용도 없었다.

왜병의 숫자는 오십여 명. 길목을 지키고 있던 그들은 왜의 말로 뭐라고 떠들더니 광해군 일행을 향해 조총을 겨누었다.

"물러서십시오!"

호위장이 소리침과 동시에 귀청을 찢는 조총 소리가 울렸다.

따당! 땅! 따다당!

콩 볶는 소리가 계곡을 연이어 뒤흔들었다. 서너 명이 비명을 지르며 쓰러졌다. 어떤 자는 가슴에서 피를 흘렸고, 어떤 자는 눈에 맞아서 비명을 지르며 뒹굴다 죽어갔다.

"왕세자 저하를 보호하라!"

"몸으로라도 막아!"

대신들은 앞 다투어서 도망가고, 무장들이 광해군을 호위해서 뒤로 물러나며 활을 쏘았다. 허임도 몸을 낮추고 숲속으로 몸을 숨겼다.

다행히 왜적들은 쫓아서 올라오지 않았다. 광해군 일행의 숫자가 제법 많은 것을 보고는 잘못하면 역습을 받을지 모른다 생각한 듯했다.

그들은 활을 가장 두려워했다. 조선의 활은 작으면서도 위력이 대단했고, 병사들의 활솜씨는 조총이나 다루는 왜적들에 비할 바가 아니었다. 특히 화살 크기가 작은 편전의 위력은 왜적들에게 공포심을 심어주기에 족했다.

그래도 상대가 조선의 왕세자와 대신들이라는 것을 알았다면 쫓아왔을지 모르지만, 그들은 그 사실을 알지 못했다.

고개 정상까지 도망친 광해군 일행은 왜적이 쫓아오지 않는다는 확신을 가진 후에야 숨을 골랐다. 따라오지 못한 자는 십여 명 정도. 따라온 자들 중에서도 부상자가 열 명이 넘었다.

허임과 오동돈은 내의 둘과 함께 부상자들의 상처를 살펴보았다. 탄환이 얕게 박히거나 스친 자들은 큰 문제가 될 것 없었다. 그러나 두 사람은 탄환이 제법 깊게 박혀서 빼내지 않으면 거동하기가 힘들 듯했다.

"탄환을 빼내야겠습니다."

허임이 구멍 난 다리를 보며 굳은 표정으로 말하자, 삼십대 후반으로 보이는 문관이 고통스런 표정으로 고개를 들었다. 그는 김양문이라는 자로 정6품의 좌랑(佐郎)이었다.

"빼낼 수 있겠는가?"

"빼낼 수는 있습니다만, 좌랑께서 한 가지 허락을 해 주셔야 합니다."

"허락? 무슨 허락 말이냐?"

"살을 갈라야만 합니다."

"살을 갈라? 네가 지금 내 살을 가르겠단 말이냐?"

"구멍이 작은데다가 뼈 사이에 박혀서 가르지 않으면 빼내기가 힘듭니다."

"부모님이 주신 몸을 훼손할 수는 없다."

"이미 훼손이 되었습니다. 그리고 탄환을 빼내야만 사실 수 있습니다. 목숨을 보전하는 것이 더 효도의 길이 아니겠습니까?"

허임이 그를 설득했지만 쉽게 허락하지 않았다.

"이 정도는 견딜 수 있다. 견디다 보면 탄환이 밀고 나올 수도 있지 않느냐? 살을 가를 수 없으니 그리 알고 치료를 해라."

그럴 수도 있었다. 그러나 그 전에 곪기라도 하면 배보다 배꼽이 커진다. 낫는다 해도 탄환이 안에 박혀 있으면 계속 괴롭힐 것이고.

허임은 김양문이 고집을 꺾을 것 같지 않자 순순히 물러났다. 지금은 그 한 사람만 붙잡고 씨름할 때가 아니었다.

탄환이 깊이 박힌 다른 한 사람은 나중에 합류한 병사였다. 병사는 가슴에 탄환이 박혔는데 허임의 제의에 순순히 응했다. 허임은 경추의 경혈에 침을 놓아서 병사의 고통을 무디게 했다. 그리고 만약을 생각해서 입에 나뭇조각을 물게 했다. 병사는 겁을 먹은 표정으로 허임의 지시를 따랐다.

어떻게 보면 당사자보다 옆에서 구경하는 사람들이 더 긴장한 듯했다. 손을 움켜쥐고 뚫어지게 쳐다보는데 마치 죽어가는 사람을 쳐다보는 눈빛이었다.

"움직이지 못하게 어깨를 꽉 잡으십시오."

텁석부리 장한이 부상자의 어깨를 꽉 잡았다. 척추에 꽂힌 침 때문에 병사는 누울 수도 없었다.

허임은 먼저 침으로 탄환이 있는 곳을 정확히 확인했다. 그리고는 작은 칼처럼 생긴 피침을 꺼내서 상처를 세 푼 넓이, 깊이 한 치에 가깝게 갈랐다.

"끄으으으으."

신음을 흘리는 병사의 몸이 후들후들 떨렸다. 얼굴에서는 땀방울이 비 오듯 떨어지고, 어깨에서는 피가 샘물처럼 흘러나왔다. 그나마 침으로 통증을 완화시켰기에 망정이지, 아니었다면 비명을 질렀을 것이다.

허임은 눈 하나 깜짝하지 않고 침을 탄환이 있는 곳까지 쑤셨다. 칼끝에 탄환이 느껴졌다.

피침을 내려놓은 그는 손가락 사이에 끼우고 있던 가느다란 집게와 굵은 침을 양손으로 잡고 갈라진 살 속으로 넣었다. 그러고는 침으로 탄환의 위치를 확인하고 집게에 끼워서 바깥쪽으로 잡아당겼다. 탄환이 미끄러지는 바람에 놓치긴 했지만, 두 번 만에 탄환을 밖으로 빼낼 수 있었다.

고통을 줄이려면 빠르고 단호해야 한다. 동물이나 사람이나 마찬가지다. 허임은 사람들이 자신을 지독하다는 눈빛으로 바라보는 것을 알고 있었다. 알면서도 숨을 멈추고 최대한 빠르게 처리했다. 과거 제주도에서 말의 다리에 박힌 나뭇조각 파편을 빼낼 때처럼.

탄환을 제거한 허임은 경혈에 꽂힌 침을 하나씩 뽑았다. 침이 모두 뽑히자 병사의 얼굴이 일그러졌다. 그제야 병사는 경혈을 막은 침이 아니었다면 자신이 얼마나 큰 고통을 겪었을 지 깨달은 듯 몸을 후드득 떨었다.

피를 닦아내고 상처에 지혈제를 뿌린 허임은 그나마 깨끗한 천을 뭉쳐서 상처에 얹고 단단하게 싸맸다.

"열흘 정도는 함부로 팔을 쓰지 마시오. 술은 절대로 금하고."

"고, 고맙습니다, 의원님."

걱정스러운 표정으로 구경하던 병사들은 허임의 단호하고도 빠른 손길에 경탄을 금치 못했다. 특히 그들은 침을 놓아서 고통을 줄였다는 걸 알고 눈이 휘둥그레졌다.

"허어, 젊은 의원님이 대단하구먼."

"의원이 아니라 도사 아녀?"

김양문은 멀리서 그 모습을 보고는 고민했다. 그냥 허임에게 치료를 받을까? 하지만 몸에 칼을 대는 것을 원치 않는 그는 고개를 흔들었다.

못마땅한 사람도 있었다. 한쪽에서 약초 치료만 하던 두 내의는 허임이 치료하는 모습을 보고 눈살을 찌푸렸다.

"사람이 짐승도 아니거늘, 칼로 살을 가르다니. 쯔쯔쯔."

"흥, 스승인 임영이 백정이었지 않소? 그 밑에서 배웠는데 천박한 습성이 어디 가겠소?"

허임은 얼핏 그들의 목소리를 듣고도 지그시 악물고 못들은 척했다.

'사람 살리는 일에 천박함을 따지는 그대들이 더 천박하다.'

* * *

겨우 상황을 추스른 광해군 일행은 산을 빙 돌아서 곡산 쪽으로 향했다. 그때부터는 미리 선발대를 보내서 적의 유무를 철저히 알아보며 이동했다. 그럼에도 두 번이나 더 왜병과 마주쳐서 정신없이 도망쳐야 했다.

그런데 적은 왜병만이 아니었다. 광해군 일행이 곡산에 도착하기 직전, 창칼과 낫을 든 난민(亂民)들이 숲에서 뛰어나와 앞을 가로막았다.

난민의 숫자는 백여 명. 그들은 평범한 백성이었다가 조정의 행태에 실망해서 창칼을 든 자들이었다. 그들에게는 왜병뿐만이 아니라 사리사욕만 채우다 나라를 이 꼴로 만든 권문세가의 양반들도 적이었다.

"보아하니 권문세가의 역적들 같구나! 오냐. 잘 만났다, 이놈들! 네놈들을 죽여서 왜놈들에게 죽어간 백성들의 원혼을 달래야겠다!"

난민 중 기골이 장대한 장한이 앞에 나서서 소리쳤다. 난민들이 눈이 벌게져서 광해군 일행을 포위했다. 그들의 창칼과 낫에서 번뜩이는 광채가 섬뜩했다. 벌게진 눈에서는 광기와 살기가 감돌았다.

갑작스러운 상황에 광해군을 호위하던 무장들이 무기를 빼들고 급히 앞으로 나섰다.

"멈춰라! 감히 뉘 안전이라고 함부로 말하는 것이냐!"

"흥! 제 놈들만 살겠다고 도망친 양반 놈들은 죽어도 싸다!"

기골이 장대한 장한이 코웃음 쳤다. 난민들이 거리를 좁히며 다가왔다. 금방이라도 짓쳐들 것 같은 상황.

그때였다. 광해군이 앞으로 한 걸음 나섰다.

"공격할 때 공격하더라도 잠깐 이야기 좀 하는 게 어떻겠는가?"

"어린놈은 빠져라! 거들먹거리는 저들의 목부터 따고 죽여주마!"

형조판서 이헌국이 눈을 부라렸다.

"감히 어디서 망발을 하는 것이냐, 이놈!"

"망발은 늙은이가 하는구나! 죽고 싶다면 먼저 죽여주마!"

상대가 조금도 굴하지 않고 살기를 번뜩이자, 이헌국은 얼굴이 창백해진 채 더 이상 대꾸하지 못했다.

그러나 광해군은 조금도 두려워하지 않고 냉정한 어조로 다시 말했다.

"도망친 양반들은 죽어도 싸다는 그대 말을 인정하겠다. 그렇다면 도망친 양반들을 찾아야지 왜 우리를 죽이겠다는 건가?"

"그럼 네놈들은 도망친 양반들이 아니란 말이냐?"

"둘러봐라. 어디를 봐서 적을 피해 도망친 양반들 같은가? 우리는 도망치는 게 아니라, 이 나라를 위해 적과 싸우는 사람들을 찾기 위해서 나섰느니라."

광해군의 말에 장한이 조소를 지었다.

"그들을 만나서 함께 싸우기라도 하겠다는 거냐?"

"글쎄. 당장 함께 싸우지는 못해도 그들을 격려해서 힘을 내게 할 수는 있을 거라 생각하고 있다."

"푸하하하하! 네가 무슨 왕이라도 된단 말이냐?"

"지금은 그리 생각해도 무방하다. 부왕께서 나에게 모든 권한을 맡기셨으니까."

"뭐, 뭐라고? 부…… 왕?"

그제야 뭔가가 이상함을 깨달았는지 장한이 흠칫했다. 최흥원이 기회를 놓치지 않고 엄한 어조로 말했다.

"주상 전하의 전권을 위임받으신 왕세자 저하시다! 나라를 위해 몸소 적진을 뚫고 왔거늘, 감히 어디서 눈을 치켜뜬단 말이냐! 어서 무릎을 꿇지 못할까!"

눈이 휘둥그레진 난민들이 주춤거렸다. 장한도 표정이 굳어진 채 광해군을 뚫어지게 바라보았다.

"그, 그럼 정말…… 광해군 저하시옵니까?"

광해군이 착잡한 표정으로 고개를 끄덕였다.

"맞다. 내가 이 조선의 세자인 광해군이다."

털썩.

장한이 무릎을 꿇고 고개를 처박았다.

"소인이 몰라 뵙고 죽을 죄를 졌사옵니다!"

포위하고 있던 난민들도 일제히 무릎을 꿇었다.

임금마저 욕하는 판국임에도 유일하게 욕을 먹지 않는 왕자가 있다면 광해군이다. 그들이 비록 권문세가를 원망하며 칼을 들고 나섰지만 광해군 앞에서는 무릎을 꺾지 않을 수 없었다.

광해군이 그들을 둘러보며 처연한 어조로 말했다.

"이곳까지 오면서 차마 눈 뜨고 볼 수 없는 참혹한 광경을 많이 봤다. 나라와 백성이 고초를 겪는 일에 어찌 나의 책임이 없다 할 수 있겠느냐? 더구나 모르고 저지른 죄는 충분히 사할 수 있는 일이다. 그대들도 살기 위해 칼을 쥐었을 터, 내 어찌 그대들을 뭐라고 할 수 있겠는가? 다만 그 칼을 나라를 지키는데 써주었으면 좋겠구나. 왜적을 몰아내야 힘없고 배고픈 백성들이 안심하고 살 수 있지 않겠는가?"

"저하!"

"그만 일어나라."

장한은 몸을 일으키고 광해군을 바라보았다.

"저하께서 몸소 어려운 걸음을 하시며 군사들을 독려하는데 어떤 백성이 따르지 않겠사옵니까? 이제 나라를 지킬 수 있는 길이 보이는 것 같사옵니다. 이전만 해도 나라를 지키기 힘들 것 같아 한낱 복수에 눈이 멀었습니다만, 길이 보인 이상 소인들의 칼도 나라를 지키는데 쓰겠사옵니다!"

"그리 해 준다면 내가 걸음한 보람이 있으니 어찌 기쁜 일이 아니겠느냐? 참으로 고맙고 고맙도다."

"어디까지 가시는지 모르오나 소인들도 함께 수행하겠사옵니다."

"우리는 곡산으로 가고 있는 중이다. 수행해 주는 것은 고맙다만, 그대들을 먹일 식량이 없는 게 한이로구나."

"걱정 마시옵소서. 소인들에게는 사나흘 정도 먹을 식량이 있사옵니다."

* * *

광해군 일행이 갖은 고생 끝에 곡산에 도착했지만 그곳 역시 안전한 곳이 못 되었다. 사흘 만에 다시 행장을 꾸린 일행은 조금 더 깊은 산중 마을로 들어갔다. 강원도 경계 안쪽의 이천이라면 그나마 적의 눈길이 적을 듯했다.

산길을 빙빙 돌은 광해군 일행이 임진강 유역에 있는 강원도 북쪽 이천(伊川)에 도착한 것은 이틀 후였다. 사방이 산으로 막힌 이천은 아직 왜적의 손길이 미치지 않은 상태였다.

겨우 숨을 돌린 광해군은 당분간 그곳에 머물며 군사와 의병들에게 연락을 취하기로 했다. 그때까지 남은 관원은 당상관 이상이 열 명, 당하관이 삼십여 명이었다. 그나마 광해군이 몸소 앞장을 섰기에 망정이지 그러지 않았다면 반은 더 도망갔을 것이다.

허임은 이천까지 오면서 발생한 부상자들을 치료했다. 탄환을 빼낸 병사는 경상을 입은 다섯 사람과 함께 뒤로 처져서 반나절 정도 늦게 도착했는데 전보다 상태가 많이 나아져 있었다.

반면에 내의의 치료만 받아온 김양문은 부축을 받고도 걷지 못할 지경이었다. 탄환이 박힌 곳은 퉁퉁 부어 있고 온몸에 열이 나서 금방이라도 쓰러질 것처럼 보였다.

김양문이 누워 있는 방으로 들어간 허임은 다리의 상처를 싸맨 천을 풀어보고 침중한 표정을 지었다.

"속에서 곪고 있습니다. 더 늦으면 저도 손을 쓸 수 없습니다. 결정을 내려주시죠."

김양문의 눈빛이 거세게 떨렸다.

"이대로 놔두면…… 어떻게 되느냐?"

"아마 닷새 안에 다리를 절단해야 할 상황이 될 겁니다. 그리고 닷새가 더 지나면 목숨도 보장할 수 없습니다."

"내의들이 고칠 수 없단 말이냐?"

"더 늦으면 화타가 와도 고칠 수 없습니다. 제 목을 걸죠."

허임이 작두로 자르듯이 단호하게 말하자 김양문이 눈을 내리깔
았다. 그도 혜민서에 명의가 있다는 소문을 들은 적이 있었다. 그
사람이 허임이라는 것도 알았다. 그는 부모가 물려준 신체에 칼을
대고 싶지 않았지만 죽고 싶지도 않았다.

"저, 정말 살을 가르면 다리를 자르지 않아도 살 수 있느냐?"

"현재는 칠 할의 가능성이 있습니다. 전이었다면 확신할 수 있었
습니다만. 치료할 수 있는 가능성은 앞으로 하루가 지날 때마다 이
할씩 줄어들 겁니다."

김양문의 입술이 파르르 떨렸다.

정말 냉정한 놈이다. 남의 목숨을 말하면서 저리 차가운 눈빛이
라니.

어쩌면 그래서 더 허임의 말을 믿지 않을 수 없었다.

"조, 좋다. 그럼 해봐라. 단, 최대한 조금만 가르도록 해라."

허임은 오동돈을 불렀다. 아무래도 혼자서 하는 것보다는 옆에서
도와주는 사람이 있어야 할 것 같았다. 하다못해 다리를 붙잡을 사
람이라도.

오동돈은 소리 나지 않게 혀를 차며 김양문을 바라보았다.

'쯔쯔쯔, 그게 진작 치료할 것이지.'

침을 불에 달구었다가 식힌 허임은 약재의 부재가 무척 아쉬웠다.

'초오산(草烏散)이라도 있으면 좋으련만…….'

초오산은 주엽나무 열매인 조협(皁), 목별의 씨로 만든 목별자(木鱉子), 구릿대의 뿌리로 만든 백지(白芷), 밭에서 나는 소천남성의 알뿌리로 만든 반하(半夏), 놋젓가락나물의 덩이뿌리인 초오(草烏) 등을 넣어 만든 약인데 마취제의 일종이었다. 초오산만 있다면 탄환을 빼는 일이 보다 손쉬울 것이었다.

그러나 궁궐을 나올 때 가져온 약재는 한정이 되어 있었고, 중요한 약은 대부분 선조를 따라간 어의들에게 있었다. 그나마도 워낙 경황이 없이 나왔는지라 초오산은 있는지 없는지조차 확실치 않았다.

어쨌든 준비를 마친 허임은 김양문의 몸에 피침을 들이댔다.

잠시 후.

"끄으으으!"

김양문의 방에서 비명이 들렸다. 밖에 있던 사람들은 비명을 듣는 것만으로도 오싹 소름이 끼쳤다.

도대체 저 안에서 무슨 일이 벌어지는 걸까?

그러나 방안의 풍경은 그렇게 소름이 끼칠 정도는 아니었다.

'정말 엄살이 심하군. 남자가 되어가지고 말이야. 쯔쯔쯔.'

오동돈은 다리를 꽉 붙잡고 속으로 혀를 찼다.

물론 살을 갈랐으니, 그것도 곪아가는 살을 갈랐으니 고통스러운 것은 당연했다. 비명을 지르지 않는다면 그 사람이 대단한 사람이었다.

그러나 침으로 최대로 신경을 마비시켜서 정상적인 상태에 비해

반도 안 느껴지는 통증이었다. 나이 삼십대 남자라면 그 정도 통증은 참아야 하는 것 아닌가?

"으으으, 끄어어어어!"

그런데 김양문은 쉬지 않고 비명을 질러댔다. 그나마 몸부림치지 않는 것이 다행이었다.

허임은 눈 하나 깜짝 않고 탄환을 빼냈다. 문제는 탄환을 빼내는 것으로 끝날 상황이 아니라는 점이었다. 내부가 곪아가고 있어서 고름을 제거해야 했다. 모두가 김양문이 자초한 일이었다.

종이를 말아서 상처 안쪽의 고름을 지속적으로 빨아낸 허임은 다섯 장의 종이를 허비하고 나서야 고름제거를 멈췄다. 김양문도 비명을 지르다 지쳤는지 이제는 끙끙거리고만 있었다.

허임은 한쪽에다 미리 준비해 두었던 질경이와 느릅나무껍질 찧은 것을 환부에 얹고 천으로 감쌌다. 축 처져 있던 김양문은 그제야 치료가 끝났다는 걸 알고 안도했다.

"닷새 정도 지켜보아야 괜찮을 것인지 알 수 있습니다. 그 동안 심하게 움직이지 마시고 조심하십시오."

허임의 목소리는 처음과 크게 다르지 않았다. 김양문은 그런 허임을 보고 진저리를 치며 속으로 구시렁거렸다.

'정말 독한 놈이군.'

그러다 허임이 고개를 돌리자 자신도 모르게 머쓱한 웃음을 지었다.

"수, 수고했다."

앞으로도 계속 치료를 해야 하는데, 잘못 보이면 자신만 손해였다.

* * *

허임은 시간이 나면 오동돈과 서너 명을 데리고 근처의 산에 올라가 약초를 캤다. 모든 환자를 침과 뜸만으로 치료할 수는 없었다. 광해군이 이천에 얼마나 머무를지 몰라도 이동을 시작하면 지천에 환자가 널려 있을 터, 미리 치료에 필요한 약초를 준비해 놓아야 했다.

그 동안 광해군은 사람들을 각 의병단체와 군병들에게 보내 왕세자의 명령을 전했다. 얼마 지나지 않아서 소식이 시시각각 전해졌다. 의병과 군병들은 왕세자가 왜적과의 싸움을 독려하기 위해 남쪽으로 내려왔다는 말을 듣고 사기가 충천했다.

광해군은 의주에서 내려온 선조의 명을 받고 의병들에게 포상을 하고 관직을 제수했다. 또한 무관들에게는 곳곳에 흩어져 있던 군병을 모아서 왜적과 대항할 것을 명령했다.

그 즈음, 명나라에서 온 군사가 평양을 공격할 거라는 소식이 들렸다. 그리고 이일이 광해군이 이천에 있다는 소식을 듣고는 삼천의 군병을 이끌고 찾아왔다. 선산(善山)에서 척후를 보내지도 않고 우둔하게 적을 상대하다 도망친 그였지만 사람을 끌어모으는 재주는 있었나보다.

광해군은 분조를 이끄는 왕세자로서 이일을 대면했다. 광해군이 그를 치하하며 격려하자 이일은 눈물을 흘리면서 감격했다.

이일이 군사를 이끌고 오는 바람에 허임과 오동돈은 쉴 시간도 없을 정도로 바빠졌다. 사람이 수천이나 온 만큼 환자도 많았다. 전쟁의 특성상 대부분 살이 갈라지고 뼈가 부러진 환자들이었다. 더구나 날이 따뜻해서 상처가 금방 상하기도 했고, 종기가 나는 환자도 많았다.

허임은 하루에 수십 명의 환자를 상대로 침을 놓고 뜸을 떴다. 종기환자도 하루에 몇 명이나 치료했는데, 전쟁을 치르며 온갖 어려움을 겪은 사람들인지라 종기를 째는 것 정도에는 크게 거부반응을 보이지 않았다.

아침 일찍 치료를 시작하면 저녁 늦게 일이 끝났다. 식사도 잠깐 짬을 내서 먹어야 했다. 아마 그의 침구술에 감동한 몇 사람이 도와주지 않았다면 그 많은 환자를 다 볼 수도 없었을 것이다.

그렇게 시일이 가면서 허임의 침구술은 점점 더 완숙해져 갔다.

이일이 군사를 끌고 온 것은 고맙지만, 결코 좋은 일만은 아니었다. 숫자가 많다 보니 아무래도 왜적들의 눈에 띨 수밖에 없었다.

임진년 7월이 며칠 안 남았을 무렵. 왜적을 감시하던 순찰병들에게서 적의 움직임이 심상치 않다는 소식이 전해졌다.

그 소식을 들은 대신들은 아침을 먹자마자 모여서 우려의 말을 나누었다.

"아무래도 놈들이 저희를 발견한 것 같습니다."

"발견했다기보다 이곳에 왕세자께서 계신 것을 눈치 챈 것 같소이다. 당장 공격하지 않는 것은 대대적인 공격을 위해 준비를 하는 것처럼 보이는구려."

중신들의 말을 듣고 있던 광해군은 머뭇거리지 않고 단호하게 결정을 내렸다.

"어차피 이곳에서 할 일은 거의 마친 상태요. 적에게 포위되기 전에 장소를 옮길 것이니 이동할 준비를 하시오."

영의정 최흥원이 적극적으로 찬성했다.

"왕세자 저하의 말씀이 옳습니다. 머뭇거리다 시기를 놓치면 천추의 한이 남을 것입니다."

그렇게 광해군과 대신들은 이천을 떠나기로 결정했다. 이일은 그 말을 듣고 자신들은 서쪽으로 가서 왜적과 싸우겠다고 했다.

* * *

분조가 북쪽으로 올라간다고 하자 허임은 고민에 고민을 거듭했다.

어머니는 괜찮으시겠지? 송 아가씨는 어떻게 되었을까? 이 전쟁을 이길 수 있을까?

다행히 흐름은 나쁘지 않았다. 파죽지세로 북상하던 왜적은 명나라 군사가 등장하면서 주춤한 상태였다. 더구나 아래쪽 남해안에서 이순신 장군이 이끄는 수군에 의해 군량조달이 막히면서 적이 당황하고 있었다.

하지만 다시 북쪽으로 올라간다면 망설이지 않을 수 없었다. 남쪽으로 내려가거나 서쪽으로 간다면 또 몰라도.

"후우우우."

그가 한숨을 길게 내쉬자 오동돈이 귀신같이 눈치채고 넌지시 물었다.

"함께 가고 싶지 않으십니까?"

다른 사람에게는 말할 수 없는 이야기다. 하지만 오동돈이라면 자신의 입장을 이해해 줄 수 있을 것 같다. 허임은 착잡한 표정으로 먼 산을 바라보며 나직이 답했다.

"아무래도…… 나는 남쪽으로 내려가야 할 것 같군요."

"가시고 싶으면 가십쇼. 다들 도망칠 때 남아서 왕세자 저하를 여기까지 보필했는데, 누가 허 의관님을 욕할 수 있겠습니까요? 앞으로 발생하는 환자들은 그 잘난 내의님들더러 치료하라고 하죠 뭐."

"오 훈도님은 어떻게 할 겁니까?"

허임이 묻자 오동돈이 멋쩍은 표정으로 말했다.

"봉연이 의주에 있는데 제가 가면 어디로 가겠습니까요?"

허임이 송하연과 어머니를 찾아가려고 한다면, 오동돈은 봉연을 만나야 했다. 그는 어차피 다른 가족도 없으니 차라리 마음이 편했다.

"오 훈도님은 정말 좋은 사람입니다."

"흐흐흐, 남자의 말을 듣고 이렇게 기분이 좋은 것은 처음입니다요."

"꼭 봉연 의녀를 부인으로 맞길 바라겠습니다."

순진하게 얼굴이 상기된 오동돈이 헤벌쭉 웃으며 머리를 긁었다.

"저도 그랬으면 좋겠는데……."

"나는 오늘 오후 약초를 캐러 나가는 길에 떠날 겁니다. 누가 물으면 약초를 캐러 나갔다가 길을 잃은 것 같다고 하십시오. 아니면 왜적에게 쫓겼다든지."

"걱정 마십쇼. 제가 그런 것은 잘합죠."

그날 오후, 허임은 침통 두 개와 시술용 칼을 비롯해서 몇 가지 물건만 품속에 넣고는, 약초망태기를 어깨에 걸친 채 평소와 다름없이 오동돈과 세 사람을 데리고 약초를 캐러 나갔다.

그와 오동돈은 산속으로 들어가자마자 세 사람과 헤어졌다. 그러고는 곧바로 산을 넘었다. 산을 넘자 남쪽으로 펼쳐진 준령이 눈에 가득했다.

허임은 숨을 깊게 들이쉬고 오동돈을 향해 고개를 숙였다.

"오 훈도님은 지위를 떠나서 내 형과 같은 분입니다. 혹여 다시 만나지 못한다 해도 영원히 잊지 않을 겁니다."

순진한 오동돈은 가슴이 찡해서 눈에 물기가 어렸다. 꺼칠해진 손으로 허임의 팔을 잡은 그는 억지로 웃음을 지어보였다.

"저도 허 의관님을 정말 좋아합니다요. 봉연만 아니면 따라나설 텐데……. 부디 건강하게 잘 지내십시오. 꼭 왜놈들을 물리치고 나라를 되찾아서 다시 만날 날이 있기를 바라겠습니다요."

허임은 오동돈의 손을 꽉 움켜쥐고 마주 웃으며 고개를 끄덕였다.

"그래야죠. 우리, 꼭 살아서 만납시다."

그러고는 몸을 돌려서 길도 없는 산을 내려갔다. 뒤에서 오동돈의 목소리가 들렸다.

"하연이도 꼭 만나십쇼!"

허임은 가슴이 먹먹해서 입을 꾹 다물고 망태기를 힘껏 움켜쥐었다.

'저도 그러고 싶습니다.'

붉은 동토(凍土)

오동돈과 헤어진 허임은 곧장 산을 두어 개 넘었다. 사람이 다닐 수 있게 닦여진 길이 나오면 빙 돌아서 이동했다. 어느 곳에 왜적들이 있을지 몰랐다.

어둠이 밀려들 즈음, 대여섯 채의 움막집이 모여 있는 산골마을이 보였다. 허임은 그곳에서 밤을 지내기로 하고 마을로 접근했다. 다행히 왜적은 보이지 않았다. 마을 사람들도 보이지 않았다.

허임은 마을로 들어간 후에야 왜 마을사람들이 보이지 않는지 알 수 있었다.

풀이 무성하게 자란 마당에 백골이 뒹굴고 있었다. 짐승에게 뜯어 먹혔는지 옷가지와 뼈가 여기저기 널려 있었다. 마당뿐이 아니었다. 문짝이 덜렁거리는 방의 문턱에도 썩은 살이 말라붙은 백골이 얹혀 있었다. 크기가 작은 걸로 봐서 어린아이인 듯했다.

방안에도 반쯤 썩은 시신이 있었는데, 먼지가 쌓인 치마저고리가 한쪽에 아무렇게나 흩어져 있었다. 벌거벗겨져 간살을 당한 듯했다.

다른 집도 상황은 비슷했다. 도망치다 죽은 사람도 있고, 곡괭이를 들고 맞서 싸우다 죽은 사람도 있고…… 남자도 있고, 여자도 있고, 어린아이도 있었다.

너무도 참혹한 상황에 허임은 입을 꾹 닫은 채 눈물만 흘렸다.

왕과 대신들이 왕궁을 버리고, 장수들과 군병들이 도망쳤다. 그들을 믿고 남았던 백성들은 왜적의 창칼 앞에서 속수무책으로 당해야 했다.

이들이 무슨 죄란 말인가!

적이 강하다 해도 맞서 싸워야 할 것 아닌가? 지레 겁먹고 피하기만 한다면 백성들은 누굴 믿고 살 수 있단 말인가!

북상할 때도 떠드는 자들이 있었다. 왜적을 잘 달래지 못해서 전쟁이 났다고. 잠깐 자존심 굽히고 비위를 맞추어줬으면 쳐들어오지 않았을 거라고.

개소리다. 도적에게 쌀을 나누어 주면 도적들이 도적질을 안할까?

간 쓸개 다 빼고 대해 주면 도적들은 상대를 더욱 얕볼 뿐이다. 언제든 잡아먹을 수 있는 먹잇감으로만 생각할 뿐. 오랜 옛날부터 그렇게 당해놓고 아직도 정신을 차리지 못했단 말인가?

평화에는 희생이라는 대가가 뒤따를 수밖에 없거늘. 힘써 싸우며 지키지 않으면 평화를 얻을 자격도 없거늘…….

희생 없는 평화는 없다. 강해지지 않으며 먹힐 뿐.

그런데 희생이 무서워서, 자신의 것을 빼앗기기 싫어하는 대신들이 두려워서, 쓴 약처럼 옳은 말을 듣는 게 싫어서 왕은 자신이 할 일을 외면했다. 그 결과 백성들이 짐승의 먹이로 전락했다.

힘들여서 강군을 육성해 봐야 적만 자극할 거라는 겁쟁이 대신들 때문에 백성들이 백골이 되었다. 적을 친구처럼 생각한 자들 덕분에 이 땅이 지옥이 되었다.

이곳만이 아니다. 금수강산 천지가 백성들의 피로 시뻘겋게 물들었다.

허임은 참으로 왕이, 중신이라는 작자들이 원망스러웠다.

그들은 멍청해도 너무 멍청했다.

힘이 없으면 이웃사촌에게도 잡아먹히는 게 세상이거늘!

허임은 마당에 불을 피웠다. 그리고 곡괭이와 삽을 들고 한쪽에 구덩이를 팠다. 시신은 모두 열여섯 구였다. 그는 자신이 찾을 수 있는 시신과 뼈를 다 가져와서 구덩이에 묻었다.

이제 겨우 서너 살로 보이는 여자아이의 시신을 묻을 때는 눈물이 폭포수처럼 흘렀다.

* * *

허임은 산을 넘고 강을 건너며 남하했다. 기존의 옷을 벗어 던진 그는 빈 농가에서 찾은 허름한 농부의 옷으로 갈아입고 머리를 풀어헤쳤다. 거친 모습에 수염마저 제멋대로여서 영락없이 평범한 농부처럼 보였다.

모습을 바꾼 그는 방향을 한양 쪽으로 잡고 걸었다. 한양으로 가려는 것이 아니었다. 송하연이 임진강을 건너지 못했다 해도 도성으로 들어가지는 않았을 것이다. 당시에 이미 백성들이 분노해서 불을 질렀고, 지금은 왜적들이 들끓고 있다. 송하연처럼 총명한 여자가 도성으로 돌아갔을 리 없었다. 경기도 어디쯤에서 안전한 곳에 숨어 있든지, 동쪽으로 강을 건넜든지, 아니면 서해를 끼고 돌아서 왜적의 손길이 미치지 못하는 곳으로 피신했을 것이 분명했다.

반드시 그래야 했다. 제발!

연천으로 내려간 허임은 일단 임진강 쪽으로 이동하며 도성에서 나온 관리들에 대해 수소문해 보았다. 당시 남았던 관리들이 배가 없어 강을 건너지 못했다면 연천 쪽으로 돌아서 올라가는 길밖에 없었다.

"몇 달 전에 도성에서 나온 관리들이 이쪽으로 지나가지 않았습니까?"

"혹시 의녀들을 본 적 없습니까?"

왜적의 손에서 겨우 살아남은 민초들은 혼이 반쯤 나간 모습으로 고개를 저었다. 만나는 사람마다 붙잡고 물어봤지만 어느 누구도 만족한 대답을 주지 않았다.

이틀이 지나자 허임도 힘이 빠졌다.

이대로 포기해야 하나?

아무도 그들을 본 적이 없다면 북쪽으로 올라오지 않았다는 말이 아니겠는가?

그런데 사흘째 되던 날이었다. 강을 따라 내려가던 허임의 눈에 강가 풀밭에 주저앉아 있는 노인이 보였다. 해골에 가죽만 씌운 듯 바싹 마른 얼굴에 거무스름한 안색. 금방 죽어도 이상할 것 없어 보이는 노인이었다.

아마도 식구들이 죽고 혼자 남았든가, 아니면 피난길이 힘들어서 가족들이 버리고 간 듯 보였다.

허임은 노인이 불쌍했지만, 그가 노인에게 해 줄 수 있는 것은 아무것도 없었다. 착잡한 마음으로 노인을 지나치려던 그는 밑져야 본전이라는 심정으로 노인에게 물었다.

"어르신, 혹시 이 근처에 사십니까?"

"저 아래쪽 마을에서 오십 년을 살았네."

"그럼 몇 달 전에 임금님께서 도성을 나와 강을 건넌 사실도 알겠군요."

"아암, 알지. 그걸 모르는 사람이 어디 있나? 나라님이 백성을 버리고 도망쳤는데."

힘없는 목소리지만 그 뜻만큼은 비수처럼 신랄했다. 허임은 마치 자신이 잘못한 것처럼 가슴이 뜨끔했지만, 내색하지 않고 다시 물었다.

"그때 강을 건너지 못한 사람들을 보신 적 있습니까?"

"임금님과 함께 나온 사람들 말인가?"

"예, 어르신."

"봤지."

순간 허임의 심장이 쿵 소리를 내며 뛰었다.

"어, 어디로 간지 아십니까?"

노인이 뼈만 남은 손을 들어서 남서쪽을 가리켰다.

"강을 건너지 못하니까 일부는 저쪽으로 가고, 일부는 강을 따라 올라갔지."

"그럼 의녀들은 어디로 갔는지 아십니까?"

노인이 고개를 저었다.

"그것까진 모르네."

강을 따라 올라갔느냐, 아니면 발걸음을 돌려서 안전한 곳을 찾아 피난 갔느냐. 둘 중 하나다.

허임 자신이 북쪽으로 갔으니 송하연도 북쪽으로 갔을지 몰랐다. 아니면 왜적들이 아직 손대지 못한 곳을 찾아 피했을 수도 있고.

허임은 오래 고민하지 않았다. 어차피 위험한 것은 북쪽이나 남쪽이나 비슷했다. 반반의 확률이라면 그가 갈 길은 정해져 있었다. 남쪽에는 어머니가 계시니까.

"어르신은 왜 여기에 계신 겁니까? 가족들이 찾으실 텐데요."

허임은 마음의 결정을 내리고 노인에게 물었다. 노인은 초점이 흐릿한 눈으로 허공을 응시했다.

"찾을 사람도 없어. 아들놈과 며느리, 손자는 나보다 먼저 저승으로 떠났거든. 왜적이 오기 전에 강을 건너 도망갈 수도 있었는데, 배가 부서져서 도망갈 수도 없었지. 알고 보니 임금님께서 배를 모두 부수라고 했다더군. 아들놈은 임금님을 건네줬다며 상을 받을 거라고 좋아했는데……."

* * *

　허임은 왜적과 마주치지 않기 위해서 동쪽으로 이동한 후 내륙을 관통하며 남으로, 남으로 내려갔다.

　원주까지 내려가는 동안 목격된 참상은 이루 말할 수 없을 정도로 처참했다. 왜군이 함경도로 들어가기 위해서 이동한 지역이 특히 극심했으며, 춘천과 홍천지역도 큰 피해를 입어서 묻지 못한 시신들이 백골로 화해 방치되어 있었다.

　그러한 참상을 며칠 동안 겪은 그가 원주 외곽에 도착했을 즈음, 그의 가슴은 한겨울 삭풍이 할퀴고 간 모래사장처럼 황폐해져 있었다. 삶의 의미조차 짙은 회의감에 잠겨서 살아도 산 것이 아닌 것처럼 같았다. 아마 어머니와 송하연을 만나야 한다는 간절한 마음이 없었다면 더 버티지 못했을지도 몰랐다.

　하지만 원주에 도착할 즈음, 찢긴 마음을 겨우 추스른 그는 자신이 할 수 있는 일을 하기로 했다. 세상에는 헐벗고 굶주리고 병든 민초들이 많았다. 그리고 그에게는 그들의 병을 돌봐줄 수 있는 의술이 있었다.

　관동(關東)의 주현(州縣)이 모두 적에게 노략질을 당하였어도 원주만은 온전했었다. 그런데 적이 공격하자 원주목사 김제갑이 성의 사대부와 백성, 가족을 데리고 영원산성으로 들어갔다. 하지만 그는 주위의 험한 지세만 믿고 방비를 게을리했다. 더구나 적이 두세 번 산성 앞까지만 왔다가 돌아가자 얕보는 마음까지 가졌다.

왜적은 김제갑이 방심하자 퇴각하는 척하다가 급습을 감행했다. 여유를 부리던 성안의 병사들은 그들을 막지 못했고, 결국 성은 그들에게 함락되고 말았다.

그래도 김제갑은 끝까지 싸워 전사하고 그의 처자들도 모두 따라 죽었다. 왜적이 두려워 도망부터 친 관리들에 비하면, 그는 관리가 나라를 위해 무슨 일을 해야 하는지 아는 사람이었다.

그렇게 원주성이 함락되면서 도망 나온 주민들은 원주 인근에 뿔뿔이 흩어졌다. 주위의 산세가 험하다 보니 왜적들도 한양으로 향하는 통로를 확보한 것으로 만족하고 굳이 흩어진 주민들을 공격하지 않았다. 그 덕에 흩어진 주민들은 겨우 목숨을 보전할 수 있었다.

산길을 재촉하던 허임이 그러한 주민들 중 한 무리를 만난 것은 가을 바람이 불던 8월의 어느 날 점심 무렵이었다.

처음에 그들은 허임을 의심의 눈초리로 대했다. 혼자의 몸으로 돌아다니니 혹시나 왜적의 첩자가 아닌가 생각한 듯했다.

그런데 때마침 그들 무리를 이끄는 자의 가족이 심한 종기 때문에 고생하고 있었다.

"저 사람은 어디가 아파서 저리 고통스러워하는 것입니까?"

허임이 움막집 입구에서 벽에 기댄 채 얼굴을 일그러뜨린 이십 대 청년을 쳐다보며 물었다. 머리가 허연 노인이 허임을 살피며 대답했다.

"내 손자네. 목에 종기가 크게 나서 며칠째 고생하고 있네."

"제가 한 번 봐도 되겠습니까?"

"자네가?"

"고향에서 의술을 배웠는데, 종기 치료를 몇 번 해본 적이 있습니다."

허임은 자신의 신분을 밝히지 않고 그렇게만 말했다. 백성들의 조정에 대한 반감은 생각했던 것보다 더 심했다. 그나마 광해군이 분조를 이끌고 내려와서 각 군현의 수령들을 독려한 덕에 많이 가라앉긴 했지만, 완전히 풀어진 것은 아니었다. 자신이 의관이라는 걸 밝혀서 쓸 데 없는 마찰을 일으킬 필요는 없었다. 그저 의원이면 족할 뿐.

"정말인가?"

노인이 반색했다. 허임을 바라보는 눈빛도 조금 전과 달라졌다.

"허락해 주신다면 제가 치료해 보겠습니다."

"좋네. 그럼 한 번 살펴보게나."

허임이 익숙한 솜씨로 청년의 종기를 치료하자 바라보던 노인의 눈빛이 깊어졌다. 그는 오랜 삶을 살아온 사람답게 허임의 솜씨가 예사롭지 않다는 것을 눈치 챘다.

의원의 대부분은 관에 속해 있다. 개인적으로 의술을 펼치는 의원은 대부분 관리가 되지 못했거나, 나이가 들어서 은퇴한 사람들이다. 그런데 저처럼 젊으면서 실력이 뛰어난 의원이 그저 대충 의술을 배운 사람이라고?

'말도 안 되는 소리!'

허임은 자신이 캔 약초 두어 가지와 느릅나무껍질을 혼합해서

으깬 후 덧나지 않도록 상처에 바르고 천으로 목을 감쌌다.

"심하게 움직이지 말고 사흘 정도 약초를 갈아주십시오. 산에 흔한 약초니 찾는 것은 어렵지 않을 겁니다."

노인은 굳이 허임의 정체를 알려고 하지 않았다. 알 필요도 없었다. 손자를 치료해 준 허임이 진심으로 고마울 뿐.

그의 아들은 왜적과의 싸움에서 죽고 자신과 손자와 며느리만 살아남은 처지였다. 손자마저 잘못되면 조상 볼 면목이 없는데, 허임이 치료하는 걸 보니 이제는 걱정하지 않아도 될 듯했다.

"정말 고맙네. 이제 보니 실력이 대단한 의원이었구먼."

"의원이라고 하기에는 아직 부족합니다."

"무슨 소리! 내가 원주에서 본 어떤 의원도 젊은이처럼 능숙하지 않았네. 더구나 치료하는 방법도 많이 달랐지. 이 늙은이의 눈이 잘못된 게 아니라면 이 나라에 자네만 한 실력을 지닌 의원이 많진 않을 거네."

"과찬입니다."

"이곳에 병자가 몇 사람 있는데, 그들도 좀 봐줄 수 있는가?"

"데려오십시오. 거동하기 불편하신 분은 거처에 그냥 계시라고 하십시오. 제가 가보겠습니다."

허임은 환자에게 침을 놓으면서 사람들 몇 명에게 약쑥과 약초 몇 가지를 구해오라고 했다. 구하는 것이 어렵지 않은 것들이어서 사람들도 순순히 그의 말에 따랐다.

허임은 침을 놓아야 할 사람에게는 침을 놓고, 뜸을 떠야 할 사람에게는 뜸을 떴다. 때로는 두 가지 치료를 병행하기도 했고, 약초를 사용하기도 했다. 그렇게 사흘간 머물며 병자들을 치료한 허임은 어느 정도 상황이 호전되자 자리를 털고 일어났다.

"다른 곳에도 환자가 있을지 모르니 그만 가봐야겠습니다."

허임이 떠나겠다는 뜻을 밝히자 주민들이 십시일반으로 먹을 것을 모아주었다. 노인은 망태기에 음식을 담아주고는 담담한 표정으로 허임을 바라보았다.

"가면서 들게나. 이 나라가 비록 백척간두의 처지에 놓여 있긴 하지만, 아직은 자네 같은 젊은이들이 남아 있으니 왜적들에게 무너질 때가 아닌 것 같구먼."

가야 할 길이 먼 허임은 사양하지 않았다. 자신이 사용하지 않는다 해도 길을 가다가 굶는 사람들을 보면 그들에게 줄 수도 있는 일이 아닌가 말이다.

"감사히 받겠습니다. 몽매한 저는 어른의 말씀대로 되기만 바랄 뿐입니다."

* * *

갈 곳 없는 백성들은 천지에 널려 있었다. 참화를 겨우 면한 지역도 식량이 모자라서 허덕였다. 관아에 모아 놓았던 곡식들은 군병과 의병을 위한 군량미로도 모자라서 일반 백성을 위해 쓸 수 있는 양은 극히 적었다. 하물며 병자를 위한 의약품은 더 말할 것도 없었다.

그러한 상황에서 허임의 침구술은 병자에게 한 줄기 빛이었다. 허임은 산과 들에 깔린 약초와 침구만으로 병자를 치료하며 작은 마을을 누비고 다녔다. 어머니가 계신 남쪽으로 내려가는 시간이 지체되긴 했지만, 병자들을 이대로 두고 갈 수는 없었다.

어쩌면 그 자신이 조정의 녹을 받았던 관원이었기 때문에 생긴 죄책감 때문일지도 몰랐다. 그래도 그 덕에 백 수십 명의 병자가 치료받을 수 있었으니 얼마나 다행인가.

충주는 신립의 대패로 백성들이 참혹한 살겁을 당한 곳이었다. 피눈물을 흘리며 충주성을 빠져나온 주민들은 각지로 흩어졌고, 개중에는 원수를 갚기 위해서 의병에 뛰어든 이들도 많았다.

허임은 울분에 찬 충주 주민들의 참혹한 이야기를 듣고는, 수장이 된 자 한두 사람의 실수가 어떤 결과를 야기하는지 절실하게 느꼈다.

반면 청주는 의병장 조헌과 박춘무가 이끄는 의병, 의승 영규가 이끄는 의승들에 의해서 탈환이 되었는데, 그 과정을 듣고는 그 자신도 울분이 끓어올랐다.

조헌이 의병을 모아 청주성을 공격하려고 하자 순찰사 윤국형과 고을 수령이 관군에게 불리할까봐 갖가지 방법으로 방해했다고 한다.

게다가 청양현감 임순이 조헌을 도우려 하자, 윤국형은 그를 옥에 가두어서 죄를 다스렸고, 조헌의 청주성 공격을 도와주기는커녕 방해만 했다고 했다.

그럼에도 조헌은 의병을 모으고 박춘무와 의승 영규, 공주목사의 도움으로 적을 쳤다. 비록 천시(失時)가 받쳐주지 않아 당장 청주성을 함락시키지는 못했지만, 겁을 먹은 적이 2차 공격을 두려워해서 성을 비우고 달아났다고 했다.

그런데 청주성에 쌓여 있던 곡식을 방어사 이옥이 말도 안 되는 이유로 모두 태워버리니, 의병들은 먹을 식량이 없어 각지로 흩어져서 스스로 먹을 것을 찾아야 했다고 하지 않는가.

허임도 남으로 내려오면서, 관군의 수장들이 공을 빼앗기지 않으려고 의병이 왜적과 싸우는 것을 방해한다는 말을 듣긴 했다. 하지만 그토록 후안무치한 짓을 저지를 것이라고 어찌 생각이나 했을까.

허임은 분노가 치밀어서 온몸이 후들거렸다. 한편으로는 의병들의 의기에 감복해서 자신 역시 할 수 있는 최선의 방법으로 민초들을 위해 힘썼다.

그런데 그가 의술을 베풀며 청주를 지나 공주로 향할 때였다. 장정 다섯이 숲 가장자리에 앉아 있는데 왠지 모르게 침울한 분위기였다. 허임은 그들 중 부상자가 있음을 알고 방향을 틀었다. 그가 그들에게 다가가자 앉아 있던 자들이 고개를 돌렸다.

허임은 아무 말도 하지 않고 그들의 코앞까지 걸어갔다. 장정들은 허임이 혼자이고 몸이 마른데다 농부 옷에 망태기를 걸치고 있는 걸 보더니 별 다른 경계를 하지 않았다.

"상처가 깊으신 것 같은데, 제가 좀 봐도 되겠습니까?"

허임이 가운데 앉은 자를 보며 말했다. 그자는 어깨가 넓고 텁수룩한 수염에 낯빛마저 거무스름해서 무척 강인하게 느껴졌다. 그런데 그의 오른쪽 가슴이 피에 젖어 있고, 싸맨 천에서는 심상치 않은 색이 보였다.

"의술을 아는가?"

"어깨 너머로 배웠습니다."

허임은 여전히 자신의 신분을 숨겼다. 마음이 참담해서 이제는 신분을 밝히는 것 자체가 창피할 지경이었다.

그때 옆에 있던 말상의 얼굴을 한 장정이 말했다.

"장 형, 한 번 맡겨보십시오. 혹시 압니까? 정말 실력이 있어서 치료할 수 있을지."

허임이 그의 말에 몇 마디 보탰다.

"곪은데 쓰는 약초도 있습니다. 힘도 약하고 싸우는 기술을 배우지 못해 왜적과 싸우지는 못하는 대신 돌아다니면서 병든 민초들을 치료하고 있습니다. 그렇게라도 해서 한 팔을 거들고자 하니 사양하지 마십시오."

허임의 말에 텁석부리 장한이 쓴웃음을 지었다.

"하긴 그것도 괜찮은 생각이군. 어찌 창칼을 들고 싸워야만 나라를 위하는 일이겠나? 좋네, 내 몸을 자네에게 맡겨보지."

허임은 그의 앞에 앉으며 망태기를 내려놓았다.

"웃옷을 벗어보십시오."

그의 말에 텁석부리 장한이 웃옷을 벗었다. 허임은 상처를 싸맨 천을 조심스럽게 풀었다.

그의 가슴에는 기다란 자상이 나 있었는데 붉고 탱탱한데다 누런빛이 보였다. 상처가 곪고 있는 것이다. 그나마 텁석부리 장한이 나름대로 생각해서 느릅나무 껍질을 붙여두었기에 아주 심하지는 않은 듯 보였다.

허임은 상처를 자세히 살펴보고는 먼저 진맥부터 했다. 상처가 오래되어서 내장이 상했을지도 모르고, 경혈이 상했을지도 몰랐다.

다행히 내부는 큰 이상이 없었다.

"옷을 깔고 누우십시오. 상처가 심해서 앉은 채로는 치료가 쉽지 않겠습니다."

옆에 있던 자들 중 둘이 나서서 텁석부리 장한이 눕는 것을 도와주었다. 장한이 눕자 허임은 망태기에서 미리 찧어놓은 약초를 꺼냈다. 찧어진 약초는 넓은 잎으로 싸놓아서 하루가 지났는데도 아직 마르지 않은 상태였다.

허임은 그 약초로 상처 부위를 닦아냈다. 힘깨나 쓰게 생긴 장한도 고통이 심한지 얼굴을 찡그렸다. 하지만 허임은 눈빛 한 점 흔들리지 않고 마저 닦아냈다. 그러고는 품속에서 침통을 꺼냈다.

예전부터 그가 쓰던 침통이었다. 백가정이 준 은제침통은 함부로 내보여봐야 사람들의 욕심만 자극할 터, 영변을 떠나온 후부터 한 번도 꺼내지 않았다.

허임이 익숙한 솜씨로 침을 놓자 텁석부리 장한이 담담한 표정으로 말했다.

"내가 아는 분 중에도 침을 잘 놓는 분이 계시네. 혹시 그대도 들어봤는지 모르겠군. 청주의 왜적을 공격할 때 나섰던 박춘무 공은 용맹할 뿐만 아니라 침술도 능하시지."

"함자는 들어봤습니다. 그분께서 침술에 능하다니, 꼭 만나 뵙고 싶은 분이군요."

"그런데 그분도 이런 상처에는 침을 놓는 걸 본 적이 없네. 정말 칼에 베인 상처도 침으로 치료가 되는가?"

"침에 비록 약효는 없으나 경혈을 자극해서 막힌 기의 흐름을 원활하게 해 줄 수 있습니다. 그렇게 기의 흐름이 원활해지면 몸속에서 스스로 저항하는 능력이 생겨 상처가 보다 빨리 낫지요."

"몸속에서 스스로 저항한다고?"

"아주 작은 상처는 놓아두어도 딱지가 생기면서 저절로 낫지 않습니까? 그 말인 즉 몸속에 자신을 지키기 위한 능력이 있다는 말이라 할 수 있지요."

"흠, 그 말도 일리가 있군."

"하지만 이런 큰 상처는 스스로 치료할 수 있는 한계를 넘어서서 그에 맞는 치료를 해야만 합니다. 물론 침만으로는 치료할 수 없지요."

허임은 말을 멈추고 텁석부리 장한을 쳐다보았다.

"제대로 치료하려면 고통이 심할 겁니다. 참으면 제가 확실히 치료할 수 있습니다만, 참지 못해서 치료를 중단하게 되면 저도 노형의 생명을 보장할 수 없습니다."

"그 정도로 심한가?"

"독기가 내장으로 스며들기 직전입니다. 아마 하루만 늦었어도 독기가 내장으로 들어갔을 겁니다."

그 말을 들은 텁석부리 장한이 허공을 보며 처연한 목소리로 말했다.

"조 공께서 돌아가셨는데, 나는 이곳에서 별것도 아닌 상처 때문에 주저앉아 있구나. 참으로 애통하고 애통하다."

허임의 눈이 커졌다.

"조 공이라 하시면, 혹시 조헌 어른을 말씀하시는 것 아닙니까?"

"맞네."

"그분이 돌아가셨단 말입니까?"

텁석부리 장한은 눈꺼풀을 파르르 떨며 이를 악물었다. 강하게만 보이던 그의 눈에 물기가 서렸다. 그뿐만이 아니었다. 옆에 있던 다른 자들도 비분강개한 표정을 감추지 못했다.

허임은 사실임을 알고 어깨가 축 처졌다.

"어쩌다가 그런 일이⋯⋯."

"이야기를 하자면 기네."

"하아아아."

장한의 말에 허탈한 한숨을 내쉰 허임은 고개를 흔들었다.

조헌은 단순한 의병장이 아니었다. 기개가 있으며 충심이 강하고, 옳은 일이라면 두려움을 품지 않는 사람이었다. 특히 그가 조정에 올리는 상소는 칼날처럼 예리하고 쇠망치처럼 충격적이었다.

당쟁에 여념이 없던 중신들치고 그의 상소에 이름을 올리지 않은 자 없으며, 질타를 받지 않은 자 또한 없었다. 대신들은 그의 상소가 올라오면 촉각을 곤두세우고 긴장해서 밤잠을 설쳐야 했다. 특히 이산해는 그의 상소로 인해 치를 떨었다.

오죽하면 선조조차 그가 올린 상소를 대신들에게 알리기가 두려워서 소각한 적이 있을 정도였다.

또한 그는 왜적의 방약무인함이 침략으로 비화될 거라는 걸 예견한 사람이었다. 작년에는 대궐문 밖에서 사흘간 상소를 올려, 풍신수길이 보낸 사신의 목을 베어서 왜에 경고를 해야 한다고 주청을 올리기도 했었다. 결국은 그를 싫어하는 선조로 인해 뜻이 좌절되고 말았지만.

그토록 뛰어난 사람이 죽다니!

참으로 아쉽고 애통한 일이 아닐 수 없었다. 나라가 벼랑 끝에 섰거늘, 충신은 죽고 간신만 설치는 세상이 아닌가 말이다.

"알겠습니다. 그럼 제가 치료를 마치면 그 이야기를 들려주십시오."

"그러지."

허임은 숨을 몇 번 깊게 들이쉰 후에야 마음을 진정시키고 치료를 시작했다.

자상으로 인해 곪은 곳을 다시 가른다는 것은 참으로 고통스러운 일이었다. 김양문의 상처에 비하면 배는 더 통증이 심할 것이 분명했다. 그런데도 텁석부리 장한은 입에 물린 천을 악물고 신음을 내지르지 않았다. 대단한 인내력이 아닐 수 없었다.

오히려 옆에서 구경하던 장한들이 자신도 모르게 흠칫흠칫하며 몸을 떨었다. 허임은 눈 하나 깜짝하지 않았지만.

고름을 긁어내고 상처를 닦아낸 허임은 상처부위에 지혈제로 마른 쑥을 얹고, 그 위에 질경이와 개나리열매, 느릅나무껍질을 짓이긴 약초를 발랐다. 모두 흔히 볼 수 있는 약초들이지만, 지혈과 열을 내리고 부기를 가라앉히고 독기와 고름을 빼내는 효능이 뛰어난 것들이었다.

천으로 다시 상처를 싸맨 허임은 텁석부리 장한을 바라보았다.

"좀 전의 이야기를 들려주시겠습니까?"

텁석부리 장한은 자신을 사선에서 오락가락하게 해놓고도 태연한 허임을 보고 의외라는 표정을 지었다. 침술도 그렇고 상처를 치료하는 솜씨 역시 예사롭지 않았다. 결코 어깨너머로 배운 솜씨가 아닌 것이다. 정식 의원이라는 뜻.

"원래 의원들은 그렇게 무덤덤한가?"

"꽤 아팠을 텐데 잘 참으셔서 별 걱정은 하지 않았습니다. 아, 상처가 아물 때 통증이 심해질 수가 있습니다. 그럴 때는 뽕나무를 태워서 상처에 그 재를 붙이십시오."

"알았네."

텁석부리 장한은 쓴웃음을 지으며 대답했다. 꽤 아픈 정도가 아니었다. 아마 옆에 동료들이 없었다면 작은 비명 정도는 내질렀을 것이다. 창피해서 참은 것뿐.

"그럼 약속한 대로 이야기를 해 줌세."

장한은 눈을 감았다 뜨더니 조헌에 대한 이야기를 시작했다.

"조 공께서 정상적인 상황에서 싸우다 돌아가셨다면 억울하거나 분할 게 없네. 하지만 간특한 자들의 흉계 때문에 돌아가셨으니 어찌 분하지 않겠나?"

조헌은 금산의 왜적을 공격하다 죽음을 당했는데, 문제는 죽음에 이른 과정이었다.

청주를 탈환한 조헌은 군사를 다시 모아 온양으로 향했다. 순찰사 윤국형이 그 소식을 듣고는 부하인 장덕익을 보내서 조헌을 설득했다.

그대와 생사를 같이 할 것이니 온양보다 금산을 먼저 공격하고, 그 후 자신과 합심해서 온양의 왜적을 몰아내자고 말이다.

조헌은 윤국형의 계책이 마음에 안 들었다. 하지만 부하 장수 중 몇이 그의 주장을 두둔하자 따르기로 하고 공주로 돌아갔다.

그러나 윤국형은 단지 조헌이 북쪽으로 가는 것을 막기 위해서 그런 제안을 한 것뿐이었다. 그는 조헌의 진군을 저지하면 조헌을 따르는 군졸들이 점차 분산될 거라 계산한 것이다.

아나나 다를까 군졸들이 하나둘 흩어지더니, 결국은 끝까지 생사를 같이 하기로 맹세한 칠백 명만이 조헌의 휘하에 남았다. 그럼에도 조헌은 의승 영규와 함께 금산으로 달려갔다.

그 소식을 들은 전라감사 권율과 충청감사 허욱이 조헌을 말렸다. 나중에 함께 군사를 일으켜서 공격하자면서.

적을 앞에 두고도 머뭇거리는 그들을 보고 분노한 조헌은 칠백 의사만 데리고 금산으로 향했다. 의승 영규도 조헌을 막았지만 그는 이미 죽음을 각오한 터였다.

"군부(君父)가 어디에 계신가! 군주가 치욕을 당하면 신하는 목숨을 버려야 하니, 그때가 바로 지금이다! 하거늘 성패와 이해관계를 어떻게 돌아볼 수 있겠는가!"

조헌은 울면서 그렇게 외쳤다. 그리고 북을 치면서 금산으로 쳐들어갔다. 영규도 조헌을 혼자 보낼 수 없다며 따라서 진군했다. 또한 관군에게는 반드시 뒤를 따라오라는 문첩(文牒)을 계속 보냈다.

바짝 긴장했던 왜적은 조헌의 후방에 관군이 없다는 걸 알고 조헌을 포위 공격했다.

조헌과 의병들은 화살이 다 떨어질 때까지 처절하게 싸웠다. 당시 죽은 왜적의 숫자는 조헌의 의병들보다 훨씬 많았다. 아마 화살이 더 있었다면 그리 쉽게 지지는 않았을 것이다. 구원병만 왔어도 승리를 했을 것이다.

하지만 구원병은 나타나지 않았고, 화살이 떨어진 의병들은 맨몸으로 적과 싸워야만 했다. 그들은 결코 물러서지 않았다. 마지막 한 사람이 죽을 때까지!

결국 조헌은 눈을 부릅뜬 채 깃발 아래에서 죽음을 당했고, 그의 주위에는 의병들의 시체가 산처럼 쌓였다. 의승 영규도 그곳에서 죽었다.

한편 조헌의 아들인 조완기는 기골이 장대하고 도량 역시 뛰어난 청년이었다. 그는 패할 것을 예상하고는 미리 관복을 화려하게 입어서 부친처럼 꾸몄다. 그 바람에 왜적들은 그를 주장(主將)으로 오인하고 시체를 갈기갈기 찢어버렸다.

그리고 그날 저녁, 조선군이 또 쳐들어올까봐 겁이 난 왜적은 군영을 태워버리고 금산성에서 도망쳤다.

"결국 그분의 뜻대로 금산에서 왜적을 몰아내긴 했지만, 절대 죽어서는 안 될 분이 돌아가셨으니 참으로 분한 일이 아닌가?"

텁석부리 장한은 이야기를 끝내며 이를 갈았다. 그는 원래 조헌의 수하에 있던 백인장으로 장선이라는 자였다. 원래는 지옥 끝까지라도 조헌을 따라가려고 했으나, 청주 싸움에서 부상을 당하는 바람에 따라갈 수가 없었다.

장선은 그 사실이 더 화났다. 함께 가서 죽어야 했거늘. 피눈물을 흘리며 심장이 터지는 통곡으로 하늘에 이 부당함을 알려야 했거늘! 살아서 간특한 자들과 마주칠 생각을 하니 분하고 원통해서 미칠 것 같았다.

허임은 장선의 말을 듣고 입안에 모래가 든 기분이어서 아무 말도 할 수가 없었다.

'장수라는 자들이 자신들만 위할 뿐, 나라와 백성은 안중에도 없구나.'

그런 자들이 백성의 머리 위에 있다는 걸 생각하니 구역질이 날 것 같았다.

"자넨 보아하니 정식 의원 같은데, 이제 어디로 갈 건가?"

장선이 입을 꾹 다물고 있는 허임에게 물었다. 허임은 착잡한 표정으로 남쪽 하늘을 올려다보았다.

"어머니께서 나주에 계십니다. 어머니를 찾아뵙고 어떻게 할 것인지 결정을 내려야겠습니다."

* * *

몇 가지 약초와 치료방법을 알려주고 장선 일행과 헤어진 허임은 곧장 공주로 갔다. 그가 왜적의 눈을 피해 공주에 도착했을 때는 9월이 코앞이었는데, 다행히 공주는 공주목사 허욱이 방비를 철저히 해서 왜적에게 침탈당하지 않은 상태였다.

내심 안도하며 공주로 들어간 허임은 곧장 김 참판댁으로 향했다. 공주까지 왔으니 인사라도 드리는 게 좋을 것 같았다. 김지인의 상황도 좀 알아보고.

'아가씨는 혼인을 했을까?'

그랬을 가능성이 높았다. 일 년 몇 개월 전에 정혼을 했다는 말을 들었으니까.

사실 김지인에 대한 마음은 애매한 면이 있었다. 그녀는 자신이 아는 어떤 여인과도 달랐다. 어린 나이에도 매우 당찼고, 아름다운 데다 마음도 고왔다. 게다가 양반가의 자식이라는 표를 내지 않고 사람을 스스럼없이 대했다. 그래서 좋은 마음을 가지긴 했는데 그걸 사랑이라고 할 수 있을까 싶었다.

'어쩌면 아가씨는 마음에도 없는데, 나 혼자 좋아했던 것일지도 모르지.'

쓴웃음을 지은 그는 김 참판댁이 있는 길로 꺾어졌다. 그리고 잠시 후, 김 참판댁의 문을 두드렸다.

탕탕!

"계십니까?"

얼마 지나지 않아서 전에 자주 봤던 홍 노인이 문을 열고 나왔다. 고개를 삐죽이 내밀던 홍 노인은 허임을 바로 알아보고 무척 반가워했다.

"어이구! 이게 누구신가?"

"그간 별고 없으셨습니까?"

"다행히 이곳은 왜놈들이 쳐들어오지 못했다네."

"저도 들었습니다. 정말 다행입니다. 그럼 김 참판 어른 가족들도 모두 무탈하시겠군요?"

"그렇다네. 그런데 참판 어른을 만나러 왔는가?"

"예."

"이런! 헛걸음했구먼. 참판 어른 식구들은 모두 서천의 외가로 가셨네. 일단 들어오게나."

그의 말을 들은 허임은 어깨가 축 처졌다.

"서천의 외가요?"

"몸도 안 좋으신 분인데 왜놈들이 공격해 오니 어쩌겠나? 일단 안전한 곳으로 피하셨지."

"지인 아가씨도 무사하십니까?"

"그야 당연한 일 아닌가? 모두 함께 가셨는데."

김 참판과 함께 갔다?

"정혼을 하셨다고 들었는데, 그럼 아직 혼례를 올리지 않으신 모양이군요."

"그게 참 일이 이상하게 흘러버렸지 뭔가."

"예?"

"재작년 가을에 정혼을 하고 작년에 혼례를 올리려고 했는데, 저쪽에서 한 해를 건너뛰는 게 좋겠다고 하지 뭔가? 그래서 올 5월에 식을 올리기로 되어 있었네. 그런데 이 난리가 났으니 참……."

허임의 눈 저 깊은 곳에서 잔잔한 물결이 출렁거렸다.

"정혼은 어느 분하고 하셨습니까?"

"청주의 한씨 집안과 연을 맺기로 했지."

"예, 그랬군요."

"그래, 소문이 들리기로는 과거시험에 합격했다던데?"

"다행히 스승님의 이름을 욕되지 않게 했습니다."

"어이구, 정말 잘됐구먼. 어서 들어오게. 식사라도 하고 가야지."

홍 노인은 허임이 관원임을 알면서도 높여 부르지 않았다. 의관이 중인이라는 사실을 아는 까닭이었다. 반면 그는 권문세가의 사노(私奴)였고. 아마 허임이 종6품의 품계를 받았다는 걸 알아도 마찬가지 태도였을 것이다. 그만큼 권문세가의 사노가 목에 힘을 주는 시대였다.

허임도 그게 편했기 때문에 문제 삼을 마음조차 없었다.

점심식사를 마친 허임은 곧장 김 참판댁을 나왔다. 묘한 기분이었다. 정혼을 했다고 해서 이미 혼례를 올린 줄 알았다. 그런데 아직 혼례를 올리지 않았다니.

물론 정혼을 했으니 이미 혼인을 한 것이나 마찬가지이긴 하지만, 그래도 완전히 같은 상황은 아니었다.

'설령 혼인을 하셨다 해도 너무 아쉬워할 것 없다, 허임. 솔직히 그런 여인이 너에게 가당키나 하냐?'

허임을 스스로를 다독이며 공주를 뒤로 하고 남쪽으로 향했다.

* * *

광해군은 신계를 거쳐 평안도 동남부의 비류강 유역에 있는 성천(成川)으로 이동해서 머물렀다. 성천은 일대 수개 군현을 관할하는 군사적 요지로, 광해군은 한 해 전 석 달 동안 머물렀던 적이 있어서 그 지역이 익숙했다.

중신들과 관원, 호종무장들을 데리고 성천에 도착한 광해군은 남부와 함경도 등으로 왕을 대신한 교지를 내리며 상황을 엿보았다. 그런데 9월이 되자마자 긴급한 소식이 전해졌다. 강계로 피신했던 임해군과 순화군을 비롯한 재신들이 적에게 사로잡혔다는 것이다. 그 중에는 김귀영도 있었다.

"그게 사실인가?"

광해군이 놀라서 묻자, 강계에서 달려온 유복이라는 자가 말했다.

"소인이 직접 보지는 못했사오나, 직접 본 자에게 들은 바를 따져보니 틀림없는 사실이라 생각되옵니다."

광해군의 표정이 돌덩이처럼 굳어졌다. 미우나 고우나 임해군은 그의 형이고, 순화군은 동생이 아닌가. 형제와 재신들이 적에게 잡혔다면 정녕 큰일이 아닐 수 없었다.

"영상은 즉시 의주로 가서 사실을 아뢰도록 하시오. 그리고 몇 사람이 직접 가서 사실을 확인해야 할 것 같은데, 누가 가겠소?"

즉시 두어 사람이 나섰다. 김양문도 그 중 하나였다.

"신이 가서 확인해 보겠사옵니다!"

"신도 함께 가겠사옵니다!"

                    * * *

　그 즈음, 선조는 의주에서 명 황제의 칙서를 가져온 칙사를 접견
하고 구원병에 대한 논의를 진행하고 있었다. 최홍원이 도착한 것
은 그 칙사가 막 돌아간 직후였다. 선조는 최홍원에게서 왕자들이
사로잡혔다는 말을 듣고, 즉시 정확한 정황을 알아보라는 명령을
내렸다.

　자세한 정황이 알려진 것은 열흘 정도 흐른 후였다. 함경도 순찰
사 이희득이 의주로 달려와서 복명한 것이다.

　"신이 사명(使命)을 받들고도 아무 공적도 없이 적의 소굴에서
도망쳐 숨어 있다가 간신히 살아 돌아왔으니 만 번 죽어도 아까울
것이 없습니다만……."

　그는 자신의 죄를 먼저 청하고, 왜적의 형세와 함경도 백성들
의 상황을 침통한 마음으로 말했다.

　임금이 평양에서 빠져나가 의주로 갔다는 말을 듣고 함경도 백
성들이 원망하며 배반하고 있다는 것. 심지어 명천과 길주의 백성
들은 왕자가 가는 곳을 써 붙여 걸어놓아 왜적에게 길을 안내했다
는 것. 지역의 토병들은 반란을 일으켜서 관을 뒤엎는 등 상황이
말도 못할 지경이라고 했다.

　결국 백성들이 고자질해서 왕자와 재상들이 적에게 잡힌 것이다.

　그러나 백성들을 원망할 것도 없었다. 원인을 제공한 자들이 바
로 왕자와 재상들이었으니까.

　도망가는 와중에도 탐욕을 부리고 백성을 핍박하니 어찌 원성을

사지 않으랴. 자업자득인 것이다.

"신이 듣기로는 적장이 명령을 내려 현상금을 걸고 왕자 마마와 대신을 사로잡았다고 하였습니다. 재상들이 일로(一路)에서 폐단을 부려 크게 인심을 잃었는데, 그 때문에 백성들이 더 원망을 하여 왜적에게 잡히도록 놔둔 것 같습니다."

묵묵히 이야기를 듣던 선조가 참담한 표정으로 물었다.

"누가 그런 망녕된 짓을 하였는가?"

"김귀영은 행동이 조심스러웠습니다만, 황정욱과 황혁(黃赫) 부자는 평소의 버릇을 고치지 못하고 제 마음대로 행동을 했습니다."

이희득은 그렇게 말했지만 그 내면에는 또 다른 일이 있었다. 임해군이 앞장서지 않았다면 그들이 어찌 제 마음대로 패악을 부릴 수 있었을까?

그러나 이희득은 선조의 흉중을 헤아려서 왕자의 잘못은 말하지 않았다.

선조도 어렴풋이 짐작은 했지만, 아무 말도 하지 않고 더 묻지도 않았다.

'어리석은 놈. 재상들 몇을 다스리지 못해서 그런 일을 당하다니.'

동생인 광해군은 분조를 이끌고 적진을 누비는데, 형이라는 놈은 도망도 제대로 가지 못하고 일만 벌이고 있지 않은가. 참으로 못난 놈이 아닐 수 없었다.

'네가 그러니 광해가 더욱 돋보이는 것이 아니냐?'

대세는 이미 광해군으로 기운 상태였다. 선조도 이제는 인정하지 않을 수 없었다.

그러나 세상일은 끝까지 가봐야 아는 법이니, 광해군에게 임금 자리를 넘겨주려 했던 선조가 중전에게서 아들을 얻을 줄 누가 알았으랴.

* * *

행재소의 분위기가 바닥까지 가라앉아 있을 때 여덟 명의 남녀가 의주로 들어섰다. 남자가 여섯이고 여자가 둘이었는데, 온갖 고생을 다한 듯 옷차림이 엉망이고 안색도 초췌했다.

남자 중 넷은 문관이고 둘은 의관이었다. 그리고 여자 둘은 의녀였는데, 놀랍게도 그 중에 송하연이 끼어 있었다. 임진강에서 배를 타지 못한 그녀가 강을 따라 북상해서 의주까지 온 것이다.

'그분도 이곳에 계실까?'

처음에만 해도 외숙을 찾아 남쪽으로 내려갈 것인지, 임금을 좇아가는 사람들과 함께 북쪽으로 갈 것인지 고민이었다. 하지만 왜적이 도성 근처까지 올라왔다는 소문을 듣고 남쪽으로 내려가려던 마음을 접었다. 여자의 몸으로 왜적들이 설치는 곳을 뚫고 전라도로 내려간다는 것은 지난하고도 지난한 일이었다.

게다가 마침 젊은 문관인 김성도가 그녀를 눈여겨보고 함께 갈 것을 설득했다. 아름답고 차분한데다가 힘이 들 텐데도 불평불만 없이 묵묵히 따르는 송하연이 마음에 든 그는, 그녀가 남쪽으로 내려가다 왜적에게 당하는 꼴을 두고 볼 수 없었다.

봉연은 거칠어진 모습의 송하연을 보고 눈이 커졌다.

"용케 여기까지 왔구나."

"강을 돌아서 오느라 늦었습니다."

"늦은 게 무슨 대수야. 이렇게 무사한 것만 해도 천만다행이지."

봉연은 송하연의 두 손을 꼭 쥐고 기뻐했다. 허임과의 관계를 떠
나서라도 그녀가 가장 마음에 들어 하는 의녀가 하연이었다. 체계
적인 교육을 받아서 문에도 능통했고, 영리한데다 눈치까지 빨라
서 맡겨진 일을 빈틈없이 처리했다. 그리고 무엇보다도 마음이 고
왔다.

"하연아, 허 의관님 소식이 궁금하지?"

봉연이 장난조로 넌지시 묻자 송하연이 미소를 지으며 고개를
숙였다. 그래도 궁금한 것은 사실이어서 부끄러움을 무릅쓰고 물
어보았다.

"여기 안 계신가 봐요? 오면서 왕세자 저하께서 분조를 이끌고
내려갔다는 소문을 얼핏 들었는데, 혹시 그곳에 가 계신가요?"

"그래. 허 의관님은 오 의관님과 함께 왕세자 저하를 따라갔어."

어느 정도 예측했던 일이었다. 그녀도 허임이 왕세자인 광해군과
알게 모르게 가깝게 지낸다는 말을 들은 적이 있었다. 그 때문에
허임을 싫어하는 내의원의 의관들도 허임을 함부로 취급하지 못
했고.

"별 일 없어야 할 텐데요."

"그러게. 너무 걱정 마. 영리하고 뛰어난 분이니 왜적들에게 당
하지 않을 거야."

봉연은 의연하게 송하연을 다독였다. 걱정이 되는 것은 그녀도 마찬가지였다. 그녀가 걱정하는 사람은 오동돈이지만.

"예, 수의녀님. 그리고 보니 언젠가 정철 대감께서 하신 말씀이 생각나요."

"정철 대감께서? 뭐라고 하셨는데?"

"관상을 보시고는 노년이 좋은 상이라고 하셨어요. 젊을 때 고생은 하겠지만 훗날 자신의 뜻을 펼치실 거라면서. 그렇다면 오래 사신다는 뜻이니, 젊은 지금 명이 끊어지지 않는다는 말씀이잖아요."

아주 오래 전 기억을 떠올린 송하연은 아련한 표정을 지었다. 그때 정철은 왠지 모를 착잡한 표정을 지으며 자신에게도 지나가듯이 몇 마디 남겼다.

곧 힘든 시절이 닥칠 거라고.

그러고는 더 이상의 말씀도 없이 그저 가여운 눈빛으로 바라보기만 했다.

아마도 관상보다는 본부인의 시기심을 알기 때문에 그런 말씀을 하셨던 것 같았다. 그리고 정철 대감의 말씀대로 견디기 힘든 시절을 맞이해야 했다. 어쩌면 그래서 더 안심이 되었다. 허임에 대한 예상도 맞을 테니까. 다만 그때 자신을 보던 정철 대감의 눈빛이 마음에 걸렸는데, 그에 대해서는 잊으려 노력했다.

'나는 어떻게 되어도 상관없어. 그저 허 의관님이 무사하기만 하면 돼.'

그녀는 의연하게 마음을 다잡았다.

그런데 왜 이리 눈물이 나오려는 걸까.

주검밭

　허임은 논산을 거쳐 익산으로 들어갔다. 전라도에서 왜적의 공격을 받은 곳은 무주 인근과 전주성뿐이었다. 그나마도 공격에 실패해서 돌아갔다고 했다. 나주 쪽은 아예 적이 접근도 못했고.

　익산에서 이런저런 소식을 듣고 조금이나마 마음이 편해진 허임은 김제 쪽으로 내려갔다. 이틀 전 내린 비 때문인지 만경강에 물이 제법 많이 불어 있었다. 강을 건너려면 나룻배를 타야 하는데 허임이 나루터에 도착했을 때는 건너편에 가 있었다.

　허임은 대여섯 사람과 함께 건너편에 가 있는 배가 도착하기를 기다렸다. 갈대밭에 앉아 있으니 수많은 생각이 교차했다.

　과연 이 전쟁을 이길 수 있을까? 만약 지기라도 한다면 어떻게 되는 걸까?

　그가 하늘을 보며 착잡한 표정을 짓고 있는데, 오십대로 보이는 중노인이 그를 노려보았다.

"자넨 나이도 젊은데 왜 빈둥거리고 있는가?"

"무슨 말씀이신지요?"

"무슨 말이긴! 나이를 먹은 사람도 나라를 위해 싸움터에 뛰어들고 있는데, 젊은 놈이 이런 곳에서 얼쩡거리면 쓰겠나?"

중노인의 호통에 사람들이 모두 곱지 않은 시선으로 허임을 바라보았다. 그들의 눈에는 망태기를 지고 돌아다니는 허임이 전쟁터를 피하려는 겁쟁이로 보인 듯했다.

허임으로서도 할 말이 많았다. 전이었다면 맞서서 말싸움을 했을 것이다. 하지만 숱한 참상을 목도하고 관리들의 비겁함을 알게 된 그는 입이 떨어지지 않았다.

"저런 것들이 있으니 나라가 이 모양이지."

"에구, 너무 뭐라고 하지 마쇼. 그래도 나름대로 생각한 바가 있겠지."

"생각이 있으면 지금이라도 달려가서 왜적과 싸워야 하지 않겠는감?"

남녀 할 것 없이 웅성대며 허임을 째려보았다. 허임은 입을 꾹 다문 채 민초들의 채찍질을 달게 받았다.

어쩌면 저들의 말이 옳을지 몰랐다. 아니 옳았다. 의술을 알던 모르던 달려가서 싸워야 했다. 싸울 힘이 없다는 말도 자신을 속이는 말에 불과했다. 나이 든 사람들이 자신보다 힘이 세서 전쟁터에 나서겠는가?

의술로 대신하겠다는 자신의 결심도 결국은 핑계다. 정말 의술로 대신할 거라면 전쟁터로 달려가서 군사들을 치료해도 되는 일이 아닌가?

어머니를 만나야 한다는 것, 송하연을 찾아야 한다는 것. 다 핑계일 뿐. 솔직히…… 두려웠다. 전쟁터에 나가서 죽으면 꿈이 좌절될 테니까.

그러고 보면 자신의 내면도 자신이 욕한 중신들과 다를 바 없었나 보다.

비겁한 놈!

부끄러움으로 입이 닫힌 허임은 일어나서 몸을 돌렸다. 사람들과 함께 배를 타고 가며 차디찬 눈빛을 견뎌낼 자신이 없었다.

강가를 따라 위쪽으로 올라가면 배를 타지 않고도 건너갈 수 있는 곳이 있겠지.

터벅터벅 걸어가는 발걸음이 천근만근 무겁기만 하다. 강가에서 춤추는 갈대마저 자신을 비웃는 것만 같다.

'너도 그들과 똑같은 놈이야!'

아니라고 해야 하는데, 자신은 분명 그렇지 않았던 것 같은데 혼자만 그렇게 생각했을 뿐이다. 큰 도적이던 작은 도적이던 도적은 도적인데.

"일연 엄니!"

뒤쪽 강가 나루에서 고함치는 소리가 들렸다. 처음에는 누구를 부르는가 보다 생각했다. 그런데 뒤이어 당황하고 놀란 목소리가 들렸다.

"어구야! 이를 어쩐다냐! 정신 차려, 일연 엄니!"

"으아아앙! 엄마아아아!"

"어디가 아파서 이러는 거여? 큰일 났네!"

"급체 한 거 아녀?"

갈대로 뒤덮인 작은 둔덕을 넘어가던 허임은 돌아서서 둔덕 위로 올라갔다. 나루터 한쪽에 여자로 보이는 사람이 쓰러져 있고, 그 옆에서 아이가 울고 있었다. 쓰러진 여자의 곁에는 대여섯 사람이 있었는데, 달리 방도가 없는 듯 우왕좌왕하고 있었다.

허임은 망태기를 잡고 뛰었다. 그때만큼은 사람들의 차가운 눈빛이 두렵지 않았다. 자신을 욕한 것도 생각나지 않았다. 오직 쓰러진 여자와 울고 있는 아이만 보였다.

정신없이 나루터로 달려간 허임은 둘러선 사람들을 손으로 밀어냈다.

"비켜주세요!"

엉겁결에 밀려난 사람들이 의아한 표정으로 허임을 바라보았다.

"아까 그 총각이잖어?"

"아는 사인가?"

허임은 사람들이 뭐라고 하던 신경 쓰지 않고 쓰러진 여자 옆에 무릎을 꿇었다. 여자는 서른 살 정도로 보였는데, 얼굴이 피멍든 것처럼 거무스름하고, 숨 쉬는 소리가 목에 지푸라기를 구겨 넣은 것처럼 거칠어서 금방이라도 죽을 것처럼 보였다.

허임은 일단 여자의 손목을 잡고 진맥을 해보았다. 울어대던 아이가 울음소리를 조금 가라앉히고는 구원을 바라는 떨리는 눈빛으로 허임을 쳐다보았다. 쓰러진 여자가 아이의 엄마인 듯했다.

"뭐여, 의원인가?"

"긍게 말이여."

여인의 손목을 놓은 허임은 눈꺼풀을 뒤집어보았다. 눈꺼풀에 혈색이 없었다.

참으로 묘했다. 겉만 봐선 급체한 것처럼 보이는데 맥은 체했을 때와 차이가 있었다.

"애야. 혹시 네 어머니가 뭘 드셨는지 알아?"

훌쩍이던 아이가 겁에 질린 목소리로 대답했다.

"배가 고파서…… 삐비를 뽑아 먹었어요."

허임은 그 말을 듣고 이마를 찌푸렸다.

들판의 풀 중에는 식용으로 쓸 수 있는 풀들이 많다. 삐비라고 불리는 뻘기 역시 마찬가지다. 자신 역시 삐비의 대와 어린 꽃이삭이 달콤해서 가끔 먹곤 했었다. 하지만 아이엄마는 삐비를 먹은 것 때문에 체한 것이 아닌 듯했다.

그래도 모르는 일. 침을 꺼낸 허임은 손의 합곡(合谷) 두 곳과 발의 태충(太) 두 곳을 찔러서 사관(四關)을 열었다. 여인의 눈은 그대로 굳어서 움직이지 않았다.

'역시 단순하게 체한 것이 아니었어.'

허임은 스승께 배운 침술 중 특별한 병증이 아닌 급박한 상황에서의 처리법을 하나하나 떠올렸다. 스승께선 수많은 경험을 바탕으로, 아직 병명조차 정해지지 않은 병증을 치료하곤 했었다. 어쩌면 그러한 치료법 중에 여인을 치료할 수 있는 방법이 있을지 몰랐다.

'가슴이 아프고 얼굴이 거무스름하여 곧 죽을 것처럼 거친 숨을

몰아쉴 때는…….'

사람들이 심각한 표정을 짓고 있는 그를 보고 수군댔다.

"정말 의원인가 보네."

"긍게. 의원이니까 침을 갖고 다니겠지."

다시 침을 든 허임은 쓰러진 아이엄마의 가슴 부위 다섯 곳에 침을 꽂았다. 그러고는 팔꿈치 안쪽의 척택혈(尺澤穴)에 침을 놓고, 팔뼈 사이의 지구혈(支溝穴)에도 침을 꽂은 다음 두 푼씩 세 단계에 거쳐서 천천히 뺐다. 그러한 침법은 사기(邪氣)를 빼내는 사법(瀉法)으로 그가 최근에 깨달았는데 평범하게 천천히 침을 빼는 것보다 효과가 좋았다.

팔에 침을 놓은 허임이 이번에는 다리의 무릎 아래쪽 정강이뼈가 갈라지는 곳에 있는 족삼리혈(足三里穴)에 침을 꽂았다. 남들 눈에는 보이지 않지만, 그의 눈에는 침 끝이 부르르 떨리는 게 보였다.

그는 침을 돌리면서 안으로 밀어 넣었다. 침 끝에서 팽팽한 긴장감이 느껴질 즈음, 그가 집게손가락으로 침을 튕겼다. 순간 침 끝에 서려 있던 팽팽한 긴장감이 누그러졌다.

그는 침을 그대로 놔둔 채 망태기에서 마른 쑥을 꺼내 엄지와 검지 사이 합곡과 손목의 대릉혈(大)에 차례로 뜸을 떴다.

그사이 건너편에 있던 나룻배가 돌아와서 나루터에 정박했다. 사공도 고개를 삐죽 내밀고 허임이 여인을 치료하는 걸 구경했다.

잠시 후, 다리의 침을 뽑은 허임은 여인의 맥을 다시 짚어보았다. 맥의 흐름이 조금 전보다 많이 나아져 있었고, 금방 죽을 것처럼 거무스름하던 낯빛도 본래의 색으로 돌아오고 있었다.

'후우, 다행히 스승님의 치료법이 먹혔군.'

"아저씨, 우리 엄니 인자 괜찮어요?"

아이가 훌쩍이며 겁에 질린 목소리로 물었다. 내심 안도한 허임은 빙그레 웃으며 아이의 머리를 쓰다듬었다.

"그래. 이제 괜찮을 거야."

그의 말이 사실이라는 걸 알리듯 여인이 정신을 차리고는 한쪽 팔로 땅을 짚고 몸을 일으켰다.

"정말 고맙구면요, 의원님."

"가슴은 좀 어떻습니까?"

"쫌 전에는 찢어질 것처럼 아팠는디, 겁나게 편해졌습니다요."

"다행이군요. 이삼 일 정도는 무리하지 마시고, 가슴이 아파오면 그 즉시 쉬어서 숨이 안정되도록 하십시오."

"예, 의원님."

허임은 침통을 품안에 넣고 망태기를 걸쳤다. 일어난 그가 떠나려 하자 사공이 눈을 껌벅이며 물었다.

"의원님은 안 건너간다요?"

허임은 쓴웃음을 지으며 돌아섰다. 그때 허임을 다그쳤던 중노인이 머쓱한 표정으로 곁눈질을 하며 말했다.

"함께 타고 건너가지 그러나? 강 따라 올라가도 물이 불어서 이십 리는 가야 건널 수 있을 텐데. 허험."

얼굴이 동글동글한 아주머니도 허임을 붙잡았다.

"아이구, 그렇게 하시구랴. 아깐 미안했수."

"아닙니다. 욕먹을 만하니까 욕먹은 건데요. 덕분에 저도 많이 느낀 바가 있습니다."

"험, 그래도 귓구멍이 막힌 청년은 아니구먼. 어서 타게. 사람들
이 기다리네."

중노인이 무안한지 한소리하고는 등을 떠밀 듯 허임을 재촉했다.

* * *

허임이 백정촌에 도착했을 때 남은 사람은 아녀자와 어린아이
들, 그리고 쉰 살이 넘은 노인들뿐이었다. 힘 좀 쓴다는 장정들부터
십대 중후반의 소년들까지, 그들은 왜적과 싸우겠다며 남쪽으로
내려갔다고 했다.

허임은 의관이 된 자신보다 백정들이 더 낫다는 생각이 들었다.
자신의 꿈에 회의감이 든 그는 착잡한 마음을 지닌 채 나주로 내려
갔다.

그는 금재에 있는 야산 중턱의 아버지를 먼저 찾아갔다. 전쟁 중
에도 벌초를 했는지 묘소가 깨끗했다.

"아버지, 저 왔어요. 이 아들이 종6품이 되었습니다. 비록 양반은
아니지만, 이제 남들에게 괄시받고 살지는 않을 수 있어요."

허임은 아버지에게 자신의 상황을 보고했다. 하늘에 있는 아버지
가 웃는 것처럼 느껴졌다.

"그럼 어머니를 만나러 가볼게요."

"어머니!"

마당에서 빨래를 널고 있던 박금이는 갑자기 들린 아들의 목소리에 벼락이라도 맞은 듯 흠칫 몸을 떨고는 홱 고개를 돌렸다.

"임아야!"

허임은 어머니의 바로 앞까지 달려가서 털썩 무릎을 꿇고 절을 올렸다.

"이제야 왔습니다, 어머니."

"어서 일어나라."

박금이가 허임의 어깨를 잡아서 일으켰다. 어깨를 잡은 그녀의 손이 잘게 떨렸다.

"어떻게 된 것이냐? 네가 여긴 어떻게 왔어?"

"어머니가 걱정되어서 왔죠."

"여긴 다행히 왜놈들이 쳐들어오지 않았단다. 어서 안으로 들어가자."

"예, 어머니."

문득 어머니의 손이 전보다 훨씬 더 거칠어진 것처럼 보였다. 얼굴의 주름도 많아졌고.

'내가 너무 무심했구나. 죄송합니다, 어머니.'

방안으로 들어가자 박금이가 물었다.

"임금님께서는 저 북쪽의 의주라는 곳으로 가셨다고 하던데, 너는 어째서 여기로 왔느냐?"

"저는 광해군 왕세자님이 이끄는 분조를 따라서 남쪽으로 내려왔습니다."

허임은 지난 상황을 말해주었다. 이천으로 내려간 이야기, 그곳에서 따로 남쪽으로 향한 이야기, 내려오면서 봤던 참혹한 광경, 관리들의 비겁한 행태, 곳곳에서 병자들을 치료했던 일…….

허임의 이야기를 듣는 박금이의 표정이 굳어졌다.

"관리라는 사람들이 그리 행동하니 힘없는 민초들만 더 어려워지고 있습니다, 어머니."

"정말 나쁜 사람들이구나."

"어머니도 그렇게 생각하시죠?"

"그래, 그런 사람들이 백성 위에 있으니 나라가 이 모양 이 꼴이 아니겠느냐?"

"어머니 말씀이 맞습니다."

"그런데 왜 너까지 우매하게 행동을 하느냐?"

왠지 딱딱하게 느껴지는 목소리다. 똑바로 쳐다보는 어머니의 눈빛이 무척이나 날카롭다. 허임은 생각지 못한 어머니의 반응에 흠칫했다.

"예? 무슨 말씀이신지……?"

"이 어미가 비록 무식하고 아는 것도 많지 않다만, 이것 하나만은 안다. 신하가 임금님을 제대로 받들지 못하면 만백성이 고통을 겪고, 장수가 크게 다치면 병졸들은 오합지졸이 되는 법이다. 너는 의관이 되었으니 당연히 그런 신하와 장수들이 병들지 않게 해야 한다. 그래야 신하는 임금님을 잘 받들 수 있고, 장수는 앞장서서 부하를 이끌 수 있지. 그리고 그것이 바로 만백성을 구하는 길이다. 그런데 너는 일일이 민초를 치료하며 다니고 있구나. 이 어찌 우매한 행동이 아니냐?"

"어머니, 저는……."

"물론 민초를 치료하는 것 자체는 잘못된 것이 아니다. 아니, 당연히 민초를 돌봐야지. 하지만 네 한 몸으로 민초를 치료한들 몇 명이나 치료하겠냐? 기껏해야 수백 명이겠지? 그러나 죽어가는 장수 하나만 네가 살려내도 백성은 천 명, 만 명이 살 수 있다. 임금님과 뛰어난 충신의 병을 고치면 수십만의 백성이 편안해질 수 있다. 어떤 것이 네가 해야 할 일이라고 보느냐?"

"어머니, 저는 백성을 힘들게 하는 신하와 적에게 등을 보이고 도망치는 장수들을 위해서는 의술을 펼치고 싶지 않습니다."

"어리석긴! 세상에 어찌 그런 사람들만 있겠냐? 이순신 장군이나 정운 장군 같은 사람도 있고, 부산에서 돌아가셨다는 송상현 장군, 진주의 김시민 장군은 물론이고 네가 조금 전에 말한 조헌 같은 분도 많다. 그리고 너는 세자님이 뛰어난 분이라고 하지 않았느냐? 정말 뛰어난 분이라면 그분의 안위에 만백성의 목숨이 달려 있다 해도 과언이 아니다. 안 그러냐? 그런데도 너는 그분을 떠나서 이 어미를 보겠다고 찾아왔다. 불충을 저지르고 와서 이 어미의 마음을 아프게 했으니, 네가 온 것은 결코 효라 할 수 없는 일이다."

허임은 어머니의 추상같은 질타에 아무 말도 하지 못했다. 그때 강하기만 하던 박금이의 목소리가 조금 부드러워졌다.

"나는 우리 아들이 크고 넓게 봤으면 싶다. 지금처럼 나라가 어지러울 때는 무엇을 먼저 해야 하는지 잘 생각해 봐라. 의병들이 왜 가족을 놔두고서 칼을 들고 나왔겠느냐? 이 어미의 생각으로는,

네가 민초를 돌보는 것은 나라가 안정된 후에 해도 늦지 않다고 본다만, 네 생각은 어떠냐?"

허임은 머리를 떨구었다. 한 마디 한 마디 틀린 말이 없었다. 왜 우매하다고 하는지도 이해할 수 있었다.

"제가…… 제가 잘못 생각했습니다, 어머니."

박금이가 거칠어진 손을 뻗어 허임의 손을 움켜쥐었다.

"잘못을 깨달았을 때 바로 고치는 것이야 말로 진짜 용기 있는 남자다. 이 어미는 우리 아들에게 그런 용기가 있다는 걸 잘 알지. 그래, 오늘은 이곳에서 쉬고 내일 아침 떠나거라."

"어머니."

"왜? 아쉽냐?"

"아뇨. 저는 어머니가 이렇게 말을 잘하시는 줄은 정말 몰랐습니다."

박금이가 빙그레 웃었다. 눈가의 주름이 깊어졌다.

"어렸을 때부터 김 판서 어른의 공부방을 담당한 시비였다. 어른들이 모여서 담론하는 것을 매일 엿듣다 보니 말만 늘었지. 왜 서당개 삼 년이면 풍월을 읊는다고 하지 않던?"

허임은 마음이 무거운 중에도 웃음이 절로 나왔다. 어쩐지 어릴 때부터 교육에 열을 올리시더니 그럴 만한 이유가 있었다.

"하하하, 그러셨군요. 그런데 왜 아버지에게는 일절 말대꾸하지 않으셨어요? 아버지는 어머니가 이렇게 말을 잘하시는 줄 모르셨을 거 아니에요?"

"네 아버지도 알아. 그래서 내가 무슨 말을 하면 굉장히 자존심상해 하셨지. 나는 네 아버지가 싫어하는 일은 하지 않았단다."

"그래도 술을 마시지 못하게 했으면 더 오래 사셨을지도 모르는데."

박금이가 쓴웃음을 지으며 고개를 저었다.

"아니다. 그럼 더 일찍 돌아가셨을 걸? 오기로 더 마셨을 테니까."

그 말도 이해가 되었다. 아버지는 분명 그랬을 것이다.

씁쓸한 미소를 지은 허임은 자신의 손을 잡은 어머니의 거친 손등을 쓸어 만졌다.

"어머니 말씀대로 내일 떠나겠습니다. 그리고 꼭 살아서 돌아오겠습니다. 그래야 어머니께 손자를 안겨드리죠."

나름대로 어머니께 죄송해서 한 말이었다. 스물이 넘었는데도 아직 장가를 가지 않았으니까. 그런데 허임의 말을 들은 박금이가 은근한 목소리로 말했다.

"임아야, 내가 봐놓은 참하고 예쁜 색시가 있는데……."

* * *

허임은 아침을 먹고 집을 나섰다. 북으로 올라가는 길은 험난하고 고단했다. 날씨가 차가워지면서 밤이 되면 한겨울 추위가 몰아닥쳤다.

그는 왜적이 없는 길을 골라서 북상했다. 추위가 닥치면서 병자들뿐만이 아니라 굶는 자들도 많아졌다. 산속에 들어갔던 피난민들이 먹을 것을 찾아서 산을 내려왔다. 추위와 굶주림에 지친 사람들은 병마와 싸우는 것조차 버거웠다.

허임은 올라가면서 병자들도 치료하고, 송하연에 대해서도 알아보았다. 아무리 어머니의 말씀이 옳다지만 눈에 보이는 병자들을 그냥 지나칠 수는 없는 일이 아닌가. 더구나 들리는 소문으로도 왜적들이 추위 때문에 공격을 못하고 있다고 했다. 그렇다면 급하게 올라가지 않아도 될 듯했다. 그러다 보니 허임이 청주를 거쳐서 여주 근처에 도착한 것은 나주를 출발한 지 한 달쯤 지나서였다.

추위는 점점 심해졌다. 굶주리던 사람들은 병보다 먼저 굶어서 죽어갔다. 허임의 의술이 아무리 뛰어나도 그들의 죽음을 막을 수는 없었다.

왜적에게 빼앗기지 않은 성에서도 식량을 대부분 군량으로 쓰기 때문에 민초들은 겨우 입에 풀칠할 정도였다. 허임도 하루에 두 끼 먹기가 힘들어졌다. 그나마 아직은 땅을 팔 수 있어서 뭐라도 얻을 수 있다지만, 땅마저 얼면 정말 이 땅에 지옥이 펼쳐질 것 같았다.

여주를 지나자 한양에서 하루에 수백 명이 굶어죽는다는 말이 들렸다. 길거리에 시신이 볏단처럼 쌓여 있다고 했다. 심지어 먹을 게 없어서 인육을 먹는다는 소문마저 돌았다.

배고픈 사람들이 살기 위해서 왜적의 앞잡이가 되어 날뛴다는 말은 헛소리가 아니었다. 심지어 같은 이 나라 백성을 잡아 죽이지 못해서 혈안이 된 자들도 부지기수였다.

여주를 지나친 지 사흘 후.

"맙소사……."

양주를 눈앞에 둔 허임은 눈앞에 펼쳐진 광경을 보고 온몸이 사시나무처럼 덜덜 떨렸다.

수백 구의 시신이 길가와 밭에 널려 있었다. 전쟁터에서 죽은 사람들만 있는 게 아니었다. 왜적들의 창칼에 죽은 사람도 많지만, 그 못지않게 굶어 죽은 사람들도 많았다.

더 두려운 광경은, 지나가는 사람들 누구도 죽어가는 사람을 돕지 않는다는 것이다. 하긴 그들도 언제 죽을지 모르는 처지. 남을 도울 힘도, 정신도 없었다. 걷는 모습이 마치 혼백이 없는 인형이 부유하는 듯했다.

이곳이 지옥이 아니면 어느 곳이 지옥이랴!

그런데 어느 순간, 저 앞쪽 시신 속에서 꿈틀대는 뭔가가 보였다. 아기였다.

아기는 이제 두세 살 정도였다. 뼈만 남은 몸은 추위 때문에 시퍼렇게 변해 있었다. 군데군데 얼어서 검붉게 변한 곳도 보였다.

아기는 그 몸으로 굼벵이처럼 느릿하게 꿈틀거렸다.

오! 하늘이여!

허임은 그곳으로 달려갔다. 아기가 어미의 몸 위로 올라가려고 버둥거리고 있었다. 아직 살아있긴 했다. 하지만 이미 죽은 몸이나 마찬가지였다. 보는 와중에도 서서히 움직임이 둔해지고 있었다.

허임은 떨리는 손을 뻗어서 움직임이 둔해지는 아기를 들어 어미의 품에 안겨주었다. 아기는 안간힘을 다해서 어미의 가슴을 잡았다. 그러고는 젖을 빨기 위해서 차갑게 굳은 가슴에 입을 댔다. 그리고…… 움직임을 멈췄다.

"크흐흑!"

허임은 무너지듯이 주저앉아서 눈물을 쏟았다.

어미의 젖에 입을 대고 눈을 감은 아기의 표정이 행복해 보였다.

그 모습이 너무나 슬퍼서 견딜 수가 없었다.

"거기! 잠깐 좀 볼까?"

허임이 망연한 표정으로 시신 밭에서 나오는데 누군가가 불렀다. 고개를 돌리자 장정 여섯이 빠르게 다가오는 모습이 보였다. 그들의 손에는 죽창과 도끼, 낫이 들려 있었다.

왜적에 빌붙어 동족의 피를 빨아먹는 거머리 같은 놈들!

그들의 정체를 짐작한 허임은 몸을 돌리고 혼신을 다해서 달렸다.

"멈춰!"

"멈추면 살려준다! 거기 멈춰!"

여섯이 소리치며 쫓아왔다. 시신 밭에서 나온 걸 보고 힘이 없을 거라 생각했던 허임이 빠르게 달리자 놀란 듯했다. 어렸을 때 나주에서 담양까지 하루에 오간 허임이다. 싸우는 기술은 남보다 떨어질지 몰라도 달리기라면 자신 있었다.

얼마 가지 않아서 거리가 점점 벌어졌다. 쫓아오던 자들은 거리가 벌어지자 바로 포기했다.

그래도 허임은 멈추지 않았다. 끓어오른 분노로 심장이, 머리가 폭발할 것 같았다. 그는 달리면서 끓어오른 분노를 식혔다.

저들이 왜 저렇게 죽어가야 하는가!

누가 저들의 죽음을 책임질 것인가!

"헉헉헉헉."

이십 리를 쉬지 않고 달린 허임은 바위 위에 앉아서 머리를 두 다리 사이에 파묻었다. 세상이 원망스러워서 구역질이 나올 것 같았다. 죽은 아기의 행복한 얼굴이 머릿속에서 사라지지 않아 미칠 것 같았다.

'미안하다, 아기야. 정말 미안하다.'

그가 본 죽음은 극히 일부분일 뿐이다. 삼천리강산이 백성들의 시신으로 뒤덮이고 붉게 변했다. 문제는 그게 끝이 아니라는 것이다.

앞으로 얼마나 더 많은 사람이 죽을까?

그 생각을 하면 살아있다는 것 자체가 무의미하게 느껴질 지경이다. 하지만 이대로 주저앉을 수는 없는 일. 허임은 눈물이 그렁거리는 눈을 들어 허공을 노려보았다.

'내 힘이 미약해서 이 전쟁에 아무런 영향을 미치지 못한다 해도 이대로 주저앉을 순 없어! 하는 데까지 해보자. 내가 노력하면 노력하는 만큼 더 많은 사람들이 살 수 있겠지. 아직은 포기할 때가 아냐! 죽어가는 또 다른 아기들을 위해서라도 일어나라, 허임!'

저 밑바닥까지 가라앉은 마음을 겨우 끌어올린 그는 주먹을 움켜쥐고 일어났다. 어머니의 목소리가 고막을 울렸다.

'네가 지금 당장 민초를 치료한들 몇이나 돌볼 수 있겠느냐? 어떻게 하는 것이 정말 민초를 위한 길인지 잘 생각해 봐라.'

어머니는 현명한 분이시다. 둑이 무너져 물이 고이지 않는 논에 바가지로 물을 떠 넣어봐야 얼마나 버틸 것인가. 벼가 말라가는데 둑만 쌓으면 뭐하느냐고 손가락질해도 일단은 둑을 쌓는 게 먼저

다. 물을 떠 넣는 것은 그 다음에 할 일이다. 그래야 한해 농사는 망쳐도 다음 해의 농사라도 제대로 지을 수 있으니까.

허임은 이를 악물고 걸음을 옮겼다.

이곳까지 오면서 송하연에 대해 알아봤지만 아무런 단서도 찾을 수 없었다. 그녀를 찾기 위해서 무작정 헤맬 수도 없는 일.

그저 어딘가에 무사히 있기만 기도하는 수밖에.

하늘이 무심치 않기만 바라는 수밖에.

* * *

임진강을 건너자 싸우다 죽은 시신이 간간이 보였다. 구석진 곳에 있는 시신은 누가 묻어주지도 못한 상태였다. 처음에는 답답한 마음으로 그냥 지나쳤다. 그런데 몇 십 리 걷다 보니 자꾸만 시신에 눈이 갔다.

사람의 내부를 본 사람이 얼마나 있을까?

지금 세상에서 몸을 가르는 일은 사악한 짓이었다. 몸 안을 들여다본다는 것은 생각도 못했다. 그런데 죽은 시체라면, 그 시체가 왜적의 것이라면?

완만한 고갯길을 오르던 허임은 침을 꿀꺽 삼키고 발걸음을 멈췄다. 저만치 구석에 머리 잘린 시체 두어 구가 보였다. 속옷까지 모두 벗겨져 있어서 분간이 쉽지 않았지만, 왜적의 시신이라는 걸 짐작하는 것은 어렵지 않았다. 삿갓처럼 생긴 모자가 부서진 채 나뒹굴고 있었는데, 왜적의 모자가 분명했다.

주위를 슬쩍 둘러본 그는 시체로 다가갔다. 몸이 아직 썩지 않은 걸 보니 죽은 지 며칠 되지 않은 시체 같았다. 게다가 추위로 꽁꽁 얼어 있었다. 그 중 하나는 상체가 짐승들에게 뜯겨 나갔고, 하나는 그래도 상태가 괜찮았다.

허임은 상태가 괜찮은 시체를 집채만 한 바위 사이로 끌고 갔다. 길에서 보이지 않는 곳이었다.

눈을 감았다 뜬 그는 품속에서 칼이 든 주머니를 꺼냈다. 주머니에서 날이 시퍼렇게 선 칼을 빼든 그는 다시 한 번 주위를 돌아보았다. 산 아래쪽도 위쪽도 사람이 보이지 않았다.

허임은 숨을 크게 들이쉬고 시신의 배를 갈랐다. 꽁꽁 얼어서 잘 갈라지지 않았지만, 손에 힘을 주고 조심스럽게 그었다.

잠시 후, 그의 눈앞에 하얗게 얼어 있는 내장이 보였다. 위, 간, 심장, 폐, 신장, 담 등등. 의원에게는 신세계가 따로 없었다.

그는 손가락을 이용해서 크기를 재보고 연결되어 있는 상태를 살펴보았다. 눈빛이 별빛처럼 반짝였다. 손가락 끝이 얼어서 아플 지경이었지만 멈추지 않았다.

침 자리는 대부분 뼈와 뼈 사이 움푹한 곳에 있었다. 뼈 사이의 간격과 위치를 안다는 것은 더 정확한 혈자리를 취하는 데 도움이 될 것이 분명했다.

또한 인체의 크고 작은 관절 365개는 크거나, 작거나, 좁거나, 두 텁거나, 혹 숨어 있거나, 드러나 있거나 모두 형태가 정해져 있으니 먼저 파악해야 했다.

허임은 칼로 살을 갈랐다. 곧 한 번도 보지 못한 미지의 세계가 펼쳐졌다.

뼈마디를 기준으로 해서 인체 각 부위의 길이와 크기를 따져 혈자리를 찾는 기준으로 삼는 것이 골도법(骨度法)이다. 그러나 사람마다 뼈의 크기가 다르고 형태가 다른데 어찌 일정한 법칙으로만 잴 수 있겠는가. 특히 독맥이 흐르는 배수혈(背腧)은 뼈와 뼈 사이를 정확히 모르면 확인하기 힘든 자리가 많았다.

목뼈와 등뼈, 허리뼈 사이에는 어떤 차이점이 있을까? 엉덩이에 있는 팔료혈(八膠)은 여덟 개의 구멍사이로 침을 찔러야 하는데 그 구멍은 어떻게 생겼을까?

침을 꿀꺽 삼킨 허임이 엉덩이로 칼을 넣어 살을 찢어내자 작은 구멍들이 보였다. 그걸 본 허임은 머리에서 발끝까지 전율이 일었다.

저 작은 구멍 사이로 침을 넣어야 했다니!

그 동안 장님 코끼리다리 만지듯 짐작으로만 침을 놓은 자신이 부끄럽기만 했다.

게다가 등뼈 사이에서 폐까지도 의외로 사이가 넓지 않았다. 언젠가 침을 찌르고 난 뒤에 환자가 가슴이 답답하다고 한 적이 있는데, 그때 폐를 찔렀을 수도 있다고 생각하니 등골에 식은땀이 흘렀다.

얼지 않은 시체였다면 더 좋았을걸. 그럼 보다 더 정확하게 알 수 있었을 텐데.

허임은 아쉬워하면서 미지의 세계를 탐험하듯 장기와 뼈의 상태를 세세히 살펴보았다.

그렇게 얼마나 지났을까, 저 아래쪽에서 두런거리는 소리가 들렸다.

'응?'

흠칫하며 고개를 든 허임은 바위를 돌아가서 아래쪽을 내려다보았다. 서너 사람이 고개를 올라오고 있었다.

시신을 숨길 시간도 없는 상황. 허임은 바위 사이에 몸을 숨기고 그들이 지나가기를 기다렸다. 곧 그들이 바위 아래에 도착했다.

"어? 저 시체는 머리가 없군."

"왜놈 시신인가 본데? 짐승들이 뜯어먹었군."

"잘 죽었다, 개자식들."

욕을 퍼붓던 그들 중 하나가 의아한 투로 말했다.

"그런데 저 옆으로 끌린 자국은 뭐지?"

"그러게? 가볼까?"

숨어 있던 허임은 간이 덜컥 떨어졌다.

사람을 잡아먹는 세상이긴 하나, 그렇다고 해서 사람의 몸을 해체하는 게 용서되는 것은 아니었다. 자신이 의원이란 걸 알면 이해해 줄 수도 있지만, 그걸 바라고 몸을 드러내는 것은 너무 위험한 모험이었다.

더구나 뼈를 확인하기 위해서 몸을 갈기갈기 찢은 판이었다. 어쩌면 자신이 식인을 하기 위해서 사람의 살을 갈랐다고 할지도 몰랐다.

'도망갈까?'

산 위를 바라보았다. 다행히 산은 못 올라갈 정도로 험하지 않았다. 달리는 것은 자신 있으니 저들을 따돌릴 수도 있을 것 같았다.

그는 칼이 든 주머니를 품속 깊숙이 넣고서 여차하면 달리기 위해 몸을 웅크렸다. 그때 다시 사람들의 말소리가 들렸다.

"그냥 가세. 짐승들이 물어갔나 보지 뭐. 왜놈들로 짐승들이라도 배부르면 좋은 것 아닌감?"

"하긴 그 말도 맞군."

"으으으, 추워. 어서 가세."

그 후로 두런거리는 소리가 점차 멀어졌다.

'휴우우우.'

허임은 소리 나지 않게 안도의 숨을 길게 내쉬며 눈을 감고 바위에 등을 기댔다. 날이 차가운데도 등에 땀이 맺혀서 온몸에 전율이 일었다. 그 동안에도 조금 전에 본 내장과 뼈의 모습이 눈앞에서 아른거렸다.

'그렇게 생긴 거였어. 확실히 짐승하고는 달라.'

* * *

광해군이 있는 성천까지 가는 길은 멀고도 험했다. 11월이 되자 추위는 땅조차 돌덩이처럼 만들었고, 사람들의 의지마저 얼려버렸다. 거기다 눈까지 내리니, 하늘이 마치 더는 볼 수가 없어서 온 세상을 하얗게 덮어버리려는 듯했다.

아사자와 동사자가 즐비한 길을 걷는 허임의 마음도 한겨울 동토처럼 얼어붙었다. 하지만 그 와중에도 병마와 싸우는 사람들이 있었다. 그들은 삶의 끈을 악착같이 붙잡고 버티며 구원의 손길을 기다렸다. 허임은 곱은 손으로 그들을 치료하며 한 걸음, 한 걸음

성천으로 향했다.

다행히 왜적들은 보이지 않았다. 추위가 세상을 얼리자 왜적들도 추위를 피해서 큰 도성으로 피한 것 같았다.

이천의 서쪽, 황해도 신계에 도착한 허임은 하룻밤 머물기 위해서 마을로 들어갔다. 그런데 마을 사람 중 하나가 그를 아는 척했다.

"저, 혹시 이천에 계셨던 의관님이 아니십니까요?"

허임도 그의 얼굴을 알아보았다. 영변에서 이천으로 내려갈 때 만났던 난민 중 한 사람이었는데, 그에게 치료받은 적이 있는 자였다.

"오랜만입니다."

"어이구, 역시 맞구먼요."

마을사람은 허임을 텁석부리 장한에게 데려갔다. 난민을 이끌었던 텁석부리 장한은 광해군을 따라가지 않고 고향인 신계로 돌아와 있었다. 그 역시 허임을 보더니 무척 반가워했다.

그런데 그가 뜻밖의 말을 했다.

"어이구, 헛걸음하실 뻔했소."

"예?"

"세자 저하께서는 성천에서 이곳 신계로 내려와 며칠 머무신 다음에 용강으로 가셨소."

겨울은 광해군이 이끄는 분조에게도 힘든 시기였다. 내륙지역인 성천은 겨울을 보내기에 너무 추운 지역이었다. 더구나 눈도 많아서 자칫하면 오도 가도 못하는 신세가 될 수 있었다. 그 때문에 거점을 황해도 서쪽의 용강으로 옮긴 것이다. 비록 평양과 가까워서 위험한 면이 없는 것은 아니지만, 어차피 왜적은 평양성에 처박혀서 대대적인 움직임을 자제하고 있었다.

"그래요?"

허임의 눈이 커졌다. 바로 성천으로 갔으면 어쩔 뻔했는가? 광해군은 만나지도 못하고 이 추운 겨울에 생고생을 할 뻔하지 않았는가 말이다. 이곳에서 텁석부리 장한을 만난 것이 천만다행이었다.

그런데 마을사람들에게도 허임이 찾아온 것이 행운이었다.

"오신 김에 마을 사람 좀 봐주시구려. 서너 명이 뭘 잘못 먹었는지 금방 숨이 넘어갈 것 같소. 먹을 것이 부족해서 어지간한 것은 다 먹을거리로 쓰다 보니 탈이 난 모양이오."

신계에서 이틀을 머문 허임은 고마워하는 마을사람들의 인사를 받으며 마을을 나섰다. 그리고 닷새 후, 대동강을 건너서 용강으로 들어갔다.

그때쯤에는 그의 몸도 엉망진창이었다. 신계에 갔을 때부터 동상으로 인해 손발의 감각이 둔해져 있었는데, 이제는 발톱마저 덜렁거렸다.

"어디서 온 누구인가?"

용강의 관아가 저만치 보일 즈음 군병 셋이 앞을 막아섰다. 혹시나 왜병들이 눈치 채고 쳐들어올까봐 배치한 감시병들이었다.

"나는 허임이라 하오. 혜민서의 치종교수요. 일전에 이천에서 길을 잃고 헤어졌다가 왕세자께서 이곳으로 가셨다는 말을 듣고 찾아왔소."

군병들의 눈이 휘둥그레졌다.

"당신이 혜민서의 의관이란 말이오?"

"그렇소."

군병들은 치종교수가 무슨 일을 하는지, 품계가 어찌되는지 알지 못했다. 다만 한겨울이 닥치면서 병자들이 속출하는 마당에 의관이 찾아왔다고 하자 반갑기만 했다.

"잘 오셨소. 길을 쭉 따라가면 세자 저하께서 계신 동헌(東軒)이 보일 거요."

허임은 동헌까지 가는 동안 두 번이나 더 같은 말을 해야 했다. 그 말을 할 때마다 가슴이 돌덩이가 들어차는 것처럼 무거워졌다. 지금까지 거짓말을 거의 하지 않고 산 그였다. 그런데 하루에 세 번이나 거짓말을 했으니 자책감이 남다를 수밖에 없었다.

허임이 왔다는 말이 안에 보고되자 오동돈이 뛰어나왔다. 꺼칠한 얼굴, 남루한 의복. 그럼에도 그의 얼굴에는 죽은 줄 알았던 동생을 수십 년 만에 만나는 사람처럼 환한 웃음이 떠올라 있었다.

"왔구면요, 허 의관님."

"제가 없는 동안 고생하셨지요?"

오동돈이 머리를 긁적였다.

고생? 무진장 했다. 특히 세자가 병에 걸려서 잘 낫지 않았을 때는 내의와 함께 화살처럼 따가운 눈길을 온몸으로 받아야만 했다. 더구나 약방제조에 대해 추국*하라는 명령까지 내려와서 순박한

---

* 推鞫:왕명으로 의금부가 심문하는 일

오동돈은 손발이 달달 떨릴 정도로 겁이 났었다. 다행히 세자가 조금 나아져서 무사히 넘어가긴 했지만.

그래도 대답은 별일 없었던 것처럼 했다.

"고생은 뭐……."

허임은 오동돈의 모습만 보고도 그 동안의 고생을 짐작할 수 있었지만 굳이 그에 대해서 묻지 않았다. 그렇게 하는 것이 오동돈에게도 편할 것 같았다.

"내의 두 분은 아직도 계신가요?"

"큭, 두어 번 죽을 고비를 넘기더니 이 내의는 도망가고 김 내의만 남으셨죠. 그 후 의주에서 심 어의가 내려오셔서 다시 두 분이 되었습니다요. 날도 추운데, 일단 안으로 들어가서 이야기 하시죠."

오동돈이 머무는 방은 행랑채 구석의 작은방이었다. 예전에는 하인이 쓰던 방. 그래도 안에 들어가자 훈기가 감돌아서 구중궁궐이 부럽지 않았다.

허임은 한쪽에 앉아서 손발을 감싸고 있던 천을 풀었다.

"어이구! 어쩌다 손발이……."

오동돈이 허임의 손발을 보더니 눈을 크게 뜨고 놀랐다. 그나마 손은 허임이 결사적으로 보호해서 큰 이상이 없었다. 그러나 발은 발톱 주위의 색깔이 푸르뎅뎅하게 죽어 있어서 발톱 대여섯 개는 온전하지 못할 것처럼 보였다.

"날씨가 춥긴 춥더군요."

허임은 쓴웃음을 지으며 손발을 살펴보았다. 빈집을 보면 몸을 녹이면서 왔는데도 상태가 심했다. 왜적의 배를 가른 다음 날부터 눈이 많이 내렸는데, 눈길을 오래 걸어서 더 그런 듯했다.

다행이라면 발톱이 빠지는 것만으로 끝날 것처럼 보인다는 것이다. 발톱이야 시간이 지나면 새로 날 것이니 최악은 아니었다.

왜적에게 죽어간 사람이 얼마던가. 굶어 죽고 얼어 죽은 사람들은 또 얼마나 많던가. 그들에 비하면 발톱 몇 개는 대수로운 일도 아니었다. 더구나 그 상처의 대가로 수십 명의 병이 나았지 않은가 말이다.

'그러면 되지 않았느냐, 허임?'

씁쓸한 표정을 짓는 그의 머릿속에 행복해 보이던 아기의 얼굴이 떠올랐다.

'나도 노력하고 있단다, 아가야.'

따뜻한 기운을 접하고서 벽에 등을 기대고 앉자 허임의 눈이 저절로 감겼다. 그때 방문이 열렸다. 허임이 감기려던 눈을 뜨고 고개를 돌리자 김양문이 보였다. 반가움과 걱정이 뒤섞인 표정이었다.

"정말 자네였군."

"그간 안녕하셨습니까?"

"안녕 못했네. 나라가 이 모양인데 안녕히 지내면 그게 이상한 일이지."

툭 쏘아붙이며 안으로 들어온 김양문이 허임 앞에 앉았다. 허임의 손발을 바라본 그가 눈을 치켜떴다.

"엉망이군."

"그래도 살아 있으니 저는 행복한 겁니다."

"사람 참……."

"다리는 괜찮습니까?"

"이제 아무 이상 없네. 자네에게 고맙다는 말을 하고 싶었는데, 말할 틈도 없이 갑자기 사라져서 가슴속에만 품고 있었지. 고맙네, 내 어리석음을 깨우쳐줘서."

"별말씀을 다 하십니다. 저야 할 일을 했을 뿐인데요."

"그런데 말이야……. 정말 길을 잃은 건가?"

김양문이 허임을 빤히 바라보며 물었다. 그 질문을 받은 허임의 얼굴에 자조의 표정이 떠올랐다.

"길을 잃긴 잃었었습니다. 다만 몸이 아니라 마음이 길을 잃었던 것이죠."

"지금은 어떤가?"

"겨우 길을 찾아서 돌아왔습니다. 그런데 아직도 두어 가지에 대해선 확신을 가지지 못하고 있습니다."

"그게 뭔지 말해 줄 수 있나?"

"죄송합니다. 아직은 말씀드리기가 그렇군요."

단순한 불만이 아니다. 임금과 중신에 대한 불만이다. 그 말을 하려면 목을 걸어야 했다.

허임이 대답을 거부하자, 김양문은 더 이상 강요하지 않았다. 비록 함께 있던 시간은 짧았어도 그는 허임의 성격을 조금이나마 파악하고 있었다. 묻는다고 입을 열 허임도 아니고, 입을 열지 않을 때는 그만한 이유가 있을 거라 생각했다.

"좋아, 그럼 그에 대한 답은 나중에 듣기로 하지. 다만 한 가지,

왜 마음이 변한 건가? 봄까지 기다리지 않고 이 추운 겨울에 돌아올 정도면 뭔가 큰 충격이 있었던 것 같은데."

"집에 갔었습니다. 그리고 어머니께 혼났지요."

허임은 담담한 표정으로 어머니가 한 말을 해 주었다. 김양문은 이야기를 다 듣더니 손바닥으로 무릎을 탁 치며 감탄했다.

"허어! 정말 옳으신 말씀이네. 참으로 대단한 어머니를 두었군. 아주 훌륭한 분이야."

"저는 어머니가 그렇게 말씀을 잘하시는 줄 여태 몰랐습니다. 정말 불효자였죠."

그 말을 듣고는, 굳어 있던 김양문의 입가에도 웃음이 떠올랐다.

"어머니들은 주로 그러지. 어쨌든 잘 왔네. 평양성에 있는 왜적들이 추위 때문에 움직이지 못하고 있네. 마침 명나라의 구원병도 온다 하니 해가 지나면 바로 공격할 것 같아. 평양성만 되찾으면 상황이 조금 나아질 거네."

과연 나아질까?

허임은 짙은 회의감이 들었다. 평양성을 되찾는다 해서 죽은 사람이 살아나진 않을 테니까. 그때 문득 한 가지 사실이 궁금해졌다.

이곳에 있는 사람들은 저 아래쪽에서 벌어진, 그리고 현재도 벌어지고 있는 참상을 얼마나 알고 있을까?

김양문의 얼굴을 보니 잘 모르는 것 같다. 알고 있다면 저렇게 담담한 표정으로 나아질 거라는 말을 못했겠지.

＊ ＊ ＊

광해군이 허임을 부른 것은 다음 날이었다. 오동돈이 겁에 질린 표정으로 들어오더니 말했다.

"허 의관님, 세자 저하께서 오시랍니다요."

허임은 발톱 다섯 개가 덜렁거리는 상태였다. 아직 강제로 뽑을 상황이 아니어서 약초만 붙인 채 놔두고 있었다. 그 바람에 걷는 것도 쉽지 않아서 식사를 오동돈이 챙겨주었다. 하지만 세자가 부른다면 가보지 않을 수 없었다.

"제가 업고 갈까요?"

"아닙니다. 그곳까지는 걸을 수 있습니다."

허임은 천으로 발을 조심스럽게 감쌌다. 발톱이 벌어진 곳에서 진물이 새어나와 천이 바로 물들었다. 일어나자 발이 몽둥이처럼 느껴졌다. 걸음을 옮기니 찡찡 울려서 뒷골이 당겼다. 하지만 그는 꾹 참으며 걸음을 옮겼다.

허임이 광해군의 임시 집무실에 들어갔을 때 그곳에는 두 사람만 있었다. 광해군과 유은산.

광해군의 앞으로 다가간 허임은 무릎을 꿇고 큰절을 올렸다.

"혜민서 치종교수 허임이 세자 저하를 뵈옵니다."

엎드려 절을 하려니 발이 꺾이면서 오한이 들 정도로 통증이 심했다. 차라리 서 있을 때가 훨씬 나았다. 광해군이 허임의 손발을 보더니 눈살을 찌푸렸다.

"쯔쯔쯔, 의관이 제 몸 하나 제대로 간수 못 하다니. 그래서 어디다 써먹겠느냐?"

"하늘도 미천한 소인이 잘못한 것을 아는 것 같사옵니다."

"그래도 입은 멀쩡하군."

한마디 쏘아붙인 광해군은 눈짓으로 의자를 가리켰다.

"일어나서 그쪽으로 앉아라. 네 발과 손은 나라의 것인데 함부로 굴리다 잘못되면 나라의 손해가 아니냐?"

허임은 사양하지 않고 몸을 일으켰다. 솔직히 더 견딜 수가 없었다. 광해군이 말하지 않았다면 불충을 저지른 죄로 갇히더라도 일어났을 것이다.

허임이 의자에 앉자 광해군이 차가운 눈빛으로 바라보았다.

"돌아왔으니 도망간 것에 대해선 더 이상 묻지 않겠다."

길을 잃은 게 아니라 도망갔다는 걸 알고 있었나보다. 그래도 허임은 우겼다.

"도망간 것이 아니옵니다."

"아니라고? 네가 지금 나를 속이겠다는 거냐?"

광해군이 눈을 치켜뜨고 추상처럼 다그쳤다. 그러나 나름대로 대응할 말을 생각하고 들어온 허임은 꿈쩍도 안 했다.

"정말이옵니다. 그저 잠시 외유를 했던 것뿐이옵니다. 그게 아니라면 따뜻하고 안전한 저 아래쪽에 있을 것이지, 이 추운 날 위험한 이곳에 왜 돌아왔겠사옵니까?"

마치 '제가 미쳤습니까?'라는 말을 뒤에 붙이고 싶은데, 차마 세자 앞이어서 참는다는 표정이었다.

의외로 광해군은 허임의 말에 표정이 풀어졌다.

"외유? 흠, 그것도 말이 되는 이야기군."

"말이 되어야 하옵니다. 그래야 세자 저하께 누가 되지 않을 것이옵니다."

광해군의 입꼬리가 비틀렸다.

"이제야 전에 봤던 허임이 돌아왔군."

"황공하옵니다."

"하지만, 사정이야 어떻든 내 곁을 무단으로 떠난 것에 대해서는 책임을 져야할 것이다."

"방법을 말씀해 주시옵소서."

"앞으로는 내 허락 없이 곁을 떠나지 마라. 무슨 일이 있어도."

"명심하겠사옵니다."

"저번에 네가 있었으면 금방 나았을 병이 보름 이상 갔다. 그 바람에 약방 제조와 내의들만 추국을 당했지. 너는 부단히 노력해서 그에 대한 잘못을 갚아야 한다."

"그리 하겠사옵니다."

"좋아, 그럼 그 일은 그쯤에서 마무리 짓도록 하자. 은산, 나중에 누가 묻거든 그대로 고하라."

조용히 서 있던 유은산이 허리를 숙였다.

"예, 세자 저하."

한바탕 허임을 다그친 광해군의 표정이 풀어졌다. 누구보다도 허임이 없는 것을 아쉬워한 그였다. 심하게 아팠기에 그 마음이 더했다. 그러니 돌아온 것이 반갑기만 했다.

"그 동안 어딜 쏘다녔느냐?"

은근히 묻는 그의 눈빛이 별빛처럼 반짝였다. 마치 미지의 세계에 대해서 묻는 소년의 눈빛 같았다.

허임은 쉽게 입을 열지 못했다. 그가 해 줄 수 있는 말은 참혹함과 분노가 깃든 이야기밖에 없었다. 왜적의 몸을 가른 일은 더더욱 할 수 없었고.

"홀어머니를 만나 뵙고 왔습니다."

"그거 잘했군. 그리고 또? 혹시 숨겨 두었던 여인이라도 만나고 온 것 아니냐?"

허임은 가슴이 콕 찔려서 자신도 모르게 흠칫했다. 오죽하면 '혹시 오동돈이 말해준 것 아닐까?'하는 생각마저 들었다. 그런데 광해군의 호기심 가득한 눈을 보니 그런 것은 아닌 듯했다.

"만나려 했는데 찾지 못했사옵니다."

"저런. 아쉬운 일이군."

정말 아쉬웠다. 꼭 찾고 싶었는데.

"인연이 아직 다 끝난 게 아니라면 찾을 수 있을 거라 생각하고 있사옵니다."

"그랬으면 좋겠군. 아, 집이 나주라고 했지?"

"예, 세자 저하."

"그럼 올라오면서 많은 것을 보고 들었겠군."

그랬다. 너무 많은 것을 보고 들어서 제정신이 아닐 정도다. 사실대로 말하기가 어려워 그렇지.

그런데 광해군이 그의 표정을 보더니 눈빛을 형형히 빛내며 말했다.

"말해봐라. 뭐든지. 한 점 거짓 없이 사실대로 고해라."

"저하……."

"나 역시 많은 보고를 받았다. 그러나 단순한 보고일 뿐 정확한 상황에 대해서는 알지 못한다. 내가 알고 싶은 것은…… 거짓 없는 생생한 사실이니라. 뭐든 상관없으니 네가 보고 들은 것에 대해 말해라."

"하오나……."

"혹여 해가 될까 겁나느냐? 걱정 마라. 오늘 너와 나의 대화는 어디에도 기록되지 않을 것이다. 또한 아무리 심한 말이라 해도 모두 용서할 것이다."

허임은 고개를 들어서 광해군의 눈을 직시했다. 신하가, 그것도 허임 같은 중인이 세자의 눈을 똑바로 쳐다보는 것은 불충한 행동이었다. 그러나 광해군은 뭐라고 하지 않았다.

오히려 유은산이 흠칫해서 나직이 다그쳤다.

"허임, 어디서 감히 그런 눈으로 세자 저하를 쳐다보는 것이냐?"

광해군이 손을 들어서 유은산의 말을 막았다.

"은산, 나는 이미 모든 걸 용서한다고 했다. 네가 내 말을 거짓으로 만들려고 하는 게냐?"

"황공하옵니다, 저하."

"눈빛도 말이나 다름없는 법이다. 그런 눈빛으로 바라볼 때는 그만한 이유가 있을 터, 이제 말을 해봐라."

"이 나라의 관리라는 자들이 나라를 구하겠다고 일어선 의병을 시기해서 그들을 죽음의 구렁텅이로 몰아넣은 걸 알고, 소인은 참으로 애통하고 분해서 잠이 오지 않았사옵니다. 또한 그런 관리들에게 공을 세웠다며 상을 주는 걸 보고 세상이 미친 것처럼 보였사옵니다."

광해군의 표정이 딱딱해졌다.

"그게 누구냐? 자세히 말해봐라."

"조헌 공이 어떻게 해서 돌아가셨는지 아시옵니까?"

허임은 장선에게 들은 이야기를 그대로 해 주었다. 광해군의 얼굴이 파르르 떨렸다. 그가 아는 것은 조헌이 용감하게 금산의 왜적을 공격하던 중 죽음을 당했고, 그 후 금산의 왜적이 물러갔다는 것뿐이었다.

광해군은 허임의 말을 믿고 싶지 않았다. 하지만 곽재우가 경상우감사 김수로 인해 어려움을 겪은 일을 생각하면 그런 일이 벌어진다 해도 하등 이상할 것이 없었다.

사실이라면 참으로 가슴 아픈 일이며, 분노할 일이 아닌가!

"또 말해봐라."

"겨울이 오면서 백성에게 가장 큰 적은 왜적이 아니라 하늘입니다. 왜적에게 죽은 백성보다 굶주리고 얼어서 죽은 백성들이 더 많습니다."

허임은 올라오면서 본 참담한 광경을 나직이 늘어놓았다. 광해군은 물론 유은산조차 얼굴이 창백해졌다.

"정말 그 정도란 말이냐?"

도저히 믿을 수 없는지 광해군이 물었다. 허임은 결국 시신 밭에서 어미의 젖을 물며 죽어간 아기의 이야기를 해 주었다.

"그 아기는 행복한 표정으로 죽었사옵니다. 저는 평생 그 아기의 표정을 잊지 못할 것이옵니다."

허임의 표현이 어찌나 생생한지, 그토록 강하게만 느껴지던 광해군이 소리 없이 눈물을 뚝뚝 흘렸다. 유은산도 소매로 슬쩍 눈물을 찍어냈다.

허임은 이야기를 멈추고 고개를 숙였다. 이야기만으로는 실제 상황의 일 할도 느끼지 못할 것이다. 그것만으로도 저러한데 실제 광경을 본다면 어떤 마음이겠는가.

"참으로 백성들에게 미안하여 고개를 들 수가 없구나."

겨우 마음을 추스른 광해군이 처연한 목소리로 말했다. 허임은 그 말을 들은 것만으로도 자신이 이야기를 한 것에 대해서 후회하지 않았다.

"조정이 백성들에게 잘해주었다면 선량한 백성들이 어찌 조정을 원망하겠습니까? 부디 선정(善政)을 베푸셔서 백성들의 아픈 마음을 보듬어주소서."

"그래야지. 당연히 그래야지."

선조가 좋아했던 신성군마저 11월 들어서 사망한 상태였다. 지금까지의 상황만 본다면, 전쟁이 조선의 승리로 끝날 경우 광해군이 왕이 되는 것은 기정사실이었다.

광해군 역시 특별한 일만 없다면 그렇게 될 거라 여겼다. 그래서 나름대로 이런저런 생각을 하고 있었는데, 허임의 말을 듣고 많은 생각이 들었다.

재회(再會)

12월이 되자 명의 구원병에 대한 논의가 더욱 활발해졌다. 상황이 급박하게 흐르는 동안 허임은 자신의 발을 치료하는데 전념했다.

관아에서 보유하고 있던 약초는 세자와 중신을 위해 남긴 몇 가지만 있을 뿐이었다. 허임은 시커멓게 죽은 피를 빼내고 침과 뜸과 소금으로 자신의 발을 치료했다.

기껏 쓴 약초는 극독이나 다름없는 부자가 전부였다. 그는 부자를 달여서 국숫물에 개어 상처에 붙였다.

사람들은 그 모습을 보고 우려를 금치 못했다. 동상에 걸려 발톱까지 빠진 발이 나을 수 있을까 싶었다. 그런데 부자의 뜨거운 기운이 말초신경을 자극하면서 새살이 조금씩 돋아나기 시작했다. 그리고 시일이 흐르자, 당장 썩어문드러질 것 같던 허임의 발이 점점 정상을 되찾아갔다.

그렇게 사람들을 놀라게 하며 허임의 발이 거의 다 나아갈 즈음,

명에서 제독 이여송이 대군을 이끌고 요동에 도착했다는 소식이 들렸다.

의주는 물론 평양과 용강까지 술렁거렸다. 그리고 며칠 뒤 요동에 주둔 중이던 명나라 군대가 서서히 압록강을 건너 조선 땅으로 들어오기 시작했다.

용강에 있던 분조는 분조의 위치를 옮기는 논의에 들어갔다. 명나라군과 조선군이 평양을 공격해서 승리할 경우 왜적은 남쪽으로 도주하게 될 것이 분명했다. 그리되면 용강에 있는 분조가 위험해질 가능성이 컸다.

12월이 거의 다 지나갈 무렵, 마침내 광해군이 중신들의 논의를 종합해서 결정을 내렸다.

"영변으로 옮길 것이니 준비하도록 하시오."

이틀 후, 분조는 숙천, 안주를 지나서 영변으로 이동했다. 분조가 영변에 도착한 것은 임진년 마지막 날이었다. 참으로 길고 긴 임진년이 지나고 계사년*이 시작되었다.

계사년이 되자마자 압록강을 건넌 명나라 군사들이 남으로 진군했다. 평안도 체찰사로 임명된 유성룡도 군사를 이끌고 그들과 함께 움직였다. 숙천에 도착한 그들은 평양성 공격에 대해 논의하고 각자 맡은 바 임무를 이행하기 위해 빠르게 움직였다.

평양성 싸움은 계사년 1월 6일부터 시작되었다.

....

* 癸巳年:1593년

이여송이 3만 병력을 거느리고 평양성을 에워쌌다. 그는 평양성 앞에 백기 하나를 꽂게 했다. 그 백기에는 자진해서 투항하는 자는 죽이지 않겠다는 글이 적혀 있었다.

왜적들은 함성을 지르며 포를 쏘아서 대항했다. 또한 성 위에 군사들을 줄지어 세워놓고 칼을 번뜩이며 위세를 부렸다. 그러다 명군이 모란봉으로 올라가 공격하는 것처럼 하자, 조총을 쏘아대며 악착같이 저항했다.

그 후로도 때로는 명군이 공격하고, 때로는 왜적이 공격하면서 공격과 방어를 주고받았다. 밤에는 왜적들이 몰래 공격해 왔는데, 명군이 불화살을 쏘자 주위가 대낮과 같이 밝아지고, 놀란 왜적들은 황급히 도주했다.

7일 사시(巳時) 무렵에는 명군이 보통문(普通門)을 공격하는 척하면서 물러서자 왜적이 문을 열고 추적해 왔다. 명나라군은 기다렸다는 듯 즉시 되돌아서서 왜적 수십 명의 목을 베었다.

그리고 드디어 1월 8일.

수만의 군사가 늘어서서 평양성을 향해 진격했다.

빙판길의 얼음이 말발굽에 깨져서 허공으로 날리자, 은빛 찬란한 안개가 자욱이 피어났다.

투구와 갑옷, 무기에 반사된 빛은 은빛 금빛으로 휘황찬란하고, 붉고 푸른 깃발이 온 산을 뒤덮은 단풍처럼 휘날리니 그 광경이 가히 장관이었다.

제독 이여송이 먼저 친병 백 기를 거느리고서 성 아래로 바짝 진격했다. 그 직후, 명나라 군사들이 포를 쏘며 평양성을 공격했다.

쾅! 쾅! 콰광!

천둥소리가 평양의 하늘을 떨어 울렸다. 뒤이어서 명나라군이 함성을 내지르며 전진했다.

성 위의 왜적들은 끓는 물과 돌을 굴리며 격렬하게 대항했다. 기세등등하던 명나라군도 거센 적의 저항에 막혀 주춤거렸다.

왜적들이 쉽게 성을 내주지 않자 이여송이 상금을 내걸고 병사들의 공격을 독려했다.

"성 위로 가장 먼저 올라가는 자에게는 은 오천 냥을 내리겠다! 공격하라!"

명나라군은 악착같이 달려들어서 성 위로 올라갔다. 북을 치고 함성을 지르며 성 위로 올라간 명나라군은 왜적의 기를 뽑아버리고 명군의 깃발을 꽂았다. 그로부터 얼마 되지 않아서 평양성 북문인 모란봉의 칠성문(七星門)이 깨졌다.

왜적은 혼비백산해서 도주하기에 바빴고, 명나라군은 도주하는 왜적을 쫓아 평양성 내로 진입했다. 그들은 그 동안의 원한을 갚겠다는 듯 왜적을 철저히 도륙했다.

"한 놈도 남기지 말고 모두 쳐 죽여라!"

"왜놈들을 놓치지 마라!"

와아아아아!

왜적들이 가정집과 막사로 몸을 피하자 명나라군은 집과 막사를 통째로 태워버렸다. 집안에서 빠져나오지 못한 자들은 불에 타서 죽어갔다.

그러나 왜적의 대장인 소서행장은 연광정의 토굴에 들어가서 조총을 쏘며 끝까지 버텼다. 다른 장수들도 근처 토굴로 몸을 피하고 는 조총을 쏘며 저항했다.

그 토굴은 단순히 땅을 파서 만든 것이 아니었다. 대동문과 보통 문 근처의 평지에 기초를 닦은 후 돌을 쌓거나 흙은 쌓아서 집을 만들고 총통을 내밀 수 있는 구멍을 만들어 놓은 것이었다. 그 안 에 사람이 얼마나 있는지 알 수 없고, 수시로 조총이 발사되니 접 근하던 자들이 쓰러져 산더미처럼 쌓였다.

이여송은 명군의 희생이 너무 커지자 소서행장에게 투항을 강요 했다. 그러나 소서행장은 투항하지 않고 퇴로를 열어줄 것을 요청 했다. 더 이상의 피해를 원치 않았던 이여송은 결국 소서행장에게 퇴로를 열어주었다.

한편, 유성룡은 칠성문이 깨진 것을 보고 승리를 확신했다. 감격 에 찬 그는 즉시 소식을 의주에 알렸다.

평양성 수복 소식이 의주에 전해진 것은 1월 9일 오시(午時)였다. 영변에는 그보다 앞서 전날 늦은 저녁에 전해졌는데, 소식을 들은 광해군과 중신들은 모두 환호성을 내질렀다. 드디어 삼경(三京) 중 하나인 평양성을 되찾은 것이다.

허임도 소식을 듣고 가슴이 뭉클했다. 이제야 뭐가 제대로 돌아 가는 듯했다. 평양을 되찾았으니 이 기세로 왜적을 몰면 곧 개성과 한양도 되찾을 수 있을 것이 아닌가 말이다.

하지만 조선의 중신들은 평양성을 수복했다는 것만 알았을 뿐, 당시 그곳에서 무슨 일이 벌어졌는지 정확하게 알진 못했다. 싸움

와중에 평양성의 백성 중 1만여 명이 대동강에 빠져죽었다 하니, 오호, 통재라! 그 소문이 사실이라면 그들의 죽음은 누가 책임질 것인가!

* * *

이여송은 승승장구하며 기세를 몰아서 개성부까지 진격했다. 10일 밤. 그들이 개성부에 들어갔을 때, 왜적들은 모두 도망가고 굶주린 백성들만 남아 있었다. 이여송은 개성의 백성들에게 쌀 백 석을 나누어주고 군대를 전진배치시켰다.

한편, 평양성이 수복되자 의주에서는 행재소를 청천강 하류 북쪽의 정주로 옮기는 일이 논의되었다. 그 와중에도 선조는 공과(功過)를 논하며 포상을 하고 관직을 제수했다. 그 중에는 전란이 일어나자 함경도로 도망갔다가 적에게 사로잡힌 후 탈출한 자도 있었으니 도를 지나치다 못해 어이가 없을 지경이었다.

하긴 와신상담하여 나라를 되찾기 위해 노력해야 할 때, 중신이라는 자들이 이런저런 이유를 들어 술을 마시고 즐기는 판이었다. 그 행태가 오죽했으면 이여송이 '너희들이 이러면 요동으로 돌아가 조선을 망하게 내버려둘 수도 있다!' 라는 말투로 선조를 다그쳤을까.

백성은 추위와 배고픔을 견디지 못하고 죽어가거늘!

병사들은 나라를 지키기 위해 차가운 들판에 누워 자고 있거늘!

따뜻한 곳에서 입만 나불대며 기생을 끼고 술잔을 기울이는 대신들이 어찌 제정신이란 말인가!

그에 대해 선조가 추궁하자, 좌의정 윤두수와 승지 유근은 일개 무부인 이연경에게 그 책임을 돌리고 자신들의 잘못을 회피했다.

선조도 더 이상 그들을 추궁하지 못하고 말을 돌리니 나라 꼴이 참으로 한탄스러울 지경이었다.

오죽 답답하면 선조가 다음과 같은 시를 읊었을까.

관산에 뜬 달 보며 통곡하노라(痛哭關山月).

압록강 바람에 마음 쓰라리도다(傷心鴨水風).

조정 신하들은 이날이 지나도(朝臣今日後),

동인이니 서인이니 나누어져서 서로를 배척할 것인가(寧腹各西東).

그 시기, 영변에 머물고 있던 분조는 호시탐탐 북방을 노리는 오랑캐를 몰아내기 위해서 휘하에 있던 병사 삼백을 명군과 합류하게 한 후 북방으로 보냈다.

선조의 선위(禪位)에 대한 이야기가 영변에 전해진 것은 그 즈음이었다. 분조 영의정 최흥원이 말했다.

"주상 전하께서 선위에 대한 말을 꺼내셨다 합니다."

"부왕께서?"

"예, 세자 저하. 최근 들어 몸이 약해지시니 그런 뜻을 비추신 것 같습니다. 하지만 좌상과 몇몇 중신들이 만류를 청해서 결정은 유보된 것으로 아옵니다."

최흥원의 말에 광해군은 무표정한 얼굴로 고개를 저었다.

"아직은 때가 아니니 중신들이 잘하신 것 같구려."

최흥원과 몇몇 중신들도 같은 생각이라는 듯 고개를 숙여 답을 대신했다. 그러나 광해군은 무슨 생각을 하는지 입을 꾹 다문 채 앞만 바라보았다.

그렇게 18일이 되었을 때 선조가 의주를 출발했다. 양책관에서 하루를 머문 어가는 다음 날 저녁 임반에 도착했다.

어가가 움직였다는 소식을 들은 광해군은 영변을 떠나서 박천까지 내려갔다. 허임도 오동돈과 함께 맨 뒤에 서서 광해군을 따라갔다. 오동돈의 발걸음은 무척이나 가벼워보였다. 허임은 그 이유를 알기에 오동돈이 부럽기만 했다.

그렇게 정주에 먼저 도착한 광해군은 해가 질 무렵 정주 교외에서 어가를 영접했다.

* * *

허임은 자신의 눈을 믿을 수가 없었다. 등골이 저릿저릿하고 손끝에서 발끝까지 잘게 떨렸다.

저만치 의관들 옆에 의녀들이 서 있었다. 그곳에 그녀가 있었다. 자신이 그토록 찾던 송하연이.

송하연이 그를 봤는지 격정에 찬 표정으로 고개를 숙인다. 그도 고개를 숙였다.

'아가씨! 무사하셨군요!'

'무사히 돌아오셔서 다행이에요.'

허임과 송하연은 소리없이 자신의 마음을 전했다. 굳이 말이 필요 없었다. 두 사람은 눈빛만으로도 서로가 전하고자 하는 마음을 느낄 수 있었다.

"허, 허의관님. 저, 저, 저기 좀 보십쇼!"

오동돈도 뒤늦게 송하연을 보고 말을 더듬었다. 허임은 그를 바라보며 조용히 웃었다. 하늘은 구름이 잔뜩 끼어 뿌연데도 그의 얼굴은 햇살이 내려앉은 것처럼 밝았다.

때가 때이니만큼 허임은 송하연을 만나는 걸 조심했다. 자칫하면 때도 모르고 사랑 놀음이나 하는 것으로 비칠 수가 있는 것이다. 하지만 오동돈이 그 모습을 보고만 있지 않았다. 그는 봉연에게 연락을 취해서 다음 날 점심 무렵 두 사람을 만나게 만들었다.

"의술 때문에 물어볼 게 있어서 만난다는데 뭐 어떻습니까요? 빨리 가십시다요."

허임은 그가 정말로 고마웠다.

"고맙습니다, 오 훈도님."

"허허허, 뭘요."

허임은 오동돈과 함께 약속장소인 객청 뒷마당으로 갔다. 혼자서 만나면 사람들이 이상하게 생각할까 봐 둘이서 만나기로 한 것이다.

그들이 도착했을 때 마침 송하연도 반대편에서 건물을 돌아 나왔다. 오동돈이 슬쩍 고갯짓을 했다. '빨리 가보슈.' 그런 표정으로.

허임은 미소를 지으며 고개를 끄덕이고 송하연에게 다가갔다. 얼굴이 복사꽃처럼 물든 그녀의 눈썹이 바람도 없는데 잘게 떨리고 있었다. 그도 가슴이 쿵쾅거리며 뛰었지만 짐짓 아무렇지도 않은 것처럼 미소를 지으며 입을 열었다.

"몸은 괜찮습니까?"

"저는 괜찮아요. 제 걱정은 마시고 허 의관님부터 건강 챙기세요. 분조와 함께 다니느라 고생을 많이 하셨을 텐데……."

허임과 송하연은 바라보고 있는 것만으로도 행복했다. 그때만큼은 지난 세월의 고생조차도 모두 잊어버렸다. 한참 동안 이런저런 이야기를 나누던 허임은 문득 분조에 돌아온 후 들었던 어떤 소식을 떠올리고 그녀에게 물었다.

"정철 대감께서 사면되셨다고 들었습니다. 만나보셨습니까?"

허임의 말에 송하연이 고개를 저었다.

"그분은 제가 의녀로 있는 줄도 몰라요. 괜한 일로 대감 어른께 폐를 끼치고 싶지 않아요."

허임은 그녀의 마음을 이해할 수 있었다. 한편으로는 차라리 모르는 척하는 것이 나을지 모른다는 생각이 들었다. 정철은 동인들의 집중적인 견제를 받는 처지가 아닌가. 오히려 그와 가까운 사람이라는 것이 알려지면 역효과가 날 수도 있었다.

허임은 정철에 대한 말을 자제하고 화제를 돌렸다.

"김성도란 사람이 송 아가씨를 자주 찾아온다면서요? 귀찮게 하지는 않아요?"

송하연의 얼굴에 미소가 떠올랐다.

"그래도 유 의관보다는 훨씬 나아요."

허임은 그녀의 농담조 말에 실소를 지었다. 유진하는 도성을 나설 때 거가를 따라오지 않았다. 그와 송하연에게는 정말 다행이었다. 새로운 문젯거리가 생긴 것은 탐탁지 않았지만.

"혹시라도 그 사람이 귀찮게 하면 말하세요. 그 사람 아플 때 제가 혼을 내줄 테니까요."

송하연이 입을 손으로 가리고 웃었다. 두 눈이 초승달처럼 휘어졌다. 그때였다.

"하연 의녀, 거기 있었군."

한 사람이 건물을 돌아나오며 송하연을 불렀다. 키가 껑충하게 큰 이십대 중반의 문관이었다. 허임은 그를 처음 봤음에도 그가 김성도라는 것을 바로 눈치챘다.

슬쩍 그를 훑어본 허임이 나직이 말했다.

"키가 정말 크군요."

"나쁜 분은 아니에요."

"키 큰 사람치고 속 찬 사람 없다던데."

"덩치 큰 사람에게 하는 말 아니에요?"

"그게 그거죠."

두 사람이 나직이 말을 나누는 동안 김성도란 자가 가까이 다가왔다. 몇 걸음 떨어진 곳에 있던 오동돈도 허임이 있는 곳으로 걸어왔다. 김성도가 허임과 오동돈, 송하연을 둘러보고는 의아한 표정을 지었다.

"하연 의녀, 무슨 일이라도 있소?"

"아닙니다. 허 교수님께 물어볼 것이 있어서 잠시 이야기를 나누었습니다."

"혹시 당신이 혜민서의 허임?"

김성도가 허임을 바라보며 호기심 가득한 눈빛을 반짝였다. 마치 어린애처럼 순진함마저 느껴지는 표정. 허임은 그의 눈빛과 표정을 보고 나서야 안심했다. 걱정할 만한 상대는 아닌 듯했다.

"그렇습니다."

"나는 김성도라 하오. 말로만 들었던 허 의관을 이런 곳에서 보다니, 반갑소."

"저 역시 반갑습니다. 그럼 저는 바빠서 이만 가봐야겠습니다. 다음에 뵙지요. 오 훈도, 그만 갑시다."

마음 같아서는 김성도에게 자신과 송하연의 관계를 알려주어서 딴 마음을 먹지 못하도록 하고 싶었다. 하지만 그렇게 해봐야 송하연만 곤란해질 뿐. 허임은 아쉬운 눈빛으로 송하연을 바라보고는 몸을 돌렸다. 그래도 김성도에 대한 걱정을 덜어서 마음이 가벼웠다.

* * *

선조는 몸 상태가 점점 안 좋아지자 선위에 대한 논의를 지속했다. 재신들에게는 공사(公事)를 세자에게 재결 받으라는 명을 내렸다.

대신들은 계속 선조를 말렸다. 그럴 수밖에 없었다. 현재의 대신들은 동인 중 남인이 주를 이루었다. 북인들이 미는 광해군이 임금이 되는 걸 바라지 않았다.

허임은 들려오는 말에 한숨이 절로 났다.

'이제 겨우 평양과 개성을 되찾았을 뿐인데, 벌써 저러고 있으니…….'

그렇다고 해서 어디다 하소연할 곳도 없었다. 세자도 전에 만난 이후로는 그를 부르지 않았다. 허임도 그것이 편하긴 했다. 세자와 자주 만나봐야 사람들의 의심만 살 뿐이었다.

허임은 자신의 생각을 마음속에만 담아두고서 환자를 치료했다. 조선의 백성들이 어가가 정주에 있다는 말을 듣고 사방에서 모여들었다. 그 중에는 병자들도 많았다. 또한 부상당하고 병든 명나라 군사만 해도 수백 명이나 되었다. 그러나 내의들은 임금과 중신만 신경 쓸 뿐 명나라병사와 백성들은 신경도 쓰지 않았다.

허임도 그들 모두를 치료할 수는 없었다. 그럼에도 오동돈과 함께 환자를 치료하다 보면 하루가 어떻게 흐르는지도 모를 지경이었다. 오죽하면 송하연의 얼굴을 보는 것조차 힘들었다.

그런데 부상자들의 치료는 침구술만으로 한계가 있었다. 약이라도 풍부하다면 괜찮겠는데, 약은 떨어진 지 오래였다.

허임은 약초에 대해 잘 아는 사람들을 모아서 약초를 캐오라고 했다. 추위가 누그러지면서 눈도 모두 녹은 상태였다. 얼었던 땅도 서서히 녹고 있었다. 약으로 쓸 수 있는 뿌리 정도는 캘 수 있을 것 같았다.

그렇게 정주에 온 지 닷새가 지났을 때, 허준이 허임을 찾아왔다.

"오랜만이구나."

"그간 강녕하셨습니까?"

"저번 세자 저하께서 몸져누우셨을 때 없었다면서?"

약간의 노기마저 느껴지는 차가운 목소리다. 허임은 씁쓸한 마음으로 대충 둘러댔다.

"사정이 있어 잠깐 어디를 다녀왔습니다."

"의관은 항상 주군 곁에 있어야 하는 법이니라. 사정이 있었다니 더 이상 뭐라 하진 않겠다만, 앞으로는 내 말을 명심하도록 해라."

"명심하겠습니다."

허임이 순순히 수긍하며 고개를 숙이자 허준의 눈에 이채가 떠올랐다.

"흠, 그래도 전보다는 날이 많이 무뎌진 것 같아 다행이구나."

"그리 생각해 주시니 감사합니다."

"듣자하니 너의 침구술이 이제 대응할 사람이 없을 정도라고 하더구나."

"과찬의 말씀입니다."

"언젠가 필요할 때가 있을 거다. 그때를 위해서라도 더욱 갈고 닦아라."

단순히 격려 차원에서 하는 말이 아니다. 임금을 모시는 어의 중 최고인 허준이 필요할 때라면 언제겠는가? 허임은 허준의 말뜻을 짐작하고 숨을 깊게 들이쉬었다.

"예, 어의 어른. 하온데 유 내의는 함께 오지 않았습니까?"

공손히 대답한 그는 슬쩍 유후익과 유진하에 대해 물어보았다. 그도 그들이 따라오지 않은 것을 모르진 않았지만 보다 자세한 것을 알고 싶었다.

허준이 이마를 찌푸리며 말했다.

"후익은 아들과 함께 남해의 수군을 돕겠다고 밑으로 내려갔다. 임금님을 호종하지 않은 것은 잘못이지만, 그 나름대로 나라를 위해서 의술을 쓰겠다는 뜻이니 뭐라 하겠느냐?"

'그거야말로 허울 좋은 핑계입니다. 모두가 그런 마음이라면 임금 곁에 누가 남아 있겠습니까?'

더구나 자신이 들은 바에 의하면, 그들은 남해로 가지도 않았다.

허임은 목구멍까지 치솟은 말을 억지로 삼켰다. 전이었다면 거침없이 내뱉었겠지만, 참혹한 겨울을 거친 그의 입은 전보다 무거워져 있었다.

말이란 해야 할 때가 있고, 아껴야 할 때가 있다. 지금은 아낄 때다. 감정을 건드려봐야 득 될 것이 없으니까.

그때 허준이 갑자기 물었다.

"하나 물어보마. 침구 치료가 심한 편두통에도 효과가 있다고 생각하느냐? 어디 네 생각을 말해봐라."

허준이 침구를 몰라서 물었을까? 그것은 아닐 것이다. 알되 전문적인 분야가 아니니 확신할 수 없는 것뿐. 허임은 허준의 마음을 간파하고 자신 있게 말했다.

"오히려 약보다 낫다고 봅니다."

허준의 이마에 골이 깊게 팼다. 조금은 불쾌하게 느낀 듯 묻는 목소리의 끝이 높아졌다.

"무엇이 낫다는 것이냐?"

허임은 허준의 마음을 짐작했지만 자신의 솔직한 생각을 그대로 말했다. 다른 것은 몰라도 의술에 있어서만큼은 대충 이야기할 수 없었다.

"첫째는 부작용이 적고 치료시간이 짧습니다. 둘째는 두통이라는 것이 경혈의 막힘 때문에 생기는 경우가 대부분인 만큼 훨씬 빠른 효과를 기대할 수 있습니다. 그리고 셋째, 약은 구하기도 어렵고 값도 비싸지만, 침구는 침과 뜸 재료만 있으면 됩니다. 솔직히 헐벗은 민초들에게 비싼 약은 화중지병(畵中之餠)이지요."

"하지만 침을 잘못 놓으면 약으로 인한 부작용보다 훨씬 더 위험해질 수가 있다. 그리고 근본적인 치료라고는 볼 수 없지."

"그 말씀도 옳습니다만, 단점보다는 장점이 훨씬 많습니다."

허준은 차갑고 깊은 눈빛으로 허임을 바라보더니 허임의 의견 일부에 대해서만 수긍했다.

"구하기 힘든 약을 쓰는 것보다 편리하다는 말은 일리가 있는 것 같구나. 한번 깊이 생각해 봐야겠다."

허임은 허준이 돌아간 뒤에도 한참 동안 생각에 잠겼다. 허준의 갑작스러운 방문이 고요하던 그의 심경에 파문을 일으켰다.

허준이 누군가? 조선 최고의 어의가 아닌가?

그런 대단한 사람이 새파란 혜민서의 의관에게 질문을 던지고, 비록 일부지만 의견을 순순히 받아들인다.

그게 뭐 대단한 일이냐고 할 수 있지만, 허임은 그게 결코 쉬운 일이 아니라는 것을 잘 알고 있었다. 한 푼 무게도 안 나가는 자존심을 목숨만큼이나 중히 여기는 사람이 오죽 많은가? 허준 정도 되는 사람이라면 '네가 감히 뭘 안다고 그리 말하느냐!'며 큰소리치는 게 당연한 세상이다. 더구나 허준은 자신을 탐탁지 않게 여기고 있지 않은가.

'스승님이 왜 그를 높게 평가하셨는지 알 것 같군.'

허준의 벽이 더욱 높게 느껴졌다. 한편으로는 그럴수록 투지가 솟구쳤다.

'하지만 그와 나는 가는 길이 다르다. 그는 그의 길에서 최고에 이르고, 나는 내 길에서 최고에 이르면 된다. 너무 깊게 생각할 것 없어. 그리고 마지막에 최후의 승부를 내는 거야!'

마음을 갈무리한 허임은 그제야 편한 표정으로 일어났다.

* * *

허준이 허임을 찾아온 그 시각. 오동돈은 뒷마당에서 봉연을 만났다.

"몸은 좀 어때?"

"괜찮아요."

"힘들지?"

"견딜만해요."

힘들다고 좀 하지. 그러면 어깨를 주물러주기라도 할 텐데.

오동돈은 너무나 잘 버티는 봉연이 야속했다.

"연약한 네가 아플까봐 정말 걱정이 많았는데 아프지 않다니 다행이다."

봉연은 그 말을 듣고 고개를 숙였다. 나이는 서른둘이지만, 마음만은 아직 이십대 초반이나 같았다. 손가락을 만지작거리던 그녀가 살짝 상기된 얼굴을 들었다.

"저보다 오라버니 건강부터 챙기세요."

"나야 뭐, 항상 건강하잖아. 좌우간 위에서 뭐라고 해도 너와 함께 움직였어야 하는데……. 미안해, 봉연아. 혼자만 놔둬서."

마지막 말은 느끼하게 느껴질 정도로 은근했다. 하지만 봉연은 그런 오동돈이 좋았다. 얼마나 순수한가 말이다.

"저도 그러면 좋지만, 억지로 되는 문제도 아니잖아요. 한양으로 돌아갈 날도 얼마 남지 않았으니 너무 걱정 마세요. 저도 오라버니와 무사히 만날 수 있도록 부처님께 빌게요."

"이해해 줘서 고마워."

"뭘요."

"봉연아."

"예?"

봉연이 고개를 들고 빤히 바라보자 오동돈은 침을 꿀꺽 삼켰다. 다른 사람은 어떻게 생각할지 몰라도 그의 눈에는 봉연이 당나라의 양귀비보다 더 예뻤다.

"저기 말이지……."

오동돈은 나직이 말꼬리를 끌며 손을 뻗었다. 손끝이 잘게 떨렸다. 봉연은 눈을 내리깔고 수줍은 표정을 지었다. 그 모습이 어찌나 예쁜지 오동돈은 멍하니 바라보다 불쑥 봉연의 양 팔을 잡았다.

"봉연……."

그때 김양문이 불쑥 나타났다.

"어이, 오 의관!"

흠칫한 오동돈은 재빨리 봉연의 팔을 놓고 어깨를 탁탁 털어주는 시늉을 했다.

"뭐가 이리 묻었지?"

그러고는 고개를 돌려서 태워 죽일 듯한 눈빛으로 김양문을 노려보았다.

"저를 부르셨습니까요?"

대답하는 목소리에도 왠지 모를 날이 섰다. 김양문은 끄떡도 하지 않았지만.

"허 교수 못 봤나?"

"방에 있을 겁니다요."

"그래? 이상하네. 조금 전에 가보니까 없던데."

김양문은 고개를 갸웃거리며 돌아섰다. 오동돈은 그런 김양문의 뒤통수를 송곳 같은 눈빛으로 쳐다보았다.

'하여간 눈치도 없어. 여자하고 단둘이 있으면 보고도 모른 척 그냥 가야지 말이야.'

하지만 그가 미처 모르는 게 있었다. 돌아선 김양문의 한쪽 입꼬리가 살짝 말려 올라갔다는 걸.

"저는 그만 가볼게요, 오라버니. 자리를 너무 오래 비우며 의관님들이 찾을지 모르거든요."

봉연은 남의 눈이 걱정되어서 아쉬움을 접고 말했다. 오동돈은 그녀에게 부담을 주고 싶지 않아서 안아보는 걸 다음 기회로 미루었다. 뭐 오늘만 날이 아니니까.

"그, 그래. 가봐라. 힘들면 언제든지 말해."

"알았어요."

봉연은 빙그레 미소를 짓고는 몸을 돌렸다. 오동돈은 그녀가 사라질 때까지 눈을 떼지 않았다. 가슴에서 심장이 쑥 빠져나가는 것 같았다.

'봉연아, 이 오라버니는 항상 너만 생각하고 있단다.'

* * *

1월 27일, 이여송은 한양의 상황을 살펴보기 위해서 단기로 친병만 거느린 채 벽제로 향했다. 왜적들은 명나라 군사가 얼마 안 되는 걸 알고 적극적인 공격을 감행했다. 그 상황에서 이여송이 말에서 떨어져 부상을 입고, 명나라 군사는 왜적에게 대패했다.

그 즈음, 정주에 있던 명나라군의 장수가 조정에 의관을 보내줄 것을 요청했다. 조정에서는 이공기를 보내 명나라 군병들의 부상을 치료하라고 했다.

이공기는 분조에 혜민서 의원이 있음을 알고 지원을 요청했다.

허임이 이공기를 따라가기로 했다. 명나라 장수들의 거만함이나 조정의 지나친 비굴함에는 화가 나지만, 그래도 어쨌든 왜적을 상대해서 조선을 구하기 위해 온 사람들이 아닌가.

명나라 병사들의 상태는 처참했다. 그들은 남의 나라를 구하기 위해 싸우다 부상을 당했는데도 요청하기 전까지 도움을 주지 않는 조선 조정을 싸늘한 눈으로 대했다. 더구나 요청해서 온 의관은 장수들만 치료하니 일반 병사들로서는 불만이 더 많을 수밖에 없었다.

　입이 열 개인들 무슨 말을 할 수 있으랴.

　허임은 묵묵히 병사들 중 부상과 병이 심각한 사람을 위주로 치료했다. 혼자 몸으로 그들을 모두 치료한다는 것은 불가능한 일이었다. 그래도 할 수 있는 데까지 전심전력으로 치료에 임했다.

　사흘이 지나자 허임을 바라보는 병사들의 눈빛이 달라졌다. 허임의 치료에 정성이 깃들어 있다는 것을 그들도 느낀 것이다.

　허임의 치료방법은 그들이 생각도 못했던 방식이었다. 침을 놓고, 칼로 째고, 겨우 쓴다는 약은 나무뿌리나 풀뿌리였고, 때로는 마른풀을 뭉쳐서 올려놓고 불을 붙이기도 했다. 병사들은 그의 치료방법이 못 미더워서 처음에는 꺼렸다. 그런데 퉁퉁 부어서 곪아가던 곳이 가라앉고, 금방 죽을 것 같던 사람이 이 삼일 만에 눈에 띌 정도로 상세가 호전되자 눈이 휘둥그레지지 않을 수 없었다.

　그들 눈에는 허임이 화타(華陀)나 편작(編鵲)처럼 보였다.

　그렇다 해도 그들 모두를 살릴 수는 없는 일. 허임은 치료 중에 죽는 사람들이 하나둘 나오자 마음이 무거워졌다. 그래도 명나라 병사들은 허임을 원망하지 않았다. 오히려 어떤 병사는 허임이 침울한 표정을 짓자 어깨를 두드려주기도 했다. 어떤 병사는 알아듣지도 못하는 중국말로 뭐라고 하는데, 허임이 그의 표정을 보니 자신을 위로하는 듯했다.

그렇게 2월 초가 되자 이여송의 대패 사실이 정주에 알려졌다. 그때까지도 선조는 정주에 머물면서 평양으로 내려갈 생각을 하지 않았다. 내려가기는커녕 오히려 이여송의 패배를 알고 더욱 더 움츠렸다.

그때 마침 명나라에서 원병 6만이 더 도착할 거라는 소식이 전해지면서 조정에 다시 활력이 넘쳤다.

* * *

그토록 드세던 동장군도 2월이 되자 꼬리를 말았다. 봄기운이 서서히 밀려들 즈음, 왜적들은 한양으로 모여들고 명나라군은 개성에 진을 쳤다.

평양에서 후퇴한 왜적들은 그 분을 풀기 위해서 한양의 조선 백성을 주살했다. 백성들은 그들의 만행에서 살아나기 위해 한양을 빠져나갔는데, 외곽에 있던 장수들이 백성 수천을 구해냈다.

그 상태에서 명나라의 경략(經略) 송응창이 선조에게 평양으로 가라는 논지의 말을 전했다. 그러나 선조는 이런저런 논의만 할뿐 정주에서 움직이지 않았다.

그 판국에 비변사에서는 의병들이 명도 받지 않고 흩어졌다며 흩어지게 한 자에게 죄를 물어야 한다는 억지소리나 해댔다.

의병들이 어디 그들을 위해서 나선 사람들이던가? 물에서 건져주니 보따리 내놓으라는 말이 아닌가?

조정의 중신들이라는 사람들이 다독여서 끌어안을 생각은 하지 않고 아전인수 격으로 상황을 해석해서 의병장들을 죄인으로 몰고 가니 힘없는 백성들은 피눈물만 흘릴 뿐이었다.

더구나 온 나라가 백성들의 피로 물든 판에 예의타령을 하며 온갖 궁중대례를 들먹이니 그 어찌 제정신이라고 할 수 있으랴.

2월 중순이 되자 마침내 선조가 정주를 떠나 남하하기로 결정했다. 대신 왕세자인 광해군을 정주에 남겨두기로 했다.

허임은 송하연과 다시 헤어져야 한다는 것이 못내 아쉬웠다. 그래도 이번에는 도망을 가는 것이 아니라 한양 쪽으로 돌아가는 것이니만큼 이전보다는 걱정이 덜했다.

남하 결정이 내려진 그날 밤. 허임은 오동돈을 시켜서 송하연을 불러냈다. 들켜서 욕을 먹는 한이 있어도 그냥 보낼 수는 없었다.

오동돈을 보초로 입구에 세워놓은 허임은 구석진 곳 건물 뒤편에서 송하연을 만났다.

"바로 따라갈 테니 몸조심하면서 지내세요."

"예, 허 의관님."

허임은 송하연이 뭐라 하기도 전에 두 손을 뻗어서 덥석 끌어안았다. 송하연은 갑작스러운 그의 행동에 당황했다. 하지만 곧 모든 것을 그에게 맡기기라도 하듯 가슴에 얼굴을 묻고 눈을 감았다.

"송 아가씨 없는 세상은 생각도 하기 싫습니다. 그러니 아무리 힘들어도 참고 저를 기다려 주세요."

'고마워요. 정말 고마워요.'

다음 날 아침, 어가가 정주를 출발했다. 이공기는 어가를 따라갔다. 그 바람에 정주에 남은 의원들이 더 바빠졌다. 특히 허임은 이공기 대신 명나라 장수들까지 치료해야 할 판이었다.

그렇게 2월이 거의 다 지나갈 무렵, 한양 공격을 돕기 위해 전라도에서 올라온 권율이 행주산성에서 왜적을 대파했다는 소식이 들렸다. 금방이라도 한양을 수복할 수 있을 것 같은 분위기였다.

그런데 얼마 지나지 않아서 왜적과의 강화에 대한 소문이 퍼졌다. 적진에 사로잡혀 있던 김귀영이 서신을 가져왔는데, 왕자가 강화를 원하고 있으며 적장도 강화를 받아들일 생각이라는 뜻이 적혀 있었다. 명나라에서도 은근히 강화를 바라고 왜적과의 만남을 추진했다.

강화를 받아들일 마음이 없던 선조는 이여송에게 '죽음이 있을 뿐 강화는 없다'라고 강력히 자신의 뜻을 전했다. 그러나 명나라 대표라 할 수 있는 경략 송응창과 유격 심유경은 이미 강화의 뜻을 굳힌 상태였다.

선조는 그들의 비위를 거스를 배짱이 없었다. 속으로만 끙끙 앓을 뿐.

* * *

3월이 되자 봄기운이 완연해졌다. 들과 산이 새싹들로 푸르게 변하고, 들꽃이 만발했다. 그 동안 한양에서는 강화가 빠르게 진행되었다. 왜적들은 행주산성의 대패로 인해 사기가 바닥까지 떨어진 상태였고, 명나라군은 더 이상의 희생을 바라지 않았다.

발끈한 선조는 유성룡에게 강화를 말하는 자는 효수하라고 명령했다. 그러고는 개성에 있던 이여송이 한양으로 진군하려 한다고 하자 관병과 의병을 모두 명나라군에 합류시키도록 했다.

3월 중순, 선조는 이여송을 만나기 위해 평양으로 향했다. 그러나 이여송은 강화에 방해가 될까봐 선조를 만나지 않았다.

선조는 다시 한 번 절대 강화할 수 없다는 말을 이여송에게 전하라고 했다. 그런 한편으로 강화가 체결되지 않도록 온갖 수단을 강구했다. 그러나 조선의 목줄을 틀어쥔 쪽은 명나라였다. 무너지기 직전에 몰려 아무 힘도 없는 조선 조정으로서는 그들의 계획을 꺾을 수 없었다.

결국 4월이 되자 명나라와 왜국의 뜻대로 강화가 체결되었다. 뜻있는 우국지사들은 피눈물을 흘리며 비통에 젖었다.

4월 중순. 여름이 오면서 왜적이 한양에서 빠져나와 남쪽으로 물러갔다. 이여송이 먼저 선조의 셋째 아들 의안군이 머물던 소공주댁(훗날 남별궁(南別宮)으로 불림)으로 들어가서 여장을 풀었다.

뒤따라 한양에 들어간 유성룡과 유홍 등은 온몸이 사시나무처럼 떨렸다.

성 안의 백성 중 살아남은 자는 열에 하나도 되지 않았다. 성 안팎에는 백골이 무더기로 쌓여 있었고, 불탄 기왓장만 남아 있는 집들이 다수였으며, 온전한 집도 텅 비어 있었다.

겨우 살아남은 생존자도 굶주리고 지쳐 뼈 위에 가죽만 남아서 귀신이 따로 없었다. 한양 곳곳에서 죽은 사람과 말이 사방에 널브러져 썩어 가는데, 그 냄새가 어찌나 지독한지 코를 막고 다녀야 할 정도였다.

그들도 한양에 남아 있는 백성들이 어려움을 겪고 있다는 말을 듣긴 했지만 설마 이 정도일 줄은 상상조차 못한 터였다.

얼마 후, 종묘에 도착한 그들은 불에 타버려 앙상하게 남은 검은 기둥과 잿더미를 보고는 끝내 통곡하고야 말았다.

그렇게 며칠 지났을 때였다. 명나라 총병 이영과 유격 전세정, 척금이 유성룡과 순찰사 이정형을 불러들이더니 말도 안 되는 소리를 했다.

"우리 조정에서 이미 왜의 조공을 허락했으니 귀국(貴國)도 경략의 패문을 따라 왜적을 죽이거나 사로잡지 말아야 할 것이오."

패문*에는 다음과 같이 적혀 있었다.

왜인들이 조공할 것을 애걸하였으니 양초**를 노략질하거나 왜인을 죽여서는 안 된다. 어기는 자는 용서하지 않고 죽일 것이다.

왜인들이 조공을 애걸하였으니 우리의 관병은 오로지 본부(本部)의 처분에 따라 행동하라. 만일 군공(軍功)을 탐하여 뒤떨어져 있는 적을 살육하는 자가 있으면 참형에 처할 것이다.

....

* 牌文:중국에서 조선에 보내는 칙사의 파견 목적과 일정 등이 적힌 통지문

** 糧草:군량과 말먹이

조선국의 관병과 왜인은 불공대천(不共戴失)의 원수이다. 하지만 저들이 이미 조공할 것을 애걸하였으니, 본부의 의처(議處)를 기다리라. 만일 보복하여 사건을 야기 시키는 자가 있으면 참형에 처할 것이다.

불공대천지수인 왜적을 죽이지 말라니!

백성들의 처절함을 본 유성룡은 강력히 항변했다.

"우리나라가 왜노(倭奴)와 강화하려고 했다면 오늘까지 기다리지 않았을 것이오. 당초 왜노가 우리나라에 강화할 것을 요구한 적이 한두 번이 아니오. 처음에는 동래에서 글을 보내왔고, 그 다음에는 상주에서 글을 보내왔고, 세 번째는 평양에서 글을 보내왔소. 그러나 우리나라에서는 왜노가 중국에 불공(不恭)한 말을 한 것을 분하게 여겨, 천하의 대의를 위해서 차라리 죽을지언정 치욕을 당하지 않고자 하였기 때문에 지금 이 지경에 이른 것이오. 이제 왜적은 종묘와 사직을 불태웠고 능침(陵寢)을 파헤쳤으며, 우리 백성들을 살육하여 불공대천의 원수가 되었소. 그런데 이러한 패문(牌文)으로 다시 복수를 못하게 금하니, 우리나라 백성들은 뼈에 사무치도록 원통해서 명령을 받들 수 없소!"

그러나 명나라의 총병 이영과 유격 전세정과 척금은 그런 유성룡을 꾸짖었다.

"어허! 천자의 성지를 어찌 따르지 않겠다는 것이오! 복수는 힘을 기른 후에 해도 되지 않겠소?"

유성룡과 조선의 중신들은 재차, 삼차 왜적을 그냥 보낼 수 없음을 강력히 주장했다.

하지만 이영은 그들의 말을 받아들이지 않고 전라순찰사가 있는 마산으로 내려갔다.

전세정과 척금도 유성룡이 전라영에 보내는 공문을 보고 나서 패문을 전하기 위해 마산으로 떠났다.

척 유격이 패문(牌文)을 가지고 가니 각처에 전통(傳通)하는 외에는 군병을 정제(整齊)하고 있다가 왜노가 함부로 나타나 노략질을 하거든 지역에 따라 용서하지 말고 쳐 죽여라.

명나라의 뜻을 꺾을 수 없다 생각하고 쓴 공문이었다. 공문 내용에 은근히 왜적을 공격하라는 암시를 주었으니, 이제 전라영이 알아서 자신의 의중을 깨닫기만 바라는 수밖에 없었다.

그런데 며칠 지나지 않아서 명나라와 왜의 강화가 흐지부지되었다. 왜적이 강화의 조건 중 하나인, 사로잡힌 왕자와 재신들을 돌려보내겠다는 약속을 지키지 않은 것이다.

명나라 경략 송응창은 왜적이 약속을 어기자 마음을 바꿔서 즉시 추살할 것을 명령했다.

조선 조정으로서는 기다리던 바였다. 조금 이상한 점은 왜적이 아무리 약속을 어겼다고 해도 명나라가 너무 급작스럽게 돌아섰다는 점이었다.

추적하려는 조선의 장수들을 막고, 심지어 권율 장군까지 잡아들였던 그들이 아닌가 말이다. 명나라 조정에서 송응창이 왜적에 대한 추적을 금한 걸 책망했다는 소문이 들렸는데, 아무래도 사실인 듯했다.

어쨌든 왜적에 대한 추살 허가가 떨어졌으니 이제 눈치를 볼 이
유가 없었다. 전력을 다해서 왜적을 섬멸하는 일만 남았을 뿐.

몸에 좋은 약도 때로는 독이 될 수 있다

정주에 머물고 있던 광해군 등은 삼경(三京)이 모두 수복되었다는 말을 듣고 무척 기뻐했다. 그러나 기쁨도 잠시, 속속 들어오는 소식들은 그들의 마음을 돌덩이처럼 굳게 만들었다.

특히 너무나 참혹해서 지옥의 광경 같은 한양의 모습이 전해지자 누구도 더 이상 환호하지 않았다.

"정말 지독한 놈들입니다요."

오동돈이 이를 으드득 갈며 말했다. 허임은 자신의 눈으로 본 적이 있어서 충격이 덜했다. 그래도 마음이 무거운 것은 매한가지였다.

"어쨌든 한양이 수복되었으니 곧 돌아갈 수 있겠군요."

"그렇게 되겠죠."

"돌아가면 봉연 의녀와 혼인부터 하세요."

허임의 말에 오동돈이 어색한 웃음을 지으며 너스레를 떨었다.

"저도 그랬으면 좋겠는데, 나라가 이 모양이니 조선 백성들이 걱정 되어서리……."

"조선 백성보다 후세를 걱정하십시오. 더 늦으면 쉽지 않을 겁니다."

"그건 그렇습죠. 그럼 만백성의 원망을 듣더라도 혼인부터 해야 겠군요. 흐흐흐."

좋긴 좋은 모양이다. 허임은 그런 오동돈이 부럽기만 했다.

'나도 송 아가씨를 부인으로 맞이할 수 있을까?'

못할 것은 없었다. 그녀도 자신을 마다하지 않고, 어머니도 크게 반대하지는 않을 것 같았다. 다만 전란 와중이라는 점이 문제였다. 부모가 없는 오동돈과 자신은 사정이 다른 것이다.

'어쨌든 내가 갈 때까지 별 일 없으셔야 할 텐데…….'

허임이 송하연을 떠올리며 착잡한 표정을 짓고 있는데 김양문의 목소리가 들렸다.

"허 교수, 있는가?"

"예, 좌랑 어른. 무슨 일이십니까?"

문이 열리더니 김양문이 고개만 들이밀고 말했다.

"빨리 나와 보게. 자네가 급히 봐줘야 할 환자가 있네."

김양문이 가면서 말했다.

"그 동안 우리를 물심양면으로 돕던 이 지방의 부호 양우경이란 노인의 집에서 급히 사람이 왔네. 그 노인이 그 동안 지병이 있었는데, 어제저녁 갑자기 쓰러졌다면서 우리 쪽에 도움을 요청했네.

그래서 이 판서께서는 내의 김안을 보냈는데 자신의 힘으로는 치료할 수 없다며 돌아섰다고 하는군."

지방의 부호는 관도 손대기 힘들 정도로 막강한 힘을 자랑했다.

급히 피난하느라 군사도, 군량도 현저히 모자라는 상황. 그들이 외면하고 식량과 물자를 내놓지 않으면 전쟁을 치르는 데 막대한 어려움이 있었다. 그렇다고 해서 그들을 강제로 억압하면 그 지방의 백성들이 반발할 것이니 그럴 수도 없었다.

배가 고프면 백성이 왕의 수라상조차 덮치는 판이거늘, 무슨 짓을 못하겠는가.

정주의 부호인 양우경은 특히 백성의 인심을 얻은 사람인데다가 처음부터 많은 식량을 내놓는 등 적극적으로 도움을 주었다. 그 때문에 청을 받아들여서 내의까지 보내준 것이었다.

양우경의 집은 관아에서 삼 리 정도 떨어진 곳에 있었다. 허임과 오동돈이 그 집에 도착했을 때는 사람들이 침통한 표정으로 모여 있었다.

"이 친구는 혜민서의 의관인 허임이오. 의술이 남다르니 양 노인의 치료를 맡겨볼까 해서 데려왔소."

김양문이 양우경의 아들인 양지문에게 말했다. 쉰 살이 다 된 양지문은 이제 겨우 이십대 중반에 들어선 허임을 보고 못미더운 표정을 지었다.

"내의도 포기하고 고개를 저었는데 그 젊은이가 치료할 수 있겠소?"

"어차피 내의가 포기했다면 누구에게 맡겨본들 어떻겠소?"

김양문의 말도 틀리지 않은지라 양지문은 수염을 쓰다듬으며 한쪽으로 비켜섰다.

"좋소. 그럼 어디 해보시오."

방안으로 들어간 허임은 양우경을 보고 표정이 굳어졌다.

방에 배인 고약한 냄새, 거친 숨소리. 망진(望診)과 문진(聞診)만으로도 자신의 짐작이 맞는 듯해서 가슴이 철렁했다.

'김 내의가 왜 포기하고 돌아갔는지 알겠군.'

부취(腐臭)가 심해서 시취(尸臭)마저 느껴지는 듯했다. 장부가 썩어가고 있다는 뜻.

허임은 양우경의 옆에 앉아서 진맥을 해보았다. 양우경의 상태를 아는 것은 오랜 시간도 필요 없었다. 과거에 치료를 포기했던 현령의 부친에 비해서 조금도 모자라지 않은 상태였다.

과연 자신이 치료할 수 있을까?

전쟁 와중에 많은 경험을 쌓았는데도 확신을 가질 수가 없었다. 그만큼 양우경의 상세는 심각했다.

"아무래도 장부가 부패한 것 같은데요?"

오동돈이 나직하게 자신의 의견을 말했다. 허임은 별 다른 대답 없이 양우경의 몸을 만져보았다. 오동돈의 말은 옳기도 하지만 조금 틀린 면도 있었다.

단순히 부패만 한 것이 아니었다. 아랫배가 차디차고 불룩한 걸 보니 적취(積聚)에다 다른 병증이 복합적으로 작용하고 있는 듯했다. 한 가지 병만 해도 고치기가 어려운데 합병증을 일으켰다면 지료할 수 있는 가능성이 이 할도 되지 않는다.

허임은 고개를 돌려서 양지문을 바라보았다.

"치료할 수 있는 확률이 일 할밖에 되지 않습니다. 원하신다면 치료를 해보겠습니다만, 치료 방법에 대해서는 저에게 모든 것을 맡겨주셔야 합니다. 어떻게 하시겠습니까?"

양지문의 얼굴이 파르르 떨렸다. 내의가 포기하는 걸 보고 각오했던 그였다. 그럼에도 허임의 말을 듣자 낙심천만이었다.

"일 할이라면 치료할 수 없다는 말이 아니오?"

"일 할은 무척 적은 가능성입니다만, 포기에 비하면 엄청나게 큰 가능성이기도 합니다. 성공 가능성이 일 할밖에 안 되느냐, 일 할이냐 되느냐는 전적으로 공의 마음에 달려 있습니다."

양지문의 눈빛이 거세게 흔들렸다. 잠시 생각하던 그는 침중한 목소리로 말했다.

"형제들과 상의해 볼 테니 잠시만 기다리시오."

"그렇게 하십시오. 저는 그 동안 어르신의 고통을 조금 가라앉혀 놓겠습니다."

허임은 담담히 말하고 뜸쑥을 꺼냈다.

그는 양우경의 아랫배 관원혈(關元穴)에 큰 뜸을 올려놓고는 불을 붙였다. 뜸으로 하복부가 데워지기 시작하자, 꾸루룩 소리를 내며 마치 얼었던 물이 녹아서 관을 타고 내려가는 것 같은 소리가 났다.

양지문이 들어온 것은 일 다경이 훨씬 더 지난 후였다. 그는 양우경의 신음 같던 숨소리가 전보다 훨씬 나아졌다는 걸 알고 눈이 커졌다. 고통을 가라앉힌다고 해서 설마 했는데 정말로 고통이 약해진 것처럼 보이는 것이다.

입을 꾹 다문 그는 미간을 좁히고 눈매를 꿈틀거렸다. 동생들 넷은 허임을 못 믿겠다며 임금님께 다른 의관을 요청해 보자고 했다. 그 유명한 어의 허준이 온다면 치료할 수 있을지도 모르지 않은가 말이다.

그 역시 같은 생각이었다. 그런데 양우경의 표정이 잠깐 사이에 편해진 것을 본 그는 갈등이 일었다. 하지만 그도 잠시, 그는 생각을 바꾸어서 독단적으로 결정을 내렸다.

"좋소. 허 의관에게 아버님의 치료를 맡기겠소."

* * *

김 내의가 허임을 찾아온 것은 그날 저녁이었다. 자신이 포기한 치료를 허임이 맡은 걸 알고 기분이 상한 듯했다.

"네가 양우경을 치료하기로 했다면서?"

"그렇습니다."

"그는 절대 치료할 수 없는 상태다. 모르진 않겠지?"

"그렇다고 해서 손 놓고 바라만 볼 수는 없는 일 아닙니까? 치료에 실패할 가능성이 크긴 합니다만, 의원으로서 최선을 다해볼 생각입니다."

"너무 욕심이 많군. 그러다 죽으면 책임을 우리 의원들이 져야 할지도 모른다. 너 하나 때문에 조선의 의관들이 욕을 먹을지도 모르는데, 그래도 하겠느냐?"

"욕먹는 게 두려워 환자의 치료를 포기할 수는 없는 일 아닙니까?"

허임이 굴하지 않고 강하게 나오자 김안의 눈매가 꿈틀거렸다.

'건방진 놈.'

하지만 허임의 실력이 뛰어나다는 것만큼은 그도 인정하기에 대놓고 욕하지는 못했다.

"누군 포기하고 싶어서 포기한 줄 아느냐? 가능성이 없는 병을 붙잡고 씨름할 동안 다른 사람의 병을 고치는 것이 나을 거라 생각했기 때문에 포기한 거다."

"그 말씀도 일리가 있습니다만, 그렇다고 해서 시도도 안 해보고 포기하는 것은 결코 옳은 일이 아니라 생각합니다."

"역시 듣던 대로 고집이 세군."

자신에 대해서 허준에게 들었나 보다. 아니면 유후익과 유진하가 떠들어댔던지. 그런데 그 말을 듣자 잠자고 있던 까칠함이 튀어나왔다.

"그리 보였다면 죄송합니다. 하지만 저는 아무리 생각해 봐도 제가 잘못했다는 생각은 들지 않는군요."

"좋다. 네가 정 그런 마음이라면 더 말하지 않으마. 대신, 일이 잘못되면 모두 네 책임이라는 점을 잊지 마라."

"저 역시 남에게 책임을 떠넘기고 싶은 마음은 없습니다. 그 일은 걱정 마십시오."

김안은 허임을 뚫어지게 쳐다보더니 자리에서 일어났다. 그리고 밖으로 나가려다 말고 멈칫했다.

"마지막으로 한마디만 충고하마. 안 되겠다 싶으면 즉시 손을 털어라."

허임은 김안이 방을 나가자 눈을 감고 의자 깊숙이 등을 기댔다. 어쩌면 그의 말대로 자신이 욕심을 부리는 것일지도 모른다. 과거에 병과의 싸움에서 졌던 앙금을 지워버리고 싶어서 집착하는 것일 수도 있고.

'그래도 이대로 물러설 순 없어.'

이를 지그시 악문 그는 양우경의 병세에 대해서 하나하나 짚어보았다. 아무리 지독한 병이라 해도 그냥 물러설 수는 없었다.

* * *

허임은 다음 날 아침부터 본격적인 치료에 나섰다. 먼저 침으로 막힌 경혈을 뚫어주고, 뜸으로 독기를 태웠다. 전쟁으로 인해 약재가 턱없이 부족한 상황. 부족한 약재는 민간에서 널리 쓰이는 약초로 대체했다. 일단은 양우경의 몸이 병마와 싸울 수 있는 상태가되어야 했다.

허임은 말을 계속 걸어서 양우경이 희망을 가지도록 했다. 아무리 튼튼한 사람도 절망에 빠지면 없던 병이 생기는 법이다. 그러나 희망은 그 어떤 치료보다 강력한 치유력을 가지고 있었다.

치료를 시작한 지 사흘째. 다행히 병세는 더 이상 악화되지 않는 듯 보였다. 양우경 집안의 사람들은 양 노인이 곧 나을 거라는 희망에 부풀었다.

그러나 양우경의 복합적인 병세는 그들이 생각하는 것처럼 간단하지 않았다. 하나가 조금 차도를 보이면 다른 병세가 슬그머니 고개를 쳐들었다. 허임이 강제로 제어해도 쉽게 수그러들지 않았다.

김안을 비롯한 다른 의관들은 그 정도만으로도 알게 모르게 혀를 내둘렀다. 하지만 허임이 천출이라는 이유와 젊은 놈이 건방을 떤다는 마음을 품고 있어서 칭찬을 겉으로 드러내지 않았다. 아니 칭찬하기는커녕 질시하는 마음을 품은 자조차 있었다.

오동돈이야 그런 마음을 머리카락 한 올 만큼도 먹지 않았지만.

"허허허, 과연 허 의관님이십니다. 거만하던 김 내의 코가 납작해졌지 뭡니까?"

허임은 오동돈의 말을 듣고도 좋아하는 기색이 없었다.

"치료는 이제 겨우 시작일 뿐입니다. 삐끗하면 지금까지의 노력이 헛수고로 돌아갈 수 있으니 더욱 조심해야 합니다."

"알겠습니다, 허 의관님. 제가 어찌 그걸 모르겠습니까? 양 노인이 벌떡 일어나서 그 동안 독수공방에 눈물만 흘리던 젊은 첩을 찾을 때까지는 표정관리를 잘합죠."

오동돈의 너스레에 침중하던 허임도 실소를 짓지 않을 수 없었다. 그런데 그날 밤, 말이 씨가 된다더니 양우경의 집에서 하인이 달려왔다.

"주인 나리의 몸이 이상합니다요. 속히 의관님을 모시고 오라는 분부가 떨어졌습니다요!"

 허임과 오동돈은 양우경의 집으로 달려갔다. 양우경의 숨소리는 그들이 나왔던 오후와 판이할 정도로 거칠어져 있었는데 금방이라도 숨이 넘어갈 것 같았다.

 허임은 급히 양우경의 맥을 짚어보았다. 약한 맥이 불규칙적으로 뛰고 있었다. 전혀 예상치 못한 상태.

 '어떻게 된 거지? 왜 갑자기 이런 증상을 보이지?'

 그때 양지문과 그의 형제 둘이 들어왔다.

 "이게 대체 어찌된 일인가? 왜 아버님의 상세가 갑자기 나빠진 건가?"

 양지문이 초조한 표정으로 다그쳤다.

 "맥이 제멋대로 날뛰고 있습니다. 일단은 맥부터 안정시키고 난 다음에 자세히 살펴봐야겠습니다."

 "내가 자네를 너무 믿었나보군. 자신 없으면 지금이라도 말하게. 다른 의관을 모셔와야겠네."

 오늘 오후까지만 해도 허임의 의술을 칭찬하던 그였는데 부친의 위급함을 보고 태도가 완전히 달라졌다. 그의 마음을 모르는 바는 아니지만 듣는 사람으로서는 서운한 말이 아닐 수 없었다.

 "상태가 급격히 나빠진 것처럼 보이지만, 장부의 상태는 큰 차이가 없습니다. 뭔가에 자극을 받아서 조금 놀랐을 뿐입니다. 일단 내일까지 지켜보는 게 좋겠습니다."

 "당장 숨을 쉬는 것조차 어려우신데, 그러다 돌아가시기라도 하면 어쩌려고?"

양지문의 바로 아래 동생인 양지원이 눈살을 찌푸리며 말했다. 나이가 지긋한 의관이었다면 아마 그런 식으로 말하지 않았을 것이다. 그러나 자식뻘의 나이인 허임은 아무래도 믿음이 가지 않았다.

"형님, 임금님께서 계시는 곳으로 연락해서 허준 어의를 모셔오는 게 어떻겠습니까? 임금님께서도 저희 양씨의 공을 생각한다면 마다하지는 않을 것 같습니다만."

셋째인 양지선이 자신의 생각을 말했다. 양지원도 같은 생각인지 고개를 끄덕였다.

"그게 좋겠습니다, 형님."

허임은 그들이 자신을 무시하고 허준을 들먹거리자 감정이 울컥 치밀었다. 하지만 그들의 마음을 알기에 최대한 침착하게 대응했다.

"제 치료방법이 마음에 안 드십니까?"

"마음에 들고 안 들고를 떠나서 상태가 악화되니 하는 말일세."

양지문의 말에 오동돈이 눈에 힘을 주었다.

"어허! 치료에 관해서는 허 의관님께 일임하신다고 하지 않으셨습니까? 벌써 잊으셨소이까?"

"우리도 그러고 싶은데, 그렇다고 악화되는 걸 보고만 있을 수는 없잖은가?"

"솔직히 우리는 반대했네. 그런데 형님께서 한번 믿어보자고 해서 놔두었던 거지. 역시 우리 생각대로 처음부터 다른 의관을 불렀어야 했어."

양씨 형제들이 너도나도 불만을 터트렸다. 더 이상은 허임을 믿을 수 없다는 표정들이었다. 허임도 더 버티지 못하고 표정이 차가워졌다.

"정 원하신다면 제가 손을 떼지요. 단, 제 상식으로는 지금 상태를 이해할 수가 없으니 원인을 알아낼 생각입니다. 하루만 시간을 주십시오. 어차피 급하게 사람을 불러도 하루는 걸릴 겁니다."

양지문도 허임에게 맡긴 책임이 있는지라 그 정도는 허락했다.

"그렇게 하게나."

그때였다. 울화가 치밀어 눈을 부릅뜨고 있던 오동돈이 고개를 갸웃거렸다.

'응? 이게 무슨 냄새지?'

코를 킁킁대던 그가 양우경의 입을 바라보았다. 바짝 마른 입술에 뭔가가 묻어 있었다. 그는 고개를 바짝 숙여서 양우경의 입에 코를 들이댔다.

갑작스러운 그의 행동에 사람들이 모두 의아한 표정으로 쳐다보았다. 먼저 허임이 물었다.

"무슨 일입니까?"

오동돈이 고개를 들더니 나직이 대답했다.

"허 의관님, 생소한 약 냄새가 납니다요."

오동돈은 냄새를 잘 맡았다. 혜민서의 사람 중에는 그를 개코라고 부르는 이가 있을 정도였다.

허임은 급히 좌우를 둘러보았다. 저만치 구석에 헝겊이 보였다. 가래나 토사물을 닦는 헝겊이었다. 그런데 평소와 달리 갈색으로 물든 곳이 있었다. 피는 아닌 듯했다.

236

오동돈이 눈치 빠르게 쪼르르 가서 헝겊을 가져왔다. 그리고 냄새를 맡더니 고개를 끄덕였다.

"같은 냄새입니다요."

허임도 냄새를 맡아보았다. 그리고 헝겊을 펼쳐서 묻어 있는 가루를 만져보더니, 손가락으로 집어서 입에 넣었다.

쳐다보던 사람들이 눈살을 찌푸리며 움찔했다. 그 헝겊에는 양우경이 토한 토사물이 묻어 있었다. 말랐다 해도 더러운 것은 여전했다. 하지만 허임은 눈을 가늘게 뜨고 가루를 씹었다.

곧 허임이 차가운 눈으로 양씨 형제를 바라보았다.

"환자에게 약을 먹이셨습니까?"

"무슨 말인가? 약이라니?"

양지문이 의아한 투로 반문했다. 허임의 시선이 양지원과 양지선에게로 향했다. 그런데 양지원이 이마를 찌푸리며 말했다.

"며칠째 아무것도 드시지 않아서 몸이 워낙 허약해지신 것 같아 보약을 드시게 했네. 그게 뭐 잘못된 건가?"

"언제 드셨습니까?"

"해지기 전에 드셨네."

허임과 오동돈이 떠난 지 얼마 안 돼서 먹인 듯했다.

"왜 미리 말씀을 안 하셨습니까? 제 허락 없이는 물도 먹여선 안 된다고 했지 않습니까?"

"기를 보하고 장을 편하게 해 주는 귀한 약이네. 자네의 허황된 침술보다는 훨씬 도움이 될 걸?"

"아무리 좋은 약도 상황에 맞지 않으면 독이 될 수 있는 법입니다. 미량이라면 몰라도 허약한 장에 강한 약이 많이 들어갔으니 장이 견디겠습니까?"

허임이 냉랭히 큰소리를 치자 양씨 형제도 기가 죽어서 눈치만 봤다. 오동돈이 그런 양씨 형제를 향해 눈을 부라렸다.

"앞으로는 뭐든 허 의관님의 허락이 없으면 먹여선 안 됩니다. 아셨습니까?"

양우경은 한 시간 정도 흐르자 숨소리와 표정이 조금 안정되었다. 허임은 그 후로도 한 시간 정도 더 상태를 엿본 다음에야 방을 나왔다.

허임과 오동돈이 돌아가려 하자 양지문이 머쓱한 표정으로 말했다.

"험, 동생들이 나쁜 마음으로 한 짓은 아니니 너무 마음에 두지 말게."

오동돈이 그에게 넌지시 물었다.

"솔직히 말해보시죠. 무턱대고 먹이지는 않았을 것 같습니다만. 누구 말을 듣고 먹인 겁니까?"

머뭇거리던 양지문이 사실대로 말했다.

"그게…… 듣자니까 내의에게 가서 물어본 모양이네. 아무것도 먹지 못하게 하는데, 그러다가는 굶어 죽겠다고 말이야. 그랬더니 그 약을 주면서 먹이라고 했다는군."

"그냥 주지는 않았을 것이고. 값을 꽤 치렀을 것 같은데, 얼마나 주셨답디까?"

"금 석 냥을 줬다고 들었네."

확실히 뒷구멍으로 흐르는 일에 대해선 오동돈이 허임보다 고수였다. 그는 말 몇 마디로 사건의 배후를 캐내고는 적군을 물리친 장수처럼 의기양양한 표정으로 허임을 바라보았다.

"어떻게 하시겠습니까?"

"그 일에 대해서는 제가 내의를 만나볼 테니 아무 말도 하지 마십시오. 설마 김 내의께서 고의로 그랬겠습니까? 말이 커져 봐야 좋을 것이 없습니다."

"알겠습니다. 명대로 합죠."

거처로 돌아온 허임은 다음 날 아침이 되어서야 김안을 만났다. 허임이 양우경의 일을 말하자 김안은 시치미를 뗐다.

"나는 그저 양지선이 허해진 몸에 좋은 약이 무어냐 묻기에, 마침 이곳에 약이 몇 가지 있어서 지어줬을 뿐이네. 설마 내가 환자가 잘못되기를 바라고 그런 약을 줬을 거라 생각하는 건 아니겠지?"

"저 역시 내의께서 그런 마음으로 말했을 거라 생각진 않습니다. 다만 그가 양우경의 자식인 것을 모르진 않았을 테니 복용법에 대해 조금만 더 신중하게 말씀하셨으면 좋았을 거라 생각할 뿐이지요."

"그 점은 내가 미처 생각 못했네."

"혹시나 이런 일이 또 있을까 싶어서 뵙고 말씀드리는 겁니다. 그럼 이만 물러가겠습니다."

"걱정 말게. 그런 실수는 한 번이면 족하네."

그때 돌아서려던 허임이 멈칫하더니 고개를 돌렸다. 눈빛이 조금 전보다 더 차가워졌다.

"이곳도 약재가 태부족입니다. 그런 일도 다시는 없었으면 좋겠습니다. 그럼 쉬십시오."

꿀 먹은 벙어리처럼 입을 꾹 다물고 있던 김안은 허임이 밖으로 나가자 움켜쥔 주먹을 부르르 떨었다. 허임은 말하는 내내 무표정한 얼굴이어서 속내를 알기가 어려웠다. 그렇다고 해서 그가 무슨 뜻으로 자신을 찾아왔는지 그 이유를 어찌 모를까?

'천출 따위가 감히 나를 책망하다니. 시건방진 놈! 의술이 아무리 뛰어나다고 해봐야 네놈은 결국 천출일 뿐이란 걸 알아야지.'

* * *

뜸은 인간의 자연치유력을 활성화시키는 역할을 한다. 게다가 뜸의 주재료인 쑥은 봄에 일찍 자라서 속을 데워 주는 양기가 가득한 약이다. 3월 삼짇날 쑥을 캐거나 2월에 쑥떡을 해 먹는 이유도 겨울의 차가운 날씨로 내부의 온기를 소모해 버린 체력을 돕기 위함이다.

침이 차가운 쇠의 성분으로 열이 날 때 식히는 증상을 위주로 치료한다면, 쑥은 태양의 뜨거운 힘을 이용해서 차가운 물을 데우는 불의 역할로 병을 치료하는 것이다. 허임은 양우경의 병을 치료할 수 있는 길이 거기에 있다고 보았다.

그날부터 허임은 양우경의 상세를 철저히 살펴보며 뜸을 조설

했다.

뜸은 끈기 있게 시술해야 하며, 정확한 진단을 내린 후 정확한 혈자리를 찾아서 놓아야 했다. 거기에 침을 함께 쓴다면 효과를 배가시킬 수 있었다.

뜸을 뜰 때는 직접 올려서 열을 가하기도 하고 사이를 약간 떼어서 간접적으로 열을 가하기도 하는데, 양우경의 몸 상태가 워낙 약해서 직접적인 열을 가했다.

치료를 시작한 지 열흘째, 양우경의 혈색이 서서히 돌아오기 시작했다. 그럼에도 허임은 안심하지 않았다. 스스로 움직일 수 있는 정도가 되기 전에는 언제 무슨 일이 일어날지 몰랐다.

침을 놓고 복부에 30장의 뜸을 뜬 허임은 이경이 거의 다 지난 늦은 시간이 되어서야 양우경의 집을 나섰다. 오늘따라 환자들이 끊이지 않아서 오동돈을 관아에 남기고 혼자 온 터였다. 그 바람에 평소보다 훨씬 늦어졌다.

밖으로 나온 그는 시원하게 달려드는 밤바람을 가슴으로 안으며 거처로 향했다. 추워서 얼어 죽을 것을 걱정하던 때가 엊그제 같거늘, 어느새 봄이 가고 여름이 되었다. 하루빨리 한양으로 갔으면 좋겠는데 분조는 움직일 생각을 하지 않는다. 하긴 임금님께서도 해주로 간다, 한양으로 간다 말은 많은데 아직 내려갈 생각을 안 하고 있는 판이었다.

'빨리 내려가서 힘든 백성들을 보듬어주시지.'

임금은 지나치게 겁이 많았다. 충주싸움에서 패했다는 말을 듣더니 지레 겁먹고 한양을 버렸다. 왜적이 임진강을 건너오자 서둘러서 평양을 떠났다. 적이 몰려온다 싶으면 싸울 생각은 하지 않고 도망부터 치고 봤다.

임금이 살아야 나라가 지탱할 수 있으니 당연하다는 의견도 있는데, 한마디로 웃기는 소리다.

의주에서도 겁에 질려서 왕위를 물려주고 압록강을 넘어 요동으로 망명하려 한 임금이다. 나라를 팽개치고, 백성을 팽개치고.

어차피 광해군 저하께 나라를 맡길 생각을 했다면 최소한 평양에서는 도망치지 않았어야 할 것이 아닌가?

그런데 명나라의 도움으로 겨우 삼경을 되찾은 지금도 겁이 나서 움직일 생각을 못하고 있다.

임금을 모시는 재신들도 역겹기는 마찬가지다. 당쟁만 벌이다 나라를 이 꼴로 만들어놓고 제일 먼저 도망친 작자들이 주둥이만 살아 있다. 그러고는 명나라의 도움으로 겨우 한시름 놓을 상황이 되자 자기들끼리 자화자찬하며 열심히 공을 나누어 먹고 있다.

명나라군 하는 꼴을 들으면 울화통이 터지지만, 이 나라 중신이라는 자들이 그 모양이니 한숨만 나올 뿐이다.

'나라가 안정되면 또 열심히 싸우겠지. 백성들이야 어떻게 되든 말든.'

안 봐도 뻔하다.

'이러다 점쟁이가 되겠군.'

보름이 되자 양우경이 정신을 차렸다. 양우경의 아들들은 더 이상 허임의 치료방법에 의문을 품지 않았다.

대신 내의들의 의견이 분분했다. 진심인지 말뿐인지 몰라도 그들 역시 허임의 치료법이 뛰어나다는 건 인정했다. 그럼에도 급한 상황을 넘겼으니 이제 약으로 몸을 보해야 한다는 주장을 폈다.

허임도 그들의 말이 일리가 있기 때문에 굳이 반대하지 않았다. 한편으로는 지난 보름 간 심기를 쏟아냈던 터라 푹 쉬고 싶었다.

'누가 치료한들 어떤가? 병자만 나으면 되었지.'

* * *

분조가 정주에 머물러 있는 동안 본격적인 여름 더위가 몰려왔다. 분조와 행재소에 있던 사람들은 곧 한양으로 가게 될 거라 생각했는데, 선조가 시일을 차일피일 미루면서 자꾸만 늦추어졌다. 이제나저제나 한양으로 갈 날만 기다리던 허임은 몸이 다 낫도록 결정이 나지 않자 마음이 조급해졌다.

그러던 차에 또 하나의 충격적인 소식이 전해졌다.

한여름 더위가 기승을 부리던 5월의 마지막 날. 왕자와 함께 잡혀서 왜적의 강화서신을 가져왔다는 이유로 유배되었던 김귀영 대감이 유배지로 가던 도중 죽었다는 소식이 행재소에 전해진 것이다.

정주에 있던 허임은 이틀 후 그 소식을 듣고 마음이 아팠다. 그에게 도움을 주었던 김귀영 대감이 그렇게 죽다니.

솔직히 그가 무슨 죄란 말인가? 다 늙은 그가 임금의 명령으로 함경도까지 왕자를 호송하다 잡히지 않았는가? 그 와중에 왕자가 쓴 강화서신을 전달했을 뿐인데, 그것이 유배를 보내야 할 정도로 큰 죄던가? 임금의 눈 귀를 막고 적에 대한 방비를 소홀히 한 자들은 안전한 임금 곁에서 입만 나불거리고 있거늘.

허임은 남쪽을 향해 자신의 마음을 담아서 절을 올렸다.

비구름이 잔뜩 낀 6월 초 어느 날 저녁, 유은산이 허임을 찾아왔다.

"아무래도 네가 세자 저하의 병을 좀 봐줘야겠다. 오늘 해시쯤 찾아오도록 해라."

"알겠습니다."

지난겨울, 심하게 아프고 난 후유증 때문인지 광해군은 가끔 병에 시달렸다. 인후통과 열이 있곤 했는데, 증세가 심하지 않고 내의가 붙어 있어서 굳이 허임을 부르지 않았다. 그런데 오랜 시일 아프다 보니 안 되겠다 싶었나 보다.

그날 저녁 해시 무렵, 허임은 혼자서 세자의 거처로 갔다. 유은산에게 말을 들은 내금위들도 그를 제지하지 않았다. 유은산이 그가 온 것을 알고 재빨리 나와서 안으로 안내했다.

허임이 안으로 들어갔을 때 광해군은 이불 위에 단정히 앉아 있었다. 허임은 광해군 앞에 무릎을 꿇고 진맥부터 해보았다.

썩 좋지 않은 상태였다. 오랫동안 약을 복용하다 보니 축적된 약의 기운이 오히려 병이 낫는 걸 방해하고 있었다.

허임이 진맥을 마치자 광해군이 물었다.

"어떠냐?"

"약을 지나치게 많이 복용하셨사옵니다. 그 바람에 장부의 힘이

244

쇠약해지고 병세가 약에 익숙해져서 약효가 말을 잘 듣지 않는 것처럼 보이옵니다."

"그럼 약을 복용하지 말라는 것이냐?"

"바로 끊지는 마시고 먼저 반으로 줄이도록 하소서. 그러고 나서 조금씩 줄이면 원상태를 찾아갈 것이옵니다."

"약효가 약하면 병이 더 안 나을 것 아니냐?"

"처음에는 그리 보일 것이옵니다. 하지만 시간이 지나면 몸이 스스로 병과 싸우려 할 것이오니, 그때 가서 치료를 해야 제대로 나을 수 있사옵니다."

"침과 뜸으로 가능하겠느냐?"

"최선을 다하면 결과는 자연히 따라오지 않겠사옵니까? 목 안의 상태를 봐야 하니 입을 벌려주시옵소서."

광해군이 망설이지 않고 입을 벌렸다. 허임은 나뭇가지를 깨끗하게 깎아서 만든 작은 막대로 혀를 살짝 누르고는 목 안을 들여다보았다. 광해군의 목구멍이 부어올라 있었다. 게다가 한쪽 편도에 염증도 보였다.

"일단 단아*부터 손을 봐야 할 것 같사옵니다."

"침으로 말이냐?"

"예, 저하."

"설마 침으로 찔러서 터트리겠다는 것은 아니겠지?"

"찌르긴 찌르겠지만 안에서 찌르지는 않을 것이옵니다."

---

* 單蛾: 한쪽 편도염

"호오, 안으로 찌르지 않고도 치료할 수 있단 말이냐?"

"한번 해보겠사옵니다."

침으로 목안의 종기를 손본다는 말에 긴장했던 광해군의 표정이 풀어졌다.

침을 꺼내 든 허임은 광해군의 아래턱 모서리 쪽 우묵한 곳에 있는 천창혈(天窓穴)을 매만졌다. 염증이 있는 쪽이었다.

"움직이지 마소서."

담담히 말한 그는 침을 천창혈에 찔러 넣었다. 그러고는 조심스럽게 목안의 아픈 부위까지 찔러 넣은 후 바로 빼냈다.

"전하, 입안에 고인 침을 삼키시지요."

광해군은 입안의 침을 삼켰다. 두어 번 침을 삼키던 광해군의 눈이 휘둥그레졌다.

"호오, 조금 전보다 훨씬 편해졌구나."

"만약 반대쪽도 부으면 그쪽도 침을 놓아야 하니 나중에 말씀해 주시옵소서."

"알았다. 약도 네 말대로 반으로 줄이도록 해야겠구나."

"그럼 이만 가보겠사옵니다."

허임은 침을 넣고 일어났다. 광해군이 그를 쳐다보더니 훨씬 편안해진 표정으로 말했다.

"고맙다, 허임."

"황공하옵니다."

* * *

허임이 광해군을 치료했다는 걸 김안이 알게 된 것은 다음 날 아침이었다. 발끈한 그는 당장 허임을 찾아갔다.

"네 어찌 말도 하지 않고 세자 저하를 치료했느냐?"

"저하께서 부르시기에 찾아가 뵈었을 뿐입니다."

"그런 일이 있다면 나를 먼저 찾아왔어야지. 내가 무슨 약을 쓰고 있는지 알아보지도 않고 어찌 경망스럽게 저하를 치료한단 말이냐?"

"저하의 명을 따르는 것도 내의께 허락을 받아야 합니까?"

"최소한 알릴 수는 있었지 않느냐? 함께 들어가서 저하의 상태를 살펴보아야 나중에라도 어떻게 된 일인지 알 수 있지 않겠느냐?"

"저하께서 저를 따로 불렀을 때는 그만한 이유가 있기 때문 아니겠습니까? 사정이 그래서 알리지 않은 것이니 이해해 주시지요."

허임이 뻣뻣한 태도로 대답하자 김안의 눈썹이 파르르 떨렸다.

'이 놈이! 정말⋯⋯!'

하지만 지난번에 잡힌 약점이 있어서 대놓고 욕하지는 못하고, 감정을 억누르며 으르렁거리듯 말했다.

"사정이 그렇다면 이번은 이해하겠다. 대신 다음부터는 나에게 말하도록 해라."

"그렇게 하지요."

물론 그의 뜻을 무조건 따를 생각은 없었다. 그냥 통보만 하려는 것뿐. 김안은 허임의 마음을 어느 정도 눈치 채고도 더 이상 다그치지 않았다.

"그럼 그렇게 알고 가보겠다."

광해군이 몰래 허임을 불러 치료받은 일은 다른 내의인 심언과 재신들에게도 알려졌다. 그들은 즉시 광해군을 만났다.

"저하, 어찌 혜민서의 젊은 의관에게 함부로 몸을 맡기셨사옵니까? 저하의 몸에는 나라의 흥망이 걸려 있다는 점을 생각하셔서서 앞으로는 내의에게 치료를 받도록 하시옵소서."

"허임이라는 의관의 실력이 괜찮다는 말을 듣긴 했사옵니다만, 그는 주로 침과 뜸을 이용한다 했사옵니다. 저하의 성체에 쇠붙이와 불을 대는 일은 심히 우려되는 바가 아닐 수 없사옵니다. 실수라도 하면 저희 신료들은 머리를 바위에 부딪쳐 죽는다 해도 그 죄를 용서받을 수 없을 것인즉, 부디 만백성을 생각해서라도 그러한 치료는 자중해 주셨으면 하는 게 저희 신료들의 마음이옵니다."

아침부터 재신들이 찾아와서 조잘거린다. 아마도 누군가가 일러바친 모양이다. 광해군은 그들의 구구한 참견이 짜증 났지만 감정대로 할 수만도 없었다.

"그의 실력은 이미 많은 사람들이 인정했소. 나 역시 그의 치료로 인해 두세 번 효과를 본 적도 있고 말이오. 그래서 불러들였을 뿐이니 너무 염려할 것 없소. 앞으로는 그대들의 의견도 반영할 테니 그만 물러들 가시오."

"과연 영명하시옵니다. 그럼 이 늙은 신하들은 안심하고 물러가겠사옵니다."

광해군은 중신들이 방을 나가자 나직이 코웃음을 쳤다.

"흥, 정말 머리를 바위에 부딪쳐 죽는지 보고 싶군."

유은산은 아무 말도 못하고 눈치만 봤다.

"은산, 내금위들의 입이 너무 싼 것 같다. 분명하게 말해라. 함부로 입을 놀리는 자는 절대 용서치 않을 것이니라."

"예, 저하."

* * *

마침내 숙천에 있던 행재소가 남으로 움직이기 시작했다. 그러나 기대했던 것처럼 바로 한양으로 향하지 않았다. 내심 기대했던 허임은 여름이 다 가도록 어가가 강서현에서 움직이지 않자 답답하기만 했다. 어가가 움직이지 않으면 왕세자도 움직일 수 없는 것이다.

어가가 강서현에 머무는 동안 남쪽에서는 진주성 싸움을 비롯해서 크고 작은 싸움이 쉬지 않고 벌어졌다. 특히 진주성 싸움은 그야말로 대격전이었다. 권율이 임금에게 보낼 장계를 쓸 때까지 적의 공격이 7일째 이어지고 있었다.

진주성의 싸움은 그야말로 혈전과 혈전의 연속이었다. 왜적의 숫자는 30만이라 했는데, 설령 과장된 숫자라 해도 큰 차이가 나지는 않을 듯했다.

김천일과 황진, 이종인, 최경회를 비롯한 장수들은 열 배나 되는 왜적의 공격을 며칠 동안 순하게 물리쳤다. 하룻밤이 지나면 앞에 언덕이 생기고, 왜적들은 그 위에 대나무집을 짓고서 조총과 불화살을 쏘아댔다.

조선의 병사와 백성들도 너나 할 것 없이 나서서 성 안쪽에 돌을 쌓고 그 위에서 왜적을 향해 활을 쏘았다. 또한 성 위에서 큰 돌을 굴리고 기름 먹인 횃불을 던져서 왜적을 막았다.

하루에 수백 명이 죽고, 수천 명을 죽였다. 서예원처럼 겁에질려서 덜덜 떠는 장수가 있는가 하면, 황진처럼 총탄을 무서워하지 않고 앞에 나서서 진두지휘하는 용감무쌍한 장수도 있었다.

특히 이종인은 몇 차례에 걸쳐서 혼자 수많은 왜적을 죽였는데, 그에게 죽은 왜적들이 그의 주위에 수북이 쌓였다. 오죽하면 왜적들이 그를 죽이려고 수십 명이 달려들었다가 오히려 겁에 질려서 도망칠 정도였다.

장수와 병사, 백성들은 진주성을 며칠 동안이나 방어하면서 구원병이 오기만 기다렸다. 그러나 명나라군은 이런저런 핑계를 대며 움직이지 않았고, 조선군도 눈치를 보며 망설였다. 심지어 도원수 권율조차 명나라 장수의 의견을 받아들여서 의령을 방치하면 호남으로 가는 길이 뚫린다는 이유를 대고 진주로 가지 않았다.

진주성이 무너지면 적이 곧장 호남으로 들어갈 수 있거늘!

백성들이 피를 토하며 죽어가고 있거늘!

그 와중에도 의병들은 곳곳에서 수백 명씩 몰려들어서 진주성의 싸움에 참전했다. 그들은 사력을 다해서 싸웠지만 그들만의 힘으로 열 배가 넘는 적을 물리치기에는 역부족이었다.

결국 6월 29일, 진주성이 왜적에게 함락되었다.

수만 명의 군병과 백성의 시신이 촉석루와 남강일대에 즐비하니 깔렸고, 셀 수 없이 많은 시체가 남강을 가득 덮고 떠내려갔다.

강 하류 쪽의 백성들은 시뻘겋게 물든 강물을 보고서 놀라고, 강을 가득 덮고 떠내려 오는 시체를 보고서 통곡했다.

그 후 왜적들은 백 리 일대를 돌아다니며 마을을 약탈하고 조선 백성을 처참하게 죽였다. 그러고는 일부는 함안과 창원 등지에 주둔하고, 일부는 김해로 돌아갔다.

강서현에 있던 선조와 중신들이 부산을 떨며 지원에 대해 논의할 때는, 이미 죽은 군병과 백성들의 몸에서 흘러나온 피가 대지와 강물을 시뻘겋게 적신 후였다.

* * *

진주가 함락되자 이순신이 군영을 한산도로 옮겼다.

조선의 남부가 온통 핏빛으로 물들고 긴장이 극한에 이르렀을 때, 어가는 강서현에서 한 달 이상을 머무른 후 8월 중순이 다 되어서야 해주로 향했다. 광해군도 그제야 남쪽으로 내려가기 시작했다.

왜적에게서 풀려난 왕자가 선조를 알현한 것은 그로부터 사흘쯤 지난 8월 15일이었다. 그리고 광해군은 그 다음 날 황주에 도착했다. 경략 송응창이 선조에게 광해군을 하삼도(전라도, 경상도, 충청도)에 보내 군무를 관할시키라고 말한 것도 그 즈음이었고, 명나라

제독 이여송이 조선을 떠나기 위해 출발한 것도 그때쯤이었다. 또한 남해에서는 이순신이 삼도수군통제사로 임명되었다.

광해군은 그 상황에서도 계속 남하했다. 선조 역시 남하해서 해주에 도착했다. 그로부터 이틀 후, 광해군도 해주에 도착했다. 선조 26년 8월 20일이었다.

신하들이 속히 한양으로 갈 것을 청했지만, 선조는 해주에 머무르면서 계속 선위하겠다며 고집을 부렸다. 신하들과 광해군이 나서서 선위의 명을 거두어 줄 것을 간청했음에도 쉽게 거두지 않았다.

그 와중에 송응창은 세자를 하삼도로 내려 보내라며 재촉했다. 광해군에 대한 백성의 인심이 높아서 조선백성들을 다스리려면 그가 꼭 필요하다는 것이었다. 하지만 조정에서는 광해군의 몸이 안 좋다는 이유를 대고 계속 미루었다.

9월이 되어서도 선조가 선위하겠다는 고집을 꺾지 않자 광해군은 좋지 않은 몸임에도 쉬지 않고 명을 거두어 줄 것을 아뢰었다. 그러나 선조 역시 고집을 꺾지 않았다. 그 바람에 결국 광해군의 건강이 크게 악화되고 의관들만 바빠졌다.

분조가 행재소와 합류하면서 허임은 광해군 치료에 끼어들 여지가 없었다. 그는 묵묵히 백성들을 치료하면서 한양으로 갈 날만을 기다렸다.

결국 선조도 중신들이 끊임없이 선위의 명을 거둘 것을 청하자 받아들이기로 했다. 그런데 이번에는 송응창 외에 총병 유정마저 속히 광해군을 내려보낼 것을 요구했다.

선조는 뚜렷한 답을 피하며 9월 22일 해주를 출발해 한양으로 향했다. 그렇게 며칠 후 개성부에 머물고 사흘 후 한양 정릉동 월산대군의 행궁에 도착했다.

당시 선조는 처음과 같이 흑포에 오대(烏帶)를 두르고 있었는데, 전쟁이 끝나지 않았기 때문에 홍포로 갈아입지 않았다.

한편, 선조는 한양으로 들어갔지만 광해군은 계속 해주에 남아 있었다. 내의들이 광해군의 병을 치료했으나 큰 차도를 보이지 않았다. 그 상태로는 명나라군의 요구에 응해서 하삼도로 갈 수도 없었다.

그렇게 11월이 되었을 때, 인후증으로 고생하던 광해군이 허임을 불렀다. 내의들은 자신들의 치료가 효과를 보지 못하자 더 말리지도 못했다.

"허 의관님, 세자 저하께서 어서 들어오시랍니다요."

오동돈은 내의들의 코가 납작해진 것 같아서 내심 통쾌했다. 하지만 세자가 아픈 판에 기뻐하는 표정을 보일 수 없어서 짐짓 무거운 표정을 지으며 말했다.

허임은 침착하게 준비를 마치고 방을 나섰다. 그가 광해군의 침전 앞에 도착하자 심 내의와 김 내의가 차가운 눈으로 바라보았다.

허임은 그들에게 고개를 숙여보이고는 말없이 침전으로 들어갔다. 어떻게 보면 11월 7일의 그 치료가 전쟁 이후 공식적인 치료로는 처음이라 할 수 있었다.

* * *

며칠 후, 광해군은 고통이 많이 가신 듯 밝아진 표정으로 중신들을 만났다. 근 한 달 이상 아팠던 그가 며칠 만에 좋아졌으니 내의인 심언과 김안은 얼굴을 들지 못했다.

"경략과 총병이 속히 하삼도로 내려오라는 요구를 하는 바람에 부왕께서 몸소 전주로 가시겠다는 말을 했다 하오. 하지만 대신들이 결사적으로 막아서 뜻을 돌리시고 본인에게 남행하라 하셨소. 다행히 본인의 병이 나아진 듯해서 큰 무리는 없을 것 같소. 그러니 남행할 수 있도록 준비를 하도록 하시오."

"예, 세자 저하!"

"환우가 좋아지셨다니 참으로 이 나라를 위해 기쁜 일이 아닐 수 없습니다."

중신들도 허임이 치료했다는 것을 알고 있었다. 그들은 허임의 침 치료가 탐탁지 않았지만 세자의 몸이 나아졌으니 뭐라고 할 수도 없었다.

광해군은 그들의 마음을 알고 나중을 위해서라도 확실하게 매듭지었다.

"앞으로도 필요하면 침을 맞을 것이오. 그러니 여러 대신들도 그 점에 대해서 따지지 않았으면 좋겠소."

중신들은 광해군의 말에 눈치를 보며 아무 말도 못했다.

남행에 대한 명령이 떨어졌을 때만 해도 당장 해주를 떠날 것 같왔다. 세자의 몸이 나아지자 부산을 떨었다. 그러나 중신들은 길일을 잡는다며 시간을 보내더니 11월이 거의 다 지나갈 즈음에서야 해주를 출발했다.

백성들의 피로 산천이 붉게 물든 상황. 남쪽에서는 하루가 멀다하고 수많은 군병과 백성들이 죽어가고 있었다. 사정이 그러한 데도 길한 날짜를 잡는답시고 한 달 가까운 시일을 허송세월했으니, 곁에서 지켜보는 사람으로서는 참으로 답답한 일이 아닐 수 없었다.

특히 이제나저제나 송하연을 만날 날만 생각하고 있던 허임은 속이 시커멓게 타들어갈 지경이었다.

어쨌든 해주를 떠난 광해군의 분조는 연안부와 벽란도, 개성부, 벽제를 거쳐서 한양에 들어섰다. 윤달 11월 8일, 해주를 출발한 지 열이틀 만이었다. 그날따라 유난히 날이 맑았는데 마치 햇살이 광해군의 앞을 비추는 듯했다.

광해군이 한양에 입성하자 선조는 버릇처럼 선위에 대한 말을 꺼냈다. 그 정도면 가히 병적이라 아니할 수 없었다.

"선위에 관한 일은 전일에 이미 말하였다. 일각이 급하여 조금도 늦출 수 없다. 근일 들어 병이 한층 더 심하여졌으니 세자가 남으로 내려가기 전에 빨리 거행하라."

유성룡이 비통한 마음으로 말렸다.

"전하! 전위(傳位)하는 일은 아직 그 시기가 아니옵니다. 성의(聖意)가 굳게 정해졌다 하더라도 먼저 천자에게서 명을 받고 난 뒤에야 할 수 있는 일이옵니다. 하거늘 어찌 며칠 안에 그와 같은 큰일을 거행할 수 있겠사옵니까? 신은 식견(識見)이 좁고 사려(思慮)가

어리석어서 어찌할 바를 모르겠사오니, 그저 민망하고 절박한 마음을 죽음을 무릅쓰고 아뢸 뿐이옵니다. 통촉하소서!"

그러나 선조는 그의 말을 듣지 않았고, 심지어 극단적인 말도 서슴지 않았다.

"경은 아직도 그런 말을 하는가? 며칠 안에 빨리 거행하라. 그렇게 하지 않으면 차라리 스스로 자결하겠다. 차마 종사(宗社)에 거듭 죄지을 수는 없는 일이니라!"

놀란 대신들이 나서서 극력으로 임금을 말렸다.

결국 유성룡과 윤두수가 다섯 번에 걸쳐서 말리고, 광해군과 명나라의 척 총병이 나서서 명을 거둘 것을 거듭 청하자 선조는 이틀이 지나서야 겨우 명을 거두었다.

삼례역(参禮驛)에서 광해군을 치료하다

　한양에 도착한 허임은 송하연을 만나고 싶어도 만나기가 쉽지 않았다. 궁궐이 대부분 불에 탄 상태. 왕은 월산대군의 행궁에서 지내고 있었다. 내의와 내의원의 의녀들은 대부분 월산대군의 행궁 근처에서 머물며 언제든 부름이 떨어지면 움직일 수 있도록 대기했다.

　그런데 도성의 인심이 흉흉하고 백성들의 원망이 커서 왕이 머무는 일대는 경비가 철저했다. 혜민서 의관들은 그곳에 접근하기조차 쉽지 않았다. 봉연을 통해서 서로의 안부를 전한 것만 해도 다행일 정도.

　허임은 송하연을 만나지 못하자 낙담했지만 곧 아쉬운 마음을 털어냈다.

　임금이 한양에 들어온 지 몇 달이 지났는데도 구석에는 아직도 썩은 시신들이 나뒹굴고 있었다. 거기다 식량이 모자라서 굶어 죽고, 다시 추위가 닥치면서 얼어 죽으니, 시신이 시냇가에 언덕을 이루고, 빈집 외진 곳마다 수북했다. 그나마 겨울이 되어서 다행이었다. 날씨가 조금만 따뜻했다면 아마도 큰 전염병이 돌았을 것이다.

그런 지옥 같은 상황을 본 허임은 송하연과 만나지 못함을 아쉬워하는 자신이 부끄럽기만 했다. 누군가를 사랑하는 청년이기 전에 그는 의원이었다. 그것도 녹을 받는 나라의 의원. 백성을 위해야 하는 의원.

아쉬움을 털어낸 허임은 환자 치료를 위해서 몸을 던졌다.

환자들이 뼈만 남은 앙상한 손을 그에게 내밀었다. 절망의 상황에서도 그들은 살기 위해서 발버둥 쳤다. 간혹 아기도 있었는데, 비쩍 마른 몸으로 빤히 쳐다볼 때면 작년 겨울에 봤던 아기의 얼굴이 떠올라서 가슴이 저렸다.

그는 그 아기와의 약속을 지키기 위해서 전력을 다했다. 한양이 수복되면서 다시 돌아온 전의감, 혜민서의 의관, 의녀들도 환자 치료에 매달렸다. 하지만 끝도 없이 밀려드는 환자를 치료하기에는 인원이 턱없이 부족했다.

혜민서 건물도 두어 채가 부서진 상태지만 그래도 민초들을 위한 곳이어서 그런지 다른 곳보다는 피해가 덜했다.

문제는 약재였다. 전의감의 약창고가 대부분 타버린 상태. 적에게 성을 빼앗긴 판에 미리 준비해 놓은 약재가 있을 리 만무했다. 새롭게 모았다 해도 양이 형편없이 부족했고 종류도 많지 않았다. 그 종류가 백 가지 중 열 가지도 채 안 되어서 오죽하면 머리 아픈데 배 아픈 약을 쓰는 판이었다.

그 바람에 침술을 익힌 의관들이 더 바빠졌다. 전쟁 전에는 침술을 경원시 했던 의관들도 침을 잡았다. 전문적인 침의만은 못해도 의과 시험을 보기 위해 기본적인 침술을 익힌 그들이었다. 잘 모르는 것에 대해선 침의에게 물어보고 어지간한 것은 바로 따라 할 수 있었다.

특히 그들은 허임의 침술에 대해서 항상 눈여겨보았다. 이전 혜민서에 있을 때부터 침술에 관한한 내의원의 침의에게 뒤지지 않는다고 소문난 허임이었다. 종기 쪽에 대해선 따를 자가 없다는 말도 있었고.

그러다가 이번 전쟁을 겪으면서 알음알음 허임에 대한 이야기를 들은 터였다. 침과 뜸으로 다 죽어가는 사람도 살리는 젊은 의원에 대한 이야기를.

아는 사람은 알고 있었다. 그 신기에 가까운 의술을 펼치고 다녔다는 젊은 의원이 허임이라는 걸.

더구나 내의들이 몇 달이나 고치지 못한 세자의 병을 허임이 며칠 만에 고쳤다고 하지 않던가? 침구에 뜻을 둔 젊은 사람들은 시간만 나면 눈빛을 반짝이며 허임이 치료하는 걸 지켜보았다.

그러나 침과 뜸만으로 모든 병을 고칠 수는 없었다. 약재가 필요한 병에는 약재를 써야 했다. 약재를 구하지 못하면 더욱 많은 사람이 죽어갈 게 뻔했다.

때마침 오동돈이 괜찮은 의견을 내놓았다.

"백성들에게 약초를 캐오게 하면 어떻겠습니까요? 비록 겨울 추위 때문에 잎이 말랐다 해도 약으로 쓸 수 있는 뿌리와 나무는 구할 수 있을 겁니다요. 뭐든 캐오면 그 양에 따라서 식량을 준다고 하는 거죠. 분류하는 거야 약초를 잘 아는 권지 두어 명이 매달리면 어려울 것도 없을 것 같습니다만."

혜민서에는 현재 실무 책임자인 주부도 없었다. 김을경도 아직 돌아오지 않았다. 가장 높은 직급을 가진 사람이 치종교수인 허임이었다.

"좋은 생각입니다. 제가 가서 말씀드리고 식량을 활용할 수 있는지 알아보겠습니다."

허임은 곧장 김양문을 찾아갔다. 당장 도움을 청할 수 있는 사람이 그밖에 없었다. 김양문은 허임의 말을 듣고 형조판서를 만났다. 하지만 돌아온 그의 표정은 그리 밝지 않았다.

"식량이 워낙 부족해서 하루에 한 섬밖에 줄 수 없다고 하네."

자신이 원한 것의 삼분지 일. 허임은 울화가 치밀었다. 조정에 있는 사람들은 하루 세끼 꼬박꼬박 챙겨 먹었다. 찬이야 전과 비교할 수 없이 박했지만.

그러나 백성들은 하루 한 끼는커녕 이틀에 한 끼도 먹지 못해서 굶어죽는 사람이 하루에도 수십 명이었다. 이대로 며칠만 더 지나면 굶주림과 추위에 지쳐서 하루에 수백 명이 죽을지 몰랐다. 그런데 그냥 주겠다는 것도 아니고 약초와 바꾸겠다는 것인데도 그것밖에 내주지 않다니.

하지만 그것만 해도 어딘가? 허임은 울분을 삼키고 김양문의 말을 순순히 받아들였다.

"알겠습니다. 우선 그거라도 내주십시오. 아마 열흘 정도면 그럭저럭 필요한 약재 일부나마 구할 수 있을 겁니다."

또한 수백 명의 목숨이 며칠은 늘어날 것이다. 백성을 구휼할 추가 식량이 배급될 때까지 버틸 수 있다면 살 수 있을 것이고.

정오 무렵. 사방에 공문이 붙었다. 그날 늦은 오후부터 약초를 가지고 찾아오는 사람이 하나둘씩 보였다. 약초다운 약초를 캐오는 사람도 있었고, 아무 풀뿌리나 마구 뽑아온 사람도 있었다. 하지만 마구 뽑아온 뿌리도 대부분 약으로 쓸 수 있는 것이었다. 일반 사람들은 잘 모르지만, 이 나라의 땅에서 자라는 풀과 나무 대부분에는 나름의 약효가 있었다. 심지어 들판에 흔하디흔한 질경이나 엉겅퀴, 강가의 갈대뿌리, 산 어디나 있는 청미래덩쿨뿌리, 느릅나무 뿌리껍질 같은 것도 훌륭한 약재였다.

찾아온 사람들은 추위 때문에 흙이 묻은 손을 덜덜 떨면서도 정말 양식을 줄까 싶은 마음에 기대와 걱정이 뒤섞인 표정들이었다.

허임은 그들에게 충분한 식량을 주고 싶었지만 그럴 수가 없었다. 될 수 있으면 많은 사람에게 나누어줘야 하니까.

굶주린 백성들은 한주먹의 쌀조차 한 톨이라도 흘리지 않으려고 천으로 꼭꼭 싸서 가져갔다. 허임은 쌀 한주먹에 세상을 다 얻은 것 같은 그들의 표정을 보고 가슴이 먹먹했다.

* * *

분조가 한양에 들어온 지 열흘이 흘렀을 때, 왕세자가 하삼도로
내려갈 거라는 소식이 들렸다. 그날 오후, 유은산이 혜민서로 허임
을 찾아왔다.

"왕세자께서 하삼도로 내려가실 때 너도 따라가야 하니 준비하
고 기다리도록 해라."

너무 갑작스러운 일이어서 허임은 마음이 심란했다. 봉연을 통해
서 서찰을 두어 번 교환하기만 했을 뿐 아직 송하연을 한 번도 만
나지 못한 그였다. 이제 겨우 혜민서의 상황이 조금이나마 안정을
되찾아서 그녀를 만날 기회를 엿보던 중인데 갑자기 광해군을 따
라 하삼도로 내려가야 할 상황이 되다니.

하지만 허임으로서는 선택의 여지가 없었다. 왕세자의 명령을 거
부할 수는 없는 일이 아닌가?

"언제쯤 출발하실 계획입니까?"

"이틀 후에 출발할 것이다. 저하께서 너를 특별히 지목한 것이니
허튼 생각은 하지 마라."

허임도 광해군의 명을 어길 생각은 없었다. 그저 아쉬움이 큰 뿐.

유은산이 혜민서를 나가자 오동돈이 뽀르르 다가왔다.

"허 의관님도 따라가시는 겁니까?"

"아무래도 그래야 할 것 같군요. 오 의관은 따라가지 않아도 되
니 여기에 남으십시오."

오동돈은 멋쩍고 미안한 표정으로 허임의 말을 받아들였다.

"죄송합니다요, 허 의관님."

"죄송할 것 없어요. 앞으로는 두 분이 항상 함께 다니세요."

"제가 하연이를 밖으로 불러내 보겠습니다."

허임도 그녀를 보고 싶었다. 하지만 걸리는 점이 너무 많았다. 전처럼 전의감에 간다며 불러낼 수도 없고, 개인적인 볼 일을 위해서 밖으로 나오기도 쉽지 않은 상황이었다.

"가능할까요?"

오동돈이 결연한 표정으로 고개를 끄덕였다.

"저를 믿고 맡겨주십쇼."

그날 오후 늦은 시각. 오동돈이 의녀들의 거처를 찾아갔다. 다른 때는 봉연의 상황에 맞춰서 연락을 취했지만 이번에는 그럴 수가 없는 만큼 직접 부딪쳤다.

그는 마음을 굳게 먹고 태연하게 정문으로 다가갔다. 정문을 지키던 군병들이 그를 쳐다보았다. 쓱 주위를 둘러보고 목에 힘을 준 오동돈이 군병들에게 말했다.

"혜민서의 의관인 오동돈이라 하네. 하연이라는 의녀에게 말 좀 전해주게나. 허허허."

군병들은 의관인 오동돈을 무시하지 못했다. 비록 의관이지만 관리는 관리가 아닌가.

"무슨 말을 전해달라는 거요?"

"의녀 하연의 외숙이 그녀를 만나기 위해 도성에 왔는데, 병이 들어서 지금 혜민서에 있다네. 시간 나면 한 번 들르라 전해주시게."

"그 말만 전하면 되오?"

"내일 떠난다 하니 빠를수록 좋을 거라는 말도 전해주면 고맙겠군. 허허허허, 그리고 이거…….”

오동돈은 혜민서 부엌에서 얻어온 누룽지를 슬며시 건네주었다.

"심심할 때 먹게나."

지금처럼 먹을 것 귀할 때에 누룽지는 최고의 간식이었다. 누룽지를 본 군병의 눈빛이 달라졌다.

"알겠습니다. 잠시만 기다리십쇼. 제가 전해드리고 답을 받아오겠습니다."

"수의녀인 봉연에게 말을 전하게나. 그러면 알아서 처리할 거네, 허허허허."

석양이 지기 직전, 송하연이 의녀들의 거처에서 나왔다.

물론 그녀도 외숙이 왔다는 말이 거짓이라는 것을 모르지 않았다. 그녀는 오동돈이 거짓말로 자신을 불러낸 것이 행여나 잘못되지 않을까 걱정되었지만, 그보다는 허임을 만나고 싶은 마음이 더 간절했다.

오동돈은 적장을 사로잡은 사람처럼 의기양양해서 송하연과 함께 혜민서로 돌아왔다.

허임과 송하연은 한동안 말없이 서로를 바라보았다. 간섭할 사람 아무도 없는 단 둘만의 공간. 겨우 두세 뼘밖에 안 되는 거리. 심장이 어찌나 세게 뛰는지 입을 열면 말보다 앞서 심장 뛰는 소리가 먼저 새어나갈 것 같았다.

"오면서 들었어요. 왕세자 저하를 따라 남쪽으로 내려간다면서요?"

송하연이 용기를 내서 먼저 입을 열었다.

허임은 미미하게 고개를 끄덕였다. 그러고는 대답 대신 그녀를 끌어안았다. 송하연은 갑작스러운 허임의 행동에 놀랐지만 저항하지 않고 가만히 눈을 감은 채 허임의 숨소리를 들었다. 그제야 허임이 그녀의 귀 근처에 대고 속삭이듯이 말했다.

"아무 말도 하지 마세요. 잠시 동안만 그냥 이렇게 있고 싶습니다."

* * *

계사년 윤 11월 19일. 광해군이 하삼도 중 첫 번째 행선지인 호남으로 가기 위해서 한양을 나섰다. 그런데 이번 하삼도행에는 찬성 정탁과 판서인 이항복, 한준이 동행했다. 선조가 강제로 딸려 보낸 것이다.

송하연을 만난 허임도 보다 가벼운 마음으로 광해군을 따라나섰다.

세찬 겨울바람 속에 한양을 나선 광해군 일행은 과천현을 거쳐 수원부로 내려갔다. 재신 열, 관원 서른, 동지(同知) 박진을 호위대장으로 금위 마흔 명 정도가 세자를 수행했다. 의관도 여섯이 따라갔는데 내의가 셋, 허임, 전의감의 장세관을 비롯한 권지가 두 명이었다. 의녀도 다섯이 동행했다.

그들은 엿새 후 천안군 직산현에 도착했다. 그 즈음, 한양에서는

선조가 또 선위에 대한 말을 꺼냈다. 모든 중신들이 나서서 몇 차
례에 걸쳐 결사적으로 말렸지만 선조는 고집을 꺾지 않았다.

그렇게 닷새가 더 흘러 12월이 되었을 때, 선조는 선위를 두 달
미루기로 하고 세자가 돌아오면 양위하기로 했다. 그 무렵, 왕세자
광해군은 온양을 거쳐서 공주에 도착해 있었다.

공주에 도착한 그날 밤. 허임은 관아를 나와서 김 참판댁에 가보
았다. 그러나 김 참판 가족은 아직 서천에서 돌아오지 않았다고 했
다. 터벅터벅 걸어서 관아로 향하는 허임의 가슴이 세차게 부는 찬
바람만큼이나 스산했다.

이 전쟁이 언제나 끝날까? 언제나 되어야 송하연과 오순도순 살
수 있을까?

그날따라 가슴이 쓰릴 정도로 허전함이 밀려들었다.

그가 힘없는 걸음으로 관아에 도착하자 전의감의 권지인 장세관
이 기다렸다는 듯 다가왔다.

"허 의관님, 조금 전 병조판서께서 찾으셨습니다. 들어오시는 대
로 방에 들르라 하셨습니다."

분조의 병조판서 이항복. 그에 대해서는 허임도 귀가 따갑도록
들었다. 그나마 재신들 중 제대로 생각이 박힌 사람 중 하나. 허임
은 그를 그렇게 생각했다.

허임이 이항복을 찾아가자, 밤늦은 시간인데도 책을 보고 있던
이항복이 담담한 표정으로 맞이했다. 찾을 때 없으면 불호령을 내

리는 재신이 다수라는 걸 생각하면 참으로 어진 사람이었다.

"잠깐 다녀올 곳이 있어 이제야 말을 들었습니다. 어인 일로 저를 찾으셨는지요?"

"날씨가 차다보니 몸이 굳어서 말에서 내릴 때 발을 삐었다. 왕세자 저하 앞에서 기색을 보일 수 없어 참았더니 발이 퉁퉁 부었구나. 약을 쓰기에는 형편이 좋지 않은 만큼 침을 맞아볼까 한다. 너의 침 솜씨가 좋다 하니 한 번 보아라."

허임은 조심스럽게 이항복의 버선을 벗기고 바짓단을 올렸다. 발목이 정강이 굵기로 부어 있었다. 걷는 동안 통증이 심했을 텐데도 일절 표를 내지 않고 견딘 걸 보니 소문으로 듣던 것과 크게 다르지 않았다.

허임은 침통을 꺼내서 정성스럽게 침을 꽂았다. 이항복이 침을 맞으며 허임에게 말했다.

"왕세자께서 너를 어여삐 여긴다는 말을 들었다. 허나 그러한 것을 빌미로 우쭐해서 남을 아래로 보면 아니 될 것이니라."

"저는 그럴 마음도 없고, 그럴 만한 처지도 되지 않습니다. 지나친 걱정이십니다."

"네 마음이 그렇다면 다행이구나."

이항복은 지그시 허임을 내려다보았다. 눈매가 날카롭고 꾹 닫힌 입을 보니 고집이 셀 것처럼 보였다. 또한 그러하기에 허튼 거짓을 말하는 사람처럼 보이지 않았다.

'일개 젊은 의관을 놓고 왜 이러쿵저러쿵하는지 알겠군.'

대가 세면 그만큼 호오(好)가 갈리는 법이 아니던가?

이항복은 보일락 말락 희미한 미소를 지었다. 그가 허임을 부른 것은 꼭 발 때문만은 아니었다. 그 정도 치료는 다른 사람에게 맡겨도 되었다. 그럼에도 허임을 부른 것은 내의와 몇몇 문관들 사이에서 그에 대한 말이 나오는 걸 듣고 어떤 사람인지 알아보기 위함이었다. 때로는 미꾸라지 한 마리가 온 방죽을 흙탕물로 만들지 않던가? 지금처럼 중요한 때에 그런 일이 벌어지도록 놔둘 수는 없는 일. 우려되면 미리 차단할 생각이었다.

그런데 지나친 염려였던 것 같다.

그 사이 허임은 침을 모두 놓고 하나씩 뽑았다.

잠시 후, 이항복은 발목의 통증이 좀 전에 비해 완연히 가라앉았음을 알고 눈이 커졌다.

"호오, 소문대로 솜씨가 제법이구나."

"상태가 나아지셨다니 다행입니다. 두어 번 더 침을 맞아야 하니 이틀 간격으로 찾아뵙겠습니다. 괜찮으시다면 다음에는 뜸도 함께 뜰까 합니다."

"그렇게 해라."

허임은 이항복의 만족스러운 표정을 보고 침을 챙겼다. 그런데 그가 나가려고 할 때 이항복이 말했다.

"마음에 항상 여유를 가져라. 그러면 꺾여도 쉽게 부러지지 않을 것이다."

멈칫한 허임이 이항복을 향해 고개를 숙였다. 허준에게 수차례 비슷한 말을 들은 적 있는 허임이다. 이항복이 그런 말을 하는 이유를 그가 왜 모를까.

"명심하겠습니다."

그렇게 허임은 이항복과의 첫 만남을 뒤로 하고 방을 나왔다. 달을 바라보는 입가에 쓴웃음이 떠올랐다.

'많이 변했다 생각했는데…….'

* * *

광해군이 떠난 이후, 한양에서는 굶주림과 추위로 죽어가는 백성들이 하루에 수백 명씩 나왔다. 워낙 죽는 사람이 많으니 시신을 치울 엄두조차 내지 못했다. 길가에는 시신이 다시 언덕처럼 쌓여서 얼어갔다.

조정에서 곡식을 풀어 백성을 구휼하려 했지만, 인근 백성들이 배고픔을 견디지 못하고 한양으로 몰려드는 바람에 곡식이 턱없이 부족했다. 그나마도 힘이 없어 밖으로 거동도 못하는 사람들은 집 안에서 누운 채 죽어갔다.

그 와중에도 선조는 왕세자가 돌아오면 전위하겠다는 뜻을 굽히지 않고 조정을 혼란하게 했다. 영의정 유성룡이 백관을 거느리고 선위의 불가함을 아뢰었지만 선조는 더욱 강하게 뜻을 굽히지 않았다.

그 무렵, 광해군이 이끄는 분조에 체찰사 윤두수가 합류하고 무군사*가 설치되었다.

....
* 撫軍司:분조의 비변사

몇몇 사람은 윤두수가 합류한 것을 달갑지 않게 여겼다. 허임 역시 들은 말이 있어서 윤두수를 좋지 않게 생각했다.

윤두수는 지나치게 자신의 안위와 계파의 이익만 챙겼다. 특히나 그는 의주에 있을 때 전라도 관찰사 이광을 강력하게 비호했다. 겁을 먹고 적 앞에서 달아나는 바람에 용인전투에서 대패해 군사 수만 명을 죽게 만든 이광을.

그로 인해 또다시 많은 군사와 백성이 죽음을 당해야 했다. 임진년 11월에 이광을 비호하지 않고 끌어내리기만 했어도 이후 수만 명의 군사와 백성이 목숨을 구했을 것이고, 이 나라가 그토록 심하게 당하지는 않았을 것이거늘.

백척간두의 상황에 처한 나라는 아랑곳하지 않고 그런 자를 비호하기에 급급했으니, 그해 겨울 남행하며 이광과 관련된 이야기를 들었던 허임은 윤두수를 좋게 생각할 수가 없었다.

어쨌든 무군사가 설치되자 배행한 재신들이 모여 앞으로의 계획에 대해 상의했다. 그들은 전라, 충청, 경기, 강원도의 군사 2만을 모아 전주에서 집결한 후 경상도로 들여보낼 계획이었다.

그런데 13일 경, 명나라 총병 유정에게서 분조에게 전주로 나아가라며 다그치는 연락이 왔다. 대신들은 상의 끝에 자신들이 먼저 공주를 떠나고 왕세자에게는 28일쯤 출발하라고 했다. 그러나 광해군은 혼자 편히 지낼 수 없다며 대신들과 함께 출발해서 전주로 향했다.

* * *

　전주성에 입성한 광해군은 먼저 진주와 금산에서 전사한 사람들의 명단을 책으로 만들어 시강원(侍講院)에 내렸다. 그 가속(家屬)을 불러 면역책을 주고 쌀과 콩 등 식량을 지급하기 위함이었다.

　조헌의 두 아들에 대한 소식이 전해진 것은 그때였다. 금산에서 왜적과 처절하게 싸운 의병장 조헌의 두 아들이 마을을 떠돌면서 걸식을 하고 있다는 것이 아닌가.

　광해군은 그들에게 은전을 하사하고, 닷새째 되던 날 조헌의 두 아들이 전주에 들어오자 안으로 불러서 직접 만났다.

　충신이며 나라를 위해 목숨 바쳐 싸운 의병장의 아들이 거지가 되어 돌아다니다니!

　참담한 마음을 금치 못한 광해군은 그들에게 먹을 것을 내주는 것은 물론 포목 등을 주어 위로했다.

　그런데 그 와중에도 술을 마시고 놀면서 백성들에게 폐를 끼치는 재신들이 있었다. 보다 못한 이항복이 서찰을 올려 그들의 폐단을 언급했다.

　광해군은 놀라고 분노해서 즉시 명령을 내렸다.

　"대저 행차의 일로(一路)에 작폐가 없게 해야 한다는 것을 전에 분명하게 하령(下令)하였었다. 그런데 아직도 멋대로 술을 마시고 있으니 이것이 어찌 나의 부덕한 소치가 아니겠는가? 참으로 부끄러움을 금하지 못하겠다. 지금 이후로는 본원에서 각별히 살펴 엄하게 금단하여야 할 것이며, 만약에 명령을 어기는 자가 있을 경우에는 신분여하를 막론하고 들어와 낱낱이 고하라!"

광해군은 분조로 돌아다니며 많은 것을 봐서 백성의 어려움과 고통을 잘 알았다. 그래서 폐단을 없애려고 스스로 쓰는 것도 줄이고 사람들의 말에 귀를 기울였다. 하지만 시종하는 신료들 중 그의 뜻을 제대로 봉행하는 자가 몇 없으니, 그가 베풀고자 하는 마음이 제대로 전달될 리 있겠는가.

허임은 광해군과 이야기를 나누어본 적이 몇 번이나 있어서 그가 어떤 마음을 가졌는지 잘 알았다. 실질적으로 광해군은 전주에 온 후 백성들과 교감하며 그들에게 많은 혜택을 베풀고자 했다.

아마 상황이 그의 뜻대로만 흐른다면 전라도의 백성들이 모두 목숨을 걸고 그를 따를 것이다.

그런데 옛적의 뿌리박힌 관습에서 벗어나지 못한 신하들 중 상당수가 광해군의 뜻에 반하여 흥청망청하고 있으니 분노가 치밀지 않을 수 없었다.

의병장의 아들은 거지가 되어서 걸식하고 있거늘. 백성들은 나라를 지키기 위해 목숨을 바치고 있거늘. 배가 고파서 사람조차 잡아먹는 판이거늘!

잘난 조상 덕에 양반이라는 감투를 쓴 자들은 그들의 피로 만들어진 술을 마시며 놀고 있지 않은가!

'아무리 문장을 잘하고 말을 그럴싸하게 한들 무슨 소용이란 말이냐. 지나가는 개도 생각이 있으면 너희 같은 짓을 하지 않을 거다.'

그래도 후손들은 저따위 인간들을 높은 벼슬했다고 훌륭한 조상이라 생각하겠지?

허임은 시와 때도 분간 못 하는 재신들을 욕하는 한편, 양반이 되려는 스스로가 우스워서 마음이 씁쓸했다. 하지만 포기할 마음은 없었다. 아니 어쩌면 그래서 더 양반이 되고자 했다. 되먹지 못한 양반들에게 짐승 취급받고 싶지는 않으니까.

* * *

허임을 비롯한 혜민서 의관과 의녀들은 눈코 뜰 새 없이 바쁘게 전주의 백성들을 치료했다. 추위와 굶주림에 지친 백성들이 하루에 수십 명씩 죽어갔다. 이러다가는 성안의 백성들이 모두 죽는 것 아닐까 하는 생각이 들 정도였다.

그 와중에도 광해군은 전주에서 과거를 시행하고 의병장과 장수들을 독려해 왜적을 칠 준비를 갖추게 했다. 또한 백성들을 구휼할 방도를 마련하기 위해 심려를 기울였다.

하지만 배행한 재신들 중 상당수가 왕세자의 명령도 아랑곳하지 않고 양반들과 어울리며 과도한 공납을 독촉했다. 그러다 보니 광해군의 뜻이 퇴색하다 못해 백성들의 원망을 살 지경이었다.

그렇게 전주에서 보름을 머문 광해군은 갑오년*이 다가오자 분조의 행궁을 전주에서 공주로 옮기기로 했다.

그런데 전주를 떠나 삼례역에 이르렀을 즈음, 광해군의 건강이

....
* 선조27년: 1594년

다시 악화되었다. 내의들이 달려들어서 광해군을 치료했지만 별 차도를 보이지 않았다. 결국 의관이 아닌 호군(護軍)으로 호종하고 있던 이공기까지 나섰다. 하지만 광해군의 병은 좀처럼 나을 기색을 보이지 않았다.

담양에 있던 유후익과 유진하가 삼례역에 도착한 것은 그때였다. 분조가 하삼도로 남하하고 있다는 소식을 듣고 부랴부랴 올라온 것이다.

유후익은 바로 광해군을 찾아갔다.

"저하께서 내려오신다는 소식을 듣고 황망히 말을 재촉했사옵니다. 본래는 공주로 바로가려 했으나 저하의 건강이 좋지 않다는 말을 듣고 즉시 말머리를 돌려서 달려왔사옵니다. 이제 걱정하지 마소서. 소신이 저하의 병을 다스려보겠사옵니다."

유후익이 그렇게 말했지만 광해군은 이미 다른 방법을 생각하고 있던 참이었다.

"이미 약 처방은 많이 받아보았소. 그대도 약 처방을 할 거라면 더 할 필요 없소."

광해군은 담담히 유후익의 의견을 미연에 차단하고 유은산을 바라보았다.

"은산, 가서 허임을 불러와라. 그에게 침을 맞아야겠다."

순간, 유후익과 유진하의 얼굴이 지독히 떫은 땡감을 씹은 것처럼 일그러졌다.

하필 허임이라니! 그것도 자신들을 앞에 두고 그놈을 찾다니!

순간적으로 핏대가 솟구친 유진하가 고개를 쳐들고 입을 열었다.

"저하, 허임은 아직 경험이 천박하여 침구술밖에 모르는 의관이옵니다. 차라리 어의께 치료 받으심이……."

광해군이 눈을 돌려서 유진하를 응시했다. 한겨울 한풍에 얼어붙은 하얀 얼음만큼이나 차가워서 유후익과 유진하의 가슴에 찬바람이 휘몰아쳤다.

유진하는 '아차!'하며 입을 닫았다. 감히 왕세자의 뜻에 정면으로 대들다니!

평소였다면 절대 하지 않았을 실수였다. 그는 급히 말을 돌려서 자신을 변명했다.

"소신은 그저 저하의 건강이 하루빨리 완쾌되기를 바라는 마음뿐이옵니다."

"그래서 허임을 부르려는 거다. 물론 그대가 허임보다 실력이 좋다면 그대에게 치료를 받아야겠지. 어떤가? 자신 있는가?"

갑작스러운 광해군의 말에 유진하의 눈빛이 흔들렸다. 욕심 같아서는 나서고 싶었다. 상대가 허임이어서 더욱 그런 마음이 강했다.

그러나 욕심만으로는 병을 고칠 수 없다는 걸 그도 모르지 않았다. 자칫하면 욕심 한번 부렸다가 평생 후회할지 모르는 일. 그는 모험보다 안전을 택했다.

"소신이 어찌 허임보다 낫다고 자신할 수 있겠사옵니까. 왕세자 저하께서 그의 치료가 마음에 드신다면 뜻대로 하소서."

말은 담담하게 했지만 자존심이 상해서 혀를 깨물고 싶었다.

"알았으니 그대들은 나가 있으라."

광해군이 이마를 찌푸린 채 명을 내렸다. 그러자 유후익이 고개를 반쯤 들고 말했다.

"왕세자 저하. 지금 저하께서는 조정을 이끌고 계신 만큼 임금과 같은 위치에 있사옵니다. 하거늘 저하의 옥체를 치료하는 일을 어찌 허임에게만 맡길 수 있겠사옵니까? 소신이 함께 할 수 있도록 허락해 주소서."

"그대 말도 옳군. 그럼 그대만 남으시오."

허임은 유진하가 광해군의 방에서 나오는 걸 바라보았다. 잔뜩 찌푸려진 그의 얼굴에 못마땅한 마음이 그대로 드러나 있었다. 그 이유를 아는 것은 어렵지 않았다. 뒤따라 나온 유은산이 그를 불렀다.

"허임, 어서 안으로 들어와라."

'그랬나?'

냉소를 지은 허임은 보조 의관인 장세관과 함께 광해군의 방을 향해 걸어갔다. 유진하와의 거리가 가까워졌다. 거리가 열 자쯤 되자 유진하가 입을 열었다.

"살아 있었군."

그 말이 허임의 귀에는 살아 있어서 기분 나쁘다는 뜻으로 들렸다. 그리고 사실이 그랬다. 유진하는 허임이 살아 있는 것이 이 갈리도록 싫었 .

"운이 좋았소. 남해에 가셨다고 들었는데, 그게 아니었던 모양이오."

"갔던 것은 사실이네. 한양을 수복했다는 말을 듣고 올라왔지."

"자세한 이야기는 나중에 하지요."

이야기를 그쯤에서 끊은 허임은 유진하의 마음을 아랑곳하지 않고 다시 걸음을 옮겼다. 그러고는 스쳐지나 갈 때까지 유진하를 쳐다보지 않았다.

철저한 무시.

유진하의 꿈틀거리는 눈매 사이로 독살스런 눈빛이 번뜩였다.

'죽일 놈! 네놈이 감히 나를 무시하다니.'

스쳐지나 간 허임의 눈빛도 차갑게 가라앉았다.

'유진하, 최소한 네놈에게만큼은 지지 않을 거다.'

허임은 유후익의 눈길을 받으며 광해군을 치료했다. 유후익은 어떻게 해서든 트집을 잡을 생각으로 허임이 침을 잡으면 눈도 깜박이지 않고 지켜보았다.

그런데 시간이 갈수록 그의 표정이 팔색조처럼 변했다. 때로는 눈살을 찌푸리며 모호한 표정을 짓기도 하고, 때로는 놀라서 안색이 급변하고, 때로는 눈을 크게 뜨고 감탄한 표정을 지었다.

'응? 저 곳에 침을 놓아도 되나?'

'저, 저런! 그 위험한 곳에 침을 그리 깊게 놓다니.'

'아! 그런 수도 있었군.'

침을 놓는 혈자리는 모두 그도 아는 곳이었다. 그러나 순서와 깊고 낮음, 시간조절 등은 그가 미처 생각지 못한 것이 대부분이었다.

더구나 침을 놓는 손길이 어쩌나 정교하고 부드러운지, 침을 잡은 손과 소매가 움직일 때마다 마치 학이 우아하게 날갯짓하며 부리로 먹이를 쪼는 것처럼 보일 지경이었다.

결국 트집 잡으려던 그의 눈빛이 언제인가부터는 호기심으로 반짝거렸다.

다음에는 어디에 침을 놓을까? 저곳에 놓은 침은 어떤 효능이 있는 것이지? 그러다 허임이 침을 모두 거둔 후에야 흠칫 정신을 차렸다.

정신을 차린 유후익은 묘한 감정으로 허임을 응시했다. 질시의 마음보다는 착잡함이 더했다.

'싫어하고 분노만 했을 뿐, 그 동안 허임에 대해서 너무나 몰랐구나.'

부친과 임영의 관계 때문에 허임을 무조건 싫어했다. 그가 어떤 사람인지, 그의 실력이 어느 정도인지 알고 싶지도 않았다.

이제 겨우 이십대 중반에 들어선 청년이 의술을 알면 얼마나 알까? 멋모르는 혜민서 놈들이 추켜 주니까 잘난 척하는 것이겠지.

그렇게 생각했다.

그런데 그게 아니었다. 다른 것은 몰라도 침에 대해서만큼은 인정하지 않을 수 없었다. 난다 긴다 하는 이 나라의 침의를 많이 봤지만 오늘 같은 감정은 처음이었다. 더구나 뜸을 뜨는 기술이 또한 대단하다고 하니 언제 한번 보고 싶은 마음마저 들 정도였다.

그때 허임이 일어섰다.

"이만 물러가겠사옵니다, 저하."

유후익도 상념을 거두고 허리를 숙였다.

"옥체 보전하소서."

밖으로 나온 유후익은 짐짓 차가운 표정을 지으며 허임에게 말했다.

"침술이 제법이더군. 그 나이에 그 정도 침술을 익히려면 대단한 노력을 했겠어. 그런데 진하에게 들으니 담양 우리 집에 왔을 때는 의술을 몰랐다면서?"

"그렇습니다."

"그럼 침술을 배운 지는 아주 오래되지 않았단 말인데, 그 기간에 그 정도 솜씨를 익혔다니 노력을 꽤 했겠군."

허임은 대답 대신 손을 들어 유후익에게 내밀었다.

"지난 이삼 년 동안 제가 몇 사람에게 침과 뜸을 놓았는지 아십니까?"

유후익은 아무 말도 못하고 허임의 손가락만 바라보았다. 눈꺼풀이 파르르 떨렸다. 허임이 그런 유후익을 향해 무덤덤한 목소리로 말을 이었다.

"족히 수천 명은 될 겁니다. 그러다 보니 저도 모르는 사이 이렇게 되었더군요."

나직이 말을 맺은 그는 손을 내리고 다시 걸음을 옮겼다. 유후익은 씁쓸한 표정으로 허임의 뒷모습을 바라보았다.

허임의 양손 엄지와 검지, 중지는 지문이 거의 다 지워져서 번들번들했다. 그 정도라면 눈을 감고도 침을 놓을 수 있을 듯했다.

'하아, 진하가 상대하기에는 너무 멀리 가 있구나.'

문제는 아들이 절대 물러서지 않을 거라는 점이다. 그래서 더 답답했다.

유후익이 객방으로 가자, 초조한 표정으로 기다리던 유진하가 먼저 물었다.

"어땠습니까, 아버님?"

"침술이 제법이더구나."

"흥, 그래봐야 일시적으로 통증을 완화시킨 것뿐입니다. 곧 왕세자 저하께서 또 의관을 찾을 것입니다. 그때는 확실히 말해서 그놈이 끼어들지 못하게 하십시오."

유후익은 고개를 끄덕였다. 그 역시 허임이 침을 놓는 걸 보지 못했다면 그리 생각했을 것이다. 그러나 지금은 아들과 생각이 달랐다. 허임의 침술은 일반적으로 알려진 것과 다른 면이 많았다. 어쩌면 아들이 말한 것보다 훨씬 오래갈지 몰랐다.

그래도 일단은 아들의 말에 동조하는 척했다. 굳이 자신까지 나서서 아들의 사기를 꺾고 싶지 않았다.

"알았다. 그보다 그놈 하는 걸 보니 너도 더 열심히 해야 할 것 같더구나."

"걱정 마십시오. 한양으로 돌아가면 반드시 그놈의 코를 납작하게 만들어 놓겠습니다."

유진하는 자신만만했다. 그 따위 천한 놈에게 지고 싶은 마음은 눈곱만큼도 없었다. 하지만 그런 유진하의 말이 유후익에게는 공허하게만 들렸다.

'그래도 허임을 따라가려고 노력하다 보면 보다 높은 경지의 의술을 익힐 수 있겠지.'

그것만 해도 어딘가?

* * *

이후 허임은 이삼 일에 한 번씩 광해군을 치료했다. 광해군의 병은 공주에 도착하고 닷새가 지나서야 완전히 가라앉았다. 허임이 정철의 죽음을 알게 된 것은 그때였다. 사은사로 명나라에 갔다 돌아온 후 사직하고 강화도에서 지내던 정철이 술병이 들어 죽은 것이다.

마음이 착잡해진 허임은 강화도 쪽을 향해 절을 올렸다. 그 동안 제 삼자인 의원으로서 조정의 상황을 지켜본 그는 정철이 왜 그렇게 죽을 수밖에 없는지 짐작하고도 남았다.

'정철 대감이 고집이 세서 지나치게 일을 처리하시긴 해도 잘못된 일만큼은 그냥 보고 넘기지 못하는 분이다. 아부나 일삼는 자들로서는 그분이 당연히 싫었겠지.'

그렇게 갑오년 새해가 밝고 사흘이 지났을 때였다. 어둠이 깔리기 시작할 즈음 광해군이 그를 불렀다.

"언제 병이 들지 모르는 나로서는 그대를 보내고 싶지 않다. 하지만 나라와 백성을 생각하면 보내지 않을 수가 없다. 마침 내 병도 거의 다 나았으니 이곳은 어의들에게 맡기고, 그대는 젊은 의원 하나를 데리고 남쪽으로 내려가서 왜적과 싸우고 있는 장수와 군병들을 치료하도록 해라. 너의 침구술이야말로 약재가 없는 전쟁터에서 가장 요긴하게 쓰일 것 같구나. 기간은 육 개월을 주마. 그 안에 최대한 많은 사람을 치료하고 돌아오도록 해라."

허임은 광해군의 나라와 백성을 생각하는 마음에 감격해서 엎드려 절했다.

"명을 받들겠사옵니다, 저하!"

"그대들이 장수 하나를 살리면 백 명의 백성을 살릴 수 있음이니 전력을 다해 행하도록 해라."

어머니가 했던 말과 다름없는 광해군의 말에 허임은 가슴이 뭉클했다.

"하늘도 왕세자 저하의 마음을 헤아려 이 나라를 구원할 것이옵니다."

"나도 제발 좀 그랬으면 좋겠구나."

광해군이 쓴웃음을 지으며 말했다. 그러한 마음은 허임이나, 옆에 서 있던 유은산도 마찬가지였다.

다음 날 아침, 허임은 장세관과 함께 공주를 출발했다.

수염이 많고 얼굴이 각 져서 강한 인상인 장세관은 전의감 생도로 신묘년 식년시 의과에 합격한 자였다. 그는 얼마 전까지만 해도 자신보다 나이가 다섯 살이나 어린 허임에 대해서 못마땅한 점이 많았다. 허임이 치종교수가 된 것조차 허준의 입김 때문이 아닌가 생각할 정도였으니까. 그래서 함께 다녀야 한다는 것이 영 마음에 들지 않았다.

그러나 분조에 속해서 한 달 반 동안 함께 다니며 생각이 바뀌었다. 허임의 침구술은 눈이 휘둥그레질 정도로 뛰어났고, 지위가 자신보다 훨씬 높은데도 허임은 자신을 아랫사람으로 대하지 않았다. 게다가 왕세자인 광해군이 알게 모르게 챙기는데도 허임은 일절 내색하지 않았다. 다른 사람이라면 기고만장해서 목에 힘을 잔뜩 줬을 텐데.

'나이도 젊은 사람이 정말 대단하군.'

장세관에게는 허임이 천출이라는 것도 아무 문제가 되지 않았다. 그 역시 천출은 아니라 해도 별 볼일 없는 평민 출신이었으니까. 오히려 그러한 신분에서 동질감마저 느껴졌다.

"진주까지 내려가실 겁니까?"

"그럴까 합니다. 나주에 들러서 홀어머니를 만나 뵙고 싶지만 너무 돌아가는 것 같아서 망설여지는군요."

"그래요? 그럼 나주에 들렀다 가시지요. 그래 봐야 사흘 정도 차이 날 텐데요."

"아마 집에 가면 왜 왔냐며 어머니께 혼날 겁니다."

"예?"

장세관은 허임의 말을 이해할 수가 없었다. 아들이 오랜만에 어머니를 찾아가는데 왜 혼을 낸단 말인가?

허임은 쓴웃음을 지으며 간략하게 지난 이야기를 해 주었다.

"작년 겨울에 잠깐 분조를 이탈해서 어머니를 찾아갔었습니다. 그런데 어머니께서……"

허임의 이야기를 들은 장세관은 눈이 휘둥그레졌다.

"허어, 정말 대단하신 분이군요."

"사실 어머니가 혼내는 것도 당연한 일이지요. 사흘의 시간이면 수십 명을 치료할 수 있는데, 저 혼자만의 행복을 위해서 사흘을 허비할 순 없지 않습니까? 더구나 어제 왕세자 저하께 어머니께서 하신 말씀과 비슷한 말씀을 들었습니다. 이 나라의 재신들이 그분들 마음 같기만 해도 이런 상황이 되지는 않았을 텐데. 참으로 가슴 아픈 일이 아닐 수 없습니다."

허임이 말끝에 재신에 대한 마음을 살짝 드러내자 장세관이 움찔했다. 하지만 그도 같은 마음인 듯 무겁게 고개를 끄덕였다.

"솔직히 저도 할 말이 많습니다만, 어디다 감히 그런 이야기를 할 수 있겠습니까? 그러고 보면 허 교수님은 저보다 훨씬 용기 있는 분입니다."

"저 같은 사람보다 목숨을 걸고 왜적과 싸우는 의병들이 훨씬 더 용기 있는 분들이지요. 사실 저는 죽음이 겁납니다. 그래서 그 비겁함을 의술로나마 대신하려고 노력하고 있지요."

허임은 나직이 말하며 쓸쓸한 표정으로 하늘을 올려다보았다.

'그 아기와의 약속을 지키기 위해서라도.'

장세관은 침중한 눈으로 허임을 바라보았다. 자신보다 작은 체구, 몸이 마르고 눈이 날카로워서 성격이 강하게 느껴졌다. 하지만 그 속에는 양털 같은 부드러움이 자리하고 있었다.

'허임이 이런 사람인 줄은 미처 몰랐군. 신득일, 그 친구도 바짝 긴장해야겠어.'

신득일은 의과에서 장원으로 합격한 자였다. 유의(儒醫)인데다 자신의 실력에 대한 자부심이 무척 강해서 남에게 지는 걸 무척 싫어했다. 그는 지금 내의원에 소속되어 있는데, 장세관은 그가 신묘년 식년시 동기 중 가장 크게 출세할 거라 예상하고 있었다. 그런데 이제는 확신할 수가 없었다.

'제길, 나 같은 놈은 끼지도 못하겠군.'

허임과 신득일 때문에 의기소침해진 그는 힘없이 고개를 흔들었다. 그러고는 허임을 바라보며 말했다.

"그럼 돌아갈 때 들르면 어떻겠습니까? 그냥 지나치기는 너무 서운하지 않습니까?"

그 정도는 괜찮을 것 같다. 어차피 돌아가는 길이니까. 허임은 조금 가벼워진 마음으로 고개를 끄덕였다.

"상황을 봐서 시간이 나면 그렇게 합시다."

구례(求禮)로 가는 길

허임과 장세관은 전주, 임실, 오수역을 거쳐서 남원에 도착했다.

남원은 도호부로서 일대의 군과 9현을 관장하는 중요요지였다. 다른 곳의 명나라 군이 대부분 철병한 가운데 남원에는 총병 유정이 이끄는 군사가 남아 있었다. 또한 의병장 김덕령이 이끄는 의병과 천여 명의 조선 군사가 도계(道界)인 운봉 일대에 주둔하고 있었다.

일전에는 진주성을 무너뜨린 왜적이 남원까지 약탈하려고 쳐들어왔었는데, 완강한 저항에 부딪혀서 패하고 돌아가 남원은 큰 피해를 보지 않은 상태였다.

허임과 장세관은 남원의 관아에 들러서 자신들의 목적을 말하고 하룻밤을 지냈다. 호패를 보고 신분을 확인한 관리들은 왕세자의 명을 받아 남쪽으로 내려간다는 말에 두 말 없이 방을 내주었다.

다음 날 아침, 허임은 이틀 분량의 식량을 얻었다.

"구례로 내려가면 조심해야 하오. 왜놈들 중 본대에 합류하지 못한 놈들이 산에 숨어 있다가 간혹 출몰한다는 말이 있소."

곡식을 내준 말단관리의 말에 허임과 장세관은 흠칫했다. 그들은 무관이 아니어서 왜적과 맞닥뜨릴지 모른다는 말만으로도 가슴이 무거워졌다. 하지만 적이 무섭다고 가지 않을 수도 없는 길. 각오를 단단히 다졌다.

"알려줘서 고맙소."

허임과 장세관은 구불구불한 산길을 따라 율재를 넘어갔다. 그때부터는 구례까지 내리막길이어서 걷기가 훨씬 나았다. 하지만 고산지대여서 추위가 아래쪽보다 훨씬 더했다. 단단히 발을 싸맸는데도 발가락이 얼어버린 듯했다.

누구보다 동상의 위험을 잘 아는 두 사람은 발이 얼지 않도록 조심했다. 자칫 잘못해서 발가락을 잃기라도 하면 육 개월간 골방에 처박혀 있어야 할 테니까.

다행히 아래쪽으로 내려가자 눈이 대부분 눈이 녹아 있었다. 두 사람은 식사도 할 겸, 계곡 입구의 바람이 들지 않는 곳에서 잠깐 쉬어가기로 했다.

나뭇가지를 모은 허임은 만약을 위해 가져간 부싯돌과 부싯깃으로 마른 풀에 불을 붙인 후 모닥불을 피웠다. 그 동안 장세관은 구리솥을 가지고 아래쪽으로 내려가서 계곡에 얼어 있는 얼음을 깨서 가져왔다.

잠시 후, 구리솥 안에서 밥이 익어갔다. 반찬은 소금에 절인 무가 전부였다. 그래도 그들은 행복한 사람들이었다. 하루 한 끼를 먹지 못해서 굶어 죽는 사람이 조선팔도에서 하루에 수천 명이나 되었다. 두 사람이 가진 식량을 얻을 수 있다면 사람도 죽일 수 있는 세상.

밥이 다 익자 구수한 냄새에 뱃속이 요동쳤다. 두 사람이 막 밥을 한 숟갈 떠 넣었을 때 마른 나뭇가지가 부러지는 소리와 함께 낙엽이 쓸리는 소리가 났다. 흠칫한 두 사람은 벌떡 일어나서 좌우를 둘러보았다.

계곡 안쪽에서 다가오는 자들이 보였다. 숫자는 대여섯 명. 작은 체구에 괴이한 복장을 입고 머리의 상투도 괴상했다. 손에는 칼을 들고 있었는데, 두 사람이 바라보자 걸음을 빨리했다.

왜적이다!

순간적으로 그 생각이 든 두 사람은 재빨리 보따리를 맸다. 장세관이 밥이 든 구리솥을 들고 뛰었다. 고리가 손이 델 정도로 뜨거웠지만 이를 악물고 놓지 않았다.

밥 냄새를 맡은 왜적들은 미친 듯이 두 사람을 쫓아왔다. 그나마 허임과 장세관이 길과 가까운 쪽에 있어서 거리가 벌어졌다. 하지만 장세관은 밥이 든 구리솥을 들고 뛰다 보니 아무래도 발걸음이 늦을 수밖에 없었다.

허임이 그에게 소리쳤다.

"솥을 버려요!"

장세관은 망설이다가 결국 솥을 버렸다. 뒤따라오던 왜적 중 두엇이 솥을 향해 달려들더니 뜨거운 밥을 손으로 퍼먹었다. 하지만 셋은 허임과 장세관을 쫓아왔다.

살기 띤 눈. 마치 두 사람을 잡아먹기라도 할 눈빛이었다.

허임과 장세관은 필사적으로 도주했다. 잡히면 죽는 게 문제가 아니었다. 사람을 잡아먹는 일이 흔한 세상. 왜적들이 무슨 짓을 할지 아무도 몰랐다.

달리기라면 자신 있는 허임이었다. 반면 장세관은 덩치가 커서 힘은 쓰지만 달리기는 허임만 못했다. 두 사람 사이의 거리가 벌어졌다.

걱정이 된 허임이 뒤를 보며 소리쳤다.

"보따리를 나에게 주세요!"

장세관의 보따리에 식량이 들어 있었다. 무게가 허임 것보다 더 나갔다. 보따리만 없어도 장세관이 더 빨리 뛸 수 있을 듯했다.

망설이던 장세관이 달리면서 보따리를 건넸다. 그 역시 보따리가 거치적거리던 참이었다.

허임은 장세관의 보따리를 옆구리에 끼고서 사력을 다해 달렸다. 다행히 장세관의 속도도 빨라졌다. 줄어들던 왜적과의 거리가 조금씩 벌어졌다.

그때였다. 앞쪽 위에서 또 다른 왜적이 나타났다. 모두 넷. 그들은 알아듣지 못할 말로 소리치면서 구르듯이 내려왔다.

이대로 달리면 왜적과 마주칠 상황. 허임과 장세관은 길을 벗어나서 아래쪽으로 내려갔다.

"저는 신경 쓰지 마십시오! 보따리를 버리고 도망가세요!"

장세관이 소리쳤다. 왜적의 숫자가 너무 많았다. 게다가 양쪽에서 쫓아왔다. 한 사람이라도 살아야 하는데, 보따리만 없으면 허임은 도망칠 수 있을 것 같았다.

"잔말 말고 빨리 달려요!"

허임이 장세관을 다그쳤다. 그 순간, 장세관이 나무뿌리에 걸리면서 쓰러졌다. 허임이 그 모습을 보고 주춤거렸다.

"어서 가십시오!"

장세관이 일어나며 악을 썼다. 그 사이 왜적들이 바짝 쫓아왔다. 장세관은 바닥에서 주먹만 한 돌 두 개를 집어 들고 왜적들을 향해 던졌다.

"죽어! 개자식들아!"

그 중 하나가 왜적을 맞혔다. 그러나 둘은 돌을 피하고 장세관을 향해 달려왔다. 장세관이 다시 돌을 집으려고 허리를 숙이자 왜적 중 하나가 발로 찼다.

장세관이 떼굴떼굴 굴렀다. 다른 왜적이 칼로 장세관을 내리치려 하자, 발로 장세관을 찬 왜적이 뭐라고 소리쳤다.

칼날이 장세관의 어깨까지 내려왔다가 멈췄다. 왜적은 칼질 대신 다시 한 번 장세관의 복부를 걷어찼다.

허임은 이를 악물고 달렸다. 장세관을 구하러 가지 못하는 자신의 처지가 한스럽기만 했다.

'미안하오, 장 형!'

삼십여 장을 더 달려가자 소롯길이 나왔다. 왜적의 손에서 벗어날 수 있다는 희망이 보였다. 그런데 그가 이십여 걸음을 더 달렸을 때였다.

"빠가야로!"

알아듣지 못할 소리와 함께 왜적 둘이 옆에서 튀어나오더니 허임을 받아버렸다. 갑작스런 충격에 바닥을 나뒹군 허임은 벌떡 일어났다.

순간 왜적이 칼을 뺐었다.

허임은 굳어버린 것처럼 꼼짝도 못했다. 시퍼렇게 번들거리는 칼이 코앞에 있었다.

그 사이 왜적 둘이 더 내려오더니 허임의 다리를 냅다 후려 찼다. 그 충격에 허임이 무릎을 꿇으며 꼬꾸라졌다.

왜적들이 허임을 보며 뭐라고 하더니, 그 중 하나가 조선말로 말했다.

"우리말, 잘 들으면 죽이지 않는다."

허임은 그의 말을 믿지 않았다. 오랜 배고픔을 겪은 자들. 눈에 살기가 돌고 있었다.

이 겨울에 산속에서 뭘 먹고 살았겠는가?

짐승보다 사람 잡는 게 더 쉬웠다. 아마 인근의 주민들을 잡아먹었을지도 모른다. 자신을 살려두려는 것은 죽이는 것보다 자신들의 거처까지 데려가는데 용이하기 때문일 터.

결국 왜적들에게 잡아먹히고 마는가?

허임은 정신이 아득해졌다.

그 사이 뒤쪽에서는 장세관이 끌려 내려오고 있었다. 얼굴과 옷에 피가 묻어 있고 심하게 절룩거리긴 하지만 아직은 살아 있었다.

그런데 왜적 중 수장으로 보이는 자가 장세관을 보더니 부하에게 뭐라고 말을 전했다. 손으로 목을 긋는 시늉을 하며.

장세관이 부상을 입어서 그냥 데려가기 힘드니 죽여서 떠메고 가는 게 낫겠다고 생각한 듯했다. 물론 팔다리를 잘라서 나누어 들고 가겠지.

"자, 잠깐!"

허임이 다급히 소리쳤다. 왜적들이 허임을 바라보았다. 허임은 필사적으로 자신의 뜻을 전했다. 다행히 왜적 중 하나가 조선말을 했었다. 그렇다면 알아들을 수도 있을지 몰랐다.

"저 사람과 나는 의원이오! 우리를 살려 가면 쓸모가 많을 것이오!"

조선말을 했던 왜적이 눈살을 찌푸리더니 수장으로 보이는 자에게 허임의 말을 전했다. 그리고 곧 수장을 대신해서 허임에게 물었다.

"정말이냐?"

"정말이오. 특히 저 친구는 의술이 매우 뛰어나 나라에서 상까지 받은 친구요."

조선말을 하는 왜적이 다시 수장에게 말했다. 수장은 턱을 쓸며 생각하더니 고개를 끄덕였다. 조선말을 하는 왜적이 허임에게 그의 뜻을 전했다.

"좋아. 살려주마. 단, 거짓이면 팔다리를 하나씩 잘라서 죽일 것이다."

"정말이오. 거짓이면 마음대로 하시오."

나중에 죽더라도 당장은 목숨을 건졌다. 살아 있기만 하면 언젠가는 빠져나갈 기회가 생길 수도 있지 않겠는가.

두 사람은 손이 묶인 채 왜적에게 끌려갔다. 도망치면서 상당한 거리를 내려온지라 다시 위로 올라가는데도 시간이 많이 걸렸다.

한참을 올라가서야 허임과 장세관이 밥을 해먹던 곳이 나왔다. 그런데 어이없게도 왜적들의 소굴은 바로 그 계곡 깊숙한 곳에 있었다. 두 사람은 왜적들의 코앞에서 쉬며 밥을 해먹었던 것이다.

왜적들은 언제든 식량이 될 수 있는 의원 둘을 잡은 것에 만족한 듯 기분 좋게 조잘거리며 계곡 안으로 들어갔다. 허임은 침착하려 애썼지만 마음이 쉽게 진정되지 않았다. 이대로 죽을지도 몰랐다. 의원이 필요 없으면 언제든 식량으로 변할 수 있는 운명이었다.

'어떻게 해서든 도망가야 돼. 이대로 죽을 수는 없어!'

그는 왜적에게 묶여서 끌려가면서도 눈을 굴려 주위를 세세히 살펴보았다. 기회가 되어서 도망치게 될 경우 지형을 아는 것과 모르는 것은 천지차이였다.

'응?'

주위를 살펴보던 그의 눈에 사람이 보였다. 그 자는 상당히 높은 곳에 있었다. 그런데 왜적의 복장이 아니었다. 게다가 언뜻 보이기로는 활을 당기고 있는 듯했다.

허임은 두근거리는 가슴으로 걸음을 옮겼다. 그리고 이십여 걸음을 걷다가 다리가 돌에 걸린 것처럼 앞으로 쓰러졌다.

왜적들이 뭐라고 소리치며 허임을 노려보았다. 허임은 쓰러진 상태에서 장세관을 바라보았다. 마침 장세관이 고개를 돌리고 있었다.

'따라해요!'

허임이 그를 향해 입을 오물거리고 고개를 짧게 두어 번 끄덕였다. 자신의 뜻을 눈치 채면 좋고, 모르면 어쩔 수 없었다.

장세관은 정확한 뜻도 모르고 일단 주저앉았다. 허임이 쓰러진 상태에서 자신에게 신호를 보낼 때는 이유가 있을 거라 생각했다.

왜적들이 알아듣지 못할 욕을 퍼부으며 몰려들더니 장세관과 허임을 발로 툭툭 찼다. 왜적들의 시선이 모두 두 사람에게 쏠렸다.

그때였다.

쉬이익! 쉐에엑! 퍼벅!

바람을 가르는 소리와 북 찢어지는 소리가 나더니 왜적 셋이 팩 꼬꾸라졌다. 그들의 등과 옆구리에는 화살이 꽂혀 있었다.

놀란 왜적들이 칼을 빼들고 좌우를 둘러보았다. 그때 좌우 경사면의 나무 뒤와 바위 뒤에서 수십 명이 나타나더니 쏟아져 내려왔다. 손에는 칼과 낫, 어떤 자는 도끼와 곡괭이를 들고 있었다.

당황한 왜적들은 허임과 장세관을 놓아둔 채 뒤로 물러서기에 정신없었다.

벌떡 일어난 허임은 왜적이 없는 쪽으로 달렸다. 장세관도 절룩거리며 혼신을 다해서 한쪽으로 피했고.

도망가려던 왜적들은 의병에게 포위되어서 낫과 도끼, 곡괭이에 찍혀 죽었다. 겨우 빠져나간 왜적 하나도 화살 두 발을 맞고 거꾸러졌다.

의병들은 재빨리 왜적들의 무기와 갑옷 등을 챙겼다. 변변한 무기도 없고 갑옷은 언감생심 꿈도 못 꾸는 그들에게 죽은 왜적들이 남긴 물건은 매우 중요한 전리품이었다. 와중에 허임과 장세관의 보따리도 그들이 주워들었다.

그때 의병 중 삼십대로 보이는 장한이 허임과 장세관이 있는 곳으로 다가왔다. 떡 벌어진 어깨, 칼날 같은 눈빛. 허리에는 칼을 차고 손에는 활을 들고 있었다. 그가 의병들의 대장인 듯했다.

"당신들은 누군데 저 놈들에게 잡힌 거요?"

"우린 의관이오. 구례로 가던 길에 왜적에게 잡혔소."

"의관?"

삼십대 장한은 의외라는 표정으로 허임을 보더니 수하에게 말했다.

"저분들의 밧줄을 풀어드려라."

의병 둘이 달려들어 허임과 장세관의 밧줄을 풀어주었다. 그제야 겨우 추스른 허임이 일어나서 먼저 고마움을 표했다.

"고맙소. 나는 혜민서의 허임이라 하오. 공이 아니었다면 철천지원수인 왜적들의 먹이로 전락할 뻔했소."

"놈들의 일행이 더 있으면 곤란을 당할지 모르니 일단 이곳을 벗어납시다. 이봐! 저쪽 분을 부축해 드려!"

* * *

허임과 장세관은 의병들을 따라서 이십 리를 이동했다. 그 사이 장한에게 의병들이 나타난 이유를 들을 수 있었다. 다름 아닌 허임과 장세관이 피운 불이 가장 큰 이유였다.

의병들은 왜적들이 계곡 깊숙한 곳에 숨어 있다는 정보를 접하고 근처를 뒤지던 중이었다. 그러다 때마침 연기가 나는 걸 발견하고 척후를 보냈는데, 왜적들이 누군가를 잡아서 산을 오르는 게 발견된 것이다.

의병들의 거처는 율재와 구례를 잇는 길의 중간에 있었다. 그들은 관군의 손이 뻗치지 못하는 구석진 곳의 민초들을 왜적들에게서 지키기 위해 결성된 자들이었다. 대개가 인근 부락의 마을 장정들이었는데, 그 중에는 한때 군졸이었던 자도 있었다. 장한도 군졸이었는데 임진년 왜적의 공격 때 겨우 살아난 이후 다시 관군으로 들어가기보다 의병을 이끄는 일이 더 낫겠다 싶어서 나선 자였다.

"나는 송남이라 하오. 의관이라면 마침 부탁할 게 있소."

의병들의 거처인 마을이 저만치 보일 때 장한이 말했다. 허임에게 그는 생명의 은인이었다. 무슨 부탁인들 들어주지 못할까.

"말씀하십시오."

"우리 의병들에게 존경받는 어른께서 몸이 몹시 좋지 않소. 그분을 좀 봐주시오."

"그런 일이라면 당연히 해야지요. 다만 제 의술로 고칠 수 있는 병인지 모르겠습니다."

"솔직히 말해서 구례까지 나가 의원에게 치료를 받았지만 낫지 않았소. 그래도 귀공은 나라의 의관이니 아무래도 낫지 않을까 싶소."

"일단 제가 한번 보지요."

송남이 말한 사람은 조은효라는 오십대 중반의 중노인으로 낡은

기와집에 살았다. 그는 유학자였는데 그 일대에서는 제법 잘 사는 축에 들었다. 의병들이 그를 존중하는 것은 그가 민초들을 위해 아낌없이 많은 것을 내놓았기 때문이다. 또한 나라에 불만이 많은 의병들의 마음을 이해하고 다독여주며 뭉치도록 했다.

말은 쉽지만 어려울수록 자신의 것을 뺏기지 않으려는 사람들이 대부분인 현실을 생각하면 쉽지 않은 결정이었다. 더구나 나라에 불만을 가지면 역적 취급을 당하는 판에 그들을 이해하고 끌어안는 것은 보통 사람이 할 수 없는 일이었다.

진맥을 해본 허임은 착잡한 표정을 지었다.

"간장이 지나치게 상했습니다. 거기다 폐부도 안 좋아 보입니다."

상한 정도가 아니다. 그의 진맥이 잘못된 것이 아니라면 이미 간장 대부분은 기능을 잃은 상태였다.

"내 나이 쉰일곱이네. 살 만큼 살았으니…… 죽는 것은 두렵지 않아. 다만 이 나라가…… 왜적들에게 이리 당하고 있으니…… 눈이 제대로 감길지 모르겠구먼."

나직한 목소리. 가래가 끓는 것처럼 칼칼하게 흘러나오는 말이 간간이 끊겨서 알아듣기도 힘들었다. 그럼에도 조은효의 표정은 담담했다.

죽음을 두려워하지 않는 눈빛.

허임은 그런 조은효의 눈빛에서 한줄기 길을 찾아냈다.

"죽어도 저를 원망하지 않을 마음이 있으시다면 제게 한번 몸을 맡겨보시지요."

치료를 하다 보면 죽을 수도 있다는 말. 그런데도 조은효의 입가에는 잔잔한 웃음이 떠올랐다.

"이 늙은이가 어찌…… 자네를 뭐라고 하겠는가? 자네도 그저…… 최선을 다하려는 것뿐인데……."

"좋습니다. 그럼 제가 한번 치료해 보겠습니다."

"자네는…… 다른 의원들과 많이 다르군. 모두들 이 늙은이의 몸을 살피고는…… 죽은 사람 취급했는데……."

조은효는 모호한 표정으로 허임을 보고는 기침을 했다. 폐부 깊숙한 곳에서 울리는 기침. 괴로운지 이마의 굵은 주름이 파르르 떨렸다.

허임과 장세관에게 작은 사랑방이 주어졌다.

"정말 치료할 수 있겠습니까?"

장세관이 걱정스러운 표정으로 물었다. 그도 진맥을 해보았다. 조은효는 날짜만 안 잡혔을 뿐 이미 죽은 몸이나 다름없었다.

"최선을 다해볼 생각입니다. 백에 하나 병을 고친다면, 왜적들에게 잡아먹히기 전에 구함을 받은 은혜를 갚을 수 있겠지요."

"저들은 조은효라는 노인을 무척 존경하는 것 같습니다. 치료 중에 죽기라도 하면 우리를 원망해서 해칠지 모릅니다."

장세관의 우려에 허임은 담담히 미소를 지었다.

"이미 조금 전에 죽었다 살아난 몸입니다. 설사 저들이 원망해서 죽인들 걱정할 것이 뭐 있겠습니까? 더구나 그분은 의병들의 존경을 받는 만큼 우리가 해야 할 일에도 부합되는 일이니 망설일 것도 없지요."

"그건 그렇습니다만……."

누구든 그런 마음을 먹기는 쉽다. 하지만 막상 코앞에 닥치면 또 목숨 걱정하는 게 사람 마음이다. 그런데 허임은 생사를 달관한 사람 같다.

'도무지 알 수가 없군. 어떨 때는 지나치게 대가 세게 보이고, 어떨 때는 도라도 깨우친 것 같고…….'

장세관은 고개를 설레설레 저었다. 그때 허임이 웃으면서 그에게 말했다.

"그런데 조 노인보다 장 형부터 치료해야겠습니다. 옷을 벗어보시죠."

* * *

허임은 침과 뜸을 병행하며 조은효를 치료하기 시작했다. 그 와중에 간간이 시간을 내서 인근 마을 사람들을 치료하기도 했다. 장세관도 몸이 어느 정도 회복되자 치료에 합류했다.

허임은 먼저 기침을 멈추게 하기 위해서 대추혈에서 등골뼈를 따라 뜸을 뜨고, 기문혈에도 마저 뜸을 떴다.

이틀 만에 조은효의 기침이 반으로 줄었다. 고통도 덜한 듯 표정이 편안해졌다. 하지만 폐부의 상태를 진정시킨 것은 치료의 시작일 뿐이었다. 조은효의 진짜 환부는 간이었으니까.

허임이 치료를 시작한 지 열흘째.

장세관은 자신의 눈을, 아니 진맥하는 손을 믿을 수가 없었다. 폐의 활동이 활발해지고 간의 악화가 멈춘 듯 느껴졌다. 아직은 더 두고 봐야 알겠지만, 지속적으로 나아진다면 머지않아 불가능하게 보였던 일이 현실로 드러날 날이 올 듯했다.

'맙소사. 정말 치료가 되고 있어!'

문득 오래전에 들었던 소문이 떠올랐다. 허임이 혜민서에 들어오기 전, 공주 김 참판의 풍을 치료했었다고 했다. 당시 공주 인근의 내로라하는 의원은 물론 궁중의 내의까지 나섰는데도 차도가 없었던 김 참판의 풍을 말이다. 그저 운이 좋았을 뿐이라는 말이 지배적이었는데 그게 아니었던 모양이다.

'사람들은 허임에 대해서 너무 모르고 있어. 그거 참, 성격만 좀 유하면 당장이라도 어의가 될 수 있을 텐데……'

허임은 자신의 치료에 만족하면서도 시일이 쏜살처럼 흐르는 것이 안타까웠다.

간장은 본래 회복이 느린 장기여서 오랜 시간 치료해야 했다. 물론 지금까지의 치료만으로도 괄목한 만한 효과를 보긴 했으나 아직도 고비가 두어 번 더 남아 있었다. 그 고비를 넘기려면 앞으로도 한 달은 더 있어야 했다. 문제는 언제까지나 이곳에 머물 수 없는 처지라는 것이었다.

그런데 열이틀 째 되던 날 밤. 허임이 뜸을 다 놓고 일어나자 조은효가 말했다.

"이 늙은이가 너무 붙잡고 있는 것이 아닌지 모르겠구먼."

허임은 아니라고 하고 싶은데 입이 떨어지지 않았다. 조은효는 담담히 웃음을 지었다.

"내 몸이 나아지고 있다는 것을 내 어찌 모르겠나? 이 정도면 몇 년은 끄떡없을 것 같네. 그러니 그만 가보도록 하게."

"어르신……."

"허 의관의 솜씨라면 더 많은 사람의 병을 고칠 수 있을 게야. 이 시골의 늙은이 하나 때문에 자네가 다른 사람을 구할 수 없다면 그 것 역시 나의 죄일세. 나를 죄인으로 만들지 말게나."

허임은 조은효의 눈을 직시했다. 진심이라는 것을 아는 것은 어렵지 않았다. 그도 더 이상 자신의 마음을 속이지 않았다.

"왕세자의 명으로 왜적과 대치하고 있는 진주, 의령 등의 의병과 관군의 치료를 위해 내려가던 길이었습니다. 좀 더 머물고 싶지만 그럴 수 없는 마음을 이해해 주십시오."

"저런. 그럼 진작 말할 것이지. 내일 아침에 당장 내려가도록 하게."

"예, 어르신. 대신 어르신의 치료법에 대해서 간략하게 적어놓겠습니다. 뜸만 제가 말한 대로 떠주어도 최소 오 년, 길면 십 년 정도는 거뜬하실 겁니다. 그 이상은 어르신에게 달려 있습니다."

조은효의 주름진 얼굴에 미소가 번졌다.

"그 정도면 새로 태어난 것이나 마찬가지군. 그 이상을 바라면 내가 도둑놈이지."

다음 날 아침, 허임은 마지막으로 조은효를 치료하고 짐을 쌌다.

그런데 허임과 장세관이 보따리를 매고 밖으로 나가자 송남이 두 사람의 앞을 막았다. 다른 의병 대여섯도 험상궂은 표정으로 두 사람을 노려보았고.

조은효를 치료하지 않고 떠나면 가만두지 않겠다는 표정이었다.

"허 의관의 목숨은 전날에 이미 죽은 것 아니오? 우리를 생명의 은인이라 생각한다면, 한 달 정도 더 머물면서 어르신을 치료해 주시고 가시오!"

허임도 그것 때문에 차마 먼저 말을 꺼내지 못했던 것이 아닌가. 그러하기에 송남이 그 점을 지적하며 다그치자 착잡하기만 했다.

"내 어찌 은혜 입은 걸 모르겠소?"

"알면 떠나지 마시오. 만일 그냥 떠난다면 은혜를 저버린 죄를 물어 가만두지 않을 것이오!"

당장이라도 손을 쓸 것처럼 차가운 목소리.

장세관은 옆에서 이러지도 저러지도 못하고 허임만 바라보았다. 그때 방문이 열리고 나직한 호통이 터져 나왔다.

"고연 놈! 이놈아, 네가 지금 나를 당장 죽게 만들겠다는 거냐?"

"어르신?"

"네가 만약 허 의관을 붙잡으면 나는 혀를 깨물고 죽을 것이니라! 은혜를 빌미로 사욕만 추구하는 놈을 자식처럼 돌봤으니 그 또한 내 죄가 아니겠느냐?"

준엄한 조은효의 호통에 송남은 고개를 푹 숙였다. 허임은 그의 마음을 알기에 잔잔한 어조로 말했다.

"송 형, 내가 남지 못하는 대신 처방을 남겨놨소. 그대로만 시행하면 어르신의 몸이 더 이상 악화되진 않을 거요."

송남이 번쩍 고개를 들었다.

"그게 정말이오?"

"처음 치료할 때 목숨을 걸었던 사람이 이제 와서 왜 거짓을 말하겠소?"

송남이 머쓱한 표정으로 힐끔 조은효의 방을 보더니 동료들을 향해 고갯짓을 했다.

"비켜드리게."

"고맙소."

"오해해서 미안하오. 혹시라도 지나갈 일 있으면 들르시오. 내 그때 탁주 한 사발 대접하겠소. 그때까지 내가 살아있을지는 모르겠소만."

사람 목숨이 하루살이 같은 세상이다. 오늘 살아 있다고 내일까지 살아 있을 거라는 보장이 없는 세상.

송남을 바라보는 허임의 눈빛이 깊게 가라앉았다.

"보지 못한다 해도 송 형과 이곳 사람들의 은혜, 잊지 못할 거요."

또한 그에게는 잊지 못할 것이 하나 더 있다. 가능성을 열에 하나라 생각했던 조은효의 치료. 그것은 그가 의술을 익힌 사람으로서 절대 잊을 수 없는 경험이었다.

구례, 하동를 거친 허임과 장세관은 나흘 후 진주에 도착했다. 성
이 함락된 후 왜적에게 극심하게 침탈당한 진주는 폐허나 다름없
었다. 불에 탄 집이 반은 되었고 남아 있는 사람은 얼마 되지 않았
는데, 대부분 외지로 도망갔다가 돌아온 사람들이었다. 6월의 싸움
당시 성에 있던 사람 수 만 명이 죽었으니 그럴 수밖에.

그날, 왜적은 남녀노소를 가리지 않고 죽였다. 개 한 마리 남기지
않고 살아서 움직이는 것만 보이면 무조건 칼을 휘둘렀다. 죽이다
지치면 집안에 몰아넣고 불을 질러서 태워 죽였다.

김천일을 비롯한 수많은 사람들은 피눈물을 흘리며 남강에 뛰어
들었다. 남강을 뒤덮은 시체가 겹겹이 쌓여서 물의 흐름조차 방해
할 지경이었다고 했다.

어떤 자는 당시 죽은 사람이 3만이라 하고 어떤 사람은 6만이라
고도 했다. 하지만 숫자를 세는 것은 의미가 없었다. 눈에 보이는

처참함만이 진실일 뿐.

그런데 살아 있는 사람도 목숨만 붙어 있을 뿐, 추위와 배고픔이 겹치면서 멀쩡한 이보다 병든 자들이 더 많았다. 아무리 의병과 군병의 치료를 위해 떠나왔지만, 헐벗고 병든 이 많은 민초들을 그냥 두고 어떻게 간단 말인가.

허임이 침통한 표정으로 발걸음을 늦추자, 장세관이 그의 마음을 눈치 채고 말했다.

"허 의관님. 이곳의 환자부터 치료하고 가는 게 어떻겠습니까?"

"그렇게 합시다."

백성이 건강해야 의병이든 관군이든 되어서 적과 싸울 것이 아닌가?

의견일치를 본 두 사람은 관아로 갔다.

진주목사 박종남은 일차 분조 때 광해군의 호위대장이었으며 그 후 분조의 병조참의에 임명되었던 사람이다. 그는 지난여름의 진주성 싸움 이후 진주목사로 부임했는데, 부산 쪽 왜적의 북상을 막아내는 임무를 훌륭히 수행하여 능력을 인정받고 있었다.

박종남은 의관이 찾아왔다는 말을 듣고 의아해했다가, 찾아온 의관이 허임이라는 걸 알고 놀란 표정을 지었다.

"이게 누구냐? 그대는 혜민서의 허 의관이 아니냐?"

"그간 강녕하셨습니까?"

"어찌 이곳까지 왔느냐?"

허임은 사정을 설명했다. 박종남은 허임이 왕세자의 명으로 의병과 군병들을 치료하러 다닌다고 하자 반색했다.

"잘 왔다. 그러잖아도 저번 여름 관아의 의관과 의녀가 다 죽어서, 겨우 구한 의원 하나와 의녀 둘밖에 없어 백성들을 제대로 치료하지 못해 걱정이었다. 이제 그대들이 왔으니 한시름 덜었구나."

"작년 6월의 왜적과 벌인 큰 싸움에 대해서는 저희들도 들었습니다. 참으로 아쉽고 안타까운 일입니다. 비록 적은 힘이나마 민초를 위해서 쓰고자 하니 방 하나만 내주시면 감사하겠습니다."

"그대들도 알겠지만 관아가 불에 타서 성한 곳이 몇 곳 없구나. 그러니 미안하지만 관노청(官奴)에서 일을 봐주었으면 한다."

관노청은 노복들의 거처다. 허임에게는 그곳만 해도 감지덕지였다.

"사정이 이러한데 저희가 어찌 편한 곳을 바라겠습니까? 그것만으로도 고맙습니다. 그런데 관아에서 보관하고 있는 약재는 얼마나 됩니까?"

허임의 질문에 박종남이 착잡한 표정을 지었다.

"저번 싸움 때 약재가 있던 창고도 불이 나서 반도 남지 않았다. 그나마도 백성들을 위해서 쓰다 보니 남은 양이 얼마 안 되는구나."

"그럼 그것이라도 사용할 수 있도록 허락해 주십시오."

"그렇게 해라. 그리고 사람이 필요할지 모르니 나졸 둘을 붙여주마. 아무튼 많은 병자를 치료해서 왕세자 저하의 뜻에 백성들이 감복했으면 싶구나."

허임과 장세관은 약재창고에 가서 약재의 종류와 양을 살펴보았다. 종류도 많지 않았고, 구하기 힘든 약재나 귀한 약재는 찌꺼기도 보이지 않았다. 그나마 다행이라면 뜸을 뜰 수 있는 마른 쑥이 제법 많다는 것이었다.

한숨이 나올 일이지만 허임은 최대한 긍정적으로 생각했다.

이것이라도 어딘가. 없는 것보다는 훨씬 낫지 않은가?

"이걸로 몇 명이나 치료할 수 있을지 모르겠습니다."

장세관이 구시렁거렸다. 약재 치료를 주로 하는 그로서는 난감한 일이 아닐 수 없었다.

"일단 있는 것으로 치료를 시작해 보죠. 침과 뜸을 주로 해서 치료를 해보고, 꼭 약이 필요한 사람에게만 약을 쓰면 그래도 적지 않은 사람을 치료할 수 있을 겁니다."

* * *

관노청에 거처를 정한 허임은 배정 받은 나졸 둘에게, 환자들은 관아에 와서 치료받을 수 있다는 것을 거주민에게 전하라고 했다. 나졸들은 오전 내내 돌아다니며 허임의 말을 전했다.

정오가 되자 치료차 밖에 나갔던 의원과 의녀가 들어왔다. 그들은 의관이 왔다는 말을 듣고 곧장 허임을 찾아왔다. 의원은 사십대 초반으로 보였고, 두 의녀는 스무 살 정도였다.

"전의감과 혜민서에서 나왔다고?"

관아의 의관인 김추문은 허임과 장세관이 자신보다 한참 어린 걸 보고 조금 깔보았다. 이십대 중반이라면 잘해야 봉사 정도나 되겠지 싶었나 보다.

장세관이 그의 마음을 눈치 채고 눈에 힘을 주었다.

"그렇소. 나는 장세관이라 하오. 그리고 이분께서는 치종교수이신 허 의관님이시오."

그는 '교수'라는 단어에 힘을 두었다.

아니나 다를까 김추문의 표정이 단번에 달라졌다. 품계도 없는 권지야 눈에 차지도 않았다. 하지만 교수는 종6품이었다. 지방의 일반 의관이 꿈꾸는 품계.

김추문은 당장 고개를 숙였다.

"어이구, 몰랐소이다. 젊은 분이 교수라니, 대단하시구려."

"허임입니다. 어차피 같은 목적을 지닌 사람들이니 서로 편하게 지냅시다."

"그리 말씀해 주시니 고맙소이다. 혹시라도 도움이 필요하면 언제든 말씀하시구려."

"먼저 하나 물어보겠습니다. 현재 관아에서 파악하고 있는 급한 환자는 어느 정도 됩니까?"

김추문이 고개를 설레설레 저었다.

"워낙 많아서 몇 명이라 정확히 말할 순 없소이다. 그래도 대충 헤아려 보면 한 천은 되지 않을까 싶소이다."

진주의 백성이 칠팔천이다. 그 중 일 할이 넘는 사람이 급한 환자라는 말이다. 가벼운 증상의 환자까지 합한다면 진주의 백성 중 반은 환자라고 봐야겠지만.

"나졸을 시켜 환자를 모으라 했으니 곧 환자들이 몰려들 겁니다. 서로 머리를 맞대고 최대한 많은 사람을 치료할 수 있는 방법을 생각해 봅시다."

몸이 아픈 백성들은 나졸의 말을 듣고 관아를 기웃거렸다. 그러나 관아 안으로 들어가는 것을 꺼리며 미적거렸다. 힘없는 민초들에게 관아는 두려움의 장소였다.

그런데 그들이 눈치만 볼 때, 동문 쪽에 사는 청년이 고통에 시달리는 어미를 등에 업고 이판사판이라는 심정으로 관아에 들어갔다.

"여기로 오면 병을 치료할 수 있다고 해서 왔습니다. 제 어머니 좀 살려주십시오!"

"안으로 들어와서 눕히게."

장세관이 기다렸다는 듯 청년과 청년의 어미를 방안으로 들였다. 그 모습을 밖에서 힐끔거리며 지켜본 자들이 하나 둘 안으로 들어왔다.

환자가 순식간에 열 명이 넘어서더니 스무 명에 가까워졌다. 안되겠다 싶어진 허임은 나졸에게 두어 가지 명령을 내렸다.

찬바람 속에서 오래 기다리면 몸이 더 상할지도 모르는 일. 환자들을 비어 있는 창고에서 기다리게끔 했다. 또한 한꺼번에 너무 많은 환자가 몰려와도 문제가 될 터. 스무 명 이후에는 이름을 적고 숫자를 정해준 다음 돌려보내라고 했다.

그리고 치료를 하는 것에도 방침을 정했다.

치료는 순서대로. 중환자 우선. 신분의 고하는 따지지 않았다.

* * *

약을 이용한 치료는 장세관과 김추문에게 맡기고 허임은 침구 치료에 집중했다. 저녁이 될 때까지 세 사람이 치료한 환자는 서른 다섯이었다. 적지 않은 환자를 치료하긴 했지만 그래 봐야 진주의 수많은 병자 중 극히 일부일 뿐이었다.

그날 저녁 허임은 보다 많은 환자의 치료를 위해 방안 하나를 제시했다.

"환자 중 반 이상이 추위로 인해서 감기에 걸리거나, 배가 고파 아무것이나 먹어서 위장에 탈이 난 사람들입니다. 그들을 위해서 일일이 약을 달일 수도 없는 일이니 한 번에 삼사십 명이 복용할 수 있는 양의 약을 달이도록 하십시오. 그리고 병의 강약에 따라서 약의 양을 조절해서 복용시키십시오. 대량으로 약을 달여서 약효는 조금 떨어질지 몰라도 훨씬 많은 환자에게 도움을 줄 수 있을 것입니다."

"좋은 생각입니다. 감기나 배앓이는 사실 병이 깊어지는 것만 차단해도 어느 정도는 저절로 낫는 병이니 그렇게 하면 많은 도움이 될 겁니다."

"그럴 듯한 생각이오. 그런데 무작정 많은 약을 달일 수도 없는 일 아니겠소이까?"

"환자들의 병세를 치료하기 전에 미리 알아놓으면 됩니다. 그 일은 시간이 많이 걸리는 일이 아니니 조금만 시간을 할애해도 될 겁니다. 어차피 그리 해놓으면 나중에 치료할 때도 도움이 될 테니까요."

"그것도 좋은 생각이군요."

다음 날은 아침 일찍부터 약을 달였다. 한쪽에서는 감기에 좋은 약을, 한쪽에서는 소화와 탈이 난 위장을 다스릴 수 있는 약을 달였다. 수십 명이 복용할 약이다 보니 약탕기 대신 항아리를 이용했다.

약 달이는 시간이 길긴 했지만, 한번 약이 달여지자 장세관과 김추문은 병세에 따른 약의 양만 의녀들에게 말해주면 되었다. 그 동안 허임은 종기가 심한 환자와 큰 상처를 입은 환자, 그 외에 병증이 심한 환자를 꾸준히 치료했다.

옆에서 그 모습을 보던 김추문은 허임의 침구술이 못미덥게 느껴졌다. 그가 아는 한 침구로 치료할 수 있는 환자는 한정되어 있었다. 그런데 허임이 침구로는 도저히 치료할 수 없을 것 같은 병증마저 침을 놓고 뜸을 뜨는 것이 아닌가.

의심을 떨치지 못한 그는 잠깐 휴식을 취할 때 장세관에게 넌지시 말했다.

"이보게, 허 의관이 침을 놓고 뜸을 뜨고 있는 환자는 내 보기에 분명 신장에 이상이 있는 환자네. 그런데 그런 병을 침구로 치료하려고 하다니. 조금 이상하지 않은가?"

장세관은 쓴웃음을 지었다. 그도 처음에는 김추문과 같은 생각을 했었다. 그때를 생각하면 자신이 얼마나 우매했는지 웃음밖에 나오지 않았다.

"허 의관님의 침구술은 우리 의관들조차 신기해할 정돕니다. 듣기로는 공주 김 참판이 풍으로 떨어져서 돌아가시기 직전이었는데 침구로 치료했다고 하더군요."

"에이, 그게 어찌 가능한 일인가? 말도 안 되는 소리 말게."

"얼마 전에는 구례에서 도저히 치료할 수 없을 것 같던 분의 간장과 폐장의 병을 고쳤지요. 제 눈으로 직접 본 일인데도 한동안 믿을 수가 없었습니다."

그제야 김추문의 눈이 커졌다. 장세관이 직접 봤다는데 뭐라고 할 건가?

"그, 그게 정말인가?"

"두고 보시면 압니다. 제가 김 의관님을 생각해서 말씀드리는데, 의심할 시간에 허 의관님의 치료술을 조금이라도 눈여겨보십시오. 많은 도움이 될 겁니다. 특히 종기를 치료하는 일에 대한 것만큼은 이 나라에서 허 의관님을 따라갈 사람이 없다고 감히 말씀드릴 수 있지요."

장세관은 눈만 껌벅이는 김추문을 놔둔 채 다른 환자를 치료하기 위해 일어났다. 어차피 믿지 않을 거라면 자신이 아무리 말한들 소용없는 일이었다. 직접 본 사람도 믿기 힘든데 말만 듣고 어찌 믿을까?

그날 신시쯤 되었을 때였다. 갓을 쓰고 두루마기를 입은 사십대 중년인이 목에 힘을 주고 관아에 찾아왔다. 당시 순서를 기다리는 환자들이 십여 명 있었는데, 그는 그들을 아랑곳하지 않고 앞으로 왔다.

환자를 통제하던 나졸은 그를 아는지 제지하지 않았다. 순서를 기다리던 환자들도 그를 힐끔거리기만 할뿐 불만을 표시하지는 못했다.

"어험! 뛰어난 의관이 왔다고 해서 찾아왔네. 의원은 안에 계신가?"

약사발을 들고 가던 의녀가 허리를 숙였다.

"지금 환자를 치료하고 계신 중입니다."

"그래? 그럼 들어가서 기다리지."

중년인은 거침없이 문을 열고 안으로 들어갔다. 환자에게 침을 놓고 있던 허임은 그를 쳐다보지도 않았다. 장세관도 슬쩍 고개를 돌려서 바라보기만 하고, 김추문만 일어나서 중년인을 맞이했다.

"어이구, 서 진사님이 어쩐 일이십니까?"

"몸이 좀 안 좋아서 찾아왔네."

"잠시만 기다리시지요."

"그러지."

방안에는 허임과 장세관, 김추문이 각자 맡은 환자를 치료하고 있었다. 그리고 한쪽에는 다음 순서를 기다리는 환자 셋이 앉거나 누워 있었다. 불필요한 시간을 최대한 단축시키고, 한 사람이라도 따뜻한 방안에 머무르다가 치료받게 하기 위함이었다.

중년인은 그 환자들 앞에 앉더니 허임을 바라보았다.

"의관이 젊다는 말을 듣긴 했는데, 들은 것보다 더 젊은 것 같군."

허임은 침을 모두 빼고 약방문에 뜸자리와 뜸의 양을 적은 후 환자에게 건네주었다. 환자는 이제 옆방으로 가서 그 약방문을 의녀에게 주고 뜸을 뜨면 되었다.

환자가 일어나자 허임이 고개를 돌렸다.

"치료를 받고자 오셨습니까?"

"그렇다네. 어디 진맥 좀 해보게나."

"순서가 어찌 되십니까?"

"순서?"

"제가 알기로 이제 오신 분 같습니다만."

"그렇다네. 설마 나더러 저 밖에 있는 천한 것들 뒤에 서라는 말은 아니겠지?"

서 진사. 서인상이 눈살을 찌푸리며 노기를 드러냈다. 그래 봐야 허임은 눈썹 한 올 까딱하지 않았지만.

"신분 고하를 막론하고 아주 중한 환자가 아니면 순서를 어기지 말라 했는데, 나졸들이 왜 들여보냈는지 모르겠군요."

"어허!"

서인상이 눈을 부라리자 김추문이 황급히 나섰다.

"허 의관, 이분은 서문 쪽에 사시는 서 진사님이시오. 먼저 좀 봐 주시구려."

허임은 김추문의 말을 들은 척도 않고 고개를 돌려서 벽 쪽에 앉아 있는 환자에게 말했다.

"다음 환자는 앞으로 나오시오."

"정말 이럴 겐가?"

서인상이 발끈해서 눈을 치켜떴다. 김추문도 허임이 이렇게 강경하게 나올 줄 몰랐는지 안절부절못했다.

그때 장세관이 허임을 향해 말했다.

"전에 병조판서께서 혜민서로 허 의관님을 찾아갔다가 헛걸음을 하고 돌아섰다는 말을 들은 적이 있었지요. 그 말이 사실이었나 봅니다."

"맨 뒤에 서라고 말씀드렸더니 기다릴 시간이 없다면서 당장 치료를 안 해 주면 그냥 가겠다고 화를 내시더군요. 그래서 기다릴 시간이 없으시면 잘 가시라고 했지요."

"왕세자 저하를 치료할 때도 무슨 일이 있었다 들었습니다만, 이야기해 주실 수 있습니까?"

"별일 아닙니다. 혜민서에 환자가 많으니 일이 다 끝난 뒤에 불러주시면 고맙겠다고 말씀드렸지요. 그랬더니 고통을 참으시고 저녁에 부르셨지 뭡니까? 하마터면 목이 달아날 뻔했지요."

허임과 장세관의 대화를 듣고 있던 서인상은 입도 뻥끗 못 했다. 자신이 지방에서는 목에 힘을 줄지 몰라도 어찌 병조판서와 왕세자에 비견할 수 있으랴.

그 사이 삼십대 환자가 서인상의 눈치를 보며 앞으로 나왔다. 발을 심하게 절룩이던 그는 힘들게 앉더니 바지를 허벅지까지 걷었다. 무척 큰 종기로 인해 허벅지가 시뻘겋게 부어 있었다.

"땅을 디딜 때마다 머리까지 울려서 걸을 수가 없습니다."

종기를 손으로 이곳저곳 만져본 허임이 삼십대 남자를 쳐다보았다.

"제대로 치료를 하려면 많이 아플 것이오. 대신 확실하게 나을 수 있소. 칼을 대어야 할 것 같으니 결정은 그대가 하시오."

삼십대 남자가 웃옷을 걷고 어깨를 드러냈다. 그의 어깨에는 제법 큰 흉터가 남아 있었다.

"저번 싸움 때 왜놈들이 쏜 조총의 탄환이 박혀서 제 손으로 직접 파냈습니다요. 그때보다 더 아프지만 않다면 견딜 수 있습죠."

허임은 말없이 고개를 끄덕이고 보따리에서 칼을 꺼냈다. 서인상은 시퍼렇게 날선 칼을 보고 흠칫하더니 슬그머니 자리에서 일어났다.

"어험! 그럼 나중에 다시 오겠네."

* * *

아침부터 시작된 치료는 저녁까지 이어졌다. 그러한 나날이 며칠 동안 계속되니 나중에는 환자들이 의원을 걱정할 지경이었다.

뒤늦게 서야 허임의 침구술을 인정한 김추문도 기회가 왔을 때 허임의 침구술을 배우려고 농을 피우지 않았다. 약재가 부족한 상황이기도 하지만, 설령 약재가 있다 해도 가진 것이 없는 민초들에게는 침구술 이상 가는 치료법이 없었다.

그렇게 보름이 지나자 찾아오는 사람의 수가 줄어들기 시작했다. 환자가 줄어든 이유도 있지만, 그보다는 산으로 들로 식량을 구하러 다니는 사람이 많아졌기 때문이었다. 지난 가을의 흉작과 전쟁이 길어지면서 굶주림에 지친 백성들은 풀뿌리를 캐먹고 나무껍질을 뜯어서 삶아먹었다.

진주만 그런 것이 아니었다. 전 국토 모든 곳이 기근으로 인해 흉흉했다.

특히 한양 인근에서는 상상도 못할 일이 벌어지고 있었다.

도성 밖에는 안에서 내다가 쌓아놓은 시체들을 들짐승과 날짐승들이 파먹어서 그 처참함이 극에 달한 상태였다. 조정에서 10리 밖에 묻으라 했지만, 감시가 소홀한 사이 대충 쌓아놓은 시체들이었다.

그런데 그러한 시체들 중에서도 살점이 없고 백골만 남은 시신이 한쪽에 산더미처럼 쌓여 있었다. 사람이 인육을 뜯어먹었기 때문이었다. 배고픔이 인간을 짐승만도 못하게 만들어버린 것이다.

조정에서도 그러한 사실을 모르는 것이 아니었다. 선조도 알고, 중신들도 모두 알고 있었다.

오죽하면 유성룡이 선조에게 아뢰기를 "비단 죽은 사람의 살점만 먹을 뿐 아니라 살아 있는 사람도 서로 잡아먹는데, 포도군(捕盜軍)이 적어서 제대로 막지를 못합니다." 라고 할 정도였다.

또한 이덕형은 "부자, 형제도 서로 잡아먹고 있으며, 양주(楊州)의 백성은 서로 뭉쳐서 도적이 되어 사람을 잡아먹고 있습니다. 먹고 살 조치를 취해 주어야만 서로 죽이지 않게 될 것이니, 그렇지 않으면 저들의 행위를 금지시키기가 어려울 것으로 보입니다." 하였다.

사람이 사람을 잡아먹으니, 그 처참함을 어찌 다 말로 표현할 수 있으랴!

참으로 가슴 찢어지는 일이 아닐 수 없었다.

사정이 그러하거늘 배고픈 백성들이 조정만 믿고 기다려줄 리 만무했다. 충청도 아산과 직산은 물론 곳곳에서 도적들이 출몰하였다. 간간이 버티고 있는 판에 군량으로 쓴다며 곡식을 징발하니 견딜 수 있는 백성이 얼마나 되겠는가.

진주에 머문 지 한 달이 넘었다. 날이 따뜻해지자 허임은 진주를 떠나기로 마음먹었다. 김추문이 제일 아쉬워했다. 그는 이제 허임의 열렬한 추종자가 되어 있었다. 처음에 무시했던 것을 생각하면 격세지감이 느껴지지 않을 수 없을 정도였다.

허임은 결정을 내리고 박종남을 만났다.

"떠나겠다고?"

"예. 이제 급한 환자들은 대충이나마 치료를 한 것 같으니 다른 곳으로 가볼 생각입니다."

"그것도 좋은 생각이군. 보내기가 아쉽지만 어떡하겠느냐? 그 동안 정말 수고가 많았다."

"할 일을 했을 뿐이니 괘념치 마십시오."

"어디로 갈 생각이냐?"

"고성 쪽으로 내려가 볼 생각입니다."

"고성은 매우 위험한 곳이다. 왜적들이 시도 때도 없이 침탈한다고 들었다."

허임도 왜적이 고성과 거제도를 수시로 침입해서 약탈과 살인, 납치를 일삼고 있다는 말을 듣긴 했다. 하지만 가보지도 않고 포기할 수는 없었다.

"위험한 곳인 만큼 저희를 필요로 하는 사람들이 많겠지요."

"으음, 네 마음이 정 그렇다면 어쩔 수 없다만, 조심해서 가도록 해라."

"예, 목사 어른."

* * *

아침에 진주를 나선 허임과 장세관은 사천으로 향했다. 저녁 늦게 사천에 도착한 두 사람은 민가에서 하룻밤 유숙했다.

고성의 서쪽에 위치한 사천은 수군에게 중요한 요지 중 하나였다. 박종남의 말마따나 그곳으로 왜적이 들어오면 진주의 턱밑에 바로 도착할 수 있었고, 전라도로 진격할 수 있었다. 그런데 다행히도 당포와 한산도 등에서 이순신이 적을 대패시킴으로써 그 지역을 조선 수군이 장악하고 있었다.

사천의 수군과 백성들은 의관 둘이 나타나자 무척 기뻐했다. 더구나 우연히 온 것이 아니라 나라를 위해 싸우는 병사들을 치료하기 위해서 자의로 왔다는 말을 듣고 더욱 고마워했다.

허임은 그곳에서 수군의 상황에 대해 많은 것을 들을 수 있었다. 특히나 수군, 민초 할 것 없이 이순신에 대해 침이 마르게 떠받들 듯이 이야기해서 가슴이 뭉클했다. 그 와중에 허임이 은근슬쩍 물어보았다.

"경상우수사 원균 장군도 대단한 사람이라고 하던데요?"

주위에 있던 모든 사람들이 눈을 치켜떴다.

"그걸 지금 말이라고 하쇼?"

"에이, 그 사람을 어떻게 이순신 장군과 비교합니까? 비교할 사람이 따로 있지."

"이 사람아, 말조심해."

수군 하나가 허임의 눈치를 보며 동료를 말렸다. 하지만 말을 꺼낸 자들은 오히려 더 열을 냈다.

"어차피 작둣날을 목에 대고 사는 삶인데, 까짓 거 말 못할 것이 뭐 있어? 기껏해야 죽기밖에 더해?"

"그 양반이 얼마나 음흉한지 아쇼? 한번은 작은 섬에서 우리 쪽 배 두어 척이 들락거린다는 보고를 받고 급히 출동했는데, 알고 보니 원균이 시켜서 죽은 우리 어부들의 목을 취하고 있었답디다. 그게 무슨 말인지 이해하겠소?"

"어디 그뿐인감? 계사년 2월에 웅천을 공격했을 때는 어떻고? 전라좌수영의 우후(虞侯) 배가 적의 공격을 받는데 경상우수사 쪽 사람들은 가까이 있는데도 구할 생각을 않고 구경만 했지. 결국 먼 곳에 있던 좌수영 배가 쫓아가서 구했는데, 나중에 들으니 원균이 구하지 못하게 한 것 같다고들 하더군."

"사실이지 뭐. 그 사람은 이순신 장군 쪽 세력이 약화 되길 학수고대하는 사람 아니야?"

"하긴, 자기 배는 모조리 다른 곳으로 빼돌려놓고 달랑 몇 척만 대동하고 와서는 이순신 장군에게 적을 치러가자고 재촉할 때가 한두 번이 아니었지. 한마디로 자기는 뒤에서 구경만 하고 전공을 챙기겠다는 거 아니겠어? 잘못되더라도 자기 쪽 배는 지키겠다는 욕심이지. 그런 사람을 어떻게 이순신 장군과 비교해?"

"술을 조금만 마시면 말도 안 되는 헛소리를 지껄인다더군. 거 언제야, 작년 3월인가? 임금님께서 선전관을 보냈을 때 있잖아? 그때 원균이 술을 겨우 두어 잔 마시고 술에 취한 척하면서 온갖 술주정을 다 부렸다더군. 지 자랑을 하면서 이순신 장군을 어찌나 씹던지 함께 있던 장군들이 모두 이를 갈았다는 것 아니겠어?"

봇물 터지듯이 여기저기서 이야기가 끊이지 않자, 수군 중 하급 무관으로 보이는 자가 나섰다.

"말하기로 하면 하루 종일 해도 안 끝날 거요. 어디 가서 그런 말 하면 맞아죽기 딱 좋으니 입 다무쇼, 의관 나리. 자네들도 조용히 해!"

진주에서 이런저런 말을 들으며 대충 짐작은 했다. 하지만 자신이 생각한 것보다 훨씬 더 격한 반응이었다. 이 사람들의 말이 사실이라면 실로 패악무도한 자가 아닌가.

얼굴이 굳어진 허임은 수군들에게 사과했다.

"위에만 있다 보니 몰라서 그랬습니다. 죄송합니다."

수군들도 더 이상 허임을 책망하지 않았다.

"의관 나리야 모를 수도 있죠 뭐. 어디 의관 나리뿐입니까? 듣자니까 조정에서도 까맣게 모른다고 하더구먼요."

"그러니 그런 사람을 우수사로 삼은 거겠지. 에혀, 솔직히 없는 게 나아."

수군들의 말을 듣던 허임은 가슴이 무거워졌다. 잘난 사람 아홉이 있어도 흉측한 한 사람 때문에 열 모두가 분열되어 무너질 수 있는 게 세상 아니던가.

'설마 그런 일이 일어나진 않겠지.'

마음을 다독여 보지만 불안감이 쉬이 가시지 않았다. 마치 임진
년 전쟁이 일어나기 전처럼.

* * *

허임과 장세관은 사천에서 닷새 동안 병자를 치료한 후 고성으
로 이동했다. 진주성 함락 후 왜적들이 휘젓고 다닌 통에 그곳의
사정도 좋은 편은 아니었다. 지금도 동쪽은 왜적들이 수시로 출
몰하는 판이었다. 하긴 이 땅에 사정 좋은 곳이 어디에 있을까마
는⋯⋯.

더구나 고성은 임진년 전쟁이 시작되었을 때, 탐욕스런 현령 김
현에 대한 백성들의 반감이 극에 달해 있었다. 오죽 고혈을 짜냈으
면 백성들이 왜적보다 현령을 먼저 죽이려 했을까.

그뿐이 아니었다. 현령을 죽이려다 거꾸로 백성 수십 명이 죽자,
백성들은 왜적 편에 서서 조선군을 공격했다. 탐욕스런 한 관리로
인해 백성들이 나라에 등을 돌리는 일이 벌어진 것이다. 그 일을
어찌 백성들만의 잘못이라 할 수 있겠는가.

사천에 있을 때 고성의 사건에 대해 들었던 허임은 신분을 드러
내지 않고 그저 의원이라고만 하고는 환자를 치료했다. 고성의 병
사와 민초들은 자신들을 치료해 주는 허임과 장세관이 고맙기만
했다. 그들은 두 사람의 신분을 파고들지 않았다. 병자에게 두 사람

의 신분은 의원이면 족했다.

그런데 고성에 머문 지 사흘째 되던 날, 거류산 자락에 사는 자가 와서 자신의 동리에 병에 걸린 자가 많다며 함께 가주기를 청했다.

허임은 그의 청을 받아들이고 장세관과 함께 길을 나섰다. 이십 리 거리. 작은 마을이라 했다. 환자의 수가 열 명쯤 된다고 했다. 그 정도라면 하루에 충분히 다녀올 수 있을 듯했다.

마을에 도착한 허임과 장세관은 가슴이 미어질 것 같았다. 마을 사람들은 스물대여섯 명쯤 되었다. 힘없이 앉아서 퀭한 눈으로 바라보는 그들의 어디에서도 삶의 의지를 찾을 수 없었다.

한쪽에는 나이 어린 소년과 소녀가 앉아 있었는데 소년은 열 살 전후, 소녀는 일고여덟 살 정도로 보였다. 비쩍 말라서 뼈만 남은 두 아이는 부모가 없는 듯 다른 사람들과 외따로 떨어져 있었다.

허임은 입을 꾹 다물고 환자들이 있다는 곳으로 갔다. 허름한 초가 안에 뼈와 가죽만 남은 사람들 서넛이 누워 있었다. 그곳 외에 다른 집에도 그런 사람이 두어 명씩 있다고 했다.

방으로 들어간 허임은 환자를 진맥해 보았다. 가죽과 뼈만 남은 손목을 잡으니 가슴이 찡했다. 그들의 병은 굶주림으로부터 온 것이었다. 게다가 삶의 의욕마저 없으니 어찌 병이 들지 않을까.

"굶은 지 얼마나 되었습니까?"

"이틀 되었습니다요. 인근의 먹을 만한 풀뿌리도 모두 캐먹어서 이제는 멀리 가야 겨우 캘 수 있습죠."

허임을 찾아 고성까지 온 장한이 말했다.

풀뿌리를 캐먹는다고 해서 아무 풀뿌리나 먹을 수 있는 게 아니다. 잘못하면 한 끼 배 채우려다 죽을 수도 있다. 그러니 먹어보고 괜찮다 싶은 것만 캐먹어야 한다. 더구나 작년 봄, 씨가 맺히기도 전에 너도나도 캐먹으며 씨를 말렸으니 올해에는 캐기가 더욱 어려울 수밖에.

모르는 사람들은 바닷가가 옆인데 조개든 뭐든 먹을 것이 있지 않겠느냐고 할지 모른다. 하지만 썰물로 물이 빠졌을 때만 채취가 가능하다. 그마저도 겨울철에는 갯벌에 들어갈 수도 없다. 굶어죽기 전에 먼저 얼어 죽을 테니까. 거기다 왜적이 수시로 나타나니 목숨을 걸어야 한다.

봄이 왔으니 조금만 견디면 보다 나아질 수가 있을 텐데 그 동안이 문제다.

허임과 장세관은 일단 침을 놓고 뜸을 떠서 막힌 기를 뚫어주었다. 환자들이 조금이라도 기운을 차릴 수 있게 해 주는 것. 움직여서 먹을 것을 찾을 수 있도록 해 주는 것. 답답하고 가슴 아프지만 그 정도가 그들이 해 줄 수 있는 전부였다.

그런데 그들이 다음 집에 들러서 환자들을 살펴보고 있을 때였다. 마을 저편 너머 바닷가 쪽에서 누군가가 뛰어오며 소리쳤다.

"왜적들이 온다!"

방에 있던 허임과 장세관은 그 말을 듣고 고개를 쳐들었다. 그들을 데려온 장한이 당황한 표정으로 말했다.

"빨리 도망가십시오!"

허임과 장세관은 급히 침을 챙겨서 밖으로 나갔다. 저 멀리바닷가 쪽에서 연기가 솟구치고 있었다.

"당신들도 어서 도망가시오!"

장세관이 마을 사람들을 향해 소리쳤다. 절반 정도는 이미 도망쳤고, 십여 명이 남아 있었다. 그들은 공허한 눈으로 허공을 바라보며 움직이지 않았다. 두 사람을 데려온 장한이 참담한 표정으로 허임과 장세관을 재촉했다.

"놔두고 도망가세요! 어서요!"

"하지만 저 사람들은……?"

"어차피 걸을 힘도 없어서 도망간다 해도 잡힙니다. 그러니 산 사람이라도 살아야지요."

따당! 따당!

멀리서 조총 쏘는 소리가 들렸다. 온몸에 소름이 끼쳤다. 허임과 장세관은 그 소리를 듣고 나서야 왜적이 코앞에 다가왔다는 것이 실감났다.

왜놈들이 아무리 짐승 같다고 해도 설마 다 죽은 사람을 또 죽일까?

장세관은 그리 생각하며 걸음을 재촉했다.

"가시죠, 허 의관님."

허임은 무거운 표정으로 고개를 끄덕이고 걸음을 뗐다.

그렇게 일 리쯤 갔을 때 뛰어가는 두 아이가 보였다. 남매처럼 보이던 소년과 소녀였다. 힘이 없어서 허우적거리며 뛰어가고 있었다.

"장 형이 계집아이를 맡으시오."

허임이 뛰어가서 남자아이를 업었다.

"등에 업혀라!"

장세관도 여자아이를 업었다. 뼈만 남아서 허수아비를 업은 것 같았다.

"꽉 잡아라."

소년과 소녀는 달달 떨면서 허임과 장세관을 붙잡았다.

허임과 장세관은 두 아이를 업고 달렸다. 허임의 등에 업힌 남자아이가 울먹거리는 소리로 말했다.

"저는 버려도 괜찮아요. 대신 제 동생을 살려주세요. 동생 이름은 송아예요. 흑흑흑. 부탁해요, 의원 아저씨."

허임은 가슴이 먹먹하고 목이 막혔다. 심장이 터질 것 같았다.

"안 버린다. 절대 안 버려. 그러니 걱정 말고 붙잡아."

뒤에서 들리는 조총 소리가 점점 가까워졌다. 알아들을 수 없는 왜의 말도 들렸다.

"상이 아버지!"

여인의 절규가 고막을 흔들었다. 억눌린 목소리가 여인의 발걸음을 재촉했다.

"어서 가! 어서!"

"혼자는 못 가요! 죽어도 함께 죽어요!"

허임은 목소리가 들리는 쪽으로 고개를 돌렸다. 도망치던 마을 사람 중 하나가 쓰러져 있었다. 여인이 그를 붙잡고서 절규하고 있었다.

고개를 조금 더 돌리자 마른 풀 위로 얼룩덜룩한 깃발이 보였다. 그 깃발은 삿갓처럼 생긴 투구를 쓴 왜적의 등에 달려 있었다.

잠깐 사이에 왜적 수십 명이 풀숲을 헤치고 나타났다. 그들이 조총을 겨누었다.

허임은 있는 힘을 다해서 달렸다.

따다당! 따당!

조총 소리가 콩 볶는 소리처럼 들렸다.

뭔가가 바람을 꿰뚫고 허임의 귓가를 스치며 지나갔다. 등골이 오싹했다.

전력을 다해서 달린 허임은 나지막한 야산을 끼고 돌았다. 장세 관도 헐떡거리며 허임을 바짝 따라왔다.

"조금만 더 힘을 내시오. 이 산만 돌아가면……."

허임이 헐떡거리는 장세관을 독려했다. 왼발이 망치에 얻어맞은 것처럼 느껴진 것은 그때였다.

"윽!"

허임의 몸이 기우뚱하더니 한쪽으로 나뒹굴었다. 업고 있던 남자 아이도 그의 옆으로 떨어졌다.

"의관님!"

"오빠!"

장세관과 여자아이가 대경해서 외쳤다.

일어나려던 허임의 몸이 기우뚱거렸다. 왼발에서 살이 찢어지는 고통이 밀려들었다. 발을 내려다보니 종아리에서 피가 흘러나오고 있었다. 조총을 맞은 듯했다.

그 상태로 도망갈 수 없다는 사실을 깨달은 허임이 장세관을 향해 소리쳤다.

"먼저 가십시오! 어서!"

"하지만……."

"여기서 다 함께 죽을 생각입니까? 어서 가세요!"

장세관도 그의 말이 옳다는 것을 모르지 않았다. 그러나 지리산에서 생사고락을 함께 겪은 허임을 놔두고 가려니 발걸음이 떨어지지 않았다.

그때 뒤쪽 머지않은 뒤쪽 풀숲에서 왜적의 목소리가 들렸다. 머뭇거릴 시간이 없었다.

"어서 가십시오. 그 아이라도 살려야지요. 나는 어떻게 해서든 살아남을 것이니 걱정 마십시오."

허임이 나직이 재촉하며 장세관을 향해서 강하게 손짓했다. 이를 악물고 무겁게 고개를 끄덕인 장세관은 다시 달렸다. 등 뒤의 여자아이가 흐느꼈지만 다른 생각할 겨를이 없었다.

허임은 지독한 고통이 밀려드는 왼발을 끌고 남자아이에게 다가갔다.

"괜찮으냐?"

남자아이가 눈꺼풀을 잘게 떨었다.

"우리 송아……."

"걱정 마라. 네 동생은 무사히 도망쳤다. 너도 어서 일어나라."

왜적이 나타나기 전에 몇 걸음이라도 더 도망가야 했다. 그런데 아이를 붙잡은 허임의 눈빛이 파르르 떨렸다. 아이의 등에서 진득한 느낌의 액체가 만져졌다.

"이, 이런."

허임은 급히 소년의 몸을 돌려서 등을 살펴보았다. 옷이 시뻘겋게 물들어 있고, 핏자국 사이로 작은 구멍이 뚫려 있었다.

놀란 그는 다급히 소년의 맥을 짚어보았다. 뼈만 앙상하게 남은 손목을 잡은 그의 손이 잘게 떨렸다. 작고 희미한 불길이 서서히 꺼져가고 있었다.

소년은 자신이 오싹한 느낌을 받았을 때 조총에 맞은 듯했다. 그러고도 자신을 잡은 손을 놓지 않았다. 도망치는데 방해가 될까봐 그랬나보다.

허임은 아이를 가슴 깊숙이 껴안았다. 아이의 고개가 가슴으로 떨어졌다. 소년이 아니었으면 조총의 탄환이 자신의 등을 뚫었을 것이 아닌가. 가슴이 꽉 막히고 눈물이 고였다.

'미안하다, 꼬마야.'

거친 손으로 아이의 얼굴을 쓰다듬은 허임은 아이를 조심스럽게 내려놓고 일어났다. 아이의 죽음은 안타깝지만 지체할 시간이 없었다. 그는 쇳덩어리처럼 무거워진 왼발을 끌고 앞으로 나아갔다. 식은땀이 등줄기를 타고 흘렀다.

'잡히면 죽는다. 어떻게든 도망쳐야 돼!'

스무 걸음이나 갔을까. 그가 혼신의 힘을 다해서 나아가는데 갑자기 오른쪽의 풀숲에서 왜적들이 튀어나왔다.

허임은 방향을 틀어서 왼쪽으로 꺾어졌다. 이번에는 뒤에서 왜적들이 달려왔다.

픽!

왜적 중 하나가 허임의 등을 걷어찼다. 허임의 몸이 앞으로 꼬꾸라졌다.

쓰러진 그를 향해 왜적 서너 명이 달려들었다. 사정없는 발길질과 욕설이 그를 향해 쏟아졌다. 허임은 머리를 감싼 채 뒹굴면서 주위를 둘러보았다. 어느새 그는 왜적들에게 둘러싸인 상태였다.

낄낄거리는 놈, 알아듣지도 못할 욕설을 퍼붓는 놈, 발길질을 해대는 놈…….

그때 왜적 하나가 칼을 빼들더니 허임의 목에 들이댔다. 당장이라도 목을 칠 것 같은 행동.

허임은 구례에서의 경험을 되살려 악을 쓰듯 외쳤다.

"나는 의원이오! 의원! 무슨 말인지 알겠소? 나는 조선의 의원이오!"

왜적은 그의 말을 못 알아들은 듯 발로 그의 등을 밟고서 칼을 높이 쳐들었다.

"토메테(멈춰라)!"

강한 명령조의 목소리와 함께 칼이 우뚝 멈췄다. 목소리가 들린 곳은 뒤쪽이었다. 그곳에서 십여 명이 나타났다. 머리에는 마치 소뿔처럼 솟은 화려한 투구를 쓰고, 옆구리에는 크고 작은 칼 두 자루를 찬 자가 거만한 걸음걸이로 허임을 향해 걸어왔다.

"조금 전에 의원이라고 했느냐?"

투구를 쓴 자의 오른쪽에 서 있는 자가 조선말로 물었다. 왜적 중에도 조선말을 할 줄 아는 자들이 있었다. 그럼에도 그자의 발음은 워낙 자연스러워서 허임은 그자가 왜인이 아닌 조선인일 거라 생각했다.

수많은 조선인이 왜인들에게 협조하고 있는 세상이었다. 어떤 자는 살기 위해서, 어떤 자는 이 나라의 조정을 원망해서, 어떤 자는 조선이 망했다 생각하고 출세를 위해서 스스로 왜인의 부하가 되기도 했다. 그 수가 헤아릴 수 없으니 앞에 있는 자 역시 그런 자들 중 하나인 듯했다.

"예, 저는 의원입니다."

"네가 의원이라는 것을 어떻게 믿지?"

"제 품속에 침통이 있습니다. 제가 의원이 아니라면 어찌 침통이 있겠습니까?"

"침통? 그럼 침을 놓는 의원이냐?"

"그렇습니다."

왜인의 부하가 된 조선인이 허임의 품속을 뒤졌다. 그가 곧 침통을 찾아내서 왜장에게 건넸다. 그 사이 또 다른 왜적이 보따리를 풀었다. 보따리 안에는 허임이 산과 들에서 구한 약재가 가득했다. 왜적이 약재를 아무렇게나 흐트러뜨리자 허임이 다급히 말했다.

"힘들게 구한 약재들이니 버리지 마시오."

눈을 치켜뜬 왜적이 허임의 머리를 밟으며 알아듣지 못할 욕설을 퍼부었다.

조선인이 슬쩍 허임을 보고는 왜적을 제지했다. 허임의 머리를 밟고 있던 왜적이 한 움큼 집어 들었던 약재를 보따리에 던져 넣고는, 불쾌한 표정으로 뭐라고 투덜거리며 발을 뗐다. 그 바람에 그 왜적은 약재만 봤을 뿐, 그 안쪽 깊숙이 들어 있는 은제침통은 보지 못했다.

엎드려 있던 허임은 눈치를 보면서 손을 뻗어 보따리를 다시 여몄다. 다행히 아무도 제지하지 않았다.

그 동안 조선인이 왜적의 장수로 보이는 자에게 왜어로 말을 건넸다. 허임이 의원이면 쓸모가 많으니 살려주자는 뜻이 담긴 말이었다.

왜의 장수는 허임을 노려보더니 고개를 끄덕이고 부하들에게 명을 내렸다. 허임을 노려보고 있던 왜의 병사가 뒤로 물러났다.

조선인이 허임을 향해 고개를 숙이고는 싸늘한 어조로 말했다.

"일어나라. 네가 정말 의원이라면 살려주겠다. 단, 허튼 짓을 하지 말고 우리를 따라오도록 해라."

저승의 문턱에서 살아난 허임은 후들거리는 몸을 일으켰다. 일단은 살았다는 게 중요했다. 살아 있기만 하면 언제든 탈출할 기회를 노릴 수 있지 않겠는가 말이다.

안간힘을 다해 몸을 일으킨 허임은 보따리를 챙겼다. 팔로 보호했음에도 얼굴이 말이 아니었다. 입술이 터지고, 눈두덩은 벌겋게 부었고, 코에서도 피가 흘렀다. 그러나 아무리 상처가 심해도 마음에 비하면 아무 것도 아니었다.

이를 악문 그는 다리를 질질 끌고 왜적을 따라갔다.

당항포(唐項浦)

왜적들은 허임을 배에 태웠다. 당항만에 있는 본거지로 돌아가는 듯했다.

허임은 배를 타고 가는 와중에 자신의 종아리에 박힌 탄환을 빼냈다. 처음에는 뭘 하는가 싶어서 호기심 어린 눈으로 쳐다보던 왜적들이, 그가 침과 집게를 이용해서 탄환을 빼내는 걸 보고 눈빛이 달라졌다. 어떻게 보면 놀란 것 같기도 하고, 어떻게 보면 감탄한 것처럼 보이기도 했다.

허임은 탄환이 빠진 곳에 갖고 있던 약초를 붙이고는 옷을 찢어서 다리를 감쌌다. 탄환을 빼냈어도 당장 다리를 움직일 수 있는 정도는 아니었다. 그래도 일찍 빼낼 수 있었던 것은 다행이 아닐 수 없었다.

"실력이 제법이군."

조선인이 말하며 허임의 옆으로 다가왔다.

허임은 왜적의 편을 들어서 동족을 죽음으로 몰아넣는 그가 죽이고 싶도록 미웠다. 그러나 자신은 지금 적진 중앙에 들어와 있었다. 그자의 말 한마디면 목이 떨어질 판이었다.

속으로 분노를 삭인 허임은 말없이 침과 약초를 챙기고 보따리를 여몄다.

"네 이름이 무엇이냐?"

"허임이오."

"나는 이중염이라고 한다. 진해가 고향이지. 흠, 너는 내가 왜의 수족이 된 게 불만인 모양이구나."

허임이 홱, 고개를 돌려서 이중염을 노려보았다. 분노가 치밀어서 욕이라도 퍼붓고 싶었다. 하지만 그는 이를 악물고서 터져 나오려는 분노를 가까스로 참아냈다.

그의 마음을 짐작한 듯 이중염이 냉랭히 말했다.

"내가 왜 이런 일을 하는 줄 아나? 나를 이렇게 만든 것은 바로 이 나라 조선이다. 장수와 군병은 물론이고 조정과 임금까지 백성을 버리고 모두 도망쳐 버렸으니 살기 위해서는 다른 방도가 없었지. 그나마 나는 대마도와 왜를 오가며 장사를 해서 왜의 말을 할 줄 알았기 때문에 겨우 목숨을 건질 수 있었지만, 내가 살던 마을의 다른 사람들은 모두 죽었다. 목이 잘린 시신이 산더미처럼 쌓이고 피가 강이 되어 흐르는 곳에 쓰러져 있으면서 무슨 생각이 든 줄 아나?"

목소리에 풀어질 수 없는 어떤 한이 맺혀 있는 듯 느껴졌다. 허임도 지난 일을 듣고 봤기에 가슴이 답답해졌다.

과연 자신이 이자의 처지였다면 어떻게 했을까? 순순히 죽음을 택했을까? 아니면 이자처럼 살기 위해서 발버둥 쳤을까?

허임은 왜의 주구가 된 그의 마음을 조금이나마 이해할 수 있을 것 같았다. 그렇다 해도 그를 용서할 마음은 없지만.

그때 이중염이 말을 이었다.

"다른 생각은 아무것도 들지 않았다. 그저 살아야겠다는 마음뿐이었지. 네가 지금 의원이라는 자신의 직분을 내세우고 목숨을 부지하고 있는 것처럼, 나는 왜에 몇 번 갔다 왔다는 걸 말하고 살아남아서 이 자리에 있는 거야. 너와 내가 무엇이 다르지?"

허임은 망치로 한 대 맞은 사람처럼 거센 충격을 받고 머리가 멍해졌다.

무표정한 얼굴로 그런 허임을 바라보던 이중염이 냉랭히 말하며 몸을 돌렸다.

"이 나라는 나를 욕할 자격이 없다. 너도."

그의 등을 바라보는 허임의 눈빛이 풍랑 속의 돛단배처럼 흔들렸다. 하지만 시간이 지나면서 차분하게 가라앉았다.

'맞아, 당신과 내가 살아난 방법은 크게 다를 것이 없어. 하지만 우리 둘은 분명하게 다른 것이 하나 있어. 당신은 목숨을 부지하기 위해서 마음까지 굴복하고 적의 주구가 되었지만, 나는 아니야. 나는 죽더라도 저들의 주구가 되지는 않을 거니까.'

* * *

　배는 반나절을 이동한 후 당항포에 정박했다. 왜적의 수군은 이순신과 조선 수군을 두려워해서 배를 정박하고 멀리 떨어진 안쪽에 진지를 구축해 놓은 상태였다. 그들은 이미 임진년 6월에 이순신과 이억기, 원균이 이끄는 조선 수군에게 호되게 당한 적이 있던 것이다.

　배에서 내린 허임은 왜적의 본영이 된 마을로 끌려갔다. 마을은 왜적 천지였다. 괴상한 옷차림을 한 자들이 떼 지어 몰려다니는 모습은 이곳이 마치 조선 땅이 아닌 듯했다.

　마을 중앙에 이르자 잡혀온 것으로 보이는 아낙네와 아이들이 보였다. 찢어진 옷자락, 여기저기 피투성이가 된 몸뚱이. 마치 혼이 빠진 인형이 길거리에 버려져 있는 것 같았다. 왜적들은 그들이 장난감이라도 되는 듯 발로 차고 머리끄덩이를 잡아당겨서 바닥에 내팽개치며 낄낄거렸다. 그 모습을 본 허임은 가슴이 아파서 자신의 다리가 아픈 것도 잊었다.

　남자어른들은 거의 보이지 않았다. 모두 죽였을 것이 분명했다. 왜적들이 군공을 자랑하기 위해서 병사들이 아닌 일반 백성들의 귀와 코도 잘라서 왜로 보낸다는 소문이 있었다.

　'개자식들!'

　저 위에 있는 고관대작들은 백성들이 이렇듯 지옥 속에서 살아가고 있다는 것을 알기나 할까?

왜적들은 허임을 마을 가운데 있는 기와집으로 데려갔다. 왜장들의 거처인 듯 오가는 자들이 밖에서 봤던 자들과 달리 절도가 있었다.

왜적 하나가 뭐라고 왜어로 소리치더니 허임의 다리를 차고 어깨를 눌러서 무릎을 꿇렸다. 허임이 쓰러지듯이 무릎을 꿇자 그를 끌고 온 왜장이 먼저 안으로 들어갔다. 이중염은 허임 옆에 서서 지시를 기다렸다.

곧 안으로 들어갔던 왜장이 나오더니 이중염에게 손짓을 했다. 이중염이 허임을 향해 말했다.

"운이 좋군. 일어나라. 장군께서 너를 만나보시겠다고 하셨다."

허임이 비틀거리며 일어나자, 이중염이 직접 그를 데리고 방으로 들어갔다. 방안에는 눈초리가 치켜 올라간 왜장이 허리를 꼿꼿이 세운 채 앉아 있었다. 이중염이 허임을 그자의 앞으로 데려가서 나직이 다그쳤다.

"무릎을 꿇어라."

허임이 순순히 무릎을 꿇자, 왜장이 눈살을 찌푸리며 이중염에게 물었다.

"이자가 정녕 의원이냐?"

"예, 장군."

"그런데 왜 이렇게 젊지?"

"조선에는 젊은 의원들이 많습니다."

"흠, 정말 조선이라는 나라는 알 수가 없군. 이렇게 젊은 자가 의원이라니."

왜장의 나이는 잘 봐줘도 서른 살 안팎으로 보였다. 무척 사납게 생긴 인상이었는데, 화려한 갑옷을 입어서 더욱 괴기하게 느껴졌다.

그가 바로 임진년 진주성을 공격했던 왜장 중 주장이었던 나가오카 다다오키(長岡忠興)였다. 임진년 진주성에서 패한 후 후퇴했다가 계사년 싸움에서 진주성을 무너뜨리자, 다시 고성으로 돌아와서 수군을 통솔하며 약탈을 일삼고 있었다.

"좌우간 진짜 의원이라면 잘 됐군. 그러잖아도 본국에서 조선의 뛰어난 의원을 잡으면 데려오라 했는데, 이자의 의술이 뛰어나다면 보내야겠다."

"아주 좋은 생각이십니다. 그리 하신다면 큰 상이 내려지실 것입니다."

허임을 잡아온 왜장이 아부하듯이 말했다. 나가오카 다다오키도 만족한 듯 천천히 고개를 끄덕이며 명령을 내렸다.

"다리가 나으면 보낼 것이니, 그 동안 저자를 창고에 가두고 철저히 감시하도록 해라."

"예, 장군."

허임은 그들의 말을 알아들을 수 없어서 답답했다. 저놈들이 지금 무슨 말을 하고 있는 걸까?

다만 그들의 표정과 억양으로 봐서는 나쁜 뜻이 담긴 대화는 아닌 듯했다.

"일어나서 나를 따라와라, 허임."

이중엽이 허임을 바라보며 말했다. 허임은 입을 꾹 다문 채 일어나서 이중엽을 따라 몸을 돌렸다. 그때 방문이 열리고 또 다른 왜장과 경장을 입은 사람 셋이 들어왔다.

허임은 다리를 절며 그들 곁을 스쳐서 방을 나갔다. 그는 왜인들과 눈이 마주치기 싫어서 고개를 숙인 채 밑을 보고 있었는데, 그바람에 무척 젊은 왜인 하나가 그를 쳐다보며 놀라고 있다는 걸 알지 못했다.

왜적들은 허임을 곧장 창고에 가두었다. 허임으로서는 차라리 갇혀 있는 게 나았다. 다리뿐만 아니라 온몸이 엉망이었다. 살기 위해서는 몸부터 회복해야 하는데 왜적들 사이에 있으면 치료하기가 그만큼 힘들 수밖에 없었다. 더욱 다행인 점은 왜적들이 약재가 든 그의 보따리를 빼앗지 않고 놔두었다는 것이었다.

'어떻게든 나아서 도망쳐야 돼.'

그러나 도망치기가 쉽지 않아 보였다. 빗장이 밖으로 걸려 있고 왜군의 감시가 워낙 철저했다. 몸이 낫는다 해도 도망칠 수 있을까 싶었다.

'시간이 흐르면 저들의 감시도 느슨해지겠지. 그때를 노리면 가능할지도 몰라.'

창고에는 짚단 한 아름과 낡은 가마니가 한 장 있었다. 그는 짚단을 깔고 가마니를 이불 삼아 덮은 채 이런 저런 생각을 하며 몸을 뒤척였다.

밤이 되자 이중염이 찾아와서 허임의 상태를 살펴보았다. 허임은 상처가 심한 것처럼 끙끙대며 엄살을 부렸다.

"몸이 많이 안 좋은가 보군."

"죽지 않고 살아 있는 게 다행이오."

"몸이 낫지 않으면 쓸모가 없어진다. 무슨 말인지 알겠지? 그러
니 살고 싶으면 알아서 처신해라."

쓸모가 없어진 물건은 버린다. 사람은 죽이고. 이중염은 허임의
상태를 아는지 모르는지 묘한 뜻의 말을 던지고 돌아섰다.

왜적들은 무엇으로 끓였는지 알 수 없는 괴상한 잡탕 죽을 하루
에 두 번 주었다. 퀴퀴한 냄새가 코를 찔렀지만 허임은 바닥까지
싹싹 핥아서 비웠다. 뭐든 먹어야 했다. 그것마저 먹지 않으면 탈출
하기 전에 굶어 죽을지 모른다.

그때까지만 해도 허임은 자신이 특별대접을 받고 있다는 걸 알
지 못했다. 그가 마을에 들어오면서 봤던 아낙네와 아이들은 하루
에 한 끼밖에 먹지 못했다. 양도 그보다 적었고. 그를 특별대접 하
는 것은 왜로 보내기 위해서였는데, 허임은 그 사실을 꿈에도 생각
지 못했다.

나흘이 지나자 종아리의 상처가 아물기 시작했다. 얼굴의 부기도
가라앉아서 시퍼런 멍만 남았다. 찢어진 입술에는 딱지가 내려앉
았고. 겉모습이 현저히 나아지자 이제는 엄살을 부리고 싶어도 부
릴 수가 없었다.

허임은 그 때문에 걱정이 태산이었다. 그가 나은 걸 알면 저들이
그의 의술을 이용하려 할 게 분명했다. 하지만 그는 백성들을 참혹
하게 죽인 저들을 치료해 주고 싶지 않았다. 치료해 준 왜적에게
백성들이, 조선병사들이 죽는다면 결국 자신이 그들을 죽인 셈 아

닌가. 문제는 그가 치료를 거부할 경우 저들이 가만두지 않을 거라는 점이었다.

'후우, 어떻게 하지?'

정체 모를 덩어리가 둥둥 떠다니는 죽으로 저녁식사를 때운 허임은 짚단 위에 쓰러지듯이 누워서 캄캄한 어둠을 응시했다.

'차라리 바깥에서 오가다 보면 기회가 생기지 않을까?'

왜적을 치료해주고 싶지는 않지만 탈출을 위해서라면 생각을 달리해야 할 듯했다. 몇 명 치료해 주면 저들의 경계심이 약해질 수도 있었다. 또는 약초를 구하러 간다는 핑계를 댈 수도 있지 않겠는가. 감시병이야 있겠지만 한눈판 순간을 노리면 도망 갈 기회가 있을지도 몰랐다.

'치료해 주는 것도 미적거리면서 적당히 하면 될 것이고……'

아무리 생각해 봐도 일단은 밖에서 활동을 하는 것이 나을 것 같다.

허임은 이런 저런 생각을 하며 머릿속에서 수십 번 탈출을 감행했다. 때로는 성공할 때도 있고, 때로는 잡혀서 죽기 직전에 몰릴 때도 있었다. 모두 상상 속에서 벌어지는 일이었지만, 잡힐 경우를 생각하면 등골이 오싹했다. 그래도 어쨌든 밖으로 나가서 활동하는 것이 탈출에 도움이 될 거라는 점만큼은 분명한 사실이었다.

'그래, 내일부터는 병자를 치료해 준다 하고 밖을 자세히 살펴보자.'

결심을 굳힌 그는 눈을 감았다. 그때 빗장 열리는 소리가 들리더니 경첩이 날카로운 소음을 냈다.

허임은 창고의 문이 열리는 걸 보고 상체를 일으켰다. 왜적의 복장과는 조금 다른, 고관의 사병으로 생활하는 무인들처럼 검은색 경장을 입은 자가 횃불을 들고서 안으로 들어서고 있었다.

허임은 그런 차림을 한 자들을 며칠 전에 본 적이 있었다. 바로 왜장의 방에서.

검은색 경장을 입은 자가 허임과 다섯 자 떨어진 곳에서 걸음을 멈추고는 나직이 물었다.

"허임?"

나지막한 목소리는 남자답지 않게 가늘었다. 거기다 음모가 담긴 것처럼 수상쩍게 들렸다. 허임은 자신의 이름을 묻는 그를 올려다보았다. 그자는 목소리뿐만 아니라 위로 묶어 올린 머리카락 아래쪽의 얼굴도 선이 가늘었다.

횃불에 비친 그자의 얼굴을 자세히 본 허임은 잠깐 숨을 멈췄다. 오래 전의 아련한 추억이 눈앞에 허상처럼 떠오르더니 앞에 선 자의 얼굴에 겹쳐졌다.

"너……?"

"역시 당신이었군요."

"네, 네가 어떻게……?"

말문이 막혔다. 횃불을 들고 있는 자. 놀랍게도 그는 제주도에서 작별했던 전하성이 아닌가.

"쉿. 조용히 해요."

허임은 입을 꾹 닫고 전하성을 뚫어지게 쳐다보았다.

맙소사! 이곳에서 전하성을 만나다니!

"저희 가문에서는 남녀를 가리지 않고 같은 일을 해요. 그래서 이번에 오라버니를 따라 건너왔어요."

"흥. 또 첩자 짓을 하려고 왔단 말이지?"

냉랭한 허임의 말투에 전하성이 쓴웃음을 지었다.

"지금은 전쟁 중이에요. 당신이 당신 나라를 위해서 일을 하듯이, 나는 내 나라를 위해서 일을 하는 것이죠."

"첩자 짓하려면 한창 바쁠 텐데 왜 나를 찾아왔지?"

"시간이 없어요."

"무슨 말이야?"

"장군은 내일 당신을 배에 태워서 본국으로 보낼 거예요."

그 말에 허임이 화들짝 놀랐다.

"뭐?"

"관백께서 조선의 의원을 잡아오라는 명을 내렸어요. 그래서 장군은 당신을 하루 빨리 왜로 보내서 공적을 세울 생각이에요. 지금까지 그냥 놔둔 것도 그 때문이죠."

"내 실력을 어떻게 믿고?"

"배를 타고 올 때 침술로 탄환을 빼냈죠?"

"맞아. 그랬지."

"그 광경을 본 사람들이 당시의 일을 장군에게 말했어요."

빌어먹을! 그냥 놔둘 걸 그랬나?

허임이 얼굴을 구긴 채 다시 물었다.

"그것만으로는 내 실력을 믿을 수 없을 텐데?"

"어차피 그 이상의 실력을 검증하는 일은 본국에 가서 할 수도 있어요. 그래서 일단 당신을 보내기로 한 거죠."

그때 문득, 허임의 뇌리에 시간이 없다던 전하성의 말이 떠올랐다.

"시간이 없다고 했지? 혹시 나를……?"

허임이 빤히 쳐다보며 말끝을 흐리자, 전하성이 천천히 고개를 끄덕였다.

"어떻게 하려는 거지?"

"새벽이 오기 전에 문이 열릴 거예요. 도망칠 기회는 그때밖에 없어요."

누가 문을 열어줄 거라는 말은 묻지 않았다. 지금 그 일을 할 수 있는 사람이 전하성 외에 또 누가 있겠는가.

"그럼 너는 어떡하고?"

"저에 대해선 걱정하지 않아도 돼요. 들키지 않게 하면 되니까요."

"하성이 너…… 정말 내가 도망쳐도 아무 일 없는 거지?"

여인이라는 것을 알면서도 과거처럼 대하는 허임을 보고 전하성이 미소를 지었다.

"당신은 좋은 사람이에요. 부디 무사하길 바라겠어요."

그는 나직하게 그 말만 하고 몸을 돌렸다. 허임은 그가 나가고 문이 닫힐 때까지 그에게서 눈을 떼지 않았다.

허임은 빗장 걸리는 소리를 들으며 다시 몸을 뒤로 눕혔다. 어둠 속에서 그날의 일이 하나 둘 떠올랐다. 전하성과 한 몸이 되었던 그날 밤의 일이.

'네가 왜인만 아니었어도…….'

인시* 초(初). 문의 빗장이 열리는 소리가 들렸다.

누워 있던 허임은 벌떡 일어나서 바로 옆에 준비해 두었던 보따리를 맸다. 밖에서는 아무런 소리도 들리지 않았다.

정말 빗장이 열린 걸까?

허임은 의문을 품고서 문을 슬며시 당겨보았다. 문이 그의 손짓을 따라 천천히 열리고 찬바람이 밀려들었다.

창고 밖은 뿌연 안개가 끼어서 달빛이 제법 밝은데도 열 걸음 앞이 보이지 않았다. 밤마다 문 앞에 서 있던 왜군 둘도 보이지 않았고. 전하성이 그들을 빼돌린 듯했다.

허임은 최대한 소리를 죽인 채 창고를 빠져나왔다. 그리고 좌우를 둘러본 다음 북쪽을 향해 이동했다. 전하성이 말한 대로 북쪽의 감시가 가장 취약했다. 대부분의 감시가 바닷가인 남쪽과 서쪽에 집중된 탓이었다. 언제 어느 때 이순신이 배를 몰고 쳐들어올지 모르니까.

바짝 긴장한 허임은 사방을 살피면서 조심스럽게 마을을 빠져나갔다. 생각지도 못했던 일이 벌어진 것은 그가 마을을 거의 다 빠져나왔을 때였다.

이제 산으로 들어가기만 하면 왜적의 손에서 벗어날 수 있었다. 그런데 산으로 뛰어들기 직전, 앞쪽 숲에서 왜적이 허리춤을 추스르며 나왔다.

왜적은 자신을 향해 달려오는 허임을 보고 깜짝 놀라서 왜어로

---

* 寅時:오전3시~5시

소리쳤다.

"누구냐?"

심장이 덜컥 내려앉은 허임은 우뚝 걸음을 멈췄다. 그러나 바로 정신을 차린 그는 서쪽으로 방향을 틀었다.

"수상한 놈이다! 저놈을 잡아라!"

왜적이 소리치자 여기저기서 웅성거리는 소리가 들렸다.

앞도 보이지 않는 깜깜한 밤. 당황한 허임은 그곳을 벗어나기 위해서 무조건 달렸다. 그런데 그가 달리는 쪽에서 왜적 십여 명이 나타났다.

하필 그때 허임의 발이 돌부리에 걸렸다. 중심을 잡을 틈도 없이 땅바닥에 나뒹군 그는 서너 바퀴를 구른 다음에 땅을 짚고 몸을 일으켰다.

그 사이 왜적들이 그의 주위로 몰려들었다. 그들의 손에는 달빛에 번뜩이는 칼이 들려 있었다.

끝내 실패한 건가?

허임은 절망스런 상황에 기운이 쭉 빠졌다. 그러나 어쨌든 일단은 목숨부터 구하고 볼 일. 그는 왜적들이 칼을 휘두르기 전에 그 자리에 주저앉았다. 저항할 의사가 없다는 걸 보이기 위함이었다.

"으악!"

모여드는 왜적의 뒤쪽에서 갑자기 비명이 울렸다.

사람들의 시선이 모두 그쪽으로 쏠렸다. 허임의 시선도 반사적으로 그곳을 향했다. 검은 인영이 어둠 속에서 칼을 휘두르고 있었다. 그에게 당했는지 왜적 두 명이 비틀거리며 쓰러지는 게 보였다.

왜적들은 대항을 포기한 허임을 놔둔 채 검은 인영을 향해 달려들었다. 그 광경을 본 허임은 다시 재빨리 일어나서 반대쪽으로 달렸다. 왜적 중 하나가 뭐라고 소리치면서 그를 쫓아왔다.

허임은 이번이 정말로 마지막 기회라는 걸 알기에 이를 악물고 혼신의 힘을 다해서 도망쳤다. 왜적도 놓치면 큰일이라도 나는 것처럼 악착같이 쫓아왔다. 거리라고 해봐야 다섯 걸음 정도. 여차하면 잡힐지 모르는 상황이었다.

그때 누군가가 어둠 속에서 튀어나오더니 몽둥이를 휘둘렀다.

퍽!

몽둥이가 노린 대상은 허임이 아닌 왜적이었다. 허임을 쫓던 왜적은 갑작스런 일격을 머리에 맞고 허공으로 붕 뜨더니 바닥에 처박혔다.

깜짝 놀란 허임은 홱 고개를 돌렸다. 그는 자신을 도와준 자가 누군지 보려고 했지만, 왜적을 때린 자는 즉시 몸을 돌려서 어둠 속으로 사라져버렸다.

'누구지?'

그러나 언제 왜적이 쫓아올지 모르는 상황. 허임은 이를 악물고 다시 어둠을 향해 달렸다. 그리고 곧 산속으로 들어섰다.

허임은 뒤에서 따라오는 사람이 없다는 걸 확인한 후에야 걸음을 멈췄다.

"헉헉헉헉."

바위에 앉은 그는 거친 숨을 몰아쉬며 잠깐 휴식을 취했다. 조금 전의 일이 주마등처럼 스쳐지나갔다.

위기에 나타났던 검은 인영은 전하성이 분명했다. 그녀가 칼을 그렇게 잘 휘두를 줄은 생각도 못했던 일이었다. 헤어진 몇 년 사이 무슨 일이 있었던 걸까?

하긴 제주도에 있던 당시에도 힘만 조금 달렸을 뿐 남자들 못지 않게 일했던 그녀가 아닌가. 그 동안 무술을 익혔다면 이해 못할 일도 아니었다.

정말 의외인 것은 몽둥이를 휘둘러서 왜적을 쓰러뜨린 자였다. 비록 어둠속이지만 눈에 익은 체형이었다.

'이중염인가?'

아닐지도 모른다. 또 다른 조선인이 우연히 상황을 목격하고 나섰을 수도 있다.

어쨌든 그이면 어떻고 아니면 어떤가? 일단은 이곳을 벗어나는 게 우선이다.

허임은 길을 재촉하기 위해서 일어났다. 하지만 그는 걸음을 옮길 수 없었다.

"너는 도망갈 수 없다, 의원."

차가운 목소리와 함께 한 사람이 어둠 속에서 걸어 나왔다. 그의 손에 들린 칼이 달빛을 받아서 차갑게 번뜩였다.

허임은 그자를 보고 가슴이 싸늘하게 식었다. 나타난 자는 신기하게도 발걸음소리조차 거의 나지 않게 걸었다. 제주도에서 동막개에게 들은 적이 있었다. 정식으로 무술을 배워서 고수가 되면 걸음걸이가 깃털처럼 가벼워진다고 했다. 마음만 먹으면 낙엽을 밟고 걸어도 소리가 거의 나지 않을 정도로.

앞에 나타난 자가 그러했다.

'왜에는 인자(忍者)라는 자들이 있다고 하던데, 이자가 혹시?'

그들은 요인을 암살하거나, 정보를 수집하고 모략을 꾸미는 등 승리를 위해서라면 무슨 짓이든 하는 자들이라고 알려져 있었다. 지금처럼 전쟁이 벌어진 상황이라면 그들이 조선땅에 나타났다 해도 이상할 것이 없었다. 하필 자신 앞에 나타난 것이 문제일 뿐.

얼굴이 창백해진 허임은 주춤거리면서 뒤로 물러섰다.

"거기 서. 나는 너를 살려서 데려갈 거다. 하지만 도망치려 한다면 별 수 없이 목만 가져가야겠지."

나타난 자는 의외로 젊었다. 그런데 굵지도 가늘지도 않은 그의 목소리는 살얼음이 깔린 듯 차가워서 들을 때마다 오싹 소름이 끼쳤다. 말을 듣지 않으면 정말로 목을 치고도 남을 자.

허임은 하는 수없이 걸음을 멈추고 그의 처분만 기다렸다.

그때 허임과 그 청년 사이로 얼굴을 가린 검은 인영이 끼어들었다. 그자는 잠시도 망설이지 않고 청년을 향해 칼을 뻗었다.

청년 역시 반사적으로 칼을 휘둘렀다.

쩡!

맑은 쇳소리와 함께 검은 인영이 비틀비틀 두어 걸음 물러서더니, 손을 올려서 얼굴을 가렸던 천을 떼어냈다.

청년은 상대의 정체를 알고 눈을 부릅떴다.

"나쓰코……."

"이 사람을…… 보내줘요, 오라버니."

허임은 검은 인영의 목소리를 듣고 눈이 튀어나올 것처럼 커졌다.

"하, 하성아!"

그러나 전하성은 그를 돌아보지 않았다. 그녀는 자신의 오라버니가 얼마나 냉정하고 무서운 사람인지 잘 알고 있었다. 그걸 알기 때문에 목숨을 걸고 사정하는 것이었다.

"나쓰코의…… 처음이자…… 마지막 부탁…… 이에요."

한 마디 한 마디 내뱉는 그녀의 가슴에서 피가 흘러나왔다.

이를 악문 채 그녀를 뚫어지게 쳐다보던 청년은 허임을 향해 시선을 돌렸다. 그의 날카로운 눈매가 송충이처럼 꿈틀거렸다.

숨을 두어 번 몰아쉰 그는 차마 동생의 부탁을 거절하지 못하고 잇새로 한마디만 내뱉었다.

"떠나라."

허임은 떨리는 눈으로 전하성을 바라보았다.

"하성아, 괜찮아?"

"전 괜찮아요. 어서 가요."

"많이 다친 것 같은데……."

"살짝 베였을 뿐이에요. 제 걱정 말고 어서 가요."

"정말 괜찮은 거지?"

그때 청년이 냉랭한 목소리로 말했다.

"그 아이는 내가 알아서 할 테니 너는 가라. 가지 않으면 벨 것이다."

정말 벨 것처럼 청년의 눈빛이 독사의 눈처럼 번들거렸다.

허임은 더 버티지 못하고 뒷걸음질을 쳤다. 전하성이 고갯짓으로

어서 가라며 재촉했다. 이를 악문 허임은 주먹을 움켜쥐고 어둠 속
으로 뛰어갔다.

'고맙다, 하성아. 그리고 미안해, 다친 너를 두고 나 혼자 도망쳐
서.'

* * *

허임이 진주에 도착한 것은 왜적에게 잡혀간 지 이레 만이었다.
그가 살아서 나타나자 멧돼지 같던 장세관이 뛰어나와서 눈물을
글썽이며 반겼다.

"의관님, 살아오셔서 정말 다행입니다!"

"아직 죽을 때가 되지 않은 모양입니다."

"몸은 좀 어떠십니까?"

"견딜 만합니다. 송아라는 아이는 어떻게 되었습니까?"

허임은 장세관이 자세한 사정을 묻기 전에 화제를 돌렸다. 전하
성에 대한 일은 자신의 가슴 속에만 묻어두고 싶었다.

"이삼 일 울먹이더니 이제는 많이 진정되었습니다."

"목사 어른께 가보죠."

박종남도 죽은 줄 알았던 허임이 살아서 돌아오자 죽은 자식이
되살아난 것처럼 기뻐했다. 허임은 말을 아끼고 송아를 그에게 부
탁했다. 송아의 안타까운 사연을 누구보다 안쓰러워하던 박종남은
쾌히 허락했다.

"아이는 걱정 마라. 내가 돌봐주마. 그럼 너는 이제 어떻게 할 거

냐?"

이대로 돌아갈 수는 없었다. 자신이 겪은 일 정도는 지금 조선에서 벌어지는 일에 비하면 아무것도 아니었다.

"이삼 일 쉬며 몸을 추스르고 나서 의령 쪽으로 가볼 생각입니다."

"의령도 괜찮긴 하지. 그런데 지금 남원 쪽 도원수의 진영에 많은 병자들이 발생했다고 한다. 너희가 가서 그들을 치료해 주면 많은 보탬이 될 것 같다만."

"알겠습니다. 그럼 의령을 거쳤다 최대한 빨리 도원수 군영으로 가보겠습니다."

이틀을 진주에서 쉰 허임은 사흘째 되던 날 아침 진주를 출발해서 동북쪽으로 방향을 잡고 이동했다. 하루를 꼬박 걸어서 의령에 도착한 두 사람은 의병들이 있다는 곳으로 향했다.

의령은 홍의장군으로 알려진 곽재우가 의병을 일으킨 곳이었다. 그는 지금 성주목사로 임명 되어서 성주와 대구 일대를 지키고 있었다.

그가 없음에도 의병들은 그의 뒤를 따르기 위해서 의령으로 많이 모여들었다. 현재는 승병으로 당상관이 된 승장(僧將) 사명당(四溟堂) 유정(惟)이 승군을 이끌고 주둔하고 있으며, 많은 의병들이 운집한 상태였다. 언제 어느 때 싸움이 벌어질지 모르는 일. 그들은 그곳에서 보리를 파종하여 군량을 대비하고 훈련을 하며 왜적을 공격할 날만 기다렸다.

허임과 장세관이 도착했을 때는 2월 말경이었는데, 분위기가 생각했던 것보다 차분했다. 명나라에서 왜적과의 화친을 도모한다며 싸움을 자제하다 보니 의병들도 왜적을 공격할 수가 없었던 것이다.

두 사람이 의원이라고 말하자 의병들은 의외라는 표정을 지으면서도 반갑게 맞이했다.

그들에게 방을 하나 얻은 허임은 병자들을 모아달라고 했다. 그런데 그곳에는 예상했던 것보다 병자들이 적었다. 장세관은 의아해했지만 허임은 승병이 많이 모여 있는 걸 알고 그 상황을 이해할 수 있었다.

스님 중에는 의술에 능통한 자들이 많았다. 스승인 임영에게 가르침을 내렸다는 임언국도 스님에게 의술을 배웠다지 않던가. 게다가 스님들은 민간에서 성행하는 민간요법에도 능했다.

그렇다 해도 의원의 치료를 받을 사람이 없는 것은 아니었다. 아무리 스님들의 의술 솜씨가 좋다 해도 한계가 있었다. 허임과 장세관은 일단 그곳에 머물며 이삼 일 상황을 엿보기로 했다.

* * *

의령에 온 지 사흘째. 그 동안 이십여 명을 치료한 허임은 일찌감치 방향을 틀어서 도원수 군영에 가기로 결정했다. 그런데 그날 해가 질 무렵, 한 청년이 등에 장한을 업고 허임이 있는 초가집으로 들어왔다.

당시 허임은 종아리가 찢어진 환자를 치료하고 있었다. 밖에서 낭랑한 목소리가 들린 것은 그가 상처에 약초를 바른 후 천을 감고 있을 때였다.

"의원님, 성을 쌓다가 굴러 떨어져서 다리가 부러진 환자가 왔습니다."

두 사람을 도와주고 있는 창이라는 소년의 목소리였다. 열다섯 살 나이인 창이는 왜적과 싸우겠다고 왔지만 나이가 너무 어려서 잔심부름을 주로 했다.

"어서 안으로 모셔라."

"예."

창이가 문을 열어주자, 사람을 업은 청년이 안으로 들어왔다.

"듣자니께, 침을 억수로 잘 놓는다고 하던디, 어떤 양반이 그렇게 침술이 뛰어나당가요? 어디 내 친구보다 뛰어난가 한번 봐야쓰겄고만. 침! 하면 내 친구가 최곤디 말이여."

순간, 천으로 상처를 감싸던 허임의 손에 힘이 들어갔다. 천이 갑자기 당겨지자 환자의 얼굴이 와락 일그러졌다.

"윽!"

"미안하오. 내가 잠시 정신이 없어서 실수했소."

허임이 화들짝 놀라서 사과하고 천을 조심스럽게 잡아맸다. 그 모습을 본 장세관이 더 놀란 표정을 지었다.

심장이 돌덩이처럼 단단한 허임이 저런 어이없는 실수를 다하다니.

하지만 허임으로서는 그럴 수밖에 없었다.

"조용해! 너 때문에 실수했잖아?"

그가 막 들어선 청년을 다그치자 갑자기 방안이 조용해졌다. 청년은 눈을 껌벅이더니 허임의 뒤통수를 보며 피식 웃었다.

"어메, 의원 양반이 제법 대차네잉. 으디 얼굴 좀 봅시다잉?"

"잔소리 말고 환자나 내려놓아라, 막개."

"어? 당신이 어떻게 내 이름을 아는 거여?"

"몇 년 안 본 사이에 진짜 똥막대기가 되었나 보군. 너는 친구 목소리도 잊었냐?"

"뭐, 뭐여? 너……!"

눈이 튀어나올 것처럼 커진 청년의 목소리가 떨렸다. 그제야 허임이 의병의 다리 치료를 완전히 마무리하고 고개를 돌렸다.

"바보 같은 놈."

"오, 오메! 이게 누구여! 임아야아아!"

청년, 동막개는 환자들의 심장을 파열시킬 것처럼 큰 소리로 외쳤다. 그는 던지듯이 장한을 내려놓더니, 피할 새도 없이 허임을 끌어안았다.

허임도 동막개를 힘껏 안았다. 제주도를 떠난 지 4년. 살아 있을거라 생각하긴 했지만 이곳에서 만날 줄 누가 알았을까.

남이야 어떻게 보든 으스러질 것처럼 허임을 꽉 끌어안은 동막개는 손을 풀더니 허임의 눈을 똑바로 쳐다보았다.

"어떻게 된 거여? 네가 왜 여기까지 온 거여?"

"이야기는 환자부터 치료하고 하자. 다리가 부러진 분을 그렇게 내려놓으면 어떻게 해?"

그제야 환자가 생각난 듯 동막개가 힐끔 뒤를 돌아다보았다. 장한의 얼굴이 고통으로 일그러져 있었다.

"미안허요, 성님."

"으이그, 니가 쌈만 조금 몬해도 가만 안 둘 긴데……."

* * *

허임은 동막개와 함께 초가집 마당 앞의 바위에 나란히 앉았다. 바위에 앉아서 밤하늘을 바라보니 별빛이 참으로 아름다웠다. 이 땅에 무슨 일이 벌어지든 변함없는 하늘이다. 저 하늘에게는 인간들의 아귀다툼이 우습기만 하겠지.

'하성이는 괜찮은지 모르겠군.'

그가 전하성을 걱정하고 있는데 동막개가 물었다.

"임 어르신에 대한 소식은 못 들었냐?"

"운주사에도 안 계셨어."

"으디 가셨다냐."

"주지스님에게 듣기로는 스승님의 친구가 강원도 깊은 곳에 계신다고 하더라. 아마 그분을 찾아가신 것 같아."

"그람 찾기도 힘들겠는디?"

"전쟁이라도 안 났으면 어떻게 찾아보겠는데, 지금은 그럴 수도 없어."

"쥑일 새끼들. 그 개자슥들에게 을마나 많은 사람이 죽었는지, 작년에는 쩌 앞의 남강이 시체로 뒤덮였었다고 하더랑게."

진주성의 싸움을 말함이다. 동막개는 그 후에 이동해 왔기 때문에 직접 눈으로 보지는 못했다.

그런데 어디 그곳뿐이랴. 나라 전체가 피로 뒤덮이고, 백골이 백두산처럼 쌓였거늘.

"제주도에서는 언제 나왔어?"

"전쟁 일어나고 석 달 뒤에. 목장주 어른이 나라에서 쓸 말 오십 필을 내보낼 때 함께 나왔지 뭐."

"그때부터 의병에 들어간 거야?"

"처음에는 수군으로 들어갈까 했지. 배에서 내린 후 이런저런 소문을 들어봤는디, 이순신 장군만 한 분이 없지 뭐여. 육지는 개박살 나서 왜놈들이 평양까지 올라갔다고 허잖혀. 그런디 이순신 장군은 왜놈들을 만나는 족족 물귀신으로 만들었다는 것 아니겠어?"

신나게 말하던 동막개가 힘이 조금 빠진 목소리로 말을 이었다.

"그런디 아무리 생각해도 수군은 내 체질에 안 맞을 것 같지 뭐여. 배 위에 오래 있으믄 저절로 힘이 빠진당게. 그래서 몇몇 사람들하고 여기저기 다님서 왜놈들하고 싸우다가 작년 가을에 여기로 왔어야."

허임은 쓴웃음을 지었다. 제주도로 갈 때 자신보다 동막개가 더 고생했었다. 하물며 수군은 그때보다 훨씬 더 오래 배를 타고 있어야 했다. 심지어 한 달 이상 배에서 지낸다고도 하지 않던가? 익숙해진다면야 괜찮겠지만, 그전에 적과 싸우기라도 하면 문제가 될 수도 있었다.

'어쩌면 잘 된 일일지도 모르겠군.'

자신이 봤을 때, 동막개는 수상에서 포나 활을 쏘는 것보다 육지에서 칼을 휘두르는 게 더 어울렸다.

"계속 여기에 있을 거냐?"

"나도 그게 좀 고민이여. 명나라 잡것들이 왜놈들과 화친한다고 지랄하는 바람에 쳐다만 보고 있잖혀. 그냥 콱 한번 붙어보믄 좋겄는디."

"정식 군병이 될 생각은 없어?"

"백성을 팽개치고 튀어버린 겁쟁이장수들 밑 닦아주고 싶은 맘은 없당게?"

"장수라고 해서 전부 그런 사람만 있는 것은 아니야."

"그건 그려. 그치만 진짜로 좋은 사람은 일찌감치 죽고 눈치 보는 것들만 남은 건 사실이잖어."

동막개의 말도 틀린 말은 아니었다. 그래서 허임은 가슴이 더 아팠다.

심지어 그는 권율조차 마음에 들지 않았다. 그가 용감하고 충성심이 뛰어난 장수라는 것을 모르진 않았다. 행주산성의 대첩을 승리로 이끈 일도 대단했다. 하지만 그 외의 행동을 돌이켜보면 실망스런 상황이 많았다.

이광의 어이없는 작전을 막지 못하고 수만 병력을 잃는데 일조한 그였다. 조금만 더 강하게 자신의 계획을 주장했어도 그렇게 쉽게 패하지는 않았을 텐데. 그랬으면 전쟁의 판도가 달라졌을 텐데.

그 후로는 금산성 공격을 알면서도 못 본 척해서 조헌과 칠백의사를 죽게 만들더니, 왜적의 진주성 공격을 보고도 명나라 장수의 한마디에 수수방관하지 않았던가. 당시 진주성에 군사를 보냈으면 대승을 했을지도 모르거늘.

임금의 명과 명나라 장수의 명을 수만 백성의 죽음보다 더 중요하게 여기는 장수. 상관의 명령이라면 백성을 외면할 수 있는 장수. 그는 용감하긴 하지만 지나칠 정도로 명에 의존하는 사람이었다.

어쩌면 자신의 모난 성격 때문에 너무 주관적으로 생각하는 것인지 몰라도, 허임은 권율을 그렇게 평가할 수밖에 없었다.

그나마 희망이라면 바다에 이순신이 있고, 땅에는 의병들이 있다는 것이었다.

"일단 나랑 같이 갈까?"

"너랑?"

"정 마음에 드는 사람을 못 만나면 다시 돌아와도 되잖아. 아니면 한양까지 함께 가든가."

"한양에?"

"실력만 인정받으면 장수가 될 수도 있을 거다."

"나 같은 놈이 장수?"

"천민도 실력만 있으면 면천할 수 있는 세상이야. 그런데 너는 원래 농사꾼 아들이었다며? 그렇다면 조금도 문제될 것 없어. 결정은 네가 해."

동막개의 마음이 흔들렸다.

"그것도 그러네."

"저번에 구례에서 하마터면 왜적들에게 잡아먹힐 뻔한 적이 있었어. 그러니 우리 호위도 할 겸 함께 가자."

동막개가 깜짝 놀라서 눈이 휘둥그레졌다.

"뭐여? 그게 정말이여?"

"그래. 왜놈들에게 잡혀서 끌려가다가 의병들이 구출해 줘서 겨우 살았어. 그리고 며칠 전에는 고성에서 왜적의 조총에 맞았지."

그뿐인가? 왜국까지 끌려갈 뻔했다가 겨우 살아났다.

망설이던 동막개가 허임의 말을 듣고 결심을 굳혔다.

"좋아, 가자. 장수가 못 돼도 상관없어. 네가 안전한 곳에 도착헐 때까지는 무조건 함께 갈 거고만. 나중 일은 그때 가서 생각해 보지 뭐."

친구야

허임과 장세관은 닷새 만에 의령을 출발했다. 장막개도 동행했다. 세 사람은 서북쪽으로 방향을 잡고 산청으로 향했다. 함양을 거쳐 남원 운봉으로 들어갈 생각이었다.

그 날 남쪽의 바다에서는 120척이 넘는 조선의 전선들이 당항포를 공격해서 놀랍게도 피해가 거의 없이 왜적에게 치명적인 손실을 입혔다.

그 즈음, 왜적의 본 진영에서는 명나라와 왜적간의 화친에 대한 이야기가 진행되고 있었다. 조선은 완전히 배제된 그들만의 화친이었다.

당항포 해전을 승리한 이순신이 한산도에 돌아왔을 때 명나라 유격 담종인이 보낸 패문이 도착했는데, 참으로 어이없는 내용이었다.

적을 공격하지 말라.

이순신은 몸이 안 좋은 상황에서도 그 패문을 받고 통분을 금치
못했다.

이순신이 담종인의 패문을 받은 그 날, 허임은 장세관, 동막개와
함께 산청에 도착했다. 의령을 출발한 지 이틀 만이었다. 그들은 비
어 있는 농가에서 밤을 보내고 운봉으로 향했다.

안개가 옅게 깔린 산야에는 아귀다툼하는 인간들을 비웃듯이 화
려하게 봄꽃이 피고 있었다.

산과 들을 수놓은 울긋불긋한 꽃의 화향에 혈향이 희미해졌고, 세
상을 온통 뒤덮은 푸르름에 수십만 백성의 넋이 가려졌다. 그러나
겉모습을 가린다 한들 어찌 가슴에 맺힌 한까지 가릴 수 있을까.

세 사람은 황홀할 정도로 아름다운 산야를 지나면서도 웃을 수
가 없었다. 간혹 눈에 띄는 백골들이 살려달라고 애원을 하는 듯했
다. 개중에는 여자의 백골도 있고, 어린아이의 백골도 있었다.

가슴이 무거워진 세 사람은 산야에 널린 백골들을 모아서 돌로
덮어주었다. 몇 번 그렇게 하다 보니 이십여 구의 백골은 처리한
듯했다.

"도대체 을마나 많은 사람이 죽은 거여?"

동막개가 쓸쓸한 표정으로 중얼거렸다. 그는 전쟁이 벌어지고 몇
달 후에 나온 데다 북쪽은 가보지 않아서 자세히 알지 못했다. 그
저 진주성에서 죽은 사람들이 남강을 뒤덮고 떠내려 온 이야기를
듣고 짐작할 뿐.

허임은 길을 가면서 그에게 자신이 봤던 광경을 말해주었다. 그

겨울에 봤던 아이의 이야기도.

이야기를 다 들은 동막개의 눈에 그렁그렁 눈물이 맺혔다.

"지미, 나라가 그렇게 될 때까정 나랏님하고 높은 양반들은 뭐했디야?"

소리를 빽 지른 동막개가 씩씩거리며 소매로 눈물을 훔쳤다.

"그래서 힘없는 군졸로는 아무 일도 할 수 없는 거다. 그나마 장수라도 되어야 이순신 장군처럼 후일을 준비할 수가 있지. 생각해봐라. 바다까지 빼앗겼으면 어떻게 되었을지. 어쩌면 어머니가 계시는 나주도 성치 못했을 거다."

허임의 말에 동막개가 입술을 굳게 깨물었다.

"뭔 말인지 알겠고만. 임아, 니 말이 옳어. 나도 이제 쫄병으로 살지 않을 거여. 쫄병은 아무것도 할 수 없응게."

열심히 걸음을 옮긴 허임 일행은 이틀 후 남원 운봉에 들어섰다. 그들이 도착했을 때 군영에는 이미 수백 명이 병에 걸려서 신음하고 있었다.

허임 일행이 군 진영 쪽으로 다가가자 젊은 무관이 군졸들과 함께 나서며 앞을 막았다.

"정지! 어디서 온 자들이오?"

장세관이 먼저 대답했다.

"우리는 의관이오."

"그대들이 의관이라고?"

"군병과 백성 중 병자가 있으면 치료를 하기 위해서 돌아다니는 중이오."

"그게 정말이오?"

"그렇소. 나는 전의감의 의관인 장세관이고, 이분은 혜민서의 교수이신 허 의관이시오."

장세관이 신분을 밝혔다. 의병들이 있던 의령에서와는 다른 상황. 위계를 확실히 해놓아야 앞으로 일하기가 편할 듯했다.

젊은 무관은 교수라는 말을 듣더니 허리를 숙였다. 아무리 의관이 중인이라 해도 교수라면 종6품이었다.

"별장 안도수라 합니다."

"허임이오. 진주목사 어른에게서 이곳의 군병들이 병 때문에 고생한다는 말을 듣고 왔소."

"잘 오셨습니다. 저를 따라오시지요."

안도수는 허임 일행을 이청에게 안내하였다. 첨사 이청은 의관이 왔다는 말을 듣고 반색했다. 지금 군영에는 병사도 필요했지만 병자와 부상자의 치료 또한 절실했다. 지난 1월에 조정에서 역병이 돌지 모른다는 판단 하에 청심원(淸)과 인진환(茵陳丸), 그와 더불어 금창에 좋은 혈갈*도 보냈는데 그 양이 많지 않아서 병들거나 다친 사람들을 치료하기에 턱없이 부족하던 터였다.

허임 일행을 기껍게 받아들인 그는 세 사람에게 방을 내어주고 상태가 중한 환자부터 치료하게 했다.

---

* 血竭:기린갈(麒麟竭)의 열매에서 뽑아낸 붉은 빛깔의 수지(樹脂). 악창(惡) · 개선(疥) · 금창(金瘡) 등의 약재로 쓰임

다섯으로 나누어진 각 군영에는 환자들만 모아놓은 곳이 있어서 개개인을 일일이 찾아갈 필요는 없었다.

특히 역병에 걸린 자들은 구석진 곳에 따로 모아 놓았는데, 두 사람이 오기 전에 죽은 자가 백 수십이고, 아직도 병을 앓는 자가 사오백 명이나 되었다.

허임과 장세관은 아침부터 저녁까지 병자들을 치료했다. 동막개는 두 사람을 보조하며 잔심부름을 했다.

백정촌에서 임영의 심부름을 도맡아 했던 동막개였다. 말을 길게 하지 않아도 허임과 장세관이 뭘 원하는지 누구보다 잘 알고 있었다. 때로는 말하지 않았는데도 눈치만으로 미리 필요한 것을 준비하곤 했다. 장세관은 그제야 동막개의 의술에 대한 지식이 상당하다는 사실을 알고 놀랐다.

문제는 약재였다. 환자가 워낙 많다 보니 약도 많이 필요했는데 준비된 약재가 거의 없었다. 본격적으로 병이 돌자 남원 등지에서 급히 약을 조달했지만 그 정도로는 어림도 없었다. 그러다 보니 장수들이나 양반 출신의 무관들이 주로 혜택을 받고, 일반 병사는 찌꺼기도 구경할 수가 없었다.

안 되겠다 싶어진 허임은 이청을 만났다.

"군졸 이십 명만 내주십시오. 지리산에는 좋은 약재가 많이 나는 것으로 유명합니다. 그들을 시켜서 약이 될 수 있는 약초와 약나무를 얻었으면 합니다."

"그러한 것으로 병자를 치료할 수 있겠느냐?"

"흔한 풀뿌리에도 병을 치료할 수 있는 약효가 있습니다. 어떻게 활용하느냐에 따라서 매일 밟고 다니는 풀도 명약이 될 수가 있지요."

"그래? 정말 그렇다면 당장이라도 병사를 내주마."

잠시 후, 이청이 보낸 병사 이십 명이 무관의 인솔을 받고 허임의 거처로 찾아왔다. 삼십대로 보이는 무관은 수염이 덥수룩하고 우락부락한 인상이었는데, 남들이 편히 쉴 때 힘들여서 산야를 돌아다녀야 한다는 것이 마음에 안 든 듯했다.

"이보쇼, 의관. 저 산에서 무슨 약을 채집한다는 거요?"

묻는 말에 짜증이 잔뜩 묻어 있다. 허임은 그의 마음을 알면서도 모른 척하고 할 말만 했다.

"어떤 것을 채집할 것인지는 여기 막개가 알려줄 겁니다. 여러분들은 이 사람이 알려준 약초와 약나무를 캐거나 잘라오면 됩니다."

무관은 한쪽에 서 있는 동막개를 째려보고는 눈살을 찌푸렸다.

"이 한정익이 하인의 말을 따라야 하다니. 신세 참 더럽군."

동막개가 그 말을 듣고 툭 쏘아붙였다.

"가기 싫으면 가지 마쇼. 병사들 병을 고칠라고 약재 좀 해오자는디, 장수라는 사람이 무신 불만이 그리 많다요?"

"뭐야?"

"나가 뭐 틀린 말 했당가요?"

"이 천한 놈이!"

한정익이 당장이라도 칼을 뺄 것처럼 눈을 부라리자, 허임이 나서서 두 사람을 말렸다.

"이 사람은 하인이 아니고 제 친구입니다. 행여나 왜적 때문에 제가 위험해질까 봐 저를 보호하며 여기까지 왔지요. 병자들 때문에 마음이 급해져서 한 말이니 참으십시오. 막개야, 너도 그만해."

한정익도 허임의 말을 완전히 무사하진 못했다.

"너 같이 천박한 놈을 두들겨 패봐야 나만 창피할 뿐이니 참긴 하겠다만, 한 번만 더 함부로 말하면 가만 두지 않을 것이니라!"

"임아가 그만하랑게 그만하긴 하겠는디 말이요, 떼거지로 달려들면 몰라도 혼자 나를 두들겨 팰라믄 쉽지 않을 것이고만요."

"흥! 네깟 놈은 이 한 손으로도 충분히 팰 수 있다, 이놈아."

"글씨, 두 손 다 써도 나를 이길 수 없을 건디요?"

동막개가 슬쩍 감정을 건드리자 한정익이 눈을 부라렸다.

"미친 놈! 그럼 우리 남자답게 한판 붙어보자!"

"안 할라요. 이기믄 장수 팼다고 잡혀갈지 모르는디 나가 왜 한다요?"

"걱정 마라. 우리 둘의 싸움에 아무도 끼어들지 못하게 할 테니까."

"그 말, 정말이죠잉?"

"남자는 한 입으로 두 말하지 않는 법이다."

"뭐, 그라믄 한번 붙어봅시다요."

상황이 그렇게 되니 허임도 더 말리지 못했다. 이 기회에 동막개가 솜씨를 보이는 것도 괜찮을 것 같다는 마음도 있었고.

병졸들은 그저 재미난 구경거리가 생겼다는 것만으로도 눈빛이 반짝였다. 그들은 누가 이기든 상관없었다.

한정익이 갑옷을 벗고 무기를 풀었다. 동막개도 두 손을 잡고 손가락을 꺾으며 한정익을 노려보았다.

"먼저 덤벼보쇼."

"이노오오옴!"

한정익이 소리치며 동막개를 향해 달려들었다.

한정익은 동막개의 상대가 되지 못했다. 그는 힘이 장사였지만 그것만으로는 동막개를 이길 수 없었다. 멧돼지처럼 용감하게 달려들던 그는 다섯 번이나 땅바닥에 나뒹군 후에야 동막개가 제대로 된 무술을 배웠다는 걸 알았다.

"헉헉헉, 이제 보니 정식으로 무술을 배운 놈이구나."

"더 할 거요?"

한정익의 눈빛이 흔들렸다. 자존심을 생각하면 끝장을 보고 싶었다. 그러나 자신의 실력으로는 동막개를 이길 수 없다는 걸 간파한 상태였다. 더 해봐야 창피만 당할 터. 그는 깨끗하게 패배를 시인했다.

"내가 졌다."

"그럼 인자 약나무 자르러 가서 내 말을 듣는 거지요잉?"

"졌으니 네 말을 들어야겠지. 그런데 그런 무술을 어디서 배웠느냐?"

"제주도에서 스승님한티 배웠고만요."

"제주도? 그럼 혹시 이명함이란 분에게 배운 것 아니냐?"

"어? 스승님을 아쇼?"

"아주 오래전에 한 번 뵌 적이 있다. 제주도로 가셨다는 말을 얼핏 듣긴 했다만, 네가 그분의 제자라니. 내가 이기지 못한 것도 당연하군."

"어메, 여그서 스승님을 아시는 분을 만나다니, 참말로 반갑소잉."

"나도 그분의 제자를 여기서 만날 줄은 몰랐다. 정말 반갑다."

두 사람은 언제 싸웠냐는 듯 웃으면서 이야기했다. 지켜보던 사람들은 어이가 없어서 실소를 지었다. 허임도 피식 웃으며 동막개를 재촉했다.

"막개야, 지금 출발해라. 될 수 있으면 골고루 가져 와."

무관과 병사들을 데리고 산으로 간 동막개는 그들에게 약나무와 약초를 알려주었다. 그가 알려주면 병사들은 낫으로 약나무를 자르고, 호미로 약초를 캤다.

병사들은 산야에서 자주 보았던 나무와 풀이 약이 된다고 하자 신기해했다. 그들은 자른 나무를 칡넝쿨로 묶고, 약초는 망태기에 가득 담았다.

동막개도 약나무를 가득 묶어서 어깨에 걸쳤다. 가시가 있는 엄나무와 오가피나무는 가운데 넣어서 다치지 않도록 조심했다.

약나무와 약초를 사흘간 채집하니 창고 하나가 가득 찼다. 종류는 모두 오십여 종. 동막개는 약나무와 약초를 작두로 썰어서 그늘에 말렸다.

허임은 환자들의 열을 다스리고 장기를 튼튼히 하는 치료에 역

점을 두었다. 어차피 역병을 다스릴 수 있는 전문 약재는 턱없이 부족했다. 그렇다면 약해진 몸이라도 제 상태를 되찾아야 환자가 병과 싸울 수 있지 않겠는가 말이다.

또한 허임은 약재를 사용하는 치료는 되도록 장세관에게 맡겨놓고 종기와 찰과상 등 외상 쪽을 주로 치료했다.

그렇게 세 사람이 운봉에 머물며 병자들을 치료하고 있을 때, 당항포의 싸움에 대한 보고가 권율에게 올라왔다. 그로부터 몇 시간이 지나지 않아서 허임의 귀에도 그 소식이 들렸다. 이제는 동막개와 단짝이 된 한정익이 말해준 것이다.

허임은 자신을 잡아갔던 당항포의 왜적이 이순신에 의해 박살났다는 소식을 듣고 무척 기뻤다.

"한 사람도 죽지 않고 왜적을 물리쳤단 말입니까?"

"그렇다는구려. 정말 믿어지지 않는 일이오."

"이순신이라는 분, 정말 대단하신 분이군요."

허임은 진심으로 감탄했다.

예로부터 용(勇)과 지(知), 의(義), 인(仁)을 모두 갖춘 장수는 천고에 드물다고 했다. 그런데 지금까지 들은 바가 사실이라면 이순신이야말로 바로 그러한 사람이 아닌가 말이다.

평안도부터 남쪽 바닷가까지 두루 다녀본 허임은 그 동안 절망에 가까운 심정이었다. 용기 있는 충신은 죽고, 조정은 말만 앞세운 자들이 우글거리는 판국이었다. 더구나 명나라 사람들은 왜적과 화친할 생각만 하고 있었다. 이대로 화친하기라도 하면 나라의 일부를 왜적에게 빼앗길지 모를 일. 참으로 답답한 일이 아닐 수 없었다.

그런데 이순신의 이야기를 듣자 허임의 가슴이 뜨거워졌다.

'그런 분이 있는 이상 아직 희망은 있어!'

* * *

운봉에 온 지 이레째 되던 날. 첨사 이청이 허임이 있는 곳으로 찾아왔다.

"도원수께서 자네들을 보자고 하시네. 함께 가세."

"도원수께서 아프신 곳이 있습니까?"

"아니네. 왕세자 저하께서 보낸 의원들이 병사들을 치료하고 있다는 말을 들으시더니 치하하려고 부르신 거네."

도원수 권율이 있는 곳까지 갔다 오려면 반나절은 걸린다. 허임은 칭찬하는 말을 듣기 위해서 반나절을 허비하고 싶지 않았다.

"죄송하지만 지금은 치료할 환자가 너무 많아서 한시도 몸을 뺄수가 없습니다. 그곳에 다녀올 시간이면 몇 사람을 치료할 수가 있는데, 병자를 놔두고 어찌 갈 수 있겠습니까? 첨사께서 잘 말씀 드려주십시오."

"허어, 정말 가지 않을 건가?"

"지금은 환자에게 중요한 고비입니다. 이틀 후에는 그쪽의 병사들을 치료해야 하니 그때 찾아뵙겠습니다."

이청은 허임이 뜻을 굽히지 않는 걸 보고 고개를 설레설레 저었다.

"자네 뜻이 그렇다면 어쩔 수 없지. 내 자네 말을 전하긴 하겠네만, 어떤 말씀이 있을지는 자신할 수가 없군."

이틀 후. 허임과 장세관은 도원수의 본영이 있는 곳의 환자를 치
료하러 갔다. 그러나 그들이 왔다는 것을 알았을 텐데도 도원수 권
율은 그들을 부르지 않았다. 허임이 부를 때 가지 않은 것 때문에
노했는지, 아니면 이틀 후 간다는 것을 잊었는지 알 수는 없었다.
　허임은 상관하지 않고 환자들을 치료하는 일에만 전념했다. 허임
이 광해군을 치료할 때의 일을 알고 있는 장세관은 그런 허임을 보
고 혀를 내둘렀다.

* * *

　허임과 장세관이 전력을 다해서 역병을 다스리는데도 하루에 대
여섯 명이 죽었다. 병이 깊어진 사람은 그들로서도 어떻게 손을 쓸
수가 없었다. 그래도 그들이 오기 전에 수십 명이 죽은 걸 생각하
면 사망하는 숫자가 급격히 줄어든 셈이었다.
　하지만 그것은 그들의 생각일 뿐. 위에서는 의원이 왔는데도 군
병이 죽어가는 게 마뜩치 않았다.
　3월이 거의 다 지나갈 무렵, 허임과 장세관이 치료하고 있는 군
막으로 삼십대로 보이는 장수가 십여 명의 군병을 거느리고 찾아
왔다.
　"그대들이 왕세자 저하께서 보내셨다는 의원인가?"
　두정갑(頭釘甲)을 입은 장수가 물었다. 목소리가 차가운 걸 보니

좋은 뜻으로 온 것 같지는 않았다. 허임이 나서기 전에 장세관이 먼저 대답했다.

"그렇습니다, 장군."

"그대들이 치료를 늦게 하는 바람에 내 수하에 있던 병졸이 열둘이나 죽었다. 도대체 의원이라는 자들이 뭘 하느라 사람이 죽어가는 걸 방치한 것이냐?"

"저희가 어찌 환자를 방치했겠습니까? 병이 손댈 수 없을 정도로 깊어진 상태인데다가 약마저 갖추어지지 않아서 최선을 다했는데도 살리지 못했을 뿐입니다."

"핑계를 듣고자 온 것이 아니다. 앞으로도 계속 병졸들이 죽어간다면 내 그대들에게 책임을 묻겠다는 경고를 하려고 온 것이다."

장세관은 열심히 치료를 하고도 그런 말을 듣자 속이 뒤틀렸다. 하지만 다툴 수도 없는 일이니 속으로만 끙끙거리고 꾹 참았다.

그때 허임이 그 장수를 똑바로 쳐다보며 말했다.

"무슨 말씀인지 모르겠군요. 저희가 뭘 잘못했다는 겁니까?"

"뭐라? 병졸들이 죽어가는 데도 너희 잘못이 없단 말이냐?"

"저희가 오기 전에는 얼마나 많은 병사들이 죽었습니까? 그런데 저희가 온 후로 죽는 숫자가 급격히 줄어들었습니다. 그에 대해서는 어찌 생각하십니까?"

"흥! 그것이 꼭 너희들 덕분이라고 할 수는 없는 일 아니냐?"

"그럼 장군의 수하가 죽은 것도 저희들 때문이 아니라는 말 아닙니까?"

"젊은 놈이 주둥이만 살았구나."

"그게 지금 군병과 백성을 치료하기 위해 목숨을 걸고 전쟁터를 다니는 저희들에게 하실 말씀입니까?"

"이런 건방진 놈이……!"

"왕세자 저하의 명령을 받고 지금까지 몇 달 동안 치료를 다녔습니다만, 오늘 같은 날은 처음입니다. 열심히 일하는 저희를 다독이지는 못할망정 역병이 심해서 죽은 병졸의 죽음까지 저희 탓으로 돌리다니요. 저희가 아무리 하찮은 의관이라지만 그런 말씀을 듣고는 도저히 못 참겠습니다. 어디 도원수를 뵙고 누가 옳은지 한번 따져보도록 합시다."

허임이 한 치도 밀리지 않고 강하게 나가자 장수도 당황하지 않을 수 없었다. 마음 같아서는 치도곤을 내고 싶었지만, 허임과 장세관은 왕세자의 명령을 받고 온 사람들. 자기 기분대로 할 수도 없는 일이었다.

"막개야! 가서 첨사 어른께 도원수를 뵙기를 청한다고 아뢰어라!"

이를 악문 채 분을 참고 있던 동막개가 고개를 끄덕였다.

"알았어야. 당장 갔다 올게."

동막개가 몸을 돌리자 장수가 버럭 소리쳤다.

"놈을 막아라!"

그와 함께 온 자 중 중급무관으로 보이는 자가 병졸들과 함께 동막개의 앞을 막았다.

"가긴 어딜 간단 말이냐!"

"어딜 가긴 어딜 간다요? 첨사 어른께 가려는 거지라."

동막개가 느물거리며 대답하자, 두정갑을 입은 장수가 짜증내듯이 말했다.

"갈 필요 없다!"

그러고는 허임을 뚫어지게 쳐다보았다.

"어디 두고 보겠다. 만약 병자들의 상태에 차도가 없고 계속 죽어간다면, 내 절대로 네놈을 가만두지 않을 것이다."

"병사들의 죽음이 안타깝긴 하지만, 죽고 사는 것은 하늘이 정하는 것입니다. 저희들은 그저 죽음을 막기 위해서 열심히 노력하는 수밖에요. 그럼 환자를 치료해야 하니 안으로 들어가 보겠습니다."

허임은 무뚝뚝한 어조로 말하고는 몸을 돌려버렸다. 앞뒤 안 가리고 막말을 해대는 자와는 상종하고 싶지 않았다.

장수도 허임을 노려보고는 홱 몸을 돌렸다.

그 장수에 대해 정확히 알게 된 것은 동막개가 한정익에게 물어본 후였다.

"고경민이란 사람인디, 성격이 안 좋아서 말이 많데. 그 작자가 사사건건 트집 잡으믄 골치 꽤나 아프겠는디."

"이러다 몇 사람 더 죽으면 또 오는 것 아닌지 모르겠습니다."

장세관도 걱정되는지 어깨를 축 늘어뜨렸다. 하지만 허임은 별 걱정을 하지 않았다.

"그래봐야 입으로만 떠들 뿐입니다. 우리가 왕세자 저하의 명으로 왔다는 걸 아는 이상 우리를 어떻게 할 수는 없습니다. 우리는 잘못한 것이 없으니 하던 대로만 하십시오."

장세관이 새삼스럽다는 눈으로 허임을 바라보았다. 고경민이 악심을 먹었으면 어떻게 되었을지 아무도 몰랐다. 그런데도 허임은 눈 하나 깜짝 않고 대들지 않았던가.

'어떻게 보면 속이 다 간으로 들어찬 사람 같다니까.'

* * *

허임 일행이 운봉에 도착한 지 한 달이 넘자 서서히 역병의 기세가 꺾였다. 그런데 그 속도가 워낙 느려서 허임과 장세관의 치료 덕분에 역병이 물러가고 있다는 생각을 하는 사람이 많지 않았다.

특히 고경민은 치료하지 않아도 병이 저절로 낫는데 의원이 무슨 소용이냐며 비웃기까지 했다. 그러나 두 사람이 환자의 몸을 보하는 방식으로 치료하지 않았다면 역병의 기세가 어찌 꺾였을까?

"제길, 병이 저절로 나은 줄 알다니. 도대체 그 자는 무슨 생각으로 그런 말을 하는지 모르겠군요."

장세관이 불만스런 표정으로 말하자 허임은 쓴웃음을 지었다.

"병이란 게 몸이 허함으로써 생긴다는 걸 모르니 그리 생각할 만도 하지요. 그자에게 인사 받으려고 치료한 것이 아니니 그러려니 합시다."

"비웃지만 않아도 참겠는데, 알지도 못하면 비웃으니 울화통이 터집니다."

"어쨌든 역병이 물러가고 있으니 다행입니다. 만약 더 심해졌으면 어떡할 뻔했습니까?"

장세관이 어깨를 흠칫 떨었다.

"생각만 해도 끔찍합니다. 그랬으면 그자가 우리를 잡아먹으려고 했을 겁니다."

그 말에 허임이 피식 웃었다. 장세관의 말을 들으니 구례에서 있었던 일이 생각난 것이다.

'그때는 정말로 잡아먹힐 뻔했는데…….'

문득 그 생각을 하자 조은효의 병세가 궁금해졌다.

그는 어느 정도 나았을까? 설마 병이 더 깊어진 것은 아니겠지?

허임이 조은효를 생각하고 있는데 장세관이 넌지시 물었다.

"허 의관님, 이곳에 언제까지 계실 생각입니까?"

"이제 역병도 물러가고 있으니 상황이 조금만 더 나아지면 떠나도록 합시다."

시일이 가면서 도원수 군영에 있던 군졸들의 숫자가 현격히 줄어든 상태였다. 군량이 제대로 보급되지 않으니 한군데에 많은 군사가 주둔하고 있을 수 없었다. 막강하던 김덕령의 3000병력도 군량때문에 유지가 안 되어서 흩어지고 농사일에 투입되는 판이었다.

더구나 허임과 장세관이 병자들을 치료하고 있는 동안 화친에 대한 논의가 더욱 깊게 진행되었다.

그렇게 4월 중순이 되었을 때, 명나라 도독의 명을 받은 권율은 의령의 도총섭(都摠攝) 유정에게 서생포로 가서 가등청정을 만나 군사를 철수하도록 유도하라는 명령을 내렸다.

명을 받은 유정은 서생포로 가서 가등청정과 소서행장을 여러 차례 만나서 화친을 논하며 철수하라고 했다. 그러나 가등청정은 유정이 들어줄 수 없는 조건을 걸었다. 결국 유정은 가등청정의 요구를 거절하고 돌아오는 수밖에 없었다.

허임은 화친을 위한 기간이 길어져 싸움이 벌어지지 않는데다가 역병마저 수그러드는 걸 보고 떠나기로 결심했다.

* * *

더위가 밀려들던 4월 어느 날. 허임 일행은 남원을 떠나 광주로 향했다. 왜적과의 싸움은 소강 상태에 접어들었지만 백성들은 또 다른 전쟁을 치르고 있었다.

굶주림과의 전쟁이 바로 그것이었다.

임진년과 계사년의 연이은 흉작은 백성들을 절명 직전으로 몰아넣었다. 백성은 초근목피로 연명해도 군량을 소홀히 할 수는 없는 일. 관이 곡식을 철저히 관리하다 보니 백성들에게는 엎친 데 덮친 격이었다. 오죽했으면 싸우다 죽은 사람보다 굶어서 죽은 사람이 더 많다는 말이 나올까.

이틀째, 담양을 지난 허임은 봉산이 저만치 보이자 송하연이 떠올랐다.

'잘 지내고 있겠지?'

한양으로 돌아가면 자신의 마음을 확실하게 말할 생각이었다. 그녀의 마음을 알아야 안심이 될 듯했다.

"송 아가씨가 봉산에 산다고 했지?"

동막개가 은근한 어조로 물었다. 의령에서 만났을 때 그녀에 대해서 이야기했는데 잊지 않은 모양이다.

"응."

"으메, 누군 좋겄네."

동막개가 허임을 놀렸다. 허임은 피식 실소를 짓고는 동막개의 어깨를 때렸다.

"자식. 그만 가자."

그렇게 봉산을 지나친 허임 일행은 그날 밤 백정촌에 도착했다. 마을 사람들이 오랜만에 만난 허임과 동막개를 반가워하며 한바탕 소란을 떨었다. 하지만 전쟁터로 나간 장정들이 반은 돌아오지 않아서 허임과 동막개는 웃고 즐길 수가 없었다.

다음 날 아침 일찍 백정촌을 출발한 허임 일행은 그날 오후 나주에 도착했다. 허임의 예상대로 박금이는 반가워하기보다 놀란 표정을 지었다. 마치 '네가 내 말을 어기고 또 왔단 말이냐?' 그렇게 외치고 싶은 표정.

아마 동막개가 재빨리 말하지 않았다면 틀림없이 문밖에서 쫓겨났을 것이었다.

"이해해 주시랑게요, 엄니. 왕세자저하의 명을 받고 남쪽을 한 바퀴 삥 돌고 돌아가는 길인디, 돌아가는 길에 엄니 얼굴만 보고 갈라고 들렀당게요. 쫌 있으면 밤이 뒹게 막개를 봐서라도 오늘 밤만 여기서 자고 가게 해 주쇼잉."

동막개의 아양에 화가 조금 풀어진 박금이가 허임을 돌아다보았다.

"그럼 바로 전주로 해서 올라갈 것이지 여기까지는 왜 왔느냐?"

정말 예리한 어머니였다. 하지만 허임은 그에 대한 답을 준비해 둔 터였다.

"내려갈 때 전주 쪽으로 내려오며 환자를 치료했습니다. 그래서 이번에는 장성 정읍 쪽으로 올라가며 환자를 치료할 생각입니다, 어머니."

그제야 박금이의 표정이 완전히 풀어졌다.

"그 말도 일리가 있구나. 근데 저 분은 뉘시냐?"

"이쪽은 저와 함께 다닌 장 의관입니다."

박금이는 장세관을 쓱 훑어보고는 묘한 표정으로 말했다.

"의관보다는 장수가 되어야 할 사람 같구나."

장세관이 멋쩍은 얼굴로 고개를 숙였다.

"장세관이라 합니다. 생긴 것과 달리 소심해서 장수가 되지 못했습니다."

"소심한 사람이 사람의 몸은 어떻게 치료하려고 그러시오?"

"그래서 허 의관님께 많은 것을 배우고 있습니다."

"하긴 성질머리는 우리 임아가 제법 대차긴 하지요. 임아야, 모시고 들어와라."

"예, 어머니."

허임은 그제야 웃음을 지으며 안으로 들어갔다. 장세관도 속으로 안도하면서 뒤따라갔다.

'휴우, 정말 보통 분이 아니군.'

그날 밤. 허임은 박금이와 많은 이야기를 나누었다. 돌아다니면서 보고 들은 허임의 이야기를 듣고 박금이는 한숨을 열 번도 더 쉬었다. 그렇게 밤이 깊어졌을 때였다.

"임아야. 저번에 말한 처자, 너만 좋으면 전쟁이 끝나고 식을 올릴까 하는데. 어떻게 생각하냐?"

가슴이 뜨끔해진 허임은 잠시 망설였다.

"어차피 늦었으니 너무 급하게 마음먹진 마세요."

"싫진 않지?"

"저 어머니……."

허임이 대답하며 미적거리자, 박금이가 바짝 고삐를 당겼다.

"마음씨도 착하고, 몸도 튼튼하고, 얼굴도 그만하면 예쁘지. 너만 좋다면 아예 결정을 내릴까 한다."

"예?"

"왜? 싫으냐?"

"아니, 그게 아니라……."

박금이가 그제야 이상함을 눈치 채고 허임을 빤히 바라보았다.

"왜 그러냐? 혹시 마음에 두고 있는 처자라도 있는 거냐?"

"그게……. 예. 제가 마음에 둔 여자가 있습니다, 어머니."

허임이 대답하고는 고개를 푹 숙였다. 박금이가 반짝이는 눈빛으로 허임을 바라보며 기대에 찬 표정으로 물었다.

"뭐하는 여자냐?"

"내의원의 의녀입니다."

"의녀?"

"예."

박금이의 표정이 서서히 굳어졌다. 그녀도 내의원의 의녀에 대해서 남만큼은 알고 있었다. 어떤 과정을 통해서 선발되는지, 어떤 신분인지도.

농사꾼의 딸만도 못한 천한 신분. 그게 의녀인 것이다.

자신이 노비여서 아들이 힘들게 지냈다는 것을 잘 아는 박금이는 그 점이 탐탁지 않았다.

딱딱해진 목소리와 표정변화를 보고 어머니의 마음을 짐작한 허임이 재빨리 한마디 덧붙였다.

"좋은 여자입니다, 어머니."

까칠한 아들이 택한 여자이니 오죽하겠느냐마는 그 여자의 심성이나 됨됨이는 나중 문제다. 그렇다고 해서 당장 아들에게 이러쿵저러쿵 따지듯 물을 수도 없고.

"그럼 그 문제는 나중에 다시 이야기하자. 가서 자거라. 일찍 자야 내일 일찍 출발하지."

허임은 목 안에 든 말을 다 뱉어내지도 못하고 몸을 돌려야 했다.

"그럼 주무십시오, 어머니."

박금이는 새벽부터 밥을 짓더니 날이 새기 직전 아침상을 차렸다.

일 년 반 만에 본 아들을 바로 보내는 그녀의 마음인들 어찌 좋을까. 며칠 쉬었다 간다고 해서 누가 뭐라 하겠는가?

하지만 자신이 아들과 도란도란 이야기를 나누며 행복해 하고 있을 때, 병에 걸려서 죽어가는 사람이 있을 것이다. 그 중에는 장수도 있겠지만, 아들과 비슷한 나이, 더 어린 나이의 청년과 아이들도 있지 않겠는가. 한순간의 행복을 위해서 그들의 죽음을 방치할 수는 없었다.

허임은 동이 트는 걸 보면서 동막개, 장세관과 함께 집을 나섰다.

"다녀오겠습니다, 어머니."

"잘 다녀와라. 어미는 오후에 은이네 집에나 다녀와야겠다."

은이의 정확한 이름은 조은이. 박금이가 찍어둔 허임의 신붓감이다. 박금이는 그녀를 입에 올려서 허임을 은근하게 압박했다.

허임은 어머니의 마음을 알고 씁쓸한 표정으로 몸을 돌렸다.

'죄송합니다, 어머니. 다른 일은 다 양보할 수 있어도 송 아가씨만큼은 안 돼요.'

귀경(歸京)

　허임 일행은 장성, 정읍, 전주를 경유하면서 군병과 민초를 가리지 않고 의술을 펼쳤다. 그리고 뜨거운 햇살이 작렬하던 6월 중순경 공주에 들어섰다.

　공주를 나섰을 때가 엊그제 같은데 어느새 육 개월이 지나가고 있었다. 그 동안 수많은 환자를 치료했으니 목적했던 바를 어느 정도 이루긴 했지만 죽을 뻔한 위기를 겪은 것도 몇 번이나 되었다. 남자아이를 자신의 가슴에서 떠나보내기도 했고. 되돌아보면 아찔한 상황도, 가슴 아픈 일도 많았다.

　그런데 그들이 공주에 들어섰을 때 광해군은 홍주*에 있었다. 허임은 광해군이 바로 돌아오지 않을 거라는 말을 듣고 홍주로 갔다.

　허임이 돌아왔다는 말을 들은 광해군은 그날 밤 몸이 안 좋다는

---

* 洲州:홍성

핑계를 대고 유은산을 시켜 허임을 불러들였다.

"그래, 아래쪽은 사정이 어떻더냐?"

광해군이 허임을 남쪽으로 보낸 것은 그저 의병과 관병을 치료하기 위함만이 아니었다. 허임이라면 자신이 보고 느낀 것을 굳이 돌려서 말하지 않을 거라는 걸 알기 때문이었다.

허임은 지난 육 개월 동안 돌아다니며 느꼈던 바를 이야기했다.

"진주는 폐허나 다름없사옵고, 그 외 경상도 내륙 쪽도 왜적의 침탈로 인해 상당한 피해를 입어서 언제 회복될지 까마득한 상황이옵니다. 게다가……."

허임의 이야기를 듣는 광해군의 표정이 침중해졌다. 묵묵히 이야기를 들은 그는 허임이 대략적인 설명을 하고 말을 마치자 다른 질문을 던졌다.

"6월 초에 계속 지진이 일어났다. 그에 대해서 백성들은 어찌 생각하더냐?"

당시 열흘 사이로 큰 지진이 계속 일어났었다. 그 후로도 충청도와 전라도, 경상도에서 천둥소리와 함께 땅이 뒤흔들렸다. 홍주 역시 지진이 났는데 그 충격이 커서 동문 근처의 성이 무너질 정도였다.

그 일로 인해서 선조는 자신이 잘못해서 하늘이 벌을 내린 거라며 벌벌 떨었다. 그리고 빨리 왕세자에게 왕위를 물려주는 것만이 벗어날 길이라 고집했다.

"백성들은 이 나라가 정말로 망하는 것이 아닌지 큰 걱정을 했사

옵니다. 그러다 다행히 지진이 멈추고 별 일이 일어나지 않자 동요
되었던 마음들이 서서히 안정을 되찾았사옵니다."

"그나마 다행이군."

광해군의 표정이 조금 펴졌다. 그 역시 홍주가 뒤흔들릴 때만큼
은 겁이 나지 않을 수 없었다.

"허임, 네가 볼 때 우리 조선의 장수 중 누가 가장 대단하다고 보
느냐?"

"뛰어난 장수는 많사오나 그 중에서도 이순신 장군이 가장 빛나
보였사옵니다. 육상의 권율 장군이나 곽재우와 김덕령 등도 뛰어
나다 하는데, 명나라군으로 인해 왜적을 공격하지 못하고 있으니
답답한 마음 금할 수가 없사옵니다."

"이순신이 정말 그토록 뛰어나단 말이냐? 들기로는 원균이 더
낫다는 말도 있던데."

"반딧불이 아무리 밝다한들 어찌 보름달에 비할 수 있겠습니까?
더구나 아래쪽에서 들은 말로는 원균은 왜적을 보고 배부터 수장
시킨 후 부하들을 해산시키고 도망쳤던 자라 했사옵니다. 만약 이
순신 장군이 제때 왜적을 물리치지 않았다면 원균은 진즉 죽었거
나 멀리 도망쳤을 것이옵니다."

"그게 정말이냐?"

"그런 상황에서도 공만 탐하니, 솔직히 말씀드려서 원균을 이순
신 장군과 비교한다는 것 자체가 어불성설이옵니다."

"흐음, 내가 들었던 말과 너무나 상반되어서 어떤 말을 믿어야
할지 모르겠구나."

"소신은 그저 소신이 보고 들은 것만 말씀드린 것이옵니다."

"알고 있다. 그 일에 대해서는 나중에 더 정확히 따져봐야겠다."

허임은 광해군이 잘 판단하리라 믿고 더 이상 말하지 않았다. 지나치면 아니함만 못한 법이니까.

그러나 훗날, 허임은 이날 좀 더 강력하게 말하지 못한 것을 혀를 깨물고 싶을 정도로 후회했다.

"백성들의 삶은 어떻더냐?"

"봄까지만 해도 비참하기 이를 데 없었는데, 여름이 오면서 조금씩 나아지고 있었사옵니다. 문제는 나아졌다 해도 군량으로 바쳐야 하는 공물이 너무 많아서 한숨 소리가 끊이지 않사옵니다."

"아무래도 그러겠지. 하지만 전쟁이 끝나지 않고 있으니 어쩌겠느냐? 힘들어도 버티는 수밖에."

광해군은 착잡한 표정으로 말하고는 화제를 돌렸다.

"구석진 곳에서는 토적들이 날뛴다고 하던데, 돌아다녀도 위험하지는 않더냐?"

허임은 구례와 고성에서 벌어진 일을 말해주었다. 광해군과 유은산은 그의 이야기를 듣고 깜짝 놀랐다. 특히 구례의 이야기를 듣더니 가슴을 쓸어내렸다.

"다행히 왜적들의 먹이가 되기 전에 구함을 받았으니 천행이 아닐 수 없었사옵니다."

"허어, 정말 큰일 날 뻔했구나."

유진하는 허임이 왕세자의 방에 들어갔다는 말을 듣고 입술을 썹었다.

'정말 명이 긴 놈이군.'

잠시 방을 오가던 그는 눈빛을 싸늘하게 번뜩이더니 방을 나갔다. 언제까지 허임의 뒤통수만 바라보고 있을 수는 없었다.

허임은 광해군과 한 시간 정도 이야기를 나눈 후 방을 나왔다. 그는 거처로 정해진 객청으로 갔다. 그런데 객청에 거의 다 도착했을 때 어둠 속에서 누가 불렀다.

"혹시 허 의관님 아니십니까?"

고개를 돌리자 자신과 비슷한 나이의 청년이 처마 밑에서 걸어 나오는 게 보였다.

"그렇소. 내가 허임이오."

"어이구, 잘됐습니다. 어떻게 만나 뵈어야 하나 걱정이었는데."

"무슨 일로 나를 만나려 한 거요?"

"소인의 어미가 병 때문에 고생이 심합니다. 허 의관님이 양반평민 따지지 않고 의술을 베푼다고 하셔서 도움을 청하려 했습죠."

"당장 급한 상태요?"

"어머니께서 숨을 제대로 못 쉬고 계십니다. 저러다 언제 돌아가실지 몰라서……."

"흐음, 여기서 집이 머오?"

"그리 멀지는 않습니다."

"그래요? 그럼 가봅시다."

"고맙습니다, 의관님!"

청년은 허리를 꾸벅 숙이더니 앞장서서 걸었다.

삼 리 정도를 가자 청년이 한 초가집 앞에 서서 고개를 반쯤 돌리고 초가집을 가리켰다.

"이제 다 왔습니다. 이 집입니다. 들어가시지요."

생각했던 것보다 먼 거리였다. 그래도 도착했으니 환자를 보고 가지 않을 수 없었다. 허임은 청년이 초가집을 가리키자 안으로 들어갔다.

그때 바닥에 길쭉한 그림자가 드리워졌다.

허임은 섬뜩한 느낌이 들자 급히 몸을 숙였다. 동시에 몽둥이가 그의 어깨에 떨어졌다.

아찔한 통증과 함께 몸이 축 처졌다. 하지만 허임은 혼신의 힘을 다해서 옆으로 몸을 틀고 몇 걸음 옮겼다.

휭! 소리와 함께 재차 날아든 몽둥이가 아슬아슬하게 몸을 스쳐 갔다.

허임은 이를 악물고 내달렸다. 몽둥이를 휘두른 사람은 자신을 안내해 온 청년이었다.

"저놈이!"

청년이 몽둥이를 들고 허임의 뒤를 쫓았다. 그러나 사력을 다해 달리는 허임의 속도는 청년이 뒤쫓을 수 없을 정도로 빨랐다. 결국 뒤쫓기를 포기한 청년은 몽둥이를 내던졌다.

"제길! 정말 다람쥐 같은 놈이군."

허임이 객청까지 달려가자 순라를 돌던 포졸 둘이 앞을 막아섰다.

"누구냐?"

"나, 나는 의관인 허임이오."

"의관? 그런데 왜 귀신을 본 것처럼 허둥지둥 달려온 거요?"

"수상한 놈에게 당해서 어깨를 다쳤소."

"예?"

놀란 포졸들이 허임이 달려온 방향을 바라보았다.

"아무도 없는데?"

"내가 도망쳤더니 쫓아오다 포기한 것 같소."

"그거 참, 대체 어떤 놈들이 의관을 공격한 거지? 누군지 아쇼?"

"누군지는 모르겠소. 어두워서 자세히는 보지 못했는데, 체격이 나와 비슷했소. 그자의 집이라는 곳 앞에서 당했는데, 생각해 보니 그자의 집이 아니었던 것 같소. 나는 놈에게 몽둥이로 어깨를 맞아서 들어가 몸을 살펴봐야겠소."

허임이 어깨를 붙잡고 고통스러운 표정으로 방에 들어가자, 누워 있던 동막개와 장세관이 놀라서 벌떡 일어났다.

"왜 그려?"

"무슨 일입니까?"

허임은 간략하게 사정을 말해주었다.

"뭐셔? 어떤 개자슥인지 알어?"

"처음 보는 자였어. 남들이 알면 시끄러워질지 모르니 조용히 해."

동막개가 씩씩거리는 동안 장세관은 급히 허임의 옷을 벗겼다.

왼쪽 어깨가 시뻘겋게 변해서 퉁퉁 부어 있었다.

"이런! 뼈는 괜찮은지 모르겠습니다."

"뼈는 이상이 없는 것 같습니다. 그런데 팔을 움직이기가 쉽지 않군요. 장 형이 침을 좀 놓아주십시오."

"알겠습니다."

허임은 장세관이 침을 놓는 동안 자신을 공격한 자에 대해서 생각해 보았다.

'오늘 도착했는데도 그는 나를 잘 알고 있었어. 처음부터 나를 아는 사람이 아니라면 누군가가 말해주었단 것이겠지.'

누가 말해주었을까? 왜 자신을 해치려고 했을까?

자신을 해치고 싶어 하는 사람은?

문득 한 사람이 떠올랐다.

유진하. 현재 이곳에서 자신을 해칠 만한 이유를 가진 사람은 그밖에 없었다. 하지만 아무런 증거도 없으니 누구에게 말할 수도 없었다. 따지고 들면 오히려 자신만 바보가 될 뿐.

'네 뜻대로 되지 않을 거다, 유진하.'

유진하가 허임의 앞에 나타난 것은 다음 날 정오 무렵이었다.

"어디 다쳤소?"

"어떤 도적이 휘두른 몽둥이에 맞았소. 그 도적은 어떤 흉악한 잡배가 움직인 자인데, 내가 흉계에서 벗어나자 도주하고 말았소."

허임이 똑바로 유진하의 두 눈을 직시한 채 말하니 유진하가 슬며시 눈을 돌렸다.

"거 재수가 좋았군. 아무튼 빨리 나으시오. 팔병신이 되면 침을 놓지도 못할 것 아니오?"

유진하는 허임의 약을 올리고는 몸을 돌렸다. 그의 등을 바라보는 허임의 눈빛이 살얼음 낀 것처럼 차가워졌다.

'역시 네놈인 것 같군. 언젠가는 어제의 일을 절실히 후회하게 해주마.'

* * *

허임은 보름 동안 왼팔을 제대로 쓸 수 없었다. 뼈는 이상이 없었지만 근육이 큰 충격을 받아서 완치되는 기간이 생각보다 오래 걸렸다.

그렇게 7월이 지나갈 즈음, 허임은 유은산을 만났다.

"무슨 일인가?"

"다름이 아니라 한 사람을 부탁드릴까 해서 뵙고자 했습니다."

"설마 청탁하기 위해서 불렀다는 것은 아니겠지?"

유은산이 날카로운 눈빛으로 허임을 노려보았다. 허임은 그의 눈빛을 피하지 않았다.

"청탁이라기보다는 나쁜 일이 아닐 것 같아서 말씀드리는 겁니다."

"나쁜 일이 아니다? 좋아, 어디 말해보게."

유은산은 허임의 성격을 정확히 파악하고 있는 사람 중 하나였다. 허임이 허튼 소리를 할 사람이 아니라는 것쯤은 그도 잘 알고

392

있었다.

"저와 함께 온 친구는 어릴 때부터 함께 지낸 친굽니다. 의술도 기초적인 것은 알고, 특히 무술이 상당히 뛰어나지요. 아마 어지간한 무관들보다는 나을 겁니다. 그리고 한번 믿음을 주면 배신을 하지 않는 성격이지요. 어르신이라면 그 친구를 적절히 써주실 것 같아서 부탁하는 겁니다."

"흠, 그래?"

유은산이 수염도 없는 턱을 쓰다듬었다. 허임이 자신 있게 말할 정도라면 정말 괜찮은 사람이라는 뜻. 호기심이 동했다. 게다가 지금은 위험한 시기가 아닌가? 마침 왕세자 곁에 둘 믿을 만한 사람이 필요한 터였다.

"어디 내가 한번 실력을 시험해 봐도 되겠지?"

"말씀만 하십시오. 당장이라도 불러내겠습니다."

"내일 한번 만나세."

다음 날, 허임은 동막개를 데리고 홍주 외곽의 야산으로 갔다. 그곳에는 유은산이 내금위 둘을 데리고 먼저 나와 있었다. 몸매나 형형한 눈빛을 보니 한가락 있는 자들처럼 보였다.

그러나 동막개는 그들을 둘러보며 여전히 담담한 표정이었다.

"저 두 사람을 이기면 합격이다요?"

유은산이 실소를 지었다. 2대 1로 싸우게 하려고 데려온 것이 아니다. 한 사람은 칼을 잘 다루었고, 한 사람은 손발을 잘 썼다. 동막개가 어느 쪽 무술에 능한지 알아보기 위해서 둘을 데리고 나온 터였다.

"둘 중 하나만 이기면 된다. 아니, 지지만 않아도 일단 합격이라고 할 수 있지."

기분이 상했는지 체격이 좋은 조상현이 먼저 나섰다.

"제가 한번 알아보겠습니다."

"그렇게 하게."

동막개는 허리를 좌우로 틀어서 가볍게 몸을 풀고 앞으로 걸어 나갔다.

"저야 뭐 한 사람씩 상대하믄 편하죠잉."

가볍게 말하는 동막개의 눈빛이 싸늘하게 가라앉았다. 그도 상대들이 어중이떠중이가 아니라는 것은 느끼고 있었다. 하지만 자신을 위협할 정도의 고수도 아니었다.

발걸음, 움직임, 눈빛, 은연중 흘러나오는 기세. 그 어느 것도 자신보다 나은 게 없었다.

조상현의 손짓 발짓은 강하고 빨랐다. 벼락처럼 치고 바람처럼 움직이면서 동막개를 공격했다.

동막개는 상대의 공격을 슬쩍슬쩍 피하면서도 눈빛 한 점 흔들리지 않았다. 반면 조상현은 공격이 계속 허공만 가르자 눈빛이 흔들렸다.

'이 자식이!'

마음이 조급해진 그는 필생의 적을 맞이한 것처럼 전력을 다 쏟아냈다. 손발을 뻗는 그의 동작이 시간이 가면서 조금씩 커졌다.

동막개의 눈빛이 먹이를 노리는 솔개처럼 번뜩였다.

어느 순간, 동막개는 실낱같은 빈틈을 놓치지 않고 조상현의 공격 속으로 파고들었다. 몸을 틀어서 주먹을 피한 그는 조상현에게 바짝 접근했다. 그러고는 상대 공세의 빈틈 속으로 손을 뻗었다.

퍽!

흠칫해서 물러서는 조상현의 옆구리에 동막개의 손바닥이 틀어박혔다. 행여나 뼈가 나갈까봐 손바닥으로 쳤지만 작은 충격이 아니었다.

숨이 턱 막힌 조상현은 서너 걸음을 물러서더니, 고통스러운 표정을 지으며 허리를 구부렸다. 싸움이 시작된 지 정확히 열 수만이었다.

그나마 동막개가 전력을 다하지 않아서 그렇지, 아마 조금만 더 힘을 실었다면 갈비뼈가 두어 개는 부러졌을 것이다. 조상현도 그 사실을 아는지 창백해진 얼굴로 입술만 깨물었다.

동막개는 더 이상 공격하지 않고 한 걸음 물러서서 숨을 가라앉혔다. 더 이상의 대결은 무의미했다.

"이번에는 나와 해볼까?"

빼빼 마른 자, 정문억이 나섰다. 유은산은 정문억과 동막개에게 석 자 길이의 나무막대를 건네주었다.

목도를 중단으로 든 동막개는 무심하게 가라앉은 눈으로 정문억의 눈을 주시했다. 조상현이 패한 것을 본 정문억은 함부로 달려들지 못했다.

시작부터 기세에서 밀린 상태.

문득 그 사실을 깨달은 정문억은 자존심이 상했다. 그는 무리를 해서라도 짧게 승부를 내기로 작정하고 벼락같이 공격해 들어가며 목도를 휘둘렀다.

"차아앗!"

동막개 역시 길게 끌 마음이 없었다. 상대의 눈빛만 보고도 공격 방향을 짐작한 그는 날아드는 목도의 틈새로 짓쳐 들어갔다.

따다닥, 하는 소리와 함께 찰나간에 목도가 세 번 부딪쳤다. 그 직후 두 사람이 엇갈리듯이 스쳐지나갔다.

그 과정이 눈으로 따라잡을 수 없을 정도로 빨라서 유은산과 허임은 누가 이겼는지 알 수가 없었다.

그런데 정문억의 얼굴이 일그러졌다. 그는 이를 악물더니 목도를 늘어뜨렸다.

"졌네."

"운이 좋았고만요. 공격이 으찌나 빠른지 하마터면 갈비뼈 나갈 뻔 했당게요."

정문억의 눈빛이 흔들렸다.

동막개의 말은 사실과 조금 달랐다. 자신의 목도는 동막개의 가슴에서 한 치 간격으로 스쳐 지나갔다. 언뜻 생각하면 매우 가까운 거리처럼 느껴질 수도 있었다. 조금만 더 뻗었으면 이길 수 있었을 것처럼 생각하기 쉬웠다.

하지만 한 치든 한 푼이든, 승부와는 전혀 상관이 없었다. 진검이었다면 자신은 죽고 상대는 상처 하나 나지 않았을 테니까.

정문억은 동막개가 자신의 체면을 세워주기 위해서 그런 말을 했다는 걸 느끼고 쓴웃음을 지었다.

"정말 대단한 실력이군. 오랜만에 멋진 대결이었네."

동막개가 순진한 웃음을 지으며 머리를 긁적였다. 조금 전 대결할 때와는 전혀 다른 표정. 조상현과 정문엽은 그런 동막개가 마음에 들었다. 유은산이야 말할 것도 없었고.

"좋아, 합격이다. 자네들이 데리고 가서 앞으로 뭘 해야 하는지 가르쳐주게."

동막개가 허임을 돌아다보며 씩 웃었다. 허임도 밝게 웃으며 고개를 끄덕였다.

* * *

8월이 되자 광해군이 다시 공주로 향했다. 원래는 남원으로 내려가서 명나라 총병 유정을 만날 생각이었는데 유정이 위로 올라온다는 것이었다.

조정에서는 급히 윤두수를 남원으로 보내기로 결정했다. 유정으로 하여금 남원을 떠나지 못하게 하려 함이었다. 그러나 유정은 아랑곳하지 않고 북상했다. 그리고 8월 중순 한양에 도착했다.

광해군과 분조도 8월 20일이 되자 공주를 떠나 한양으로 향했다. 허임과 장세관 역시 분조를 따라서 움직였고, 유후익과 유진하도 내의원의 의관들과 함께 이동했다.

동막개는 내금위의 복장을 하고서 광해군의 근접경호를 맡았다. 멀리서 그 모습을 바라본 허임은 조용히 미소를 지었다.

'멋지구나, 막개.'

닷새 후, 한양에 들어선 허임은 혜민서로 갔다. 오동돈이 소식을 듣고 헐레벌떡 뛰어나왔다. 특유의 구수한, 모르는 사람에게는 느끼하게 느껴질 수도 있는 목소리로 허임을 부르면서.

"허 의관니이이임!"

활짝 핀 얼굴. 금방이라도 눈물을 쏟아낼 것 같다. 얼마나 반가우면 백골이 산더미처럼 쌓였던 곳에서 지낸 사람이 저런 표정을 지을까 싶었다.

"잘 지내셨습니까?"

"저야 뭐 그렇죠."

"환자들은 좀 어떻습니까?"

"역병 때문에 한동안 정신이 없었는데, 이달 초부터 환자가 많이 줄었습니다요."

오동돈이 침울한 표정으로 말했다. 허임은 그의 표정을 보고 상황을 짐작할 수 있었다. 환자들이 나았기 때문이 아니라 죽었기 때문에 줄어든 듯했다. 하긴 사방 천지에서 사람들이 죽어 가는데 도성이라 해서 별 다를 게 있을까.

허임은 착잡한 마음을 털어내려고 화제를 돌렸다.

"봉연 의녀도 잘 지내고 있습니까?"

오동돈이 머쓱하게 머리를 긁으며 말했다.

"전쟁이 끝나면 혼인하기로 했습니다요. 그리고 저…… 이번에 봉사(契事)가 되었습니다."

그러고 보니 복장이 다르다.

"이런! 제가 미처 못 봤군요. 축하합니다."

허임은 진심으로 오동돈을 축하해 주었다. 직장이 될 때까지 혼인도 미루었던 사람이다. 맹세를 포기하려고 했는데 한 품계라도 올랐으니 그게 어딘가.

"의원이 모자라는데다 저번에 왕세자 저하를 봉행했기 때문에 오른 것 같습니다. 전부 허 의관님 덕분입니다."

"그게 왜 제 덕입니까? 오 봉사님이 열심히 해서 오른 것이죠. 자, 들어갑시다."

오동돈이 히죽거리며 고개를 숙였다.

"예, 교수님. 아! 아직 하연 의녀는 교수님이 돌아오신 걸 모르지요?"

"지금쯤 알고 있을 겁니다. 왕세자 저하께서 돌아오셨다는 걸 알았을 테니까요."

"그러겠군요. 그럼 제가 봉연에게 연락해서 만날 기회를 만들어 보겠습니다요."

"그래주시겠어요?"

"교수님이 안 계시는 동안 경비서는 자들을 열심히 꼬여놓았습죠, ㅎㅎㅎㅎ."

나직이 웃은 그는 돌아서서 목에 힘을 주었다.

"어허, 뭐하는가? 허 교수님께서 돌아오셨는데 인사들 하지 않고!"

* * *

십 개월 만에 돌아온 허임은 쉴 시간도 없었다. 혜민서의 의관은
관원과 산원을 통틀어도 다섯밖에 안 되었다. 의녀는 더 적어서 여
섯밖에 남지 않았다. 전의감과 내의원도 상황이 비슷해서 지원을
요청할 형편도 되지 않았다. 오히려 내의원에서는 혜민서의 의녀
여섯 중 셋을 빼간 판국이었다.

그나마 전의감의 주부였던 이학생이 혜민서의 주부로 와 있어서
다른 일에 신경 쓰지 않아도 되는 게 다행이었다. 그와 직접적으로
대면한 것이 처음이지만 허임도 그에 대해서 알만큼은 알고 있었
다. 우유부단한 성격이긴 해도 아랫사람을 힘들게 하는 사람은 아
니었다.

돌아온 날부터 환자를 치료한 허임은 밤이 되어서야 겨우 한숨
을 돌렸다.

그날 밤, 오동돈이 봉연을 통해서 송하연을 빼냈다.

혜민서 근처의 반쯤 부서진 가옥에서 재회한 두 사람은 하고 싶
은 말이 가슴에 너무나 가득 차서 목이 메었다. 그저 보고만 있어
도 좋았다. 손을 잡기만 해도 모든 마음이 상대에게 전해지는 느낌
이었다.

허임과 송하연이 만나고 있던 그 시각. 유진하가 송하연을 찾아
왔다.

'헛! 저 사람이……?'

봉연은 내의원 의녀들의 거처로 찾아온 유진하를 보고 표정이 굳어졌다. 유진하는 이미 하연에 대해 물어본 듯 찌푸려진 인상이었다.

"하연이 없단 말이냐?"

"예, 의관님."

"아니, 이 밤중에 의녀가 어딜 갔단 말이냐?"

유진하가 눈살을 잔뜩 찌푸리고서 의녀 하나를 닦달하자 봉연이 나섰다.

"내의께선 무슨 일로 이 시간에 하연이를 찾으십니까?"

유진하는 봉연이 송하연을 끼고 돈다는 것을 알기에 못마땅한 표정으로 대꾸했다.

"몇 가지 물어볼 것이 있어서 찾아왔네. 그런데 의녀가 이 밤중에 어딜 갔는지 모르겠군."

"좀 전에 어떤 어르신이 찾으셨다고 들었는데, 심부름을 간 모양입니다. 무슨 일인지 몰라도 내일 다시 오시는 게 어떻겠습니까?"

유진하는 그녀가 못마땅했지만 지금은 싸움을 벌일 때가 아니었다.

"그렇다면 할 수 없지. 내일 다시 오겠네. 설마 내일도 심부름가지는 않겠지."

싸늘한 눈빛으로 봉연을 노려본 그는 몇 마디 툭 내뱉고 몸을 돌렸다.

'아무래도 저 계집이 뭔가를 숨기는 것 같군. 흥! 네가 숨겨봤자 다 밝혀질 일이다. 어디 나중에 어떤 변명을 하는가 보자.'

입구 쪽에 서 있는 의녀가 보였다. 정월이었다. 충청도 서해안의 고향에 숨어 있던 중 한양이 수복되었다는 말이 들리자 유진하를 만날 꿈을 품고 돌아온 지 어느덧 다섯 달 째. 유진하가 없는 것에 실망하고 있던 그녀는 마침내 그가 돌아왔다는 것을 알고 다시 꿈을 꾸기 시작했다.

유진하는 마침 혼자 서 있는 정월의 옆을 지나가면서 나직이 말했다.

"내일 부르마."

봉연은 어둠 속으로 멀어지는 유진하의 모습을 보며 마음이 무거워졌다.

'심상치 않은 눈빛이야. 조심하지 않으면 귀찮은 일이 벌어질지 모르겠어.'

* * *

다음 날 밤. 유진하는 당직을 서면서 정월을 불러들였다.

"그 동안 강녕하셨습니까, 의관님."

정월은 고혹적인 미소를 지으며 허리를 숙였다.

"이리 와라."

유진하는 그녀의 팔을 잡고 품안으로 끌어당겼다. 정월은 자연스럽게 그의 품에 안기며 콧소리를 냈다.

"그 동안 보고 싶었사옵니다, 나리."

"나도 너를 보고 싶었다. 언제 돌아온 것이냐?"

"나리를 뵈려고 다섯 달 전에 왔습니다."

"그래? 그럼 하연이가 먼저 왔느냐?"

정월의 눈에서 독살스런 독기가 흘렀다. 자신을 품에 안고 하연을 생각하다니. 그러나 찰나에 불과해서 유진하는 눈치 채지도 못했다.

"하연 언니는 저보다 훨씬 먼저 왔습니다. 허 의관님과 함께 주상전하를 따라갔었나 봅니다."

"그럼 그때부터 같이 붙어 다녔겠군."

"잘은 몰라도 그런 것 같사옵니다."

정월은 최대한 허임과 송하연을 하나로 묶으려 했다. 그래야 유진하가 하연을 떨쳐내고 자신을 받아들일 테니까.

하지만 유진하의 집착은 그녀의 생각보다 훨씬 더 강했다.

"흥! 고상한 척은 혼자 다 하더니……. 하지만 아무리 그래 봐야 내 손을 벗어나지 못해."

중얼거리는 그의 목소리를 듣고 정월은 지그시 입술을 깨물었다.

'당신도 나를 벗어날 수 없어. 절대 안 놓아 줄 거야.'

다시 한 번 마음을 굳게 먹은 그녀는 좀 더 과감하게 움직였다. 유진하의 손을 잡은 그녀는 그 손을 자신의 가슴으로 끌어들였다.

"봐요, 제 가슴이 얼마나 뛰고 있는지 아시겠죠? 천녀는 이렇게 다시 만날 날을 너무 오래 기다렸답니다."

유진하는 한 손에 다 쥐어지지도 않는 정월의 가슴이 손안에 가득 차자 욕망의 열기가 솟구쳤다. 그는 송하연을 머릿속에 떠올리며 정월을 거칠게 다루었다.

'언젠가는 네년도 이 계집처럼 대해주마.'

* * *

허임이 한양에 도착한 지 사흘째 되던 날. 뜻밖의 손님이 혜민서
에 찾아왔다.

"오랜 만이오. 허 교수."

고개를 돌린 허임은 상대가 신여탁인 것을 알고 밝은 표정으로
맞이했다.

"돌아왔군요, 신 형!"

"한 달 전에 왔소. 왔더니 허 교수는 왕세자 저하를 따라서 남쪽
으로 내려갔다고 하더구려."

"예, 겸사겸사 다녀왔지요."

"혹시 장득강에 대한 말은 듣지 못했소?"

"듣지 못했습니다. 신 형은 아시는 거라도 있습니까?"

신여탁은 씁쓸한 표정으로 고개를 저었다.

"왜적과 싸우겠다고 간 사람이라 더 걱정되는군요."

"저도 같은 마음입니다. 장 형도 성격이 강경해서 그렇지, 심성
은 괜찮은 분이었는데……."

"그러게 말이오."

그 후 함께 공부했던 의학생도들의 안부가 오갔다. 그들 중 연락
이 되는 자들은 아무도 없었다.

그렇게 얼마나 지났을까, 이런저런 말을 하던 신여탁이 손으로

입을 가리고 헛기침을 하더니 조금은 머쓱한 표정으로 말했다.

"아무래도 봉사로 승진되어서 내의원으로 가게 될 것 같소."

"그거 잘된 일이군요."

"한 일도 없는데 품계만 오른 것 같아서 솔직히 쑥스럽소. 내의원에는 허 교수 같은 분이 가야 하는데 말이오."

"별 말씀을 다하십니다. 내의원에서 어디 저처럼 까칠한 사람을 받아주겠습니까? 신 형은 실력도 좋은데다가 성격이 차분하셔서 바로 인정을 받을 겁니다."

"그리 말해주니 고맙구려. 그만 가봐야겠소. 언제 시간 내서 왕세자 저하를 봉행한 이야기나 들려주시오."

"알겠습니다."

신여탁은 쓴웃음을 지으며 인사를 하고 혜민서를 나섰다. 그의 등을 바라보는 허임의 어깨가 보일 듯 말듯 처졌다.

아무 공도 없는 신여탁이 봉사로 승진되고 내의원에 가게된 것은 그가 양반자식인 유의이기 때문이다. 질시할 마음은 없지만, 그래도 어쨌든 속이 쓸쓸한 것은 사실이었다.

'순순히 축하해 주자. 나에게도 아직은 기회가 많아.'

허임은 스스로를 다독이며 돌아섰다.

신여탁이 다녀가고 일각쯤 지났을 때 오동돈이 그의 방으로 들어왔다. 슬쩍 밖을 살피는 모습이 이상하다 싶더니 아니나 다를까 심각한 표정으로 말했다.

"봉연이 유 내의를 조심하라는 말을 전해왔습니다, 교수님. 아무래도 그 인간이 하연 의녀에게 흑심을 품고 있는 것 같습니다."

허임의 얼굴에 서리가 내렸다.

'유진하, 네놈이 어디서!'

"저번에 교수님과 하연 의녀가 만났던 그날 밤에도 찾아왔었다지 뭡니까. 어찌어찌 둘러대서 보내긴 했는데, 눈치가 심상치 않다고 합니다요."

"알겠습니다. 당분간은 조심하는 게 좋겠군요."

"하연 의녀는 너무 걱정 마십쇼. 봉연이가 최선을 다해서 보호할 겁니다요."

"고맙소. 봉연 의녀에게도 고맙다는 말을 전해 주시오."

"별 말씀을 다하십니다요. 당연한 일을 하는 것인데요 뭐. 그럼 쉬십쇼."

오동돈은 쑥스러운 듯 머리를 긁적이고는 방을 나갔다.

허임은 오동돈이 나가자 허공을 노려보았다.

'만약 송 아가씨에게 티끌만 한 해라도 입히면 절대 가만두지 않을 것이다, 유진하.'

한편으로는 그녀를 자신의 부인으로 맞이해야겠다는 마음이 더욱 강해졌다. 빨리 전쟁이 끝나면 좋으련만. 어머니가 마음 편히 허락해 주신다면 원이 없으련만…….

신여탁이 다녀간 다음 날, 한성부좌윤 김우옹이 혜민서 제조로 임명되었다. 그는 광해군을 따라 남행했을 때 함께 했던 사람이었다. 허임으로서는 몇 번 얼굴을 마주한 사람인지라 거부감이 없었다.

'다행이군.'

그러잖아도 힘든 판에 모르는 사람이 와서 좌지우지하려 들면 짜증만 났을 텐데. 더구나 그는 청백하고 대가 곧아서 허임이 싫어하지 않는 소수의 문관 중 하나였다.

그로부터 사흘 후, 임진년에 흩어졌던 의관 중 참봉 김언충과 권지 주희식이 혜민서로 돌아왔다. 허임은 아무 말도 하지 않고 그들을 받아들였다. 손 하나가 아쉬운 시기. 돌아온 것만으로도 고마웠다.

오동돈이야 조금 달랐지만.

"마음 같아서는 혼내고 싶지만, 허 교수님께서 봐주라 하니 참겠네. 대신 열심히 하도록. 알겠나, 김 참봉?"

김언충은 오동돈이 봉사가 된 걸 보고 무척 아니꼬웠지만 꾹 참고 고개를 숙였다.

"알겠소."

* * *

오후 늦은 시각. 어스름이 밀려들 즈음 송하연은 갑자기 찾아온 유진하를 보고 멈칫했다. 하필이면 봉연이 세자빈의 치료를 위해 자리를 비운 상태여서 송하연으로서는 피할 수도 없었다.

유진하는 다른 사람의 눈치도 아랑곳하지 않고 송하연을 구석진 곳으로 데려갔다.

"네가 허임을 만난다고 들었다. 사실이냐?"

유진하가 송하연의 두 눈을 직시한 채 다그쳤다. 송하연은 그의 눈길을 피하지 않고 담담히 대답했다.

"일이 있어서 그분을 몇 번 뵌 적이 있습니다."

"공적인 일로 만난 것을 말하는 것이 아니다. 네가 그를 좋아하는 것 같다고 하던데, 내가 잘못 알고 있는 것은 아니겠지? 그놈이 무슨 말로 너를 꾀었지?"

"제가 그분을 좋아하든 싫어하든, 왜 내의께서 그 일에 관심을 가지시는지요?"

"그걸 몰라서 묻느냐? 그딴 놈이 내 여자에게 치근대는데 보고만 있으란 말이냐?"

송하연이 어이없어하는 표정으로 유진하를 바라보았다.

"내 여자라니요? 누구를 말씀하시는 겁니까?"

"그야 하연이 너지."

"너무 과한 말씀이십니다. 저는 유 내의님의 여자가 되고 싶은 마음이 없습니다. 죄송합니다만 이야기 끝나셨다면 그만 가보겠습니다."

송하연이 유진하와 벽 사이를 빠져나가려 하자, 유진하가 손을 뻗어 송하연의 팔을 잡았다.

"아직 내 이야기 다 끝나지 않았다."

"저는 더 이상 할 이야기가 없습니다. 그만 놓아주십시오."

"흥! 허임이라면 순순히 안겼겠지?"

"말씀이 지나치십니다."

"내가 모를 줄 아느냐? 엊그제도 그놈을 만나러 갔었지? 왕세자를 따라갔다가 오랜만에 돌아왔으니 그놈의 품이 그리웠던 거냐?”

“나리!”

“내가 놓아줄 줄 알고? 절대 그놈에게 너를 빼앗기지 않을 거다.”

유진하가 나직이 노성을 내지르며 팔을 힘껏 움켜쥐자 송하연의 얼굴이 고통으로 일그러졌다. 유진하는 고통스러워하는 송하연을 쾌감에 가까운 눈빛으로 노려보며 벽으로 몰아붙였다.

송하연은 그제야 너무 쉽게 따라온 것을 자책하며 애원했다.

“놓아주십시오, 유 의관님. 대체 저에게 왜 이러시는 겁니까?”

“그걸 몰라서 묻느냐? 감히 나를 외면하고 그런 천박한 놈과 놀아나다니. 두 번 다시 그 짓을 못하게 해 주마.”

유진하의 눈에서 사악한 열기가 일렁거렸다. 그렇게까지 할 생각은 아니었는데, 송하연이 떠는 모습을 보니 가슴 속에서 자신도 알 수 없는 괴이한 욕망이 불쑥 고개를 내밀었다.

“나, 나리. 이러면 소리를 지르…….”

송하연이 겁에 질려서 소리를 지르려 하자 유진하가 다급히 손을 뻗어 입을 틀어막았다.

“소리질러봐야 너만 더러운 여자가 될 거다. 네가 나를 꼬였다고 하면 사람들이 천한 의녀인 네 말을 믿을까, 내의인 내 말을 믿을까?”

송하연의 눈빛이 격렬하게 흔들렸다. 물어보지 않아도 뻔한 결과였다. 천한 의녀와 내의원의 내의라는 신분의 차이가 사람들의 믿음을 좌우하고도 남는 세상인 것이다.

마음이 급박해진 그녀는 머리를 흔들며 입을 벌렸다. 유진하가

손에 힘을 주는 바람에 손가락 하나가 이 사이로 들어왔다. 그녀는
이런저런 사정을 따질 겨를도 없이 손가락을 깨물었다.

"으윽!"

유진하가 비명을 지르며 눈을 홉뜨고는 반사적으로 손을 뗐다.
송하연은 팔을 잡힌 손마저 힘껏 털어냈다.

"이년이 어디서!"

화가 난 유진하는 욕을 퍼부으며 후려칠 것처럼 번쩍 손을 들었다.

〈3권에서 계속〉

허임 : 조선 제일침 (2)

1판 1쇄 찍음 2014년 3월 24일
1판 1쇄 펴냄 2014년 3월 31일

지은이 | 성인규 · 이상곤
발행인 | 김세희
편집인 | 김준혁
펴낸곳 | 황금가지

출판등록 | 2009. 10. 8 (제2009-000273호)
주소 | 135-887 서울 강남구 신사동 506 강남출판문화센터 5층
전화 | **영업부** 515-2000 **편집부** 3446-8774 **팩시밀리** 515-2007
홈페이지 | www.goldenbough.co.kr

© 성인규 · 이상곤 , 2014. Printed in Seoul, Korea

ISBN 978-89-6017-837-3 04810 (2권)
ISBN 978-89-6017-839-7 04810 (set)

㈜민음인은 민음사 출판 그룹의 자회사입니다.
황금가지는 ㈜민음인의 픽션 전문 출간 브랜드입니다.